NOSSO FIEL TRAIDOR

JOHN le CARRÉ

NOSSO FIEL TRAIDOR

Tradução de
Mauro Gama

EDITORA RECORD
RIO DE JANEIRO • SÃO PAULO

2012

CIP-BRASIL. CATALOGAÇÃO NA FONTE
SINDICATO NACIONAL DOS EDITORES DE LIVROS, RJ

Le Carré, John, 1931-
L467n   Nosso fiel traidor / John Le Carré; tradução Mauro Gama. – Rio de Janeiro: Record, 2012.

Tradução de: Our kind of traitor
ISBN 978-85-01-09394-3

1. Romance inglês. I. Gama, Mauro. II. Título.

11-5134   CDD: 843
                                                            CDU: 821.133.1-3

TÍTULO ORIGINAL EM INGLÊS:
Our kind of traitor

Copyright © David Cornwell, 2010

Texto revisado segundo o novo Acordo Ortográfico da Língua Portuguesa.

Todos os direitos reservados. Proibida a reprodução, no todo ou em parte, através de quaisquer meios. Os direitos morais do autor foram assegurados.

Editoração eletrônica: Abreu's System

Direitos exclusivos de publicação em língua portuguesa somente para o Brasil adquiridos pela
EDITORA RECORD LTDA.
Rua Argentina, 171 – Rio de Janeiro, RJ – 20921-380 – Tel.: 2585-2000,
que se reserva a propriedade literária desta tradução.

Impresso no Brasil

ISBN 978-85-01-09394-3

Seja um leitor preferencial Record.
Cadastre-se e receba informações sobre nossos lançamentos e nossas promoções.

Atendimento e venda direta ao leitor:
mdireto@record.com.br ou (21) 2585-2002.

EDITORA AFILIADA

Em memória de
Simon Channing Williams,
cineasta, mágico,
homem honrado.

Os príncipes, neste caso,
decididamente odeiam o traidor, embora adorem a traição.

Samuel Daniel

1

Às 7 horas daquela manhã caribenha, na ilha de Antígua, um certo Peregrine Makepiece, conhecido como Perry, bom e renomado atleta amador — e até pouco antes professor-assistente de literatura inglesa numa notável faculdade de Oxford —, jogou três sets de tênis contra um russo calvo e musculoso chamado Dima, homem de olhos castanhos, costas robustas e porte circunspeto, embora já devesse ter uns 50 e poucos anos. As circunstâncias em que esse jogo aconteceu viraram objeto de intensa investigação por parte de agentes britânicos profissionalmente treinados contra as obras do acaso; mas os acontecimentos que levaram àquilo estavam a favor de Perry, irrepreensíveis.

A alvorada de seu trigésimo aniversário, três meses antes, havia disparado nele uma mudança de vida que vinha sendo construída fazia um ano ou mais, sem que tomasse consciência disso. Sentado com a cabeça nas mãos às 8 horas em seus modestos aposentos em Oxford, depois de uma corrida de 11 quilômetros que nada tinha adiantado para aliviar a sensação de calamidade, ele havia inspecionado a própria alma para saber exatamente o que o primeiro terço de sua vida realizara além de lhe propiciar uma desculpa para não se envolver com o mundo além das torres de sonho da cidade.

*

Por quê?

Para qualquer observador externo, sua história era de máximo sucesso acadêmico. Formado por uma escola pública, o filho de professores de ensino médio chega a Oxford proveniente da Universidade de Londres, carregado de distinções acadêmicas, e assume um emprego de três anos, a ele conferido por uma faculdade antiga, rica e focada em realizações. Seu primeiro nome, tradicionalmente atributo das classes mais altas, provém de um prelado metodista do século XIX que inflamava as multidões chamado Arthur Peregrine, de Huddersfield.

Quando não está ensinando, ele se destaca como corredor *cross-country* e esportista. Em suas noites de folga, ajuda um clube local para jovens. Nas férias, galga picos difíceis e faz escaladas mais complicadas. No entanto, quando a faculdade lhe oferece uma bolsa para pesquisa permanente — ou, a seu atual e irritadiço modo de pensar, uma vida confinada —, ele pula fora.

Mais uma vez: por quê?

No último período de aulas ele proferiu uma série de palestras sobre George Orwell sob o título de "Uma Inglaterra reprimida?", e sua própria retórica o espantou. Teria Orwell acreditado na possibilidade de que as mesmas vozes supernutridas que o assombraram na década de 1930, a mesma e estropiada incompetência, o vício em guerras estrangeiras e a presunção das intitulações estariam ainda felizes em seus lugares em 2009?

Sem nenhuma resposta dos pálidos rostos de estudantes que o olhavam fixamente, ele próprio a deu: *Não*, Orwell decididamente *não* teria acreditado nisso. Ou, se acreditasse, teria botado a boca no trombone. Teria feito um estardalhaço.

*

Era um tema que ele tinha esmiuçado implacavelmente com Gail, sua namorada de longa data, quando eles estavam deitados na cama dela depois de um jantar de aniversário no apartamento de Primrose Hill que ela tinha parcialmente herdado do pai — o qual, exceto isso, não tinha nem um vintém.

— Não gosto de intelectuais pedantes e não gosto de ser um deles. Não gosto da academia e, se nunca mais tiver que vestir uma maldita beca, me sentirei um homem livre — disse ele, com ardor, para a cabeça de cabelos castanhos-dourados pousada comodamente em seu ombro.

E, não recebendo nenhuma resposta além de um compreensivo ronronar, continuou:

— Ficar martelando em torno de Byron, Keats e Wordsworth para um bando de universitários entediados cujas maiores ambições são um diploma, sexo e dinheiro? Já vi esse filme. Foda-se isso.

E ainda:

— A única coisa que *realmente* me manteria neste país seria uma revolução.

Gail, uma jovem e entusiasmada advogada em ascensão, abençoada com uma boa aparência e uma língua ágil — às vezes um pouco ágil demais para seu próprio bem-estar, assim como para o de Perry —, garantiu-lhe que nenhuma revolução seria completa sem ele.

Ambos eram órfãos. Se os falecidos pais de Perry tinham sido a alma da magnânima abstinência socialista cristã, os de Gail eram o oposto. O pai, um ator docemente inábil, morrera prematuramente por causa do álcool, dos sessenta cigarros que fumava por dia e da extraviada paixão pela intratável mulher. A mãe, também atriz porém menos doce, havia desaparecido de casa quando Gail tinha 13 anos, e dizia-se que estava vivendo uma vida simples na Costa Brava, com um assistente de câmera.

*

A reação inicial de Perry a sua própria decisão de sacudir dos pés a poeira da universidade — irrevogável, como todas as grandes decisões tomadas por ele — foi a de regressar a suas raízes. O filho único de Dora e Alfred se colocaria onde suas convicções haviam nascido. Começaria de novo sua carreira de magistério bem no ponto em que os pais tinham sido forçados a abandonar a deles.

Pararia de bancar o intelectual de altos voos, se matricularia num bom e honesto curso de treinamento de professores e, de acordo com o plano, estaria qualificado como professor de ensino médio numa das regiões mais desfavorecidas do país.

Ensinaria matérias específicas, assim como qualquer esporte de que o incumbissem, para crianças que precisassem dele mais como uma tábua de salvação para obter a realização pessoal do que como um passe para a prosperidade da classe média.

Gail não estava tão espantada com esse projeto quanto ele supôs que ela ficaria. Em toda a determinação que ele mostrava, de estar no *núcleo duro da vida*, restavam inegavelmente outras inconciliáveis versões dele, e Gail estava familiarizada com a maior parte delas:

Sim, havia Perry, o estudante autopunitivo da Universidade de Londres — onde eles haviam se conhecido —, que, nos moldes de T. E. Lawrence, tinha ido de bicicleta para a França nas férias, pedalando até morrer de exaustão.

E, sim, havia Perry, o aventureiro alpino, o Perry que não podia participar de nenhuma corrida e de nenhum jogo, desde o rúgbi com sete jogadores em cada time até uma dança da cadeira com os sobrinhos na época de Natal, sem uma necessidade compulsiva de vencer.

Mas havia também Perry, o sibarita sigiloso, que se regalava com imprevisíveis ataques de luxúria antes de voltar, às pressas, para seu sótão. E esse era o Perry que se encontrava na melhor quadra de tênis do melhor e mais bem-sucedido resort em Antígua naquela manhã de início de maio, antes de o sol ficar alto demais e impedir a prática de esportes, com o russo Dima de um lado da rede e Perry do outro. Gail vestia um traje de banho, um chapéu de aba larga meio caído e uma saída de praia que a cobria muito pouco, sentada em meio ao improvável grupo de espectadores entediados, alguns de preto, que pareciam ter prestado um juramento coletivo de não rir, não falar e não exprimir qualquer interesse pela partida a que estavam sendo obrigados a assistir.

*

Foi um golpe de sorte, na opinião de Gail, a aventura caribenha ter sido programada antes da impulsiva decisão tomada por Perry, decisão essa que remontava ao mais sombrio novembro de sua vida, quando o pai dele sucumbira ao mesmo câncer que lhe levara a mãe dois anos antes, deixando Perry num estado de modesta opulência. Como não aprovava riquezas herdadas e ao mesmo tempo não sabia se deveria dar aos pobres tudo o que tinha, Perry hesitou. Mas felizmente, após uma forte campanha por parte de Gail, eles tinham decidido aproveitar uma folga para jogar tênis ao sol, como só se faz uma vez na vida.

E nenhum feriado podia ter sido mais bem-programado, como aquele veio a ser, pois, no momento em que começou, decisões muito maiores os encaravam fixamente:

O que Perry deveria fazer com sua vida? E deveriam fazê-lo juntos?

Deveria Gail deixar a advocacia e mergulhar no escuro com ele, ou deveria continuar a perseguir sua meteórica carreira em Londres?

Ou será que tinha chegado a hora de reconhecer que sua carreira não era mais meteórica do que as demais, e que por isso ela deveria engravidar — como Perry vivia insistindo em que ela fizesse?

Se era verdade que Gail, fosse por travessura ou por autodefesa, tinha o costume de reduzir a proporção de grandes problemas, certamente não restava dúvida de que os dois estavam, individual e conjuntamente, numa encruzilhada da vida, com muito a pensar. Um feriado em Antígua parecia o cenário ideal para isso.

*

O voo atrasou, de modo que eles só conseguiram se registrar no hotel depois da meia-noite. Ambrose, o onipresente mordomo do resort, acompanhou-os até o chalé onde iriam ficar. Acordaram tarde e, depois de tomarem o café da manhã na varanda, viram que o tempo estava quente demais para jogar tênis. Nadaram, então, numa praia vazia, durante 45 minutos, almoçaram solitariamente perto da piscina, fizeram amor muito languidamente à tarde e às 18 horas apareceram na loja de artigos esportivos, ambos descansados, felizes e ansiosos por uma partida.

Visto de longe, o resort não era mais do que um conjunto de chalés brancos espalhados ao longo de uma área em formato de ferradura com 1 quilômetro de extensão da notória areia branca como talco. Duas elevações de uma rocha salpicada de floresta baixa marcavam as extremidades. Corria, entre elas, uma linha de recifes e uma linha de boias fluorescentes para afastar abelhudos barcos a motor. E, sobre terrenos escondidos escavados nas encostas, assentavam as quadras de tênis, que obedeciam aos padrões oficiais de competição. Estreitos degraus de pedra serpeavam entre arbustos até a porta da loja de artigos esportivos. Passando pela loja entrava-se no paraíso do tênis, motivo pelo qual Perry e Gail tinham escolhido o lugar.

Havia cinco quadras além da central. As bolas de competição ficavam dentro de geladeiras verdes. Troféus de prata, guardados em estojos de vidro, exibiam os nomes dos campeões do ano anterior; Mark, o jogador australiano com excesso de peso, era um deles.

— Então, que nível veremos por aqui, se é que posso perguntar? — perguntou ele, com impetuosa distinção, observando, sem comentar, a qualidade das raquetes retemperadas de Perry, suas meias grossas e brancas, seus tênis surrados mas aproveitáveis, e o decote de Gail.

Para duas pessoas já além da juventude, mas ainda dotadas de pleno vigor, Perry e Gail formavam um casal impressionantemente atraente. A natureza beneficiou Gail com pernas e braços longos e bem torneados, alta, seios pequenos, corpo bem flexível, pele típica dos britânicos, cabelos dourados e finos e um sorriso capaz de iluminar os cantos mais sombrios da vida. Perry tinha um tipo diferente de britanicidade: magro e, à primeira vista, desconjuntado, com um nariz comprido e o pomo de adão proeminente. Sua passada não era graciosa, pois parecia que ele ia desabar e, ainda por cima, tinha as orelhas muito compridas. Na escola fora agraciado com o apelido de Girafa, até que os garotos insensatos que lhe cunharam o termo aprenderam a lição. Com o amadurecimento, porém, adquirira — inconscientemente, o que apenas o tornava mais fascinante — um charme precário embora indiscutível. Tinha o cabelo castanho em cachos tumultuados, testa larga e sardenta e olhos grandes por trás dos óculos, que lhe davam um ar de perplexidade angelical.

Não confiando em que Perry fosse vender o próprio peixe e, como sempre, protegendo-o, Gail assumiu para si a pergunta do jogador.

— Perry foi classificado para o Queen's e uma vez entrou também no sorteio principal, não foi? E se saiu bem no Masters. E isso foi depois de quebrar a perna esquiando e ficar sem jogar por seis meses — acrescentou ela, orgulhosa.

— E a senhora, madame, se me permite a audácia de perguntar? — indagou Mark, o subserviente profissional, com um pouco mais de efeito no "madame" do que Gail apreciava.

— Sou apenas o *sparring* dele.

O australiano chupou os dentes, sacudiu a pesada cabeça com descrença e folheou as páginas desordenadas de seu registro.

— Bem, tive aqui um casal que poderia fazer uma boa companhia a vocês. Eles parecem chiques demais para os meus outros hóspedes, vou ser sincero. Não que eu tenha uma vasta seleção da humanidade da qual eu possa escolher. Talvez vocês quatro devessem tentar juntos.

Seus adversários vieram a ser um casal indiano de Bombaim em lua de mel. A quadra central estava tomada, mas a 1 estava livre. Logo uma porção de meros passantes e de jogadores de outras quadras tinha se amontoado para acompanhar o aquecimento dos quatro: pancadas fluidas a partir da linha de fundo que voltavam despreocupadamente, golpes breves que ninguém corria para pegar, ou a inalcançável bola lançada próximo à rede. Perry e Gail ganharam no cara ou coroa, Perry concedeu o primeiro saque a Gail, que cometeu duas duplas faltas, e eles perderam o game. A noiva indiana fez o mesmo. O jogo se manteve tranquilo.

Foi só quando Perry começou a sacar que seu talento se mostrou evidente. Seu primeiro saque teve altura e força e, quando entrou, não havia muito o que se pudesse fazer. Ele deu quatro saques seguidos. A plateia crescia, os jogadores eram jovens e de boa aparência, os gandulas descobriram novos patamares de energia. Lá pelo final do primeiro set, Mark apareceu para dar uma olhada, permaneceu ali durante três games e depois, com expressão pensativa, retornou à loja.

Após um segundo set, que foi longe, o placar ficou empatado. O terceiro e último set estava 4 a 3, com Perry e Gail na vantagem. Mas, se Gail tendia a se conter, Perry agora estava muito competitivo, e a partida terminou sem que o casal indiano vencesse outro game.

Os espectadores dispersavam. Os quatro jogadores permaneceram mais um pouco para trocar cumprimentos, marcar a revanche e quem sabe tomar alguma coisa no bar aquela noite. Fechado! Os indianos foram embora, deixando Perry e Gail juntando suas raquetes e pulôveres.

Foi então que o funcionário australiano voltou à quadra, trazendo consigo um homem completamente calvo, musculoso, empertigado e dono de um enorme peitoral. Usava um relógio de pulso Rolex incrustado de diamantes e uma calça de atletismo cinza com um cadarço na cintura.

*

Por que Perry prestou atenção primeiro ao laço do cordão na cintura do homem e só depois ao resto dele é coisa que se explica facilmente. Ele estava trocando os tênis velhos mas confortáveis por um par de sapatos de praia com sola de sisal e, quando ouviu chamarem seu nome, ainda estava curvado. Então, ergueu a larga cabeça devagar, da maneira como fazem os homens altos e angulosos, e notou, primeiramente, um par de sandálias de couro em pés pequenos, quase femininos, ardilosamente separados; em seguida, uma dupla de entroncadas panturrilhas vestidas de cinza; e, subindo, finalmente o laço do cordão que conservava a calça suspensa, um laço em nó duplo, como precisava ser, dada sua considerável área de responsabilidade.

Acima da linha do laço, a mais fina camisa de algodão revestindo um torso maciço em que parecia não haver distinção entre a barriga e o peito e que chegava até uma gargantilha de estilo oriental que, se fosse mais apertada, seria uma versão reduzida da "coleira" clerical, exceto pelo fato de que não poderia de forma alguma ter acomodado dentro dela aquele pescoço musculoso.

Acima da gargantilha, inclinadas em apelo para um dos lados, as sobrancelhas se elevavam num convite, no rosto sem rugas de um homem de seus 50 anos com nobres olhos castanhos que irradiavam um sorriso de golfinho. A ausência de rugas não sugeria inexperiência, mas o contrário. Era um rosto que, para Perry, aventureiro das ruas, parecia moldado pela vida: como ele disse a Gail muito tempo depois, o rosto de um homem bem estabelecido — outra definição que aspirava para si mas que, apesar de todo o seu empenho varonil, sabia não ter alcançado até então.

— Perry, permita-me lhe apresentar meu bom amigo e cliente, o Sr. Dima, da Rússia — disse Marx, interpondo um timbre de formalidade na voz suave. — Dima achou que você jogou uma bela partida, não é mesmo, Dima? Como um ótimo conhecedor do tênis, posso afirmar que ele ficou admirado, não foi, Dima?

— Quer jogar? — perguntou o suposto russo, sem desviar de Perry os olhos castanhos e compassivos. Perry agora pairava desajeitadamente em toda a sua altura.

— Oi — disse Perry, um tanto ansioso, e esticou a mão suada. A mão de Dima, típica de um artesão que estava ficando gordo, carregava a tatuagem de uma pequena estrela ou asterisco no segundo nó do polegar. — Esta é Gail Perkins, minha cúmplice no crime — acrescentou, sentindo a necessidade de diminuir o ritmo.

Antes que Dima pudesse responder, Mark soltou um bufo de protesto.

— *Crime*, Perry? — contestou. — Não acredite nele, Gail! Vocês fizeram um trabalho *e tanto* ali, isso é certo. Aqueles golpes de passada com a esquerda foram de primeira, não é mesmo, Dima? Você mesmo disse isso. Estávamos observando lá da loja. Circuito fechado.

— Mark disse que você joga no Queen's — disse Dima, ainda com o sorriso de golfinho voltado para Perry, a voz grossa, profunda e gutural, além de vagamente americana.

— Bem, isso já faz alguns anos — disse Perry modestamente, ainda ganhando tempo.

— Dima recentemente adquiriu a Three Chimneys, não foi, Dima? — disse Mark, como se essas notícias, de algum modo, deixassem a proposta de jogo mais imperiosa. — O lugar mais belo deste lado da ilha, não é, Dima? Tem grandes projetos para o lugar, pelo que estamos sabendo. E vocês dois estão no Captain Cook, acredito eu, um dos melhores chalés do resort, na minha opinião.

Eles estavam lá de fato.

— Então, olhe só. Vocês são vizinhos, certo, Dima? A Three Chimneys fica bem na extremidade da península, no lado da baía oposto ao de vocês. A última grande propriedade não desenvolvida da ilha, mas Dima vai dar um jeito nisso, não é mesmo? Ouvi um papo sobre uma decisão de realizar uma divisão na qual os moradores terão preferência, o que me impressiona porque é uma ideia muito decente. Enquanto isso, vocês aproveitam um acampamento meio improvisado, pelo que me dizem, recebendo amigos da mesma opinião e as famílias. Admiro isso. Todos nós admiramos. Para uma pessoa com suas posses, chamamos isso de verdadeiro bom caráter.

— Quer jogar?

— Duplas? — sugeriu Perry, desembaraçando-se da intensidade do olhar de Dima a fim de, ainda inseguro, sondar Gail.

Mas Mark, sentindo que abrira uma brecha, fez sentir sua vantagem:

— Obrigado, Perry, mas receio que nada de duplas para Dima — disse ele vivamente. — Nosso amigo aqui joga apenas "simples", certo, Dima? Você é um homem autoconfiante. Gosta de ser responsável pelos próprios erros, me disse isso uma vez. Foram essas as suas palavras, não muito tempo atrás, e eu as levei a sério.

Vendo que Perry estava temeroso mas tentado, Gail foi em seu socorro:

— Não se preocupe comigo, Perry. Se quiser jogar uma simples, vá em frente; por mim, tudo bem.

— Perry, não acredito que você possa estar relutante para enfrentar este cavalheiro — insistiu Mark. — Se eu fosse apostar, ficaria em dúvida para escolher um de vocês dois, e isso é um fato animador.

O que era aquilo, Dima estava mesmo *mancando* ao se afastar? Aquele tênue arrastar do pé esquerdo? Ou seria apenas devido ao esforço de carregar aquele corpo enorme o dia inteiro?

*

Não foi ali também que Perry, pela primeira vez, se deu conta da desnecessária demora de dois homens brancos no portão da quadra, sem nada para fazer por perto? Um com as mãos para trás, o outro com os braços cruzados sobre o peito? Um louro com cara de bebê, o outro lânguido e de cabelos escuros?

Se assim se deu, então foi apenas inconscientemente, como ele afirmou dez dias depois, com relutância, para o homem que se chamava Luke e a mulher que se chamava Yvonne quando os quatro sentaram-se à mesa de jantar do subsolo de uma bela casa com varanda em Bloomsbury.

Haviam chegado ali num táxi preto — vindo do apartamento de Gail em Primrose Hill — dirigido por um homem grande e amável que estava de boina e usava um brinco com seu nome escrito: Ollie. Luke abrira a porta para os dois, e Yvonne estava esperando atrás dele. Numa sala de tapete espesso que cheirava a tinta fresca, Perry e Gail receberam os apertos de mão e os gentis agradecimentos de Luke por terem vindo, sendo levados para o andar de baixo, o porão reformado, dotado de mesa, seis cadeiras e uma copa-cozinha. Janelas de vidro fosco recortadas em meia-lua e dispostas no alto da parede que dava para a rua tremiam aos obscuros pés de pedestres que passavam na calçada acima de suas cabeças.

Eles foram em seguida destituídos de seus celulares e os convidaram a assinar uma declaração de apoio ao Ato sobre os Segredos Oficiais. Como advogada, Gail leu o texto e se mostrou ofendida:

— Só por cima do meu cadáver — exclamou.

Perry, no entanto, murmurando "Por que essa rebeldia toda?", assinou-o impacientemente. Após fazer algumas supressões e rabiscar à tinta algumas alterações, Gail assinou, sob protesto. A iluminação no porão consistia em uma única lâmpada fraca pendurada acima da mesa. As paredes de tijolos exalavam um leve cheiro de vinho do Porto.

Luke era cortês, barbeado e, na visão de Gail, pequeno demais. Tinha 40 e poucos anos. Espiões do sexo masculino, ela dizia, com uma jocosidade suscitada pelo nervosismo, deveriam ser maiores. Com sua postura empertigada, o distinto terno cinza e os pequenos tufos de cabelo grisalho rebeldes acima das orelhas, ele lhe lembrava um jóquei fidalgo em sua melhor forma.

Yvonne, por outro lado, não parecia muito mais velha que Gail. Era afetada e, na percepção inicial de Gail, até certo ponto bonita, apesar de usar meias azuis. Com seu tedioso terninho, seu cabelo escuro e curto e seu rosto sem maquiagem, ela parecia mais velha do que era, e, para uma mulher espiã — mais uma vez, no julgamento frívolo de Gail —, séria demais.

— Então vocês realmente não perceberam que eles eram *guarda-costas* — disse Luke, a cabeça de cabelo à escovinha balançando avidamente entre os dois, sentados do outro lado da mesa. — Não comentaram, quando ficaram sozinhos, algo do tipo: "Oi, aquilo foi um tanto esquisito: esse tal de Dima, seja ele quem for, parece ter buscado uma proteção reforçada"?

É assim que Perry e eu nos falamos?, pensou Gail. Eu não sabia.

— Eu *vi* os homens, obviamente — disse Perry. — Mas, se o que você está perguntando é se desconfiei deles, a resposta é não. Provavelmente dois colegas esperando para jogar, pensei, se é que pensei alguma coisa. — Começou a cutucar a sobrancelha com os dedos delgados. — Afinal, não se veem muitos *guarda-costas* por aí, certo? Bem, talvez *vocês* vejam. É o mundo em que vocês vivem, admito. Mas, para um cidadão comum... Isso não passa pela nossa cabeça.

— E você, Gail, o que me diz? — insistiu Luke, com empenho. — Você entra e sai de tribunais de justiça o dia todo. Vê a perversidade do mundo e o que ele tem de pior. *Você* suspeitou deles?

— Se eu tivesse reparado minimamente neles, acho que eu pensaria que eram dois caras de olho em mim; portanto, eu os ignoraria — respondeu ela.

Mas isso não bastava para Yvonne, a queridinha do professor.

— Mas naquela *noite*, Gail, ao repassar o dia — seria ela escocesa? Poderia ser, pensou Gail, que se orgulhava de seu bom ouvido para vozes —, você *realmente* não pensou nada sobre os dois homens a mais que pairavam por ali de plantão?

— Era praticamente a nossa primeira noite no resort — respondeu Gail, num surto de exasperação. — Perry tinha feito uma reserva à luz de velas no Captain's Deck, OK? Tinha estrelas e lua cheia no céu, rãs-gigantes se acasalando e um luar que iluminava diretamente a nossa mesa. Você realmente acha que passamos aquela noite contemplando um os olhos do outro e falando sobre os seguranças do Dima? Ah, dá um tempo. — E, temendo ter soado mais rude do que pretendia, concedeu: — Tudo bem, falamos *sim* de Dima, mas muito *rápido*. Ele é uma dessas pessoas que se fixam na nossa retina. Num momento, ele era o primeiro oligarca russo que conhecíamos, e no outro Perry estava se flagelando por aceitar jogar uma simples com ele e desejando telefonar para o cara da loja e dizer que o jogo estava cancelado. Eu disse a ele que já tinha dançado com homens como Dima e que eles tinham a técnica mais espantosa. Isso fez você se calar, não foi, Perry querido?

Separados um do outro por um hiato tão grande quanto o oceano Atlântico que eles tinham cruzado havia pouco, e ainda gratos por se livrarem daquele peso diante de dois ouvintes profissionalmente inquisitivos, Perry e Gail resumiram a história.

*

Às 6h45 da manhã seguinte, Mark estava de pé esperando por eles no topo dos degraus de pedra, com seu melhor uniforme branco e trazendo nas mãos duas latas de bolas de tênis refrigeradas, além de um copinho descartável com café.

— Estava morrendo de medo que vocês perdessem a hora — disse ele, animado. — Escutem, estamos na hora. Gail, como vai? Está muito elegante, se me permite dizer. É um prazer vê-los. Que dia, hein? Que dia.

Perry foi à frente no percurso para o segundo lance de escada, onde o caminho dobrava à esquerda. Ao fazer a curva, deu de cara com os mesmos dois homens de jaquetas estilo aviador que perambulavam por ali na noite anterior. Estavam recostados contra a florida passagem em arco que levava, como uma alameda nupcial, à porta da quadra central, que era um mundo em si mesma, fechada nos quatro lados por anteparos de lona e cercas vivas de hibiscos com 6 metros de altura.

Percebendo a aproximação dos três, o sujeito bem penteado com cara de bebê deu meio passo para a frente e, com um sorriso frio, abriu as mãos no gesto clássico de um homem prestes a revistar um outro. Intrigado, Perry parou, em toda a sua altura, ainda não ao alcance para ser revistado mas uns bons 2 metros antes, ao lado de Gail. Quando o homem deu outro passo para a frente, Perry deu um para trás, segurando Gail e exclamando:

— Que diabo é isso? — Na verdade, disse isso para Mark, uma vez que nem o cara de bebê nem seu colega de cabelo mais escuro deram qualquer sinal de terem ouvido, como se não tivessem entendido.

— Segurança, Perry — explicou Mark, passando por Gail para murmurar de modo tranquilizador no ouvido de Perry: — Rotina.

Perry permaneceu onde estava, esticando o pescoço para a frente e para os lados, enquanto digeria essa informação.

— Segurança *de quem*, exatamente? Não entendo. Você entende? — perguntou a Gail.

— Eu também não — disse ela.

— Segurança de *Dima*, Perry. De quem poderia ser? Ele tem uma vida de enormes despesas e alto luxo. Tem atividades de importância internacional. Esses rapazes estão só cumprindo ordens.

— *Suas* ordens, Mark? — disse, voltando-se e examinando-o de cima, acusando-o através dos óculos.

— Ordens de Dima, não minhas, Perry, não seja tolo. São rapazes de Dima. Vão com ele a toda parte.

Perry tornou a prestar atenção no guarda-costas louro.

— Os cavalheiros falam inglês, por acaso? — perguntou. Como o cara de bebê se mostrou incapaz de qualquer alteração, exceto ficar mais empedernido, continuou: — Ele não parece falar inglês. Nem entender, obviamente.

— Pelo amor de Deus, Perry — implorou Mark, seu rosto de bebedor, ganhando um tom mais escuro de vermelho. — Uma olhadinha na sua bolsa e acabou. Não é nada pessoal. É rotina, como eu disse. Igual a qualquer aeroporto.

Perry novamente recorreu a Gail:

— Tem alguma opinião sobre isso?

— Sim, certamente.

Perry inclinou a cabeça para o outro lado.

— Preciso entender isso aqui direito, sabe, Mark — explicou, sustentando sua autoridade pedagógica. — Meu pretendente a parceiro de tênis *Dima* quer ter certeza de que eu não vou atirar uma bomba nele. É isso o que esses homens estão me dizendo?

— É um mundo perigoso lá fora, Perry. Você talvez não tenha ouvido falar, mas nós sim, e nos esforçamos para lidar bem com isso. Com todo o respeito, eu o aconselharia veementemente a seguir a correnteza.

— Ou eu poderia atirar nele com a minha Kalashnikov — continuou Perry, levantando uns 3 centímetros a bolsa de tênis para mostrar onde guardava a arma, de modo que o segundo homem saiu da sombra dos arbustos e avançou, colocando-se atrás do primeiro, mas ainda sem nenhuma expressão facial decifrável entre os dois.

— Você está fazendo tempestade em copo d'água, se não se importa que eu fale assim, Sr. Makepiece — protestou Mark, sua cortesia arduamente cultivada começando a dar lugar ao rompante. — Há um grande jogo de tênis à sua espera. Esses rapazes estão cumprindo seu dever e, na minha opinião, fazem-no de forma muito educada e profissional. Francamente, não compreendo o seu problema.

— Ah, *problema* — refletiu Perry, selecionando a palavra como um ponto de partida útil para um debate de grupo com seus alunos. — Então me permita expor o meu *problema*. Na verdade, pensando bem, tenho diversos problemas. Meu primeiro problema é: ninguém abre a minha bolsa sem a minha permissão, e, neste caso, não concedo permissão. E ninguém abre a bolsa desta moça. Aplicam-se normas semelhantes. — Indicou Gail.

— Com todo rigor — confirmou ela.

— Segundo problema. Se seu amigo Dima pensa que vou assassiná-lo, por que me convida para jogar tênis com ele? — Depois de esperar bastante tempo por uma resposta e não tendo recebido nenhuma além de um loquaz silêncio, ele prosseguiu: — E meu terceiro problema é: a proposta, tal como está, é unilateral. Eu por acaso pedi que abrisse a bolsa do Dima? Não pedi. Nem quero fazê-lo. Talvez você pudesse explicar isso a ele, quando lhe apresentar minhas desculpas. Gail, o que me diz de irmos aproveitar melhor aquele soberbo bufê de café da manhã pelo qual pagamos?

— Boa ideia — respondeu Gail com entusiasmo. — Eu não sabia que estava tão faminta.

Eles deram meia-volta e, ignorando os pedidos de Mark, começaram a descer os degraus, até que o portão para a quadra se abriu totalmente e a voz de contrabaixo de Dima os fez parar:

— Não vá, Sr. Perry Makepiece. Se quiser explodir os meus miolos, use a droga de uma raquete.

*

— Então, sobre a idade dele, Gail, o que diria? — perguntou Yvonne das meias azuis, fazendo uma anotação no bloco à sua frente.

— O cara de bebê? Vinte e cinco no máximo — respondeu ela, mais uma vez desejando encontrar em si um ponto de equilíbrio entre a impertinência e o temor.

— Perry? Que idade?

— Trinta.

— Altura?

— Abaixo da média.

Se você tem 1,89m, Perry querido, somos *todos* abaixo da média, pensou Gail.

— Um e setenta e cinco — disse ela.

E com um cabelo louro bem curto, acrescentaram os dois.

— E ele usava uma corrente de ouro como bracelete — recordou ela, de súbito. — Uma vez tive um cliente que usava um exatamente igual. Em caso de necessidade, ele fragmentava os elos e comprava sua liberdade com eles, um a um.

*

Com as unhas delicadamente aparadas e sem esmalte, Yvonne faz deslizar sobre a mesa oval várias fotografias da imprensa. Em primeiro plano, uma meia dúzia de jovens corpulentos trajando ternos Armani comemora a vitória em uma corrida de cavalos, e o champanhe voa para a câmera, embaçando-a. Em segundo plano, tapumes de anunciantes, em cirílico e inglês. E, bem à esquerda, com os braços cruzados sobre o peito, o guarda-costas com cara de bebê, de cabelo louro quase raspado. Ao contrário dos três companheiros, não usa óculos escuros. Mas, no pulso esquerdo, traz a corrente de ouro.

Perry parece um pouco presunçoso. Gail se sente um pouco mal.

2

Não estava claro para Gail por que a maior parte daquela conversa vinha de sua boca. Enquanto falava, ouvia-se matraqueando, a própria voz batendo nas paredes de tijolo da sala do porão e voltando para seus ouvidos, do mesmo modo como procedia nos tribunais de divórcio em que ela então trabalhava: agora estou fazendo a honrada e indignada, agora a sarcasticamente incrédula, agora estou parecendo a minha ausente e infame mãe após o segundo gim-tônica.

E aquela noite, apesar de todo o esforço para esconder isso, ela se surpreendeu com um imprevisto tremor de medo. Se seu público, de um lado a outro da mesa, não conseguia perceber, ela conseguia. E, se não estava enganada, Perry, ao seu lado, também percebia, pois de vez em quando ele inclinava a cabeça para ela sem nenhum motivo a não ser contemplá-la com ansiosa ternura, apesar do abismo de quase 5 mil quilômetros entre eles. E, de vez em quando, pegava a mão dela, sob a mesa, e continuava ele próprio o relato, na crença equivocada mas perdoável de que estava dando um descanso aos sentimentos dela. No entanto, o que de fato acontecia nesse momentos era que todas as suas emoções ficavam ali à espera, reagrupavam-se em seu íntimo e de lá afloravam lutando, até mais agressivamente, assim que tivessem uma oportunidade.

*

Se Perry e Gail realmente não se demoraram distraidamente na quadra central, reconheceram que também não se apressaram. Houve o passeio ao descerem a aleia florida, com os guarda-costas atuando como guarda de honra e Gail segurando a borda de seu largo chapéu de palha e fazendo rodopiar os contornos delicados da saia.

— Fiquei perambulando um pouco — admitiu ela.

— E *como* — acrescentou Perry, sob sorrisos contidos do outro lado da mesa.

Houve confusão na entrada da quadra, quando Perry aparentava estar reconsiderando o combinado, até se descobrir que ele na verdade estava recuando para deixar Gail passar na sua frente, o que ela fez com a deliberação própria das damas, na intenção de mostrar que, embora estivessem dando uma segunda chance a eles, aqueles homens não deveriam abusar da boa vontade do casal. Depois de Perry entrou Mark.

Dima estava de pé na quadra central, de frente para eles, os braços amplamente estendidos em boas-vindas. Vestia uma blusa azul, felpuda e de mangas compridas, com uma bermuda preta que ia além dos joelhos. Uma viseira que parecia um bico verde se projetava de sua cabeça calva, que reluzia ao sol da manhã. Perry disse que se perguntou se Dima teria passado óleo na careca. Para complementar seu Rolex cravejado de pedras, uma pequena corrente de ouro, que sugeria um significado místico, adornava-lhe o enorme pescoço: a cada lampejo uma distração.

Mas, para surpresa de Gail, disse ela, Dima não era, no momento em que ela entrou, a principal atração. Presente na arquibancada que havia atrás dele estava um variado — e, a seus olhos, *esquisito* — grupo de crianças e adultos.

— Como um monte de figuras de cera sombrias — comentou ela. — Não era apenas a presença deles ali, em trajes exagerados, no ingrato horário das 7 da manhã. Era por aquela plateia estar em silêncio total e emburrada. Sentei-me na primeira fileira, vazia, e pensei: "Deus do céu, o que é isso? Um júri popular, uma parada religiosa ou *o quê*?"

Até as crianças pareciam alheias umas às outras. Mas logo atraíram a atenção de Gail. Só as crianças. Havia quatro.

— Duas menininhas de olhar mortiço, entre 5 e 7 anos, de vestido preto e chapéu de palha, se espremiam ao lado de uma viçosa mulher negra que era, obviamente, uma espécie de babá — descreveu ela, decidida a não revelar logo seus sentimentos. — E dois adolescentes louros de sardas, em uniformes de tênis. Todos estavam tão desanimados que davam a impressão de terem sido enxotados da cama e arrastados para lá como uma espécie de castigo.

Quanto aos adultos, eram simplesmente tão *estranhos*, tão superdimensionados e tão *díspares* que pareciam ter saído de uma caricatura de Charles Adams, prosseguiu ela. E não eram só suas roupas urbanas ou seus cortes de cabelo dos anos 1970. Nem o fato de as mulheres, apesar do calor, estarem vestidas para o inverno mais sombrio. Era o desalento de todos eles.

— Por que ninguém está falando? — murmurara ela para Mark, que se materializara, sem ter sido convidado, no assento ao seu lado.

Ele dera de ombros.

— Russos.

— Mas os russos falam o tempo inteiro!

— Esses não — disse Mark. A maior parte deles tinha chegado ali fazia poucos dias e ainda precisava se acostumar com o fato de estar no Caribe.

— Alguma coisa aconteceu — disse ele, apontando com a cabeça para o outro lado da baía. — Dizem as más línguas que eles tiveram alguma grande discussão de família, não totalmente amistosa. Não sei o que eles fazem em termos de higiene pessoal. Metade da água do sistema se esgotou.

Ela reparou em dois homens gordos, um que usava um chapéu Homburg marrom e murmurava em um celular, e o outro que tinha um gorro escocês xadrez com um pompom vermelho no alto.

— Primos de Dima — disse Mark. — Todo mundo é primo de alguém por aqui. Vieram de Perm.

— Perm?

— Perm, Rússia. Uma cidade.

Uma fileira acima na arquibancada e lá estavam os meninos louros, mascando chiclete como se odiassem a goma. Os filhos de Dima; gêmeos, contou Mark. De fato, olhando de novo para eles, Gail via uma semelhança: peito maciço, costas retas e olhos castanhos caídos, sonolentos, que se voltaram avidamente para ela.

Ela deu um suspiro rápido e silencioso. Estava se aproximando do que, no discurso legal, teria sido sua pergunta de precisão infalível, aquela que se julgava capaz de reduzir a testemunha instantaneamente a cacos. Agora: iria ela se reduzir a cacos? No entanto, quando voltou a falar, ficou contente em não ouvir nenhum tremor na voz que ecoava até ela após bater na parede de tijolos, nenhuma hesitação ou quaisquer variações que a denunciassem:

— E, sentada recatadamente à parte de todo mundo, até *ostensivamente* à parte, alguém poderia pensar, havia uma garota incrivelmente linda de 15 ou 16 anos, cabelo negro como carvão até os ombros, blusa de colegial e saia azul-marinho daquelas de uniforme escolar até os joelhos, e ela não parecia pertencer a *ninguém*. Então perguntei a Mark quem era ela. Naturalmente.

Muito naturalmente, convenceu-se ela com alívio, tendo escutado a si mesma. Nem uma expressão de incredulidade ao redor da mesa. Bravo, Gail.

— "Chama-se Natasha", Mark me disse. "Uma flor à espera de ser colhida", segundo suas palavras. "Filha de Dima, mas não de Tamara. A menina dos olhos do pai."

E o que a bela Natasha, filha de Dima porém não de Tamara, estava fazendo às 7 horas da manhã, quando deveria estar vendo seu pai jogar tênis?, Gail perguntou aos ouvintes. Lia um volume encadernado de couro que segurava no colo como um escudo da virtude.

— Mas simplesmente com um charme arrasador — insistiu Gail. E completou: — Sério, *incrivelmente* linda. — E em seguida pensou: Meu Deus, estou começando a falar como uma lésbica, quando tudo o que eu quero é parecer desinteressada.

Uma vez mais, porém, nem Perry nem os inquiridores pareciam ter notado nada fora do tom.

— E onde eu encontro essa Tamara que não é a mãe da Natasha? — ela perguntou a Mark de maneira circunspeta, aproveitando a oportunidade para se afastar um pouco dele.

— Duas fileiras acima, à esquerda. Uma senhora muito devota. É conhecida na localidade como Sra. Monja.

Ela se virou casualmente e viu uma mulher espectral, coberta de negro da cabeça aos pés. O cabelo, também negro, era rajado de branco e estava preso num coque. A boca, paralisada numa parábola descendente, parecia nunca ter sorrido. Usava uma espécie de mantilha de gaze lilás.

— E, no peito, uma cruz dourada, ortodoxa, daquelas que os bispos usam, só que com uma barra a mais — exclamou Gail. — Daí o apelido de Sra. Monja, presume-se — disse. E, como se acabasse de se lembrar: — Mas, *nossa*, ela realmente tinha presença. Definitivamente roubava a cena — Gail e os resquícios de seus antepassados atuantes no teatro —, você percebia sua força interna. Até Perry percebeu.

— Depois — advertiu Perry, evitando os olhos dela. — Eles não querem esse tipo de opinião agora.

Bem, ela também não podia dar sua opinião antes, podia?, teve vontade de responder a ele, mas, aliviada por ter transposto com sucesso o obstáculo Natasha, deixou passar.

Algo a respeito do pequeno e imaculado Luke a perturbava seriamente: o modo como ela atraía o olhar dele sem ter a intenção; o modo como ele captava o dela. Ela se perguntara, a princípio, se ele não era gay, até que o pegou olhando a brecha de sua blusa onde um botão tinha aberto. É o fracassado que existe nele, concluiu ela. É sua obstinação em combater até o último homem, mesmo quando o último é ele próprio. Nos anos que passara esperando Perry, ela dormira com poucos homens, dos quais um ou dois foram por amabilidade, simplesmente para lhes provar que eram melhores do que julgavam ser. Luke a lembrava deles.

*

Alongando-se para a partida com Dima, Perry, ao contrário de Gail, mal se preocupou com os espectadores, afirmou ele, concentrado nas próprias mãos, espalmadas, grandes, sobre a mesa diante de si. Sabia que aquelas pessoas estavam lá na arquibancada, tinha feito um aceno para elas com a raquete e não recebera nada em resposta. Acima de tudo, ele estava ocupado demais colocando as lentes de contato, apertando o cadarço dos tênis, besuntando-se de protetor solar, preocupando-se com a possibilidade de Mark estar chateando Gail e, principalmente, se perguntando quão depressa poderia vencer e ir embora. E também estava sendo interrogado por seu adversário, a 1 metro dele:

— Eles incomodam você? — perguntou-lhe Dima, com uma circunspeta meia-voz. — Os meus torcedores? Quer que mande embora?

— Claro que não — respondeu Perry, ainda ressentido pelo incidente com os guarda-costas. — São seus amigos, imagino.

— Você britânico?

— Sou.

— Britânico inglês? Galês? Escocês?

— Apenas inglês, na verdade.

Escolhendo um banco, Perry depositou nele sua bolsa de tênis, que não deixara os guarda-costas revistarem, e abriu o zíper. Apanhou lá de dentro duas faixas felpudas — uma para a cabeça, a outra para o punho.

— Você padre? — perguntou Dima, com a mesma circunspeção.

— Por quê? Está precisando de um?

— Médico? Algum tipo de médico?

— Também não, lamento.

— Advogado?

— Eu só jogo tênis.

— Banqueiro?

— Deus me livre! — respondeu Perry, irritado, e remexeu numa viseira amassada antes de atirá-la de novo dentro da bolsa.

Porém, na verdade, ele se sentia mais do que irritado. Tinham-no enrolado, e ele não gostava nada disso. Fora enrolado pelo dono da loja e teria sido enrolado pelos guarda-costas, se tivesse permitido. E tudo bem que não lhes permitira, mas a presença deles na quadra — eles haviam se colocado como árbitros de linha, um de cada lado — era mais do que suficiente para manter sua ira em efervescência. Mais ainda, ele fora enrolado pelo próprio Dima, e o fato de Dima ter recrutado aquele pelotão como um ajuntamento de desgarrados para pular da cama às 7 horas da manhã a fim de vê-lo vencer apenas aumentava a afronta.

Dima enfiara uma das mãos no bolso de seu comprido calção preto de tênis, procurando meio dólar de prata de John F. Kennedy.

— Sabe de uma coisa? Meus garotos me disseram que, se eu aplicasse alguma artimanha, eu venceria — confidenciou, indicando com um aceno da cabeça calva os dois meninos sardentos na arquibancada. — Se eu ganho nessa moeda que a gente joga antes de começar a partida, meus próprios garotos acham que eu trapaceei. Você tem filhos?

— Não.

— Tem vontade de ter?

— Algum dia. — Ou seja: *Cuide da sua vida, merda.*

— Quer escolher?

Artimanha, repetiu Perry para si mesmo. Onde aquele homem que falava um inglês estropiado, com um sotaque que lembrava o do Bronx, tinha ido buscar uma palavra como *artimanha*? Ele escolheu coroa, perdeu, e ouviu um grasnar de escárnio, o primeiro sinal de interesse que alguém na arquibancada se dignara a mostrar. Seus olhos tutelares se fixaram nos dois filhos de Dima, que escondiam com as mãos um certo sorriso de escárnio. Dima olhou para o sol e escolheu o lado da sombra.

— Que raquete você tem aí? — perguntou ele, com uma piscadela de seus veementes olhos castanhos. — Parece ilegal. Mas não tem problema, eu bato você de qualquer maneira. — E, enquanto se posicionava na quadra: — Bela garota, a sua. Vale muitos camelos. É melhor você se casar com ela logo.

E como ele sabe que não somos casados?, irritou-se Perry.

*

Perry sacou quatro pontos seguidos, exatamente como fez contra o casal indiano, mas está usando força demais, e sabe disso, mas não se importa. Reagindo ao saque de Dima, faz o que não sonharia fazer, exceto se estivesse no auge da forma e enfrentando um jogador muito mais fraco: posta-se à frente, a biqueira do sapato praticamente na linha de serviço, apanhando a bola no semivoleio, devolvendo-a obliquamente pela quadra, ou arremessando-a para o lado interno da linha lateral simples, onde o guarda-costas com cara de bebê permanece de braços cruzados. Mas isso apenas no caso dos primeiros saques, pois Dima rapidamente percebe a jogada e o conduz de volta à linha de fundo, onde ele deveria estar.

— A partir de então, acho que comecei a me acalmar um pouco — admitiu Perry, mostrando os dentes aos seus interlocutores e ao mesmo tempo coçando as costas do pulso de um lado a outro da boca.

— Perry parecia um garoto brigão — corrigiu-o Gail. — E Dima, um jogador nato. Considerando seu peso, altura e idade, era espantoso. Não é, Perry? Você mesmo disse isso; falou que ele desafiava as leis da gravidade. Chegava a zombar da física. Incrível.

— Ele não pulava até a bola. Levitava — admitiu Perry. — E, claro, era um bom jogador, não podia ser melhor. Eu tinha pensado que íamos apelar para acessos de fúria e disputas bem em cima da linha. Mas não fizemos nada desse tipo. Era realmente bom jogar com ele. Um cara esperto, também. Segurava as cortadas até o último minuto, até mais.

— *E ele mancava* — intrometeu-se Gail, agitada. — Jogava numa inclinação e protegia a perna direita, não é verdade, Perry? E era duro como pau. E tinha uma atadura no joelho. E *ainda assim* levitava!

— Sim, bem, eu tinha que diminuir o ritmo um pouco — reconheceu Perry, agarrando importunamente a sobrancelha. — Os resmungos dele, francamente, cansavam um pouco a certa altura.

Mas, mesmo com tantos resmungos, o interrogatório que Dima conduzia entre os jogos continuou inabalado:

— Você algum grande cientista? Arrebenta com o mundo, do mesmo jeito que saca? — perguntou ele, tomando um gole de água gelada.

— De forma alguma.

— Funcionário dedicado de uma instituição pública?

O jogo de suposições tinha ido longe demais:

— Na verdade, eu dou aulas — disse Perry, descascando uma banana.

— Aulas? Você dá aulas? É professor universitário, mestre, doutor?

— Isso. Mas não sou mestre nem doutor.

— Onde?

— Atualmente, em Oxford.
— Na *Universidade* de Oxford?
— Exato.
— O que você ensina?

— Literatura inglesa — respondeu Perry, não propriamente empenhado, naquele momento, em explicar a um completo estranho que seu futuro ainda estava em jogo.

Mas o prazer de Dima não tinha limite:
— Escuta, conhece o *Jack London*? O maior escritor inglês?
— Não pessoalmente. — Era uma piada, mas Dima não achou graça.
— Você gosta do cara?
— Admiro-o.
— *Charlotte Brontë*? Também gosta dela?
— Muitíssimo.
— *Somerset Maugham*?
— Um pouco menos.
— Tenho livros de todos esses caras! Centenas! Em russo! Prateleiras enormes de livros!
— Que ótimo.
— Você leu Dostoievski? Lermontov? Tolstoi?
— Claro.
— Tenho todos eles. Todos os caras de primeira linha. Tenho Pasternak. Conhece alguma coisa? Pasternak escreveu sobre a minha cidade natal. Chamava-a de Yuriatin. É a Perm de hoje. O filho da puta chamava-a de Yuriatin. Não sei por quê. Os escritores fazem essas coisas. Todos malucos. Está vendo a minha filha lá em cima? É a Natasha, não entende porra nenhuma de tênis, mas adora livros. Oi, Natasha! Dê um alô ao mestre aqui!

Depois de uma pequena demora para mostrar que estava sendo apresentada à força, Natasha levantou distraidamente a cabeça e afastou os longos cabelos o suficiente para deixar Perry assombrado com sua beleza, antes de a menina voltar a seu volume encadernado de couro.

— Está constrangida — explicou Dima. — Não quer ouvir o pai gritando seu nome. Está vendo aquele livro que ela está lendo? Turgueniev. Um dos principais nomes russos. Eu que comprei. Ela quer um livro, eu compro. Certo, Mestre. Você saca.

— Daquele momento em diante, eu era o Mestre. Expliquei a ele várias vezes que eu não era isso, mas ele não escutava, então desisti. Em questão de dias, metade do hotel estava me chamando de Mestre. O que é extremamente esquisito quando você desistiu de ser até mesmo um professor primário.

Na mudança de lado, com 2-5 a favor de Perry, este se alegrou ao ver que Gail se afastara do inoportuno Mark e se instalara na fileira mais alta, entre duas garotinhas.

*

Segundo Perry, o jogo foi se firmando num ritmo satisfatório. Não que fosse a maior disputa de todos os tempos, mas — por mais que reduzisse seu ritmo — engraçado e divertido de se acompanhar, admitindo-se que alguém queria se divertir, o que continuava em discussão, uma vez que, com exceção dos meninos gêmeos, os espectadores pareciam estar num evento de evangelização. Por *reduzindo seu ritmo* ele queria dizer que jogava de forma um pouco mais lenta, que usava a armação lateral da raquete para rebater as bolas que iam em direção às linhas laterais, ou que respondia a um golpe forte sem olhar com a devida atenção para onde ela havia ido parar. Mas, dado que a diferença entre eles — em idade, habilidade e mobilidade, se fosse para ser honesto — era, àquela altura, evidente, sua única preocupação era desfrutar o jogo, deixar Dima com sua dignidade e aproveitar um tardio café da manhã com Gail no Captain's Deck. Ou pelo menos era nisso que ele acreditava até ali, quando eles novamente mudaram de lado e Dima apertou seu braço, dirigindo-lhe uma zangada reclamação:

— Mas que merda, Mestre, você me deu uma enrabada.

— Eu fiz *o quê?*

— Aquela bola longa foi fora. Você viu fora, mas empurrou para dentro. Acha que eu sou um velhote gordo de merda? Que eu vou morrer se você não pegar leve comigo?

— Foi na linha.

— Eu jogo a varejo, Mestre. Se quero alguma coisa, eu consigo, porra. Ninguém me enraba, entende? Quer jogar por mil paus? Fazer esse jogo ficar interessante?

— Não, obrigado.

— Cinco mil?

Perry riu e sacudiu a cabeça.

— Você é um frangote, hein? Frangote, você... por isso não aposta comigo.

— Devo ser — concordou Perry, ainda sentindo a marca da mão de Dima em seu braço esquerdo.

*

— *Vantagem para a Grã-Bretanha!*

O grito ressoa sobre a quadra e se dissipa. Os gêmeos caem num riso nervoso, esperando o abalo decorrente. Até então Dima tolerou as ocasionais explosões de bom humor dos dois. Basta. Deixando a raquete no banco, ele galga os degraus da arquibancada e, alcançando os dois garotos, aponta um indicador para a ponta do nariz de cada um.

— Vocês querem que eu tire o cinto e bata com essa merda em vocês? — indaga ele, em inglês, aparentemente por causa de Perry e Gail, ou por que outro motivo não falaria com eles em russo?

Um dos meninos responde num inglês melhor que o do pai:

— Você não está de cinto, papai.

Isso é demais. Dima dá um tapa no rosto do filho mais próximo, um tapa tão pesado que o garoto gira parcialmente sobre o banco, até as próprias pernas o fazerem parar. Segue-se um segundo tapa, no outro filho, tão forte quanto o anterior e com a mesma mão, o que fez Gail lembrar-se da vez em que estava andando com seu socialmente ambicioso irmão mais velho, quando ele ia caçar faisões com os amigos ricos (atividade que ela abomina), e o irmão marcou o que se chama de um esquerdo e um direito, o que significava um faisão morto para cada cano da arma.

— O que me intrigou foi que eles nem mesmo desviaram a cabeça. Só ficaram ali sentados e aguentaram tudo — disse Perry, o filho de professores de escola primária.

Mas a coisa mais estranha, insistiu Gail, foi quão amistosamente o papo foi retomado:

— Vocês querem ter aula de tênis com o Mark depois? Ou querem ir para casa aprender religião com a mamãe?

— Aula de tênis, papai, por favor — implorou um dos gêmeos.

— Então não façam nenhuma outra confusão, ou não ganham nenhum bife de Kobe esta noite. Querem comer bife de Kobe esta noite?

— Claro, papai.

— E você, Viktor?

— Claro, papai.

— Se vocês quiserem bater palmas, batam para o Mestre ali, não para o seu pai, que é uma grande porcaria. Venham cá.

Um fervoroso abraço de urso em cada rapaz, e a disputa prossegue sem qualquer outro incidente, até o inevitável fim.

*

Na derrota, a conduta de Dima é embaraçosamente desagradável. Ele não é apenas indulgente: comove-se até as lágrimas de admiração e reconhecimento. Primeiro tem que apertar Perry de encontro a seu grande peito (que Perry jura ser de marfim) por três vezes, segundo o costume russo. As lágrimas, enquanto isso, rolam-lhe pelas faces e, consequentemente, pelo pescoço de Perry.

— Você é um sacana de um inglês que joga fair play, ouviu bem, Mestre? Você é um sacana de um cavalheiro inglês, como nos livros. Adorei você, está me ouvindo? Gail, chega aqui. — Com Gail o abraço é mais reverente, e cauteloso, pelo que ela fica aliviada. — Vê se cuida desse merdinha, está me ouvindo? Ele não sabe jogar tênis, mas eu juro por Deus que é um puta cavalheiro. É o Mestre do fair play, entende? — E fica repetindo o mantra como se tivesse acabado de inventá-lo.

Dima se afasta dali, um tanto desengonçado, e começa a grunhir em um celular que o guarda-costas com cara de bebê estende para ele.

*

Os espectadores saem da quadra lentamente e em fila. As menininhas pedem abraços de Gail. Ela fica feliz de agradá-las. Um dos filhos de Dima arrisca um "jogo bacana, cara" em inglês americano, enquanto passa por Perry, espreitando-o, rumo à aula, com a bochecha ainda vermelha do sopapo que levou. A bela Natasha se incorpora à procissão, com o livro encadernado na mão. Marca com o polegar o lugar em que parou. Na retaguarda vem Tamara, de braço dado com Dima, a cruz ortodoxa reluzindo na ascendente luz solar. Depois do jogo, a manqueira de Dima fica mais pronunciada. Enquanto ele caminha, inclina-se para trás, com o queixo estendido para a frente, os ombros à mesma altura do inimigo. Os guarda-costas guiaram o grupo para a sinuosa trilha de pedra. Três caminhonetes com vidros escuros esperavam atrás do hotel a fim de levá-los para casa. Mark, o dono da loja, é o último a sair.

— Grande jogo, Sir! — E bate ruidosamente no ombro de Perry. — Excelente habilidade em quadra. Um tanto desigual nas cortadas oblíquas, se me permite dizer. Talvez você tenha que trabalhar isso um pouco.

Lado a lado, Gail e Perry observam, mudos, o cortejo se mover aos trancos e barrancos pela estrada esburacada em forma de espinha, desaparecendo atrás dos cedros que protegem de olhares indiscretos a casa chamada Three Chimneys.

*

Luke levanta os olhos das anotações que estava fazendo. Como se para manter uma ordem, Yvonne faz o mesmo. Ambos estão sorrindo. Gail tenta evitar os olhos de Luke, mas ele a encara, de modo que ela não tem como evitá-lo.

— Então, Gail — diz ele vivamente —, é a sua vez de novo, se pudermos. Mark era uma peste. No entanto, ele realmente parece ter sido uma verdadeira mina de informação. Que pepitas de ouro você pode nos oferecer a respeito da família de Dima? — diz, dando um piparote com as duas pequenas mãos ao mesmo tempo, como se esporeasse o cavalo para cavalgar com mais ardor. Gail lança um olhar em direção a Perry, sem saber direito para quê. Ele não lhe devolve o olhar.

— Ele era tão *traiçoeiro* — ela se queixa, usando Mark, mais do que Luke, como o objeto de sua desaprovação, e franze o rosto para mostrar como ainda se lembra de seu gosto ruim.

*

Mark mal se sentara ao lado dela, no primeiro degrau da arquibancada, ela contou, e já começou a martelar em torno do quão importante e milionário era seu amigo Dima. Segundo Mark, a Three Chimneys era apenas uma de suas várias propriedades. Tinha outra na Madeira e outra em Sochi, no mar Negro.

— E uma casa nas vizinhanças de Berna — continuou ela —, onde fica a sede de sua empresa. Mas ele é um nômade. Parte do ano fica em Paris, parte em Roma, parte em Moscou, segundo Mark me contou. — Ela reparou que Yvonne anotou mais alguma coisa. — Mas sua casa, em tudo o que se refere aos garotos, é a Suíça, e a escola é um internato nas montanhas para filhos de milionários. Ele conversou a respeito da *empresa*. Mark admitiu que Dima possuía uma. Havia uma companhia registrada no Chipre. E bancos. Vários bancos. As transações bancárias eram as maiores. Foi isso o que o levou à ilha, em primeiro lugar. Antígua, atualmente, ostenta quatro bancos russos, segundo Mark, além de um ucraniano. São apenas placas de metal em centros comerciais e um telefone instalado na mesa de alguns advogados. O banco de Dima era um desse das placas. Quando Dima comprou a Three Chimneys, além de tudo, foi à vista. Nada de maletas com as notas, mas cestos de lavanderia, uma coisa um tanto agourenta, que ele pegou emprestado no hotel, segundo Mark. E cédulas de 20 dólares, não de 50. As de 50 são muito arriscadas. Ele comprou a casa e um engenho de açúcar em ruínas, além da península onde vivem.

— Mark mencionou cifras? — perguntou Luke.

— Seis milhões de dólares americanos. E o tênis também não era só por prazer. Ou pelo menos não primordialmente — continuou ela, surpreendida pelo quanto se lembrava do medonho monólogo de Mark. — O tênis, na Rússia, é símbolo de status. Se um russo lhe diz que joga tênis, é como se dissesse que é podre de rico. Graças à brilhante instrução de Mark, Dima voltou a Moscou, conquistou uma taça e todo mundo ficou boquiaberto. Mas Dima não deixava Mark contar essa história, pois se orgulha de ser um *self-made man*. Foi só porque confiava muito em mim que Mark abriu uma exceção. E, se eu quisesse aparecer na sua loja algum dia desses, ele tinha uma salinha bacana lá em cima onde poderíamos continuar a conversa.

Luke e Yvonne sorriram em solidariedade. Perry simplesmente não sorriu.

— E Tamara? — perguntou Luke.

— Ele a chamava de *Beijada por Deus*. E apregoava o apelido loucamente aos berros, segundo os ilhéus. Não nada, não vai à praia, não joga tênis, não fala com os próprios filhos: só com Deus; ignora Natasha completamente, mal dirige a palavra aos nativos, à exceção de Elspeth, mulher de Ambrose, o hoteleiro-chefe. Elspeth trabalha numa agência de viagens, mas, se a família está por perto, larga tudo e ajuda no que pode. Parece que há pouco tempo uma das empregadas pegou algumas joias de Tamara para ir a uma festa. Tamara apanhou-a antes que a mulher pudesse devolvê-las e lhe mordeu a mão tão cruelmente que a moça teve que levar 12 pontos. Mark disse que, se fosse com ele, tomaria uma vacina antirrábica também.

— Então agora, por favor, nos conte a respeito das garotinhas que se sentaram ao seu lado, Gail — sugeriu Luke.

*

Yvonne estava levando a causa a julgamento, Luke fazia o papel de subpromotor, e Gail dava seu depoimento, tentando conservar a serenidade, como ela mandava suas testemunhas fazerem, sob pena de excomunhão.

— Então, Gail, as garotas já estavam ali ou elas foram saltitando até você no momento em que viram que a mulher bonita estava sozinha? — perguntou Yvonne, pondo o lápis na boca enquanto estudava suas anotações.

— Elas subiram os degraus e se sentaram perto de mim, uma de cada lado. Mas não saltitando. Foram andando mesmo.
— Sorrindo? Rindo? Fazendo molecagem?
— Nem um único sorriso. Nem mesmo um esboço de sorriso.
— Em sua opinião, alguém as mandou ir até você? Quem quer que estivesse cuidando delas?
— Elas foram estritamente por iniciativa própria. Na minha opinião.
— Tem *certeza* disso? — Estava se tornando mais escocesa, mais persistente.
— Eu vi a coisa toda acontecer. Mark tinha tomado liberdades desnecessárias comigo, então saí correndo para os bancos de cima, para ficar o mais longe dele possível. Não havia ninguém no último banco além de mim.
— Então onde estavam as menininhas minúsculas a essa hora? Abaixo de você? Mais adiante no mesmo banco? *Onde*, por favor?

Gail respirou fundo para se controlar, depois falou com decisão:
— As *menininhas minúsculas* estavam no segundo banco, com Elspeth. A mais velha se virou e olhou para mim, depois falou com Elspeth. Eu realmente não ouvi o que ela disse. Elspeth se virou e me olhou também, balançando a cabeça afirmativamente para a menina mais velha. As duas meninas falaram alguma coisa entre si, levantaram-se e se aproximaram *calmamente*, subindo os degraus. Devagar.
— Não sejam ásperos com ela — disse Perry.

*

O depoimento de Gail tornou-se evasivo. Ou assim pareceria aos ouvidos de um advogado, e sem dúvida aos de Yvonne também. Sim, as meninas apareceram diante dela. A mais velha fez um cumprimento que devia ter aprendido nas aulas de dança e perguntou num inglês muito sério, com um leve sotaque estrangeiro: *Podemos nos sentar com a senhorita?* Gail riu e respondeu: *É claro que sim, senhorita.* E elas se sentaram, cada uma de um lado, ainda sem sorrir.
— Perguntei o nome da menina mais velha. Eu sussurrei, porque todo mundo estava em silêncio total. Ela disse "Katya", e eu falei: "E o nome da sua

irmã?" Ao que ela respondeu: "Irina." E Irina se virou e me encarou como se eu fosse, bem, uma intrometida. Não entendi o porquê da hostilidade, então falei, para as duas: "Seus pais estão aqui?" Katya balançou a cabeça com verdadeira veemência, e Irina não disse absolutamente nada. Ficamos ali sentadas ainda por algum tempo. Um *bom* tempo, para o padrão de crianças. E eu andei pensando: talvez lhes tivessem dito que elas não deveriam falar durante os jogos. Ou que não deveriam falar com estrangeiros. Ou talvez elas não soubessem falar mais nada em inglês, ou quem sabe fossem autistas, ou tivessem alguma deficiência.

Ela faz uma pausa, à espera de estímulo ou de uma pergunta, mas vê apenas quatro olhos que aguardam, e Perry ao lado dela, com a cabeça inclinada para as paredes de tijolos, que têm o mesmo cheiro de bebida que seu falecido pai exalava. Ela toma fôlego mentalmente e, em seguida, se lança:

— Eles estavam trocando de lado no jogo. Aproveitei para tentar de novo: "Qual é a sua escola, Katya?" Katya balançou a cabeça, Irina fez o mesmo. Não vão à escola? Ou não iam naquele momento? Não naquele momento, pelo visto. Elas frequentavam uma British International School em Roma, mas tinham saído. Não explicaram o motivo, também não perguntei. Eu não queria me meter, mas tive um mau pressentimento de que deveria insistir. Elas viviam em Roma? Não mais. Novamente Katya. Foi em Roma que vocês aprenderam esse seu excelente inglês? Sim. Na British International elas podiam escolher inglês ou italiano. O inglês era melhor. Apontei para os meninos de Dima. São seus irmãos? Mais negativas. Primos? Sim, meio que primos. Apenas meio quê? Sim. Eles também frequentam a British International? Sim, mas na Suíça, não em Roma. E aquela bela garota que vive mergulhada num livro, falei, *ela* é prima de vocês? Resposta de Katya, que desabafou como uma confissão: A Natasha é nossa prima, mas é só meio que. Outra vez. E ainda nenhum sorriso, de nenhuma das duas. Mas Katya passou a mão no meu vestido de seda. Como se ela nunca tivesse sentido como é a seda.

Gail toma fôlego. Isso não é nada, diz consigo mesma. Isso é a entrada. Esperem só até amanhã, para ouvir toda a história de horror, todos os cinco pratos.

— Depois de afagar bastante a seda, ela encostou a cabeça no meu braço e fechou os olhos. E esse foi o fim da nossa interação talvez por uns cinco minutos, se bem que Irina, do meu outro lado, aproveitou a deixa de Katya e se apoderou da minha mão. Ela devia ter essas unhas pequenininhas que são ásperas e rudes; se agarrou mesmo a mim. Depois pegou minha mão e a pressionou contra sua testa e girou o rosto, como se quisesse me mostrar que estava com febre, mas ela tinha o rosto úmido, e percebi que tinha chorado. Então ela soltou minha mão e Katya disse: "Ela chora, às vezes. É normal." Quando o jogo termina e Elspeth sobe apressadamente os degraus para buscá-las, é o momento em que eu quero agasalhar Irina em meu sarongue e levá-la para casa comigo, de preferência também com sua irmã. Mas não posso fazer nada disso, não tenho nenhuma ideia de por que ela estava indisposta, e pronto, fim da história.

*

Mas não é o fim da história. Pelo menos não em Antígua. A história prossegue maravilhosamente. Perry Makepiece e Gail Perkins ainda estão tendo as férias mais felizes de suas vidas, exatamente como haviam prometido a si mesmos, em novembro. Para se lembrar da felicidade deles, Gail representa para si mesma a versão sem censura:

Dez da manhã aproximadamente, fim da partida, volta ao chalé para Perry tomar banho.

Fazemos amor, maravilhosamente como sempre, ainda sabemos fazê-lo. Perry não sabe fazer nada pela metade. Todos os seus poderes de concentração devem estar voltados para uma coisa de cada vez.

Meio-dia ou mais tarde. Perdemos o bufê do café da manhã por problemas técnicos (acima), nadamos no mar, almoçamos à beira da piscina, voltamos à praia porque Perry precisa me vencer no shuffleboard.

Quatro da tarde, aproximadamente. Regresso ao chalé, Perry vitorioso: por que não deixa a mulher vencer nem sequer *uma vez*? Cochilo, leitura, mais amor, cochilo novamente, perdemos a noção do tempo. Acabamos rapidamente com um Chardonnay do frigobar, enquanto ficamos na varanda, em roupões de banho.

Oito da noite, aproximadamente. Preguiça demais para nos vestirmos, pedimos que entreguem o jantar no chalé.

Ainda em nossas férias únicas-na-vida. Ainda no Éden, mastigando a maldita maçã.

Nove da noite aproximadamente. Chega o jantar, trazido no carrinho não por qualquer velho garçom do serviço de quarto, mas pelo venerável Ambrose, que, além da garrafa de vinho inferior, da Califórnia, que pedimos, traz uma garrafa gelada de champanhe Krug de categoria, num balde de prata com gelo, cujo preço na carta de vinhos era de 380 dólares, e ele passa a nos servir, juntamente com duas taças geladas, um prato de canapés de aspecto delicioso, dois guardanapos adamascados e uma mensagem especialmente preparada, que ele profere a plenos pulmões, com o peito estufado e as mãos apertadas contra os flancos, como um guarda da corte:

— Esta garrafa muito especial vem para a sua família como uma cortesia do *próprio* Sr. Dima, primeiro e único. O Sr. Dima manda dizer que é grato ao senhor por... — e puxou uma nota do bolso da camisa e os óculos de leitura — ele manda dizer: "Mestre, sou-lhe grato muito cordialmente por uma bela lição na grande arte do tênis fair play, sendo, como é, um cavalheiro inglês. Também lhe agradeço ter me poupado 5 mil dólares de aposta." Há ainda seus cumprimentos à muito bela Srta. Gail, e é essa a sua mensagem.

Tomamos algumas taças do Krug e combinamos terminar a garrafa na cama.

*

— O que é bife de Kobe? — Perry me pergunta em algum momento de uma noite movimentada.

— Já esfregou a barriga de uma garota? — pergunto a ele.

— Deus me livre — diz Perry, fazendo precisamente aquilo.

— Vacas virgens — explico. — Criadas com saquê e com a melhor cerveja. O gado Kobe tem a barriga massageada toda noite até ficar pronto para o corte. Além disso, os animais são propriedade intelectual prioritária — acrescento, o que também é verdade, mas não sei se ele ainda está escutando. — Nosso escritório sustentou uma ação judicial a favor deles e ganhamos bois abatidos.

Caindo no sono, tenho um sonho profético em preto e branco de que estou na Rússia em tempos de guerra e que coisas ruins estão acontecendo a criancinhas.

3

O céu de Gail está escurecendo, assim como o porão. Com a luz reduzida, a lívida lâmpada do teto parece arder mais soturnamente acima da mesa, e as paredes de tijolos se fazem negras. Lá em cima, na rua, o ronco do tráfego se tornou esporádico. Também rarearam os pés que passam, trotando, sombreados pelas foscas janelas em meia-lua. O grande e amável Ollie, com seu único brinco mas sem a boina, entrou afobado carregando quatro xícaras de chá e um prato com biscoitos e desapareceu.

Embora seja o mesmo Ollie que os apanhou no apartamento de Gail num táxi preto mais cedo, naquela mesma noite, agora fica implícito que ele não é um *verdadeiro* motorista de táxi, apesar do emblema de licença que exibe no largo peito. Ollie, segundo Luke, "mantém-nos todos na linha", mas Gail não engole isso. Uma calvinista escocesa de meias azuis não precisa de orientação moral, e, para um jóquei fidalgo de olhar errante e armado pelo charme da classe alta, é tarde demais.

Além disso, os olhos de Ollie aparentam saber muito mais do que seria próprio de um simples subalterno, na opinião de Gail. Ela também fica intrigada com seu brinco: se é um indicador sexual ou apenas uma brincadeira. E fica curiosa também com sua voz: quando o ouviu falar pela primeira vez, pelo interfone de sua casa em Primrose Hill, soou puro *cockney*. Enquanto conversava com eles através da divisória sobre o tempo sombrio que tínhamos em maio — depois daquele abril maravilhoso e, caramba, como a floração já estava se recuperando do dilúvio da última noite, não? —, ela detectou nuances estrangeiras e sua sintaxe começou a se fragmentar. Desse modo, qual era a sua língua mãe? Grego? Turco? Hebraico? Ou é a voz, como o brinco, um truque de que ele se vale para confundir os especuladores?

Queria ela nunca ter assinado aquela maldita declaração. Queria que Perry também não o tivesse feito. Ao assinar aquilo ele não estava *assinando*, estava *se aliando*.

*

Sexta-feira era o último dia da viagem de lua de mel dos indianos, diz Perry. Por isso eles combinaram de jogar uma melhor de sete em vez das três habituais e, consequentemente, perderam outra vez o café da manhã.

— Então optamos por um banho de mar e talvez um brunch, se tivéssemos fome. Preferimos o extremo movimentado da praia. Não era a parte a que normalmente íamos, mas estávamos de olho no Shipwreck Bar.

Seu eficiente tom, reconhece Gail. Perry, o professor inglês. Fatos e sentenças curtas. Nada de conceitos abstratos. Deixemos a história falar por si mesma. Eles escolheram um guarda-sol, conta ele. Dispuseram o equipamento esportivo. Já se dirigiam para a água quando uma caminhonete com vidros escuros parou na área de estacionamento proibido. Emergiu dela, primeiramente, o guarda-costas com cara de bebê, em seguida o homem do gorro escocês que estava na partida de tênis, agora de calção e com um colete amarelo de pele de gamo, mas com o gorro escocês firmemente *in situ*; então surgiu Elspeth, mulher de Ambrose, e depois dela um inflado crocodilo de borracha com as mandíbulas abertas, seguido de Katya, conta Perry, exibindo sua fabulosa capacidade de memória. E, depois de Katya, saiu uma enorme e saltitante bola vermelha com uma cara risonha e alças, que vinha a ser da propriedade de Irina, que também estava em traje de praia.

E finalmente emergiu Natasha, diz ele, e é essa a hora de Gail interrompê-lo. *Natasha é assunto meu, não seu.*

— Mas apenas depois de um atraso dramático e justo quando pensamos que não tinha mais ninguém na caminhonete — diz Gail. — Estava vestida para arrasar, com uma viseira meio chinesa e um vestido oriental com botões de cavilha e sandálias estilo gladiador cruzadas nos tornozelos, carregando seu livro encadernado em couro. Após escolher *delicadamente* seu caminho sobre a areia de modo que todos os olhos a vissem, ela se acomodou languidamente sob o mais distante guarda-sol da fileira e começou sua leitura com *extrema seriedade*. Certo, Perry?

— Se você diz... — responde Perry, constrangido, e se joga para trás na cadeira, como se para se distanciar dela.

— Sim, é o que eu digo. Mas o mais *sinistro*, o mais *assustador* — continua ela, de maneira estridente, agora que Natasha está seguramente fora da história de novo — era que cada membro do grupo, grande ou pequeno, sabia *exatamente* aonde ir e o que fazer, tão logo pisaram na praia.

O guarda-costas com cara de bebê foi direto para o Shipwreck Bar e pediu uma lata de *root beer* que ele fez durar as duas horas seguintes, conta, com aprovação. O homem do gorro escocês, apesar da corpulência — um *primo*, segundo Mark, um dos muitos primos de Perm, "uma cidade na Rússia" —, escalou os degraus vacilantes de uma guarita de salva-vidas, tirou de seu colete de pele de gamo uma rodinha de borracha, encheu-a e se sentou em cima, provavelmente por ter hemorroidas. As duas garotinhas, seguidas a certa distância pela grande Elspeth, com sua protuberante cesta, foram caminhando, levando o crocodilo e a bola, para o declive de areia onde Perry e Gail tinham se instalado.

— *Caminhando* novamente — enfatizou Gail, com exagero, tendo Yvonne em mente. — E não pulando, saltando ou gritando. *Caminhando*, de bico calado e com os olhos arregalados como se estivessem na quadra de tênis. Irina com o polegar na boca e uma expressão carrancuda, a voz de Katya mais ou menos tão amistosa quanto a de um galo falante: "Você vai nadar conosco, não vai, Srta. Gail?" De modo que *eu* disse, esperando aliviar as coisas um pouco, acho: "Srta. Katya, o Sr. Perry e eu ficaremos muito honrados em nadar com você." Assim fizemos, nadamos. Não foi? — disse, dirigindo-se a Perry, que, tendo assentido, insistiu outra vez em pôr a mão sobre as dela, quer num gesto de apoio, quer para apaziguá-la, não sabia ela qual das duas coisas.

O resultado, num ou noutro caso, foi o mesmo. Ela teve que fechar os olhos e esperar alguns segundos para conseguir recomeçar, o que fez num outro arrebatamento.

— Foi uma *total* encenação. *Nós* sabíamos que era uma encenação. As *crianças* sabiam que era uma encenação. Mas, se as duas meninas precisavam fazer uma cena em torno de um crocodilo e de uma bola, elas conseguiram, certo, Perry?

— Com toda a certeza — diz Perry com entusiasmo.

— Irina agarrou minha mão e praticamente me *arrastou* para a água. Katya e Perry vinham atrás de nós com o crocodilo. E o tempo todo eu pensava: onde diabos estão os pais delas e por que nós estamos fazendo isso em vez deles? Não perguntei isso a Katya imediatamente. Tive uma espécie de pressentimento de que podia ser uma pergunta perversa. Podiam estar se divorciando ou algo assim. Então perguntei a ela quem era o refinado cavalheiro de chapéu, aquele sentado na escada. O tio Vanya, disse Katya. Ótimo, eu disse, e quem é o tio Vanya? Resposta: apenas um tio. De Perm? Sim, de Perm. Nenhuma explicação adicional, nada do tipo: já não vamos à escola em Roma. Cometi alguma infração até agora, Perry?

— Nenhuma.

— Então vou continuar.

*

Por algum tempo o sol e o mar cumpriam o que se espera deles, continua Gail:

— As garotas brincam na água e pulam ao redor, e Perry faz uma *bagunça total*, parece o poderoso Poseidon se erguendo das profundezas da água e fazendo ruídos de monstro marinho. Sério, Perry, você estava... você estava *maravilhoso*, admita.

Exaustos, eles voltaram cambaleando para a areia, as meninas para serem enxugadas e vestidas e besuntadas de protetor solar por Elspeth.

— Mas em questão de *segundos*, literalmente, elas voltaram, agachando-se nas beiradas da minha toalha. E só de *olhar* no rosto delas eu vi que as sombras de melancolia ainda estavam ali, tinham apenas se escondido. Bem, pensei: sorvete e uma bebidinha para refrescar. Perry, este é um trabalho de homem, falei para ele, faça a sua obrigação. Certo, Perry?

Bebidinha para refrescar?, ela repete para si mesma. Por que mais uma vez estou soando como a minha pavorosa mãe? Porque sou uma outra atriz fracassada, com uma voz esganiçada que fica mais e mais ruidosa quanto mais tempo levo falando.

— Certo — concorda Perry, um pouco atrasado.

— E lá se foi ele buscar as guloseimas, não foi? Sorvete de caramelo com nozes para todo mundo, suco de abacaxi para as meninas. Mas, quando Perry foi *assinar* o nome na guia do resort, o homem do bar disse que já estava tudo pago. Quem pagou? — Ela se apressou a dizer, com a mesma falsa euforia: — Vanya! O muito generoso e gordo tio de gorro escocês, que estava lá na guarita do salva-vidas. Mas *Perry*, sendo quem é, não podia gostar disso, podia?

Uma sacudidela da comprida cabeça para dizer que entendeu a mensagem.

— Ele fica patologicamente constrangido de usufruir alguma coisa pela qual não pagou, não fica? E você nem sequer *conhecia* aquele homem. Assim, Perry subiu a escada para dizer ao tio Vanya que era muito gentil da parte dele etc. e tal, mas que preferia assumir ele mesmo a despesa.

Ela se cala. Sem nem um pingo da desesperada frivolidade dela, Perry continua a história em seu lugar:

— Subi a escada até onde Vanya estava sentado sobre sua almofadinha. Me enfiei debaixo do guarda-sol para dar minha opinião e me surpreendi ao ver a coronha de uma pistola, muito grande e preta, sobressaindo de sob sua barriga. Ele tinha desabotoado o colete de pele de gamo por causa do calor e lá estava a arma, lustrosa como o dia. Não conheço armas, graças a Deus. Nem quero conhecê-las. O pessoal de vocês conhece, sem dúvida. Aquela era tamanho família — diz ele pesarosamente, e cai sobre eles um eloquente silêncio quando ele lança a Gail um olhar queixoso e não recebe nenhum gesto em resposta a suas aflições.

*

— E você não pensou em comentar alguma coisa, Perry? — insinua o esperto e pequeno Luke, sempre preenchendo as lacunas. — Sobre a arma, quero dizer.

— Não, não pensei. Imaginei que ele não tivesse reparado que eu notara, então resolvi que seria uma boa tática fingir não ter notado. Agradeci a ele os sorvetes e desci a escada, voltando para perto de Gail, que estava batendo papo com as meninas.

Luke reflete sobre isso de uma forma particularmente concentrada. Alguma coisa parece tê-lo perturbado. Seria, talvez, o espinhoso problema em torno da etiqueta de espião que o estava aborrecendo? O que você faria se visse a arma de um cara que você não conhece muito bem saindo sob o colete? Você diz que está aparecendo ou apenas ignora? Como naquelas situações em que você nota que um mero conhecido não fechou a braguilha.

A escocesa Yvonne da meia azul resolve ajudar Luke a resolver o dilema:

— Em *inglês*, Perry? — pergunta ela severamente. — Você agradeceu em *inglês*, imagino. Ele *respondeu* em inglês?

— Ele não respondeu em língua nenhuma. No entanto, eu notei foi o bóton preto, desses de luto, que ele usava no colete, coisa que eu não via fazia um tempo. E *você* não sabia que isso existia, não é? — pergunta ele acusadoramente.

Embaraçada com a agressividade, Gail balança a cabeça. É verdade, Perry. Admito minha culpa. Eu nunca tinha visto um bóton de luto mas agora sei que existem, de modo que você pode prosseguir com a história, não pode?

— E não lhe ocorreu advertir o hotel, por exemplo, Perry? — pergunta Luke, obstinadamente. — "Tem um russo lá fora com uma arma tamanho família sentado na guarita do salva-vidas!" Não?

— Pensei em muitas possibilidades, Luke, e essa sem dúvida foi uma delas — responde Perry, seu acesso de agressividade ainda não concluído. — Mas o que é que o hotel poderia fazer? Tudo indicava que, se Dima não fosse o próprio dono do lugar, fazia o que queria por ali. Além disso, tínhamos que pensar nas crianças: se deveríamos ou não fazer um alarde na frente de todo mundo. Concluímos que não era o momento.

— E as autoridades policiais da ilha? Não pensou nisso? — Luke de novo.

— Tínhamos mais quatro dias. Não pretendíamos passar o resto das férias prestando dramáticas declarações à polícia acerca de acontecimentos em que, de qualquer forma, aquelas pessoas estavam metidas até o pescoço.

— E essa foi uma decisão *conjunta*?

— Foi uma decisão executiva. Minha. Eu não estava a fim de ir até Gail e dizer: "Vanya tem uma arma enfiada no cinto; você acha que devemos contar à polícia?" Menos ainda na frente das garotas. Uma vez que ficamos sozinhos e eu me recuperei, contei a ela o que tinha visto. Falamos disso de maneira inteiramente racional e essa foi a decisão que tomamos: nenhuma ação.

Surpreendida por um afluxo involuntário de apoio amoroso, Gail defende Perry com seu Parecer Profissional:

— Talvez Vanya tivesse uma autorização local perfeitamente correta para posse de arma. O que Perry sabia? Talvez Vanya não *precisasse* de licença. Talvez, até, a polícia tivesse lhe dado a arma. Não estávamos a par da legislação referente a armas em Antígua, não é verdade, Perry? Nenhum de nós.

Ela praticamente espera Yvonne levantar uma questão jurídica contrária, mas Yvonne está muito ocupada consultando a cópia do documento transgressor em sua pasta:

— Será que eu posso incomodar vocês dois pedindo uma descrição desse tal de *tio Vanya*? — pergunta ela, com uma voz sem agressividade.

— Rosto marcado de varíola — diz Gail imediatamente, mais uma vez aturdida com o fato de tudo ter ficado em sua memória.

Cinquenta e tantos anos. Bochechas de pedra-pomes. Pança de bebedor. Ela achava que o tinha visto, durante o tênis, bebendo sub-repticiamente de um cantil, mas não tinha certeza.

— Anéis em todos os dedos da mão direita — diz Perry quando chega sua vez. — Vistos em conjunto, um soco-inglês de ferro. Cabelo de espantalho, preto, saindo pela parte de trás do gorro, mas desconfio de que era careca em cima, e que por isso usava o gorro escocês. Muita gordura naquele homem.

Sim, Yvonne, esse é ele, concordaram num sussurro compartilhado, as cabeças se tocando e a eletricidade ondulando entre eles quando fixaram o olhar na fotografia 21x16 que ela deslizou sob seus narizes. Sim, é Vanya de Perm, o segundo da esquerda para a direita de quatro homens alegres e acima do peso sentados numa boate, cercados de putas, serpentinas e garrafas de champanhe na festa de réveillon de 2008, sabe Deus onde.

*

Gail precisa ir ao banheiro. Yvonne a conduz pela estreita escada do porão, para o misteriosamente suntuoso térreo. O amável Ollie, sem a boina, está esticado numa poltrona estilo antigo, absorto num jornal. Não é um jornal comum, pois foi impresso em cirílico. Gail acha que decifra *Novaya Gazeta*, mas não tem certeza e não quer dar a ele o prazer de perguntar. Yvonne espera Gail urinar. O banheiro é extravagante, com bonitas toalhas de mão, sabonete perfumado e dispendioso papel de parede com cenas de caça com cavalos. Elas descem a escada de volta. Perry se mantém curvado, a cabeça apoiada nas mãos, mas nesse momento ele tem as palmas voltadas para cima, de modo que olha como se lesse a sorte de duas pessoas ao mesmo tempo.

— Então, Gail — diz o pequeno Luke com diligência. — Vamos voltar ao seu grito, acho.

Na verdade, não foi um grito, Luke. Um guincho de merda, que está se represando em mim faz algum tempo, e que eu acho que você pode ter notado enquanto coloca os olhos sobre mim por um tempo um pouco maior do que o *Manual da etiqueta de interação entre sexos* dos espiões considera estritamente necessário.

*

— Eu realmente não tinha a menor ideia — começa ela, antecipando-se e se dirigindo mais a Yvonne que a Luke. — Eu só me atrapalhei. Devia ter me dado conta. Mas não.

— Você não tem por que se censurar — replica Perry calorosamente, ao lado dela. — Ninguém lhe disse, ninguém lhe fez a menor advertência. Se alguém teve culpa, foi o pessoal do Dima.

Gail não precisa ser consolada. É uma advogada numa adega de vinhos revestida de tijolos na calada da noite, montando as peças do caso contra o acusado, e o acusado é ela própria. No meio da tarde, ela está deitada de bruços sob um guarda-sol numa praia de Antígua, com o laço da parte de cima do biquíni desfeito, duas garotinhas acocoradas de um lado, Perry estendido do outro, com seu calção de garoto e os óculos do falecido pai, da época do Serviço Nacional de Saúde, com as lentes escuras adicionadas pelo filho.

As meninas já tomaram seus sorvetes e seus sucos de fruta gratuitos. O tio Vanya de Perm está no alto da escada com a pistola tamanho família na cintura, e Natasha, cujo nome é um desafio para Gail a cada vez que o menciona (ela tem que se concentrar e dar um salto completo sobre ele, como nas provas de equitação), *Natasha* está deitada no outro extremo da praia, em esplêndido isolamento. Elspeth, enquanto isso, se afastou para uma distância segura. Talvez ela saiba o que está para acontecer. Se pudesse usufruir uma percepção tardia dos acontecimentos, é o que ela diria.

A sombra volta a surgir no rosto das meninas, observa ela. Seu lado profissional teme que possa haver um segredo ruim entre as duas. Considerando tudo que ela ouve no tribunal quase todos os dias, é isso o que a incomoda, é isso o que lhe impulsiona a curiosidade: crianças que não tagarelam e não fazem travessuras. Crianças que não compreendem que são vítimas. Crianças que não olham ninguém nos olhos. Crianças que se condenam por coisas que os adultos lhes fazem.

— Fazer perguntas é o meu *trabalho* — justifica ela. Agora está dizendo tudo a Yvonne. Luke está embaçado e Perry, fora de quadro, deliberadamente afastado. — Já fiz tribunais de família, tive crianças no banco de testemunhas. O que fazemos *em* nosso trabalho fazemos *fora* dele. Não somos duas pessoas. Somos apenas nós mesmos.

Fazendo um gesto com o qual pretendia atenuar mais a tensão dela do que a própria, Perry estica o corpo para o alto e faz um alongamento de nadador com os braços compridos, mas a tensão de Gail não se abranda.

— Portanto, a primeira coisa que eu disse a elas foi: falem mais a respeito do tio Vanya. Elas tinham ficado tão enigmáticas com relação a ele que pensei que fosse um homem mau com as sobrinhas. "O tio Vanya toca balalaica com a gente, a gente gosta muito dele, ele é engraçado quando fica bêbado." Foi o que a Irina falou. Ela resolveu ser mais acessível do que a irmã mais velha. Mas eu fiquei pensando: um tio embriagado que toca música para elas, o que mais ele toca?

— E tudo isso ainda em *inglês*, imagino — interrompe Yvonne, em sua busca de cada último detalhe. E então delicadamente, de mulher para mulher: — Nem um francês básico ou algo parecido?

— O inglês era praticamente a primeira língua delas. Um inglês americano *internacional* com um leve sotaque italiano. Então perguntei, esse Vanya é um tio verdadeiro, ou apenas de consideração? Resposta: o Vanya é irmão da nossa mãe e era casado com a tia Raïsa, que agora vive em Sochi com um outro marido de que ninguém gosta. A gente está fazendo a árvore da família, o que para mim é ótimo. A Tamara é mulher do Dima, e ela é bastante severa e reza muito, porque é santa, e ela é muito legal por aceitar a gente. *Legal? Aceitar como?* Então eu perguntei, e realmente estava sendo uma advogada bem hábil, fazendo as perguntas tangenciais e não as diretas: o Dima é *legal* com a Tamara? O Dima é *legal* com os meninos? Ou seja: o Dima é, de algum modo, legal demais com vocês? E Katya disse, sim, o Dima é legal com a Tamara porque é marido dela e a irmã dela morreu, e ele é gentil com a Natasha porque é pai dela e porque a mãe dela morreu, e com os filhos também porque é pai deles. O que leva à pergunta que eu *realmente* queria fazer, e a fiz a Katya por ela ser a mais velha: então quem é o pai *de vocês*, Katya? E Katya disse: ele morreu. E Irina veio e disse: assim como a nossa mãe. Ambos morreram. Eu falei algo como "puxa, é mesmo?" e, como elas apenas olharam para mim, acrescentei: sinto muito. Há quanto tempo eles morreram? Eu não sabia nem se acreditava nelas. Uma parte de mim ainda desejava que elas estivessem me pregando uma peça. Mas agora era Irina quem conversava e Katya quem tinha entrado numa espécie de transe. Assim como eu, mas isso não importa. Eles morreram na *quarta-feira*, disse Irina. Com muita ênfase no dia. Como se o dia fosse o culpado pela morte dos dois. *Quarta-feira* foi quando eles morreram, quando quer que tivesse sido essa quarta-feira. A história só piorava. Então eu disse, você quer dizer quarta-feira *passada*? E Irina disse, é, quarta-feira, uma semana atrás, dia 29 de abril: com muita exatidão, para que eu entendesse corretamente. Portanto quarta-feira da semana anterior em um desastre de carro, e eu apenas sentada ali encarando as duas. Irina pegou minha mão e começou a afagá-la de leve, Katya pôs a cabeça no meu colo e Perry, de quem eu tinha esquecido completamente, passou o braço em torno de mim. E eu era a única que estava chorando.

*

Gail mordeu o nó do indicador, que é outra coisa que ela faz no tribunal para se proteger das emoções não profissionais.

— Ao discutir aquilo com Perry mais tarde, no chalé, tudo mais ou menos se encaixou — diz ela, levantando a voz para dar ainda mais ênfase, mas mantendo Perry na linha de seu olhar, ao mesmo tempo que tentava fazer soar natural duas menininhas estarem se divertindo na praia poucos dias depois de os pais terem sido massacrados num acidente de carro. — Os pais delas morreram na *quarta-feira*. A partida de tênis foi na quarta-feira *seguinte*. Portanto, a família tinha ficado uma semana de luto e Dima concluíra que estava na hora de levar as meninas para pegar um pouco de ar fresco: então vamos todos nos animar, quem está a fim de jogar? Se eles fossem judeus, o que, pelo que soubemos, até poderiam ser, ou se algum deles fosse, ou se os pais que morreram fossem, então talvez eles observassem o *shiva*, e portanto naquela quarta-feira deviam estar recobrando a vida. Isso dificilmente combinava com Tamara, que era obviamente cristã e usava uma cruz. Mas não estamos falando de coerência religiosa, ao menos não com relação a essa gente, e Tamara era abertamente considerada esquisita.

Yvonne de novo, respeitosa mas firme:

— Odeio pressionar você, Gail, mas Irina disse que tinha sido um *desastre de carro*. Então foi só *isso* o que ela disse? Não disse, por exemplo, onde havia acontecido o desastre?

— Em algum lugar nas proximidades de Moscou. É vago. Ela botou a culpa nas estradas. Tinham buracos demais. Todo mundo dirigia no meio da estrada para evitar os buracos e assim, evidentemente, os carros colidiam.

— Houve algum comentário sobre hospitalização? Ou eles morreram instantaneamente? Era essa a história?

— Morreram no impacto. "Um grande caminhão de carga veio correndo de repente para o meio da estrada e matou os dois."

— Alguma outra morte, além da dos pais?

— Receio que eu não estivesse muito à vontade para mais perguntas. — Ela começava a hesitar.

— Mas não havia um motorista, por exemplo? Se o motorista morreu também, isso certamente faria parte da história, não?

Yvonne não contava com Perry:

— Nem Katya nem Irina fizeram qualquer referência a um motorista, morto ou vivo, direta ou indiretamente, Yvonne — diz ele, no tom lento, corretivo, que destina a alunos indolentes e guarda-costas predatórios. — *Nada se falou sobre outras baixas, ou hospitais, ou sobre que carro, especificamente, estavam dirigindo.* — Sua voz se eleva: — Ou se havia cobertura do seguro para danos a terceiros, ou...

— Basta — diz Luke.

*

Gail subiu a escada novamente, dessa vez sem escolta. Perry permaneceu onde estava, a cabeça nos dedos de uma das mãos, a outra batendo de leve e inquietamente na mesa. Gail voltou e se sentou. Perry pareceu não notar.

— E então, Perry? — diz Luke, muito animado e sistemático.

— E então o quê?

— O *críquete*.

— Isso foi só no dia seguinte.

— Estamos a par disso. Consta no seu relatório.

— Então por que não o lê?

— Acho que já tratamos disso, não foi?

Está bem, foi no dia seguinte, à mesma hora, na mesma praia, só numa parte diferente, Perry admite, com relutância. A mesma caminhonete de vidros escuros se deteve na vaga de ESTACIONAMENTO PROIBIDO e despejou não apenas Elspeth, as duas meninas e Natasha, mas também os meninos.

De qualquer forma, ao surgir a palavra "críquete", Perry começa a se animar:

— Pareciam dois potros adolescentes que, depois de ficarem trancados no estábulo por muito tempo, tinham finalmente a permissão de sair para um galope — diz ele com súbita satisfação, tomado pela vivacidade da memória.

Para a ida à praia naquele dia, ele e Gail procuraram um lugar o mais longe possível da casa chamada Three Chimneys. Não estavam se escondendo de Dima e companhia, mas tiveram uma noite dura e acordaram com violentas dores de cabeça, depois de cometerem o erro elementar de tomar o rum de cortesia.

— E evidentemente não *havia* como escapar deles — intervém Gail, resolvendo que é a vez dela de novo. — Em nenhum lugar da praia *inteira*. Ou havia, Perry? Nem na *ilha* inteira, se fôssemos parar para pensar. Por que diabos aquela gente estava tão interessada em nós? Afinal, quem *eram* eles? O que queriam? E por que *nós*? Toda vez que dobrávamos uma esquina, lá estavam eles. Estávamos começando a perceber isso. Lá do nosso chalé nós os víamos, do outro lado da baía, olhando para nós. Ou imaginávamos que os víamos, o que dava no mesmo. E, na praia, eles não precisavam sequer de binóculos. Bastava olharem por cima do muro do jardim. O que, sem dúvida, eles faziam bastante, pois, depois que nos instalamos, após apenas alguns minutos a caminhonete já tinha chegado.

O mesmo guarda-costas com cara de bebê, conta Perry, tomando de volta para si a narrativa. Não no bar, dessa vez, mas à sombra de uma árvore, num lugar alto. Nenhum tio Vanya de Perm, com seu gorro escocês e sua arma tamanho família; em seu lugar, um magrelo desengonçado que devia ser uma espécie de fanático por atividades físicas, porque, em vez de subir para o mirante, ele ficou para cima e para baixo na praia, marcando o tempo e parando em cada extremidade para um pouco de tai chi.

— Um cara de cabelo cacheado — diz Perry, o sorriso se abrindo ao máximo. — Cinético. Bem, *maníaco* seria mais apropriado. Não conseguia sentar ou ficar parado nem por 5 segundos. E mais que magricela. Esquelético. Pensamos que fosse um recém-chegado ao círculo familiar de Dima. Dima devia ter uma alta rotatividade de primos vindos de Perm.

— Perry deu uma olhada nas crianças, não foi? — diz Gail. — Nos garotos principalmente, e você pensou, meu Deus, o que é que vamos fazer com esses dois? Então você teve a sua *única* ideia brilhante das férias: *críquete*. Bem, quero dizer, não *tão* brilhante se você conhece Perry. Dê a ele uma bola mastigada por um cachorro e um pedaço de madeira velha e ele esquece todos os seres humanos que não jogam críquete. Não é verdade?

— Nós levamos o jogo extremamente a sério, como deve ser — acrescenta Perry, franzindo as sobrancelhas de modo nada convincente através do sorriso. — Nós construímos um *wicket* de madeira trazida pela correnteza, pusemos ramos por cima para as *bails*, o pessoal da marina nos forneceu um bastão e uma espécie de bola, reunimos um punhado de rastas e velhos ingleses da região para o campo exterior e de uma hora para outra tínhamos seis de cada lado, a Rússia contra o resto do mundo, um clássico. Mandei os meninos convencerem Natasha a vir e defender a pátria, mas eles voltaram dizendo que ela estava lendo um cara chamado Turguieniev, do qual nunca tinham ouvido falar. Nossa tarefa seguinte foi transmitir as sagradas Regras do Críquete a — o sorriso se alarga —, bem, a alguns bons camaradas indisciplinados. Não aos velhos ingleses do lugar ou aos rastas, evidentemente. Eles eram jogadores de críquete natos e bem-criados. Mas os jovens Dimas eram *internacionais*. Haviam jogado um pouco de beisebol, mas não gostavam que lhes dissessem para lançar uma bola e não arremessá-la. As garotinhas precisavam de um pouco de preparação, mas tão logo tivéssemos os velhos ingleses rebatendo, poderíamos utilizá-las como corredoras. Se as meninas se entediassem, Gail as arrastaria para tomar refrescos e nadar. Não é?

— Chegamos à conclusão de que a melhor coisa era mantê-las em movimento — explica Gail, com a mesma animação de Perry. — Não lhes dar tempo demais para remoer as coisas. Os meninos iriam se divertir, o que quer que fizessem. E para as meninas, bem, no que me dizia respeito, só conseguir um sorriso delas era... *Meu Deus*, era... — E deixa no ar o resto da frase.

Percebendo que Gail está em dificuldades, Perry rapidamente intervém:

— É muito difícil jogar um críquete decente naquela areia macia — explica a Luke enquanto Gail se recompõe. — Os lançadores se atolavam e os batedores se emborcavam, como você pode imaginar.

— E como posso — acrescenta Luke, rápido, para equiparar o tom ao de Perry e ficar à sua altura.

— Não que merecesse vaia. Todo mundo se divertiu bastante e os vencedores ganharam sorvetes. Nós anunciamos um empate, de modo que os dois lados saíram vencedores.

— Pagos, acredito eu, pelo novo tio reinante, certo? — insinua Luke.

— Eu dei um fim àquilo — diz Perry. — Os sorvetes ficaram por nossa conta.

Com Gail recuperada, a voz de Luke assume um caráter mais sério:

— E foi enquanto ambos os lados venciam, na verdade, com o jogo bem adiantado, que vocês viram *o interior* da caminhonete estacionada? Entendi bem?

— Estávamos pensando em declarar o empate — reconhece Perry. — E de repente a porta lateral da caminhonete se abriu e lá estavam eles. Talvez desejassem um pouco de ar fresco. Ou uma visão melhor. Sabe Deus o quê. Era como uma visita real. Mas incógnita.

— Por quanto tempo a porta lateral ficou aberta?

Perry, preparado com sua célebre memória; Perry, a testemunha perfeita, jamais se fiando em si mesmo, jamais respondendo depressa demais, sempre capaz de se controlar nas justificativas — outro Perry que Gail adora.

— Na verdade eu não sei, Luke. Não sei dizer exatamente. *Nós* não sabemos. — Um olhar para Gail, que balança a cabeça para dizer que ela também não tinha como saber. — Eu vi; Gail me viu olhando, não foi? Então *ela* viu. Nós dois os vimos, Dima e Tamara, um ao lado do outro e muito empertigados, a sombra e a luz, a magra e o gordo, olhando fixamente para nós do assento de trás da caminhonete. Em seguida, *pam*, a porta se fechou, deslizando depressa.

— Olhando fixamente, não sorrindo — lembra Luke, brandamente, enquanto anota algo.

— Havia alguma coisa... bem, eu já disse isso... alguma coisa *majestática* ao redor dele. Sim. Ao redor dos dois. O régio Dima. Se um deles tivesse estendido a mão e tirado uma borla de seda indicando ao boleiro para seguir adiante, eu não teria ficado tão surpreso. — Ele insiste nessa ideia, depois a aprova com um balanço da cabeça. — Numa ilha, as pessoas grandes parecem maiores. E os Dimas eram... bem, pessoas grandes. Ainda são.

Yvonne tem ainda outra fotografia para eles verem, dessa vez um retrato de fichamento policial, em preto e branco: rosto e perfil, dois olhos negros, um olho negro. E a boca machucada e inchada de alguém que acabou de dar um depoimento voluntário. À vista disso, Gail franze o nariz em desaprovação. Lança um olhar a Perry e os dois concordam: não é ninguém que conheçam.

Mas a escocesa Yvonne não se deixa desanimar:

— Bem, se eu pusesse uma peruca cacheada nele, imaginem por um instante, e se desse um jeito no rosto, vocês dois não acham que ele poderia ser o maníaco por atividades físicas, libertado de uma prisão italiana em dezembro do ano passado?

Eles acham que bem poderia ser. Puxando a foto para mais perto, passam a ter certeza.

*

A adiantada comunicação do convite foi feita na mesma noite pelo venerável Ambrose, no restaurante Captain's Deck, enquanto ele servia o vinho para Perry experimentar. Perry, o filho de puritanos, não faz imitações. Gail, a filha de atores, faz todas. Ela concede a si mesma o papel do venerável Ambrose:

— "E amanhã à noite terei de renunciar ao prazer de servi-los, meus jovens. Sabem por quê? Porque vocês, meus jovens, serão os honrosos convidados-surpresa do Sr. Dima e da senhora sua esposa por ocasião do 14º aniversário de seus filhos gêmeos, que vocês pessoalmente, conforme ouvi dizer, apresentaram à nobre arte do críquete. Minha Elspeth fez o maior e mais bonito bolo de nozes que vocês já terão visto. O maior porque, Srta. Gail, segundo o que todos dizem, para aqueles garotos a senhorita deveria sair de dentro dele; eles a amam profundamente."

Como toque final, Ambrose lhes entregou um envelope em que estava escrito: *Sr. Perry e Srta. Gail*. Dentro dele estavam dois cartões de visita de Dima, brancos e com acabamento iguais a convites de casamento, com seu nome completo: *Dimitri Vladimirovitch Krasnov, Diretor Europeu, Conglomerado de Comércio Multiglobal Arena de Nicósia, Chipre*. E, abaixo, o endereço do site de sua empresa e um endereço em Berna intitulado Residência e Sede da Empresa.

4

Se algum dos dois pensou em rejeitar o convite de Dima, eles nunca o admitiram um para o outro, disse Gail.

— Estávamos nessa por causa das crianças. Dois gêmeos adolescentes e desajeitados fazendo aniversário: ótimo. Foi assim que o convite nos foi vendido e como entramos nessa. Mas, para mim, foi por causa das duas meninas — disse Gail, internamente feliz consigo mesma por não mencionar Natasha —, enquanto, para Perry... — E lançou, de relance, um olhar ambíguo para ele.

— Para Perry *o quê*? — perguntou Luke, pois Perry não reagiu.

Ela já estava recuando, protegendo seu homem.

— Ele estava fascinado por aquilo tudo. Não estava, Perry? Dima, quem ele era, sua energia, o homem bem estabelecido. Aquele proscrito bando de russos. O perigo. A pura *diferença*. Você estava, bem, *conectado*. Estou falando alguma mentira?

— Soa um tanto como lenga-lenga psicológica para mim — disse Perry rispidamente, se fechando.

O pequeno Luke, sempre conciliador, correu em socorro:

— Então, basicamente, ambos os lados tiveram uma mistura de motivos — opinou ele, à maneira de uma pessoa familiarizada com misturas de motivos. — Nada errado nisso, certo? É um cenário bem confuso. A arma de Vanya. Histórias de dinheiro russo em cestos de lavanderia. Duas menininhas órfãs com uma desesperada carência de você... e talvez os adultos também, pelo que parece. E era o aniversário dos gêmeos. Quero dizer: como, na qualidade de duas pessoas decentes, vocês podiam resistir?

— Numa ilha — Gail lhe lembrou.

— Exatamente. E, acima de tudo, alguém *ousaria* dizer, vocês estavam *loucos* de curiosidade. E por que não deveriam estar? Quero dizer que é uma mistura bem inebriante. Tenho certeza de que me deixaria cativar por ela.

Gail tinha certeza de que ele se deixaria, sim. Sentia que, na sua época, o pequeno Luke se deixara cativar por muitas coisas e se preocupava um tanto consigo mesmo, como consequência.

— E *Dima* — insistiu ela. — Dima foi o grande chamariz para você, Perry, reconheça. Você disse isso na ocasião. Para mim foram as crianças, mas, na hora H, foi o Dima para você. Discutimos o assunto poucos dias atrás, lembra?

Ela queria dizer: *enquanto você estava redigindo o seu maldito documento e eu era uma escrava cristã.*

Perry ruminou por algum tempo, tanto quanto podia ter ruminado a respeito de qualquer premissa acadêmica, e depois, com um sorriso de desportista, reconheceu a retidão do raciocínio.

— É verdade. Eu me senti *escolhido* por ele. *Supervalorizado* é o termo. Na verdade, já nem sei *o que* senti. Talvez na hora também não soubesse.

— Mas Dima sabia. Você foi o professor dele de fair play.

*

— Então à tarde, em vez de ir à praia, nós andamos pela cidade, para fazer compras — prosseguiu Gail, ignorando Perry e fitando Yvonne, embora se dirigisse a ele enquanto falava: — Para os gêmeos aniversariantes, o óbvio era material de críquete. Isso era departamento *seu*. Você gostou de procurar o equipamento de críquete. Adorava as lojas de artigos esportivos. Como adorava os velhos, e adorava as fotografias dos jogadores do grande West Indian. Learie Constantine? Quem mais estava ali?

— Martindale
— E Sobers. Gary Sobers estava lá. Você apontou para ele para me mostrar. Ele assentiu com a cabeça. Sim, Sobers.
— E adoramos a parte do sigilo. Por causa das crianças. A ideia de Ambrose de eu saltar de dentro do bolo não estava muito longe do que pretendíamos, estava? E comprei presentes para as meninas. Com um pouco de ajuda sua. Echarpes para as menores e um colar de conchas muito bonito para Natasha, com pedras semipreciosas. — Pronto. Ela tinha deixado Natasha aparecer novamente, e agora conseguira se sair bem. — Você quis comprar um para mim também, mas eu não o deixaria fazer isso.
— Por favor, Gail, por que motivo? — indagou Yvonne, com um sorriso modesto e inteligente, na tentativa de provocar um sutil alívio.
— Exclusividade. Foi gentil da parte de Perry, mas eu não queria ser equiparada a Natasha — respondeu Gail, dirigindo-se tanto a Perry como a Yvonne. — E tenho certeza de que Natasha não queria ser comparada a *mim*. Obrigada pela intenção, mas guarde para outra ocasião, eu disse. Certo? E, *sério*, experimente só tentar comprar um papel de presente decente em St. John's!

Ela prosseguiu:

— Depois houve a questão de nos fazer entrar às escondidas, não foi? Porque éramos a grande surpresa. *Aquilo* também ia ser uma coisa... Pensamos em ir como piratas do Caribe; quer dizer, você pensou; mas achamos que talvez fosse um pouco exagerado, ainda mais que aquelas pessoas ainda estavam de luto, embora, oficialmente, não soubéssemos disso. Então fomos como estávamos, só com um algo mais. Perry, você botou o seu velho paletó e a calça cinza que tinha usado para viajar. E sua sunga, evidentemente. E eu usei um vestido de algodão sobre a roupa de banho, além de um cardigã, caso esfriasse. Isso porque sabíamos que a Three Chimneys tinha uma praia particular, então talvez fôssemos convidados a entrar no mar.

Yvonne escrevendo um meticuloso memorando. Para quem? Luke, com o queixo na mão, bebe nela cada palavra, um tanto demais para o gosto de Gail. Perry estudando melancolicamente um segmento da superfície de tijolos, na parede escurecida. Todos dando total atenção ao que ela apresenta como um canto do cisne.

✴

Quando Ambrose disse a eles que estivessem às 6 horas na entrada do hotel, Gail continuou, num tom mais ponderado, eles imaginaram que seria divertido ir até a Three Chimneys numa das caminhonetes de janelas escuras e entrar por uma porta lateral. Enganaram-se.

No percurso até o estacionamento, conforme haviam sido instruídos, encontraram Ambrose esperando junto à roda de um jipe. O plano, explicou ele com uma empolgação conspiratória, era fazer infiltrar os convidados-surpresa por meio da trilha natural que percorria exatamente a espinha dorsal da península até a porta traseira da casa, onde o próprio Sr. Dima estaria esperando por eles.

Ela imitou novamente a voz de Ambrose:

— "Cara, eles botaram umas luzes incríveis naquele jardim, arranjaram uma banda de tambores, uma grande barraca, e conseguiram um carregamento do mais macio bife de Kobe já saído de uma vaca. Acho que eles têm de tudo um pouco ali. E o Sr. Dima, ele cuidou de tudo, até de um simples alfinete. Despachou a minha Elspeth e toda aquela família barulhenta dele para uma corrida de caranguejos do outro lado do St. John's, só para vocês poderem entrar clandestinamente pela porta de trás. Estão vendo como vocês estão secretos esta noite, meus jovens?!"

Se eles estivessem procurando aventura, a simples trilha já seria suficiente. Deviam ser as primeiras pessoas a percorrê-la em anos. Duas ou três vezes Perry chegou a ter que abrir passagem pelo capinzal.

— O que, evidentemente, ele adorou. Na verdade, ele deveria ter nascido camponês, não é? Quando saímos daquele grande túnel verde, Dima estava de pé no final, como um Minotauro feliz. Se é que isso existe.

O ossudo indicador de Perry se sacudia para cima, em advertência:

— Foi a primeira vez que vimos Dima *sozinho* — ele lembrou seriamente. — Nenhum guarda-costas, ninguém da família, nenhuma criança. Ninguém para nos vigiar. Ou ao menos ninguém à vista. Éramos um trio, parado ao final de uma floresta. Acho que estávamos ambos muitíssimo conscientes disso. A repentina exclusividade.

Fosse qual fosse, porém, o significado que Perry vinculava a essa observação, perdeu-se na insistente investida da narrativa de Gail:

— Ele nos *abraçou*, Yvonne! *Realmente* nos abraçou. Primeiro o Perry, depois o empurrou para o lado e veio para mim, e em seguida o Perry de novo. Não eram abraços sensuais. Abraços de família, fortes e intensos. Como se ele não nos visse havia muito tempo. Ou como se não fosse nos ver outra vez.

— Ou como se estivesse desesperado — aventou Perry, com o mesmo tom cuidadoso, pensativo. — Um tanto disso passou para mim. Talvez não para você. O que significávamos para ele, naquele instante. Como éramos importantes.

— Ele efetivamente nos *amava* — adiantou-se Gail. — Ficou ali de pé declarando seu amor. Também Tamara nos amava, ele tinha certeza disso. Ela só achava difícil demonstrar, porque era meio louca, desde aquele problema. Nenhuma explicação de que problema podia ter sido, e quem éramos nós para perguntar? Natasha nos amava, mas não falava nada com ninguém naqueles dias: só lia os livros. A família toda amava os ingleses, por nossa humanidade e nosso fair play. Se bem que ele não disse *humanidade*. O que ele disse?

— Coração.

— Permanecemos ali no final do túnel, num verdadeiro festival de abraços apertados, enquanto ele falava todas essas coisas sobre o nosso coração. Quer dizer: quanto amor você pode confessar a uma pessoa com quem você só trocou meia dúzia de palavras?

— Perry? — ajudou Luke.

— Achei que ele estava *heroico* — respondeu Perry, com a longa mão voando agora para a testa, fazendo um gesto clássico de aflição. — Eu só não sabia por quê. Coloquei isso em alguma parte do nosso documento? *Heroico?* Achei que ele estava algo assim — disse ele, excluindo com um dar de ombros seus próprios sentimentos, como se não tivessem importância. — Eu pensei *dignidade sob fogo cruzado*. Só não sabia quem estava atirando em quem. Ou por quê. Eu não sabia nada, a não ser...

— Você estava à beira do abismo com ele — arriscou Gail, sem maldade.

— Sim, é verdade. E ele estava em uma situação horrível. *Precisava* de nós.
— De *você* — ela o corrigiu.
— Está certo. De mim. É o que estou tentando dizer.
— Então conte *você*.

*

— Ele saiu do túnel conosco, caminhando em torno do que imaginamos ser os fundos da casa — começou Perry, e em seguida parou. — Suponho que vocês queiram uma *descrição exata* do lugar? — indagou ele asperamente a Yvonne.
— Queremos, sim, Perry — retrucou Yvonne, com eficácia equivalente.
— Cada detalhe, por mais enfadonho que seja, por favor, se você não se incomodar. — E retornou a seus meticulosos apontamentos.
— No ponto de onde emergimos na mata há um trecho de uma antiga linha férrea, recoberto por uma escória de carvão vermelha. Provavelmente foi feito durante a construção da casa, como via de acesso. Tivemos que abrir caminho morro acima sobre os buracos.
— Carregando os nossos presentes — intrometeu-se Gail. — Você com o material de críquete, eu com as coisas das meninas embrulhadas para presente na sacola mais bonita que eu consegui achar, o que não significa muita coisa.

Alguém está ouvindo?, ela se perguntou. Não a mim. Perry é a boca do cavalo. Eu sou o traseiro.

— Fomos nos aproximando da parte de trás da casa, que parecia uma pilha de ossos velhos — continuou ele. — Tínhamos sido avisados para não esperar um palácio, sabíamos que a casa poderia ser demolida. Mas não esperávamos uma ruína. — A personalidade associada a Oxford tinha virado a de um relator de campo. — Havia uma desmantelada construção de tijolos com janelas gradeadas, e deduzi que ali fossem os alojamentos dos antigos escravos. Havia um muro alto, caiado de branco e de quase 40 metros de altura, arrematado com concertina, que era nova e abominável. Luzes brancas de segurança projetavam-se em mastros em torno desse muro como num estádio de futebol, iluminando quem quer que passasse. Tínhamos visto o brilho lá da varanda do nosso chalé. Luzes festivas haviam sido colocadas entre as brancas, imagino que para a comemoração de aniversário da noite. Havia câmeras de segurança também, mas apontavam para longe de nós, porque estávamos no lado oposto. Acredito que fosse essa a intenção. Uma moderna e ofuscante antena de satélite, a uns 6 metros de altura, orientava-se meio que para o norte, pelo que eu pude calcular na volta. Apontava para Miami. Ou talvez para Houston. Vai saber. — Ele pensou um pouco. — Bem, vocês, obviamente, devem saber essas coisas.

Isso é um desafio ou uma gozação? Nem uma coisa nem outra. É Perry mostrando a eles como é brilhante ao exercer seu ofício, no caso de ainda não terem notado. É Perry, o escalador de antenas parabólicas voltadas para o norte, dizendo a eles que jamais esquece um trajeto. É Perry, que não resiste a um desafio quando as improbabilidades se empilham diante dele.

— Em seguida, descemos de novo, passando por mais árvores, até chegarmos a um pedaço de campo gramado, com a faixa de terra avançando para o mar ao final do campo. Na verdade, a casa não *tinha* os fundos. Ou era *tudo* fundos, se preferir. Uma mistura de bangalô pseudoelisabetano feito de sarrafo e amianto, com três aspectos principais: paredes de estuque cinza; janelas de apertados caixilhos de chumbo; madeira compensada que simulava enxaimel. E um pórtico nos fundos com uma lanterna pendurada ali, balançando. Está me acompanhando, Gail?

Tenho outra opção?

— Você está indo bem — disse ela. O que não era exatamente o que ele perguntara.

— Acrescentem quartos, banheiros, cozinhas e escritórios com portas que davam direto para fora da casa, o que indica que o lugar tinha sido alguma espécie de comuna ou assentamento em alguma época. Ou seja, uma bagunça. Não era culpa de Dima. Soubemos disso graças a Mark. Até então, os Dima jamais tinham vivido ali. Não haviam feito interferência alguma naquela casa, com exceção do intenso projeto de segurança do local. A ideia não nos incomodava. Pelo contrário: trazia consigo um toque muito necessário de realidade.

A sempre indagadora Dra. Yvonne observa por cima de suas anotações tão metódicas quanto um histórico médico:

— Mas afinal, Perry, não havia nenhuma *chaminé*?

— Duas fixadas aos resquícios de um engenho de açúcar, na margem oeste da península, e a terceira ao final da mata. Eu achava que também tinha incluído isso no nosso documento.

Nosso *maldito documento*? *Quantas vezes você já disse isso até agora? Nosso documento que você escreveu e que eu não tive permissão de ver, mas eles sim? É o seu maldito documento!* É *o maldito documento* deles! As faces do rosto de Gail estão queimando, e ela torce para que ele perceba.

— Então quando começamos a descer para a casa, faltando uns 20 metros para chegarmos lá, Dima nos fez ir devagar — dizia Perry, sua voz adquirindo intensidade. — Com as mãos. *Devagar*.

— E foi nessa hora também que ele pôs o dedo nos lábios, num gesto de cumplicidade? — perguntou Yvonne, levantando a cabeça para ele enquanto escrevia.

— *Sim, foi isso!* — respondeu Gail, afoita. — *Exatamente* isso. *Imensa* cumplicidade. Primeiro abrandou o passo, depois ordenou silêncio. Imaginamos que o dedo nos lábios era unicamente parte da surpresa para as crianças, de modo que cooperamos com isso. Ambrose dissera que elas haviam sido despachadas para a corrida de caranguejos, então estranhamos um pouco que ainda estivessem na casa. Mas apenas admitimos que alguma coisa havia mudado e que elas, afinal de contas, não tinham ido para as corridas. Ou pelo menos foi o que eu pensei.

— Muito obrigada, Gail.

Pelo quê, pelo amor de Deus? Por desviar a atenção de Perry? Não há de quê, Yvonne, é um prazer. Ela continuou, em disparada:

— A essa altura, Dima tinha nos convencido a andar na ponta dos pés. Literalmente prendíamos a respiração. Nós não *duvidávamos* dele, acho que é um aspecto a ressaltar. Estávamos *obedecendo* a ele, o que não é do nosso feitio, mas ainda assim obedecíamos. Ele nos conduziu a uma porta, uma porta da casa, mas lateral. Não estava trancada, ele apenas a empurrou e entrou na frente, depois imediatamente rodopiou em círculo com uma das mãos para cima, no ar, e a outra nos lábios, como... — *como papai representando o Gato de Botas no musical de Natal, só que sóbrio,* ela ia dizer, mas não o fez — bem, e um olhar realmente intenso, *exigindo* silêncio. Certo, Perry? Sua vez.

— Depois, quando ele percebeu que nos tinha em suas mãos, acenou para o seguirmos. Eu fui primeiro. — O tom de Perry é mínimo, em propositado contraponto ao de Gail; é a voz que ele faz quando se acha muito empolgado mas fingindo que não está. — Entramos num saguão vazio. Ora, *saguão*! Tinha mais ou menos 3 por 3,5 metros, uma janela rachada, as vidraças em losango cobertas de fita crepe e o sol do entardecer fluindo através delas. Dima ainda mantinha o dedo nos lábios. Quando avancei para dentro ele agarrou meu braço, da mesma forma como tinha feito na quadra. Uma força descomunal. Eu não podia competir com aquilo.

— Você pensou na possibilidade de *ter que* competir com a força dele? — indagou Luke, com simpatia masculina.

— Eu não sabia o que pensar. Estava aflito com relação a Gail, e minha preocupação era me manter entre eles. Por poucos segundos, apenas.

— E por tempo suficiente para compreender que aquilo já não era mais uma brincadeira para as crianças — insinuou Yvonne.

— Bem, isso estava começando a ficar claro — confessou Perry, e se deteve; sua voz foi abafada pelo lamento de uma ambulância que passava na rua acima deles. — Vocês têm que entender a importância do *estrondo* inesperado dentro do lugar — insistiu ele, como se o som da ambulância tivesse realçado sua lembrança. — Estávamos apenas naquele minúsculo saguão, mas podíamos ouvir o vento batendo em torno de toda aquela casa franzina. E a luz era, bem, *fantasmagórica*, para usar uma palavra que os meus alunos adoram. Chegava até nós em camadas, através das janelas. Tinha essa luz, repleta de poeira, de uma nuvem baixa que se aproximava vindo do mar, e sobre ela parecia flutuar uma camada de luz solar. E havia sombras negras como o breu onde a luz não chegava.

— E fria — queixou-se Gail, abraçando-se teatralmente. — Como só as casas vazias são. E aquele cheiro de cemitério que elas têm. Mas *eu* só me perguntava onde estavam as meninas. Por que nenhum sinal ou som delas? Por que nenhum som de *ninguém* ou de *qualquer coisa* além do vento? E, se não tinha ninguém ali, para quem estávamos encenando todo aquele segredo?

Quem é que estávamos despistando, além de nós mesmos? Perry, você estava pensando a mesma coisa, não estava? Você me disse isso depois.

*

E, atrás do dedo indicador erguido de Dima, um rosto diferente, Perry narra. Todo o divertimento desaparecera. Sumira de seus olhos. Ele estava sério. Rígido. Ele realmente *precisava* que sentíssemos medo. Para compartilhar o medo que ele próprio sentia. E, enquanto permanecíamos ali bestificados e, sim, amedrontados, a figura espectral de Tamara se materializou diante de nós num canto do minúsculo saguão, onde ela estivera o tempo todo sem que a tivéssemos notado, no recanto mais escuro, do outro lado das faixas de luz do sol. Estava com o mesmo vestido preto e longo que usara na partida de tênis, e também o mesmo de quando vimos Dima e ela nos espiando do interior escuro da caminhonete. Parecia o fantasma dela mesma.

Gail apoderou-se novamente da história:

— A primeira coisa que eu vi foi sua cruz peitoral. Depois o restante dela, articulando-se ao redor da cruz. Ela tinha prendido os cabelos numa trança, para a festa de aniversário, passado blush no rosto e borrado de batom o redor da boca. *Literalmente* o redor. Parecia mais louca que um interno de hospício. Não levou o dedo aos lábios. Não precisava disso. Seu corpo inteiro era como um anúncio de advertência em preto e vermelho. Esqueça Dima, pensei. Isso é *realmente* alguma coisa. E, evidentemente, eu ainda estava me perguntando qual era o *problema* dela. Porque, *meu Deus*, ela com certeza tinha algum.

Perry começou a falar, mas ela continuou, teimosamente:

— E trazia aquela folha de papel na mão, um papel A4, dobrado em duas partes, exibindo-o para nós. Para quê? Será que era um tratado religioso? Preparai-vos para encontrar vosso Deus? Ou ela estava nos entregando um mandado?

— E Dima, onde estava ele no meio disso? — perguntou Luke, voltando-se para Perry.

— Ele finalmente largou o meu braço — disse Perry, com uma careta. — Mas não antes de ter certeza de que eu estava concentrado na folha de papel de Tamara. Que ela, então, me mostrou. Com Dima balançando afirmativamente a cabeça para mim: *leia*. Mas *ainda* com o dedo nos lábios. E Tamara verdadeiramente *possuída*. Ambos possuídos, na verdade. E querendo dividir o medo com nós dois. Mas medo de quê? Então eu li o documento. Não em voz alta, evidentemente. Nem mesmo imediatamente. Eu não estava sob a luz do sol. Tive que levá-lo até a janela. Na ponta dos pés: a partir disso vocês podem imaginar como estávamos sob aquele encantamento. E mesmo *depois* de me aproximar da janela tive que me virar de costas, porque a luz do sol estava muito forte. E Gail teve que pegar, na bolsa dela, meus óculos extras de leitura...

— ...porque, como sempre, ele tinha esquecido o outro no chalé...

— Então Gail veio na ponta dos pés até mim.

— Você fez sinal para eu ir até você...

— Para a sua proteção. E você leu por cima do meu ombro. E imagino que tenhamos lido, bem, duas vezes pelo menos.

— E depois outras tantas — disse Gail. — O que eu posso dizer é: que ato de fé! O que os fazia *confiar* em nós daquela forma? Por que de repente eles achavam que fôssemos *especiais*? Era um... uma maldita *imposição*!

— Eles não tinham muita escolha — observou Perry brandamente, a que Luke acrescentou um sábio aceno de cabeça, que Yvonne imitou discretamente, e Gail se sentiu ainda mais isolada do que se sentira ao longo da noite.

*

Talvez as tensões no porão mal ventilado estivessem ficando demais para Perry. Ou talvez — impressão de Gail — ele estivesse excessivamente propenso à culpa. Ele puxou o corpo comprido de volta para a cadeira, relaxou os ombros e cravou o dedo indicador no folheto amarelo que estava entre os pequenos punhos de Luke:

— De qualquer forma, vocês têm o texto dela aí à sua frente, em nosso documento, de modo que não precisam que eu o recite para vocês — disse ele, agressivamente. — Podem lê-lo à vontade. Já fizeram isso, imagino.

— Ainda assim — disse Luke —, *se* você não se importa, Perry... Para completar as coisas, por assim dizer.

Estaria Luke testando-o? Gail acreditava que sim. Mesmo na selva acadêmica, que Perry estava tão decidido a deixar para trás, ele era conhecido pela habilidade de citar passagens da literatura inglesa depois de uma única leitura. Por vaidade, Perry começou a recitar devagar e sem expressão:

— Dimitri Vladimirovitch Krasnov, a quem chamam Dima, diretor europeu do Conglomerado de Comércio Multiglobal Arena, de Nicósia, Chipre, deseja negociar, por intermédio do professor Perry Makepiece e da advogada Sra. Gail Perkins, um acordo com a autoridade da Grã-Bretanha, tendo em vista a residência permanente de toda a sua família, em troca de determinadas informações importantes, prementes e decisivas para a Grã-Bretanha de Sua Majestade. As crianças e os dependentes regressarão em aproximadamente uma hora e meia. Há aqui lugar conveniente onde Dima e Perry poderão debater proveitosamente, sem risco de serem surpreendidos. Gail terá o prazer de acompanhar Tamara a outro setor da casa. *É possível que esta casa tenha muitos microfones.* Vamos POR FAVOR FICAR EM SILÊNCIO enquanto todas as pessoas não voltarem da corrida de caranguejos para a comemoração.

— Aí o telefone tocou — disse Gail.

*

Perry está sentado ereto em sua cadeira, como se tivesse sido convocado, as mãos, como antes, espalmadas sobre a mesa, as costas retas mas os ombros inclinados, como se meditasse sobre a retidão do que está para fazer. Seu maxilar se imobiliza em recusa, embora ninguém tenha lhe perguntado nada que precise de recusa, exceto Gail, cuja expressão, enquanto lhe fixa o olhar, é de digna súplica — ou assim ela espera, mas talvez só esteja lhe oferecendo um olhar lânguido por já não saber ao certo o que sua fisionomia está expressando.

O tom de Luke é sereno, e até afável, o que, pressupõe-se, é como ele deseja ser:

— Estou tentando imaginar vocês dois juntos ali, em pé, entende? — explica ele, com veemência. — É um momento verdadeiramente *extraordinário*, você não concorda, Yvonne? Em pé lado a lado no saguão? Lendo? Perry segurando a carta? Gail, você olhava para Perry por cima do ombro dele. Ambos *literalmente* emudecidos. Vocês receberam essa extraordinária proposta lançada a vocês de tal modo que não lhes era permitido replicar *de jeito nenhum*. É um pesadelo. E, no que diz respeito a Dima e Tamara, simplesmente por ficarem em silêncio, vocês estão a meio caminho de serem cooptados. Nenhum dos dois, creio eu, está prestes a sair correndo dali. Renderam-se. Física e emocionalmente. Estou certo? Desse modo, do ponto de vista *deles*, até aí tudo bem: vocês *tacitamente* concordaram em concordar. Vocês não conseguiram evitar passar essa impressão. De maneira totalmente inadvertida. Simplesmente por não fazerem nada, apenas por estarem ali, vocês se tornaram parte do grande jogo deles.

— Achei que os dois fossem doidos varridos — diz Gail, para desinflá-lo. — Paranoicos, os dois; sério mesmo.

— E a paranoia deles tomava que forma, exatamente?

— Como eu iria saber? Concluindo que alguém tinha grampeado o lugar, para começo de história. E que homenzinhos verdes estavam na escuta.

Mas Luke é mais audacioso do que ela esperava; ele replica vivamente:

— Será que isso era realmente tão improvável, Gail, depois do que vocês dois viram e ouviram? Você deve ter se dado conta, àquela altura, que estava com pelo menos um pé no crime russo. Logo você, uma advogada de ampla experiência, se é que posso dizer.

*

Segue-se uma longa pausa. Gail não esperava ter um atrito com Luke, mas, se quisesse brigar, ela não deixaria por menos:

— A chamada *experiência* a que você se refere, Luke — começa ela com raiva —, infelizmente *não* inclui...

Mas Perry já a interrompeu:

— O telefone tocou — lembrou-lhe gentilmente.

— Sim. Bem, sim, o telefone tocou — ela cede. — Estava a mais ou menos 1 metro de nós. Menos. Talvez a pouco mais de meio metro. O som parecia um alarme de incêndio. Levamos um susto. Eles não, só nós. Um aparelho preto e bolorento, da década de 1940, com um disco numerado e fio sanfonado, sobre uma mesinha de palha vacilante. Dima atendeu, berrou em russo ao fone, e ficamos observando seu rosto se abrir num sorriso bajulador, nada sincero. Tudo em torno dele era totalmente contra sua vontade. Sorrisos forçados, riso forçado, falsa jovialidade e uma quantidade enorme de sim senhor, não senhor, e eu gostaria de esganar você com minhas próprias mãos. Os olhos fixos o tempo todo na maluca da Tamara, que dava as deixas para ele. E o dedo dele de volta aos lábios, pedindo silêncio por favor, durante todo o tempo em que falava. Certo, Perry? — Deliberadamente evitando Luke.

Certo.

— Então essas são as pessoas de quem eles têm medo, pensei. E eles querem que *nós* também tenhamos. Tamara o guiava. Fazendo sinal afirmativo com a cabeça, balançando negativamente a cabeça, as bochechas com blush e tudo o mais, fazendo uma cara de Medusa nos instantes de maior desaprovação. Boa descrição, Perry?

— Floreada, mas precisa — admitiu Perry, sem jeito. Depois, graças a Deus, lhe deu um sorriso aberto e radiante, ainda que de culpa.

— E aquele foi o primeiro de muitos telefonemas naquela tarde, posso imaginar — insinuou o ágil Luke, correndo com seus olhos rápidos e estranhamente sem vida de um para o outro.

— Deve ter havido uma meia dúzia de telefonemas naquele período antes que a família voltasse — acrescentou Perry. — Você ouviu também, não foi? — perguntou a Gail. — E era apenas o começo. Durante todo o tempo em que estive com Dima, ouvimos o telefone tocar, e Tamara berrava para Dima atender ou Dima se levantava de um salto e ia às pressas pegar o fone, praguejando em russo. Se havia extensões telefônicas na casa, nunca vi nenhuma. Ele me disse mais tarde, naquela noite, que os celulares não funcionavam ali por causa das árvores e dos penhascos, sendo por isso que todo mundo ligava para o telefone fixo. Não acreditei nisso. Achei que eles estivessem verificando seu paradeiro, e ligar para um número fixo da casa era a maneira de fazê-lo.

— *Eles?*

— As pessoas que não confiavam nele. E nas quais, por sua vez, ele não confiava. As pessoas que os estavam vigiando. E que ele odeia. As pessoas de quem eles tinham medo, e que *nós* tínhamos que temer também.

Em outras palavras, as pessoas de quem Perry, Luke e Yvonne devem saber a respeito e que eu não posso, pensava Gail. As pessoas do *nosso* maldito documento, que não é nosso.

— Então foi aí que você e Dima se *recolheram* a um lugar mais privado, onde podiam conversar sem o risco de serem surpreendidos — lembrou Luke.

— Sim.

— E, Gail, você foi ficar com a Tamara.

— À força.

— Mas foi.

— Para uma pegajosa sala de visitas que cheirava a mijo de morcego. Com uma TV de plasma que estava apresentando a complexa missa ortodoxa russa. Ela carregava uma lata.

— Uma *lata*?

— Perry não lhe contou? Em nosso documento conjunto que eu não vi? Tamara arrastava com ela por toda parte uma bolsa preta de lata. Quando a punha no chão, ela retinia. Não sei onde as mulheres carregam suas armas na sociedade normal, mas eu tive a sensação de que aquilo era o equivalente nela do tio Vanya.

Se é o meu canto do cisne, vou fazer dele uma maravilha.

— A TV de plasma ocupava a maior parte de uma parede. As outras paredes estavam cobertas de santos. Dos que se levam em viagens. Em molduras ornamentadas, para adquirir uma santidade ainda maior. Santos do gênero masculino. Nenhuma Virgem. Aonde Tamara vai, lá vão os santos junto, foi o que eu deduzi. Eu tenho uma tia assim, ex-prostituta que se tornou católica. Cada um dos santos dela tem uma função diferente. Se ela perdeu as chaves, é com Antônio. Se vai pegar o trem, São Cristóvão. Se está precisando de dinheiro, São Marcos. Se um parente ficou doente, São Francisco. Se já é tarde demais, São Pedro.

Hiato. Suas palavras se esgotaram: mais um ator ruim, exaurido e jogado fora de um papel.

— E o *resto* da noite, em resumo, Gail? — pergunta Luke, sem olhar para o relógio, mas o efeito é o mesmo.

— Simplesmente *esplêndida*, obrigada. Caviar de esturjão beluga, lagosta, esturjão defumado; rios de vodca, incríveis brindes antes de beber que duravam meia hora cada, num russo embriagado, para os adultos; um grande bolo de aniversário em meio a saudáveis nuvens de fumaça dos infames cigarros russos. Bife de Kobe e um campo de críquete com iluminação artificial no jardim, uma banda de tambores tocando e ninguém prestando atenção, fogos de artifício a que ninguém estava assistindo, um mergulho bêbado no mar para os últimos caras ainda de pé e, depois de uma saideira, voltar para casa à meia-noite, para uma alegre necropsia regada a um último cálice de álcool.

*

Uma pilha de lustrosas fotografias de Yvonne faz certamente sua última apresentação. Tenha a bondade de identificar qualquer pessoa que você talvez reconheça dessas festas, diz Yvonne, mecanicamente, como um robô.

Ele e *ele,* aponta Gail, cansada.

E *ele* também, não?, diz Perry.

Sim, Perry, ele também. Mais um maldito "ele". Um dia haverá oportunidades iguais aos criminosos russos do sexo feminino.

Silêncio, enquanto Yvonne termina mais uma de suas cuidadosas anotações e larga o lápis na mesa. Muito obrigada, Gail, você foi muito prestativa, diz Yvonne. É a deixa para o lúbrico e pequeno Luke ficar animado. Animado é pouco:

— Gail, receio que seja melhor liberar você. Você foi imensamente generosa, uma extraordinária testemunha, e agora nós podemos continuar com Perry. Somos muito gratos. Nós dois. Muito obrigado.

Ela está de pé junto da porta, incerta sobre como chegou ali. Yvonne está ao lado dela.

— Perry?

Ele responde? Não que ela tenha percebido. Ela sobe a escada, com Yvonne, sua carcereira, logo atrás. No saguão suntuoso e excessivamente enfeitado, o grande Ollie de sotaque londrino e expressões estrangeiras dobra o jornal russo, levanta-se de um salto e, parando em frente a um espelho antigo, endireita a boina com cuidado, usando ambas as mãos.

5

— Quer que eu a acompanhe até a porta, Gail? — perguntou Ollie, girando no assento do carro para examiná-la através da divisória.

— Estou bem, obrigada.

— Você não *parece* bem, Gail. Ao menos daqui de onde estou. Parece preocupada. Quer que eu entre pruma xícara de chá com você?

Xícara de chá? Xica? Xicra de?

— Não, obrigada. Estou bem. Só preciso dormir um pouco.

— Nada como uma boa soneca para se sentir bem, hein?

— É verdade. Boa noite, Ollie. Obrigada pela carona.

Ela atravessou a rua, esperando em vão que ele partisse.

— *Esqueceu a bolsa, querida!*

De fato. Ficou furiosa consigo mesma. E furiosa com Ollie por ter esperado que ela estivesse na porta de casa para ir até ela sob tal pretexto. Balbuciou um agradecimento, dizendo-se uma tola.

— Ah, não se desculpe, Gail, sou muito pior. Se não estivesse presa ao pescoço, eu esqueceria a cabeça. Tem *certeza* de que está bem, querida?

Na verdade, não tenho certeza de nada, *querido*. Pelo menos por ora. Não tenho certeza se você é um espião dos grandes ou um subalterno. Não tenho certeza do motivo por que você usa óculos com lentes grossas ao dirigir para Bloomsbury em plena luz do dia e não usa óculos na volta, quando está escuro como breu. Ou será que vocês, espiões, só conseguem enxergar no escuro?

*

O apartamento que ela havia parcialmente herdado do falecido pai não era bem um apartamento, mas uma pequena casa estilo sobrado que ocupava os dois andares superiores de um belo prédio vitoriano branco, daqueles que conferem a Primrose Hills seu encanto peculiar. Seu volúvel irmão mais velho, que matava faisões com os amigos ricos, era dono da outra metade, a qual dentro de aproximadamente cinquenta anos, se ele não morresse por causa da bebida até lá, e se ela ainda estivesse com Perry, fato que no momento Gail duvidava, o casal terminaria de comprar.

O hall de entrada do prédio cheirava ao bourguignon do apartamento 2 e ressoava os bate-bocas triviais e a TV dos outros moradores. A mountain bike que Perry deixava ali para suas visitas de fim de semana estava no lugar inconveniente de sempre, acorrentada à calha vertical do prédio. Um dia, ela o havia prevenido, um ladrão audacioso levaria o cano também. O prazer dele era pedalar às 6 da manhã, em alta velocidade, até Hampstead Heath e, na volta, pelas trilhas sinalizadas com CICLISMO PROIBIDO.

O carpete dos quatro estreitos lances de escada que levavam à porta do apartamento dela encontrava-se nos últimos estágios do lastimável, mas o morador do térreo não via motivo para pagar nada, enquanto os outros dois não pagariam até que ele o fizesse, e Gail, no papel de advogada gratuita do prédio, deveria pensar numa solução amigável, mas, como nenhuma das partes sairia de suas posições entrincheiradas, como poderia haver um maldito acordo?

Naquela noite, porém, ela estava aliviada por toda aquela situação: eles que discutissem e que ouvissem aquela música horrorosa até se cansarem, eles que lhe proporcionassem toda a normalidade de que dispunham, pois — oh, céus! — era disso que ela precisava. Que a tirassem da cirurgia e a levassem para o leito. Que apenas lhe dissessem que o pesadelo já havia passado, querida Gail, que não havia mais meias azuis com sotaque escocês falando em tom melífluo ou espiocratas nanicos com sotaque etoniano, nem crianças órfãs, esplendorosamente lindas Natashas, tios com arma, Dimas e Tamaras, nem Perry Makepiece; que meu amor enviado pelos céus, meu inocente e meio cego namorado não está prestes a se envolver na bandeira do sacrifício por seu orwelliano amor a uma Inglaterra perdida, sua busca maravilhosa pela Conexão com C maiúsculo — conexão com *o quê?*, pelo amor de Deus — ou pela sua marca familiar de vaidade puritana invertida.

Ao subir as escadas, seus joelhos começaram a tremer.

No acanhado primeiro patamar, tremeram ainda mais.

No segundo, tremiam tanto que ela teve que se escorar na parede até que se estabilizassem um pouco.

E, quando chegou ao último lance da escada, ela teve que se apoiar no corrimão para chegar até a porta de casa, antes que a luz automática desligasse.

Em pé no minúsculo corredor, com as costas voltadas para a porta fechada, ela escutou, tentando detectar no ar cheiro de bebida, odor corporal ou ranço de fumaça de cigarro, ou as três coisas, pois fora assim que, alguns meses antes, ela soubera que havia sido roubada antes mesmo de ter subido a escada em espiral e encontrado a cama urinada, os travesseiros retalhados e mensagens rabiscadas no espelho com batom.

Só depois de ter revivido inteiramente aquele momento é que ela abriu a porta da cozinha, pendurou o casaco, inspecionou o banheiro, urinou, se serviu de uma taça grande de Rioja até a borda e levou-a com dificuldade até a sala de estar.

*

Em pé, não sentada. Já ficara sentada demais, obrigada, o suficiente para uma vida inteira.

Em pé de frente para uma imitação de lareira georgiana toda de pinho que não funcionava, daquelas do tipo "faça você mesmo", instalada pelo proprietário anterior, e fitando a mesma janela alta de guilhotina em que Perry estivera seis horas antes: Perry, inclinado como um pássaro a quase 3 metros de altura, olhando a rua lá embaixo à espera de um táxi preto com o letreiro de LIVRE desligado, placa de final 73 e guiado por um homem chamado Ollie.

Nossas janelas não têm cortinas. Apenas venezianas. Perry é quem gosta de transparência, mas pagará a metade das cortinas se Gail realmente quiser colocá-las; Perry, que desaprova o aquecimento central, mas que se preocupa com ela pois pode sentir frio; Perry, que num minuto diz que podemos ter apenas um filho por temer a superpopulação mundial e que ao voltar do correio quer ter seis; Perry, que, no momento em que aterrissaram na Inglaterra, após o maldito e infindável feriado, foi correndo para Oxford, enfurnou-se no seu quarto na universidade e, por 56 horas, se comunicou por meio de mensagens de texto em código, ali de seu front:

> Documento quase completo... contatei as pessoas necessárias... chegada Londres cerca 12h... favor deixar chave debaixo capacho...

— Ele disse que eles são uma equipe à parte, não a rotineira — diz ele a Gail enquanto vê os táxis errados passarem.
— Ele?
— Adam.
— O homem que retornou a sua ligação? Esse Adam?
— Sim.
— Sobrenome ou prenome?
— Eu não perguntei e ele não falou. Disse que tem uma organização própria para casos como este. Uma casa especial. Recusou-se a dizer onde, pelo telefone. O motorista de táxi estaria a par.
— *Ollie*.
— Sim.
— Casos como *o quê*, exatamente?

— O nosso. É só o que eu sei.

Um táxi preto passa, mas tem a luz acesa. Então não é um táxi de espiões. É um normal. Dirigido por um homem que não é Ollie. Desapontado novamente, Perry volta-se para ela:

— Olhe. O que mais você espera que eu faça? Se tiver uma sugestão melhor, diga. Você não fez outra coisa senão me dar indiretas desde que voltamos para a Inglaterra.

— E você não fez outra coisa senão me manter debaixo da sua asa. Ah, sim, e me tratar como criança. Uma criança do sexo mais fraco. Esqueci esse detalhe.

Ele voltou a olhar pela janela.

— *Adam* foi a única pessoa a ler o seu relatório-em-forma-de-carta-documento-com-informe-de-testemunha? — pergunta ela.

— Não faço ideia. Assim como também não poderia garantir que o nome é Adam. Ele disse apenas *Adam*, como uma senha.

— É mesmo? Queria saber como ele falou.

Ela tenta falar *Adam* como uma senha, de diversos modos diferentes, mas Perry não desvia sua atenção.

— Você tem certeza de que Adam é um *homem*? Não é uma mulher com voz grave?

Nenhuma resposta. Não que ela esperasse uma.

Outro táxi passa. Ainda não é o nosso. O que será que um *espião* veste, querida?, como sua mãe teria dito. Xingando-se até mesmo por chegar a se perguntar isso, ela trocou a roupa de trabalho por uma saia e uma blusa de gola alta. E sapatos confortáveis, nada que estimule a imaginação — bem, exceto a de Luke, mas como ela poderia adivinhar?

— Talvez ele esteja preso no trânsito — sugere ela, e fica outra vez sem resposta, bem feito para ela. — Mas em resumo: você entregou a carta para um tal de *Adam*. E um tal de Adam a recebeu. Senão, presumo que ele não teria ligado para você. — Ela está sendo irritante e sabe disso. Ele sabe também. — Quantas páginas? O nosso documento secreto? O seu.

— Vinte e oito — retruca ele.

— Manuscritas ou digitadas?

— Manuscritas.
— Por que não digitadas?
— Decidi que manuscritas seria mais seguro.
— É mesmo? Quem lhe deu esse conselho?
— Eu ainda não tinha recebido nenhum conselho. Dima e Tamara estavam convencidos de que vinham sendo rastreados por todos os lados, então decidi respeitar suas ansiedades e não fazer nada... eletronicamente. Nada interceptável.
— Isso não é um tanto paranoico?
— Claro que sim. Nós dois somos paranoicos. Assim como Dima e Tamara. Somos *todos* paranoicos.
— Então vamos admitir. Sejamos paranoicos juntos.
Nenhuma resposta. A tolinha da Gail ainda tenta outra abordagem:
— Você quer me dizer, para começo de conversa, como chegou ao Sr. Adam?
— Qualquer pessoa pode fazer isso. Hoje em dia isso não é problema. Pode ser pela internet.
— Mas *você* fez como? Pela internet?
— Não.
— Não confiou na internet?
— Não.
— Você confia em *mim*?
— Claro que sim.
— Eu ouço as confidências mais espantosas todo santo dia. Você sabe disso, não sabe?
— Sim.
— E você não me ouve presenteando os nossos amigos, em encontros e jantares, com os segredos dos meus clientes, ouve?
— Não.
Recarregando.
— Você também sabe que, como uma jovem advogada autônoma que vive aterrorizada pensando no próximo trabalho, sou profissionalmente avessa a mandados misteriosos que não oferecem perspectiva de prestígio ou recompensa.

— Ninguém está lhe apresentando um mandado, Gail. Ninguém está pedindo que faça nada além de falar.

— O que eu chamo de mandado.

Outro táxi errado. Outro silêncio desagradável.

— Bem, pelo menos o Sr. Adam convidou nós dois — diz ela, fingindo-se animada. — Pensei que você tivesse me cortado completamente do seu documento.

É então que Perry volta a ser Perry e o punhal que estava nas mãos dela se volta para si mesma, quando ele olha para ela com tanta mágoa que ela fica mais alarmada por ele do que por si mesma.

— Eu *tentei* excluí-la, Gail. Me esforcei ao máximo para eliminar você. Pensei que poderia protegê-la, evitando o seu envolvimento. Não funcionou. Eles querem nós dois. Pelo menos inicialmente. Ele se mostrou, digamos, determinado. — Sorri a contragosto. — Do mesmo modo como você agiria com testemunhas. *Se vocês dois estavam presentes, então ambos terão que comparecer.* Sinto muito por isso.

E ele realmente sente. Ela sabe disso. Perry deixará de ser Perry no dia em que aprender a dissimular seus sentimentos.

E ela estava tão consternada quanto ele. Mais ainda. Estava nos braços dele lhe dizendo isso quando um táxi preto com a sinalização de livre desligada apareceu na rua, placa de final 73, e uma voz masculina com sotaque quase *cockney* informou-os, pelo interfone, que era Ollie para apanhar dois passageiros em nome de Adam.

*

E agora ela era novamente excluída. Interditada, interrogada, descartada.

A obediente mulherzinha, esperando seu homem voltar para casa, tomando mais um copo cheio, uma dose de homem, para ajudá-la nessa espera.

Tudo bem, isso estava naquele trato ridículo desde o início. Ela nunca deveria tê-lo deixado escapar impunemente. Isso não queria dizer, porém, que ela precisava ficar sentada tamborilando os dedos — o que ela não fez.

Naquela mesma manhã, embora ele não soubesse, enquanto Perry estava ali sentado obedientemente à espera da Voz de Adam, ela havia estado ocupada em sua sala no trabalho digitando no computador, e não era, nem por um segundo, sobre *Samson v. Samson.*

O fato de ela ter esperado até chegar ao escritório, em vez de utilizar o próprio notebook em casa — ou, de qualquer modo, o fato de ter esperado —, era ainda um enigma para Gail, se não motivo para imediata autocensura. Era deixar prevalecer a atmosfera de conspiração gerada por Perry.

Ela ainda mantinha consigo o danificado cartão de visita de Dima, o que era um ultraje latente, já que Perry lhe mandara destruí-lo.

O fato de ela ter procedido eletronicamente — e, por conseguinte, de forma interceptável — era, como agora sabia, um ultraje a mais. Porém, uma vez que Perry não a informara antecipadamente dessa extensão específica de sua paranoia, ele não podia se queixar muito.

O site do Conglomerado de Comércio Multiglobal Arena, de Nicósia, Chipre, informava-a, de modo estropiado, que se tratava de uma empresa *especializada em proporcionar ajuda a negociantes em atividade.* A sede era em Moscou. Tinha representantes em Toronto, Roma, Berna, Karachi, Frankfurt, Budapeste, Praga, Tel-Aviv e Nicósia. Nenhum, contudo, em Antígua. E nenhum banco com placa de bronze. Ou nenhum mencionado.

"*A Arena Multiglobal se orgulha de sua confidencialidade e de seu* brilo emprendedor [sic] *em todos os níveis.* Oferesce [sic] *oportunidades para a classe alta e recursos para associações bancárias particulares [grafado corretamente]. Atenção: esta página está sendo, atualmente, reelaborada. Mais informações estão disponíveis para serem requeridas no escritório de Moscou."*

Ted era um solteirão americano que vendia títulos para a Morgan Stanley. Da sua mesa de trabalho ela ligou para Ted:

— Gail, querida.

— Uma organização que se chama Conglomerado de Comércio Multiglobal Arena. Você pode desencavar a sujeira deles para mim?

Sujeira? Ted sabia desencavar sujeira como nenhum outro. Dez minutos depois ele estava de volta.

— Esses seus amigos russinhos...

— Russinhos?

— Eles são como eu. Quentes como o inferno e ricos como o Tio Patinhas.

— Quão ricos?

— Ninguém tem ideia, mas parece que na base dos bilhões. Umas cinquenta subsidiárias, tudo com grandes registros comerciais. Você anda às voltas com lavagem de dinheiro, Gail?

— Como soube?

— Essas mães russas distribuem o dinheiro entre elas tão depressa que ninguém sabe na mão de quem está nem por quanto tempo. Foi o que eu consegui para você, mas paguei com sangue. Vai me amar para sempre?

— Vou pensar, Ted.

Seu passo seguinte foi Ernie, o habilidoso funcionário do escritório, com seus 60 e tantos anos. Ela esperou até a hora do almoço, quando a barra estava mais limpa.

— Ernie, um favor. Corre o boato de que há um vergonhoso site de bate-papo que se visita quando se quer examinar as empresas dos nossos clientes mais respeitáveis. Estou profundamente abalada e preciso que você o consulte para mim.

Meia hora depois, Ernie a presenteava com uma versão impressa, já editada de mensagens vergonhosas, sobre o assunto Conglomerado de Comércio Multiglobal Arena:

Alguém tem ideia de quem dirige essa porcaria de loja? Os caras trocam de diretor a torto e a direito. P. BROSNAN

Leia, assinale, aprenda e assimile as sábias palavras de Maynard Keynes: Os mercados podem se manter irracionais por mais tempo do que você pode se manter solvente. Idiota é você. R. CROW

Que m.... aconteceu com o site do CMA? Evaporou. B. PITT

O site do CMA caiu mas não acabou. Os B-s se mostram à altura da superfície. Os idiotas todos que tomem cuidado. M. MUNROE

Mas estou muito, muito curioso. Esses caras chegam pra mim como se estivessem na merda, depois me deixam na mão, tenso. P. B.

Opa, cara, escuta essa! Acabei de ouvir que o CCMA abriu um escritório em Toronto. R. C.

Escritório? Conversa fiada! É uma p.... de uma casa noturna russa, cara. Dançarinas de pole dance, coquetéis de vodca e borche. M. M.

Opa, sou eu de novo. O escritório que eles abriram em Toronto é o mesmo que abriram na Guiné Equatorial? Se for, salve-se quem puder. E já. R. C.

A Arena Multi M.... Global tem absolutamente zero de destaque no Google. Zero, repito. O cabedal inteiro é tão amador que me dá palpitações. P. B.

Você por acaso acredita na vida após a morte? Se não, passe a acreditar agora. Você está caminhando sobre a Maior Bananaskinski da arena da lavanderia. É oficial. M. M.

Eles estavam tão entusiasmados comigo. E agora isso. P. B.

Fique longe deles. Longe mesmo. R. C.

*

Ela está em Antígua, transportada até lá por mais uma enorme taça de Rioja da cozinha.

Ela escuta o pianista de gravata-borboleta lilás que cantarola Simon & Garfunkel para um casal americano mais velho, que rodopia pela pista de dança deserta.

Esquiva-se dos olhares de belos garçons que não têm nada para fazer senão despi-la com os olhos. Entreouve a viúva texana de 70 anos e mil cirurgias plásticas faciais mandando Ambrose trazer-lhe vinho tinto, contanto que não seja francês.

Ela está de pé na quadra de tênis, pela primeira vez apertando timidamente a mão de um calvo touro de briga chamado Dima. Recorda-se de seus olhos castanhos e recriminadores, de sua mandíbula de pedra e da inclinação de seu tórax para trás, rígida, à Erich von Stroheim.

Ela se vê no porão de Bloomsbury, num momento como companheira de Perry, em seguida como sua bagagem excedente, indesejada na viagem. Está sentada junto a três pessoas que, graças ao *nosso documento* e ao que mais Perry tenha arranjado para engabelá-los nesse meio-tempo, sabem um monte de coisas que ela ignora.

Está sentada sozinha na sala de sua agradável residência em Primrose Hill, à 0h30, com *Samson v. Samson* no colo e uma taça de vinho vazia junto de si.

Levantando-se de um salto — opa! —, ela sobe a escada em espiral para o quarto, prepara a cama, segue o rastro da roupa usada de Perry pelo assoalho até o banheiro e entulha o cesto de roupa suja. Tem cinco dias que ele fez amor comigo. Será que vamos bater um recorde?

Ela desce a escada, um degrau de cada vez, o sinal de alerta ligado. Vai de novo para a janela, os olhos fixos na rua, rezando para seu homem voltar para casa num táxi preto com placa de final 73. Ela está colada com Perry, sob as estrelas da meia-noite, na instável caminhonete de janelas escuras, enquanto o Cara de Bebê, o guarda-costas de cabelo louro e curto com o bracelete de ouro, leva-os para o hotel, após a festa de aniversário na Three Chimneys.

— Teve uma noite agradável, Gail?

Isso quem disse foi o motorista. Até agora, Cara de Bebê não tinha revelado que falava inglês. Quando Perry o desafiou antes de entrar na quadra de tênis, ele não disse uma palavra no idioma. Então, por que ele agora abre a boca?, ela se pergunta, alerta como nunca esteve na vida.

— Uma noite *fabulosa*, obrigada — responde ela com a voz do pai, preenchendo o lado de Perry, que parece ter ficado surdo. — Simplesmente *maravilhosa*. Estou muito feliz por aqueles garotos *sensacionais*.

— Meu nome é Niki, a propósito.

— Ótimo. Olá, Niki — diz Gail. — De onde você é?

— De Perm, Rússia. Um belo lugar. Perry, por favor, você também teve uma noite agradável?

Gail está prestes a cutucar Perry, mas ele desperta por si mesmo.

— Ótima, obrigado, Niki. Comida fantástica. E gente realmente refinada. O máximo. De longe, a melhor noite do nosso feriado.

Nada mau para um iniciante, pensa Gail.

— Que horas vocês chegaram a Three Chimneys? — pergunta Niki.

— Quase não chegamos, Niki — exclama Gail, rindo, para disfarçar a hesitação de Perry. — Não é mesmo, Perry? Pegamos a trilha natural e tivemos que *talhar* o nosso caminho através da mata! Onde você aprendeu o seu maravilhoso inglês, Niki?

— Boston, Massachusetts. Vocês têm faca?

— Faca?

— Para cortar a mata, seria preciso uma grande *faca*.

Aqueles olhos mortos no espelho retrovisor, o que eles já tinham visto? O que estavam vendo agora?

— Quem dera que tivéssemos uma, Niki — exclama Gail, ainda na pele do pai. — Infelizmente nós, *ingleses*, não carregamos facas por aí. — *O que é que você está dizendo? Não se preocupe. Fale.* — Bem, *alguns ingleses* carregam, para dizer a verdade, mas não pessoas como *nós*. Nós somos da *classe* social errada. Já ouviu falar no nosso sistema de classes? Bem, na Inglaterra você só carrega uma faca por aí se for da média-baixa ou coisa pior! — Completou com um acesso de riso, enquanto contornavam para alcançar a entrada principal.

Aturdidos, eles abrem caminho como estrangeiros, em meio aos hibiscos iluminados, em direção ao chalé. Perry fecha a porta ao entrarem, tranca-a, mas não acende a luz. Eles continuam encarando-se, um de cada lado da

cama, na escuridão. Durante muito tempo não há nenhuma trilha sonora. O que não significa que Perry não tenha se decidido quanto ao que logo em seguida vai dizer:
— Preciso de papel para escrever sobre isso. Você também.
Ele costuma reservar a voz de "sou eu quem manda por aqui", admite Gail, para alunos errantes que deixaram de apresentar sua dissertação semanal.
Ele fecha as persianas. Acende a inadequada luz do abajur do meu lado da cama, deixando o resto do quarto na escuridão.
Abre com um puxão a gaveta da minha mesinha de cabeceira e tira de lá um bloco de anotações amarelo: igualmente meu. Decorando as páginas estão minhas brilhantes observações sobre *Samson v. Samson*: meu primeiro caso como conselheira real, meu salto para fama e fortuna imediatas.
Ou não.
Arrancando as páginas em que eu tinha registrado minhas pérolas de sabedoria forense, ele as enfia de volta na gaveta, parte em dois o que resta do *meu* bloco e me entrega uma das metades.
— Vou para lá. — Apontando para o banheiro. — Você fique aqui. Sente-se à escrivaninha e escreva tudo que lembrar. Tudo o que aconteceu. Farei o mesmo. Tudo bem por você?
— O que há de errado em estarmos neste quarto? Meu Deus, Perry. Estou com um medo do cacete. Você não?
Deixando de lado o perdoável anseio por companheirismo, minha pergunta é totalmente razoável. Nosso chalé contém, além de uma cama muito usada do tamanho de um campo de rúgbi, uma escrivaninha, duas poltronas e uma mesa. Perry pode ter se entendido com Dima, mas o que dizer de mim, relegada à doida da Tamara e seus santos barbudos?
— Testemunhos separados implicam relatos separados — decreta Perry, seguindo para o banheiro.
— Perry! Pare! Volte aqui! Fique aqui! Eu é que sou a advogada aqui, porra, não você. O que Dima andou dizendo a você?
Nada, a julgar pela cara dele. Completamente impassível.
— Perry.

— O quê?

— Preste atenção, porra. Sou eu. Gail. Lembra? Então, sente e conte à titia aqui o que o Dima disse a você que o converteu num zumbi. Tudo bem, não precisa sentar. Pode ser de pé. O mundo está para acabar? Ele na verdade é mulher? *O que* está acontecendo entre vocês dois que eu não posso saber?

Uma inquietação. Uma inquietação palpável. Inquietação suficiente para abrir terreno para o otimismo. Mero engano.

— Não posso.

— Não pode o quê?

— Envolver você nisso.

— Caralho.

Uma segunda inquietação. Não mais produtiva do que a primeira.

— Você está me ouvindo, Gail?

E o que mais você acha que eu estou fazendo? Sapateando?

— Você é uma boa advogada e tem uma carreira esplêndida pela frente.

— Obrigada.

— Seu grande caso vai aparecer num prazo de duas semanas. Não é um belo prognóstico?

Sim, Perry, esse é um belo prognóstico. Tenho uma esplêndida carreira pela frente, a menos que decidamos, em vez disso, ter seis filhos; e o caso de Samson v. Samson *está para ser julgado daqui a 15 dias, mas, se conheço alguma coisa acerca da nossa magistratura, é improvável que eu tenha algum destaque.*

— Você é a estrela de um prestigioso escritório. Você se firmou sobre seus pés. Você sempre me diz isso.

Sim, é verdade. Eu me sobrecarreguei espantosamente de trabalho. Uma jovem causídica deve ter muita sorte, nós apenas resistimos, em diversos aspectos, à pior noite das nossas vidas, e que diabos você está tentando me dizer com esses códigos? Perry, você não pode fazer isso! Volte! No entanto, são só pensamentos. As palavras sumiram.

— Nós traçamos uma linha. Uma linha na areia. Seja o que for que Dima tenha dito, ele disse só para mim. O que Tamara lhe disse foi só para você. Nós não passamos de um lado para o outro. Exercitamos a confidencialidade do cliente.

Ela recupera a capacidade de falar.

— Está me dizendo que Dima agora é seu *cliente*? Você está tão louco quanto eles.

— Estou utilizando uma metáfora jurídica. Selecionada do seu mundo, não do meu. Estou dizendo: Dima é meu cliente e Tamara é sua. Conceitualmente.

— Tamara não *falou nada*, Perry. Nem uma única *maldita* palavra. Ela acha que os pássaros daqui têm escuta. De tempos em tempos ela se sentia levada a dedicar uma prece em russo a um dos seus protetores barbudos, então me fazia um sinal para eu me ajoelhar ao lado dela, e eu obedecia. Já não sou mais uma ateia anglicana, mas uma ateia ortodoxa russa. Fora isso, não aconteceu porra nenhuma entre mim e Tamara que eu não possa contar a você. Meu maior medo era de que ela me mordesse e arrancasse minha mão. Não aconteceu. Minhas mãos estão intactas. Agora é a sua vez.

— Me desculpe, Gail. Não posso.

— Como é?

— Não vou contar. Eu me recuso a arrastar você para mais fundo do que já está neste caso. Quero que você se mantenha limpa. Segura.

— Você quer?

— Não. Eu não *quero*. Eu imponho isso. Não vou ceder.

Ceder? É o Perry falando? Ou o porta-voz do pregador incendiário de Huddersfield?

— Estou falando muito sério — acrescenta ele, para o caso de ela ter duvidado.

Então, um Perry diferente se metamorfoseia a partir do primeiro. Do meu amado e esforçado Jekyll sai um infinitamente menos apetitoso Sr. Hyde do Serviço Secreto britânico:

— Você também conversou com a Natasha, eu notei. Por um bom tempo.

— Sim.

— Sozinha.

— Na verdade, não estávamos sozinhas. Tínhamos duas menininhas conosco, mas elas estavam dormindo.

— Então, efetivamente, sozinhas.

— Isso é um crime?
— Ela é uma fonte.
— Ela é *o quê*?
— Ela lhe falou a respeito do pai?
— Pode repetir?
— Eu perguntei: ela lhe falou a respeito do pai?
— Passo.
— Estou falando sério, Gail.
— Eu também. Muito. Passo. Ou você vai tratar da porra da sua vida, ou me conta o que Dima disse.
— Ela conversou com você sobre o que Dima faz da vida? Com quem ele joga, em quem confia, de quem eles têm tanto medo? Qualquer coisa desse tipo que você saiba, deveria anotar também. Pode ser de importância vital.

Durante meia hora Gail fica sentada e encolhida na varanda com a colcha sobre os ombros, pois está exausta demais para trocar de roupa. Ela se lembra da garrafa de rum, ressaca garantida, põe um pouco no copo mesmo assim e cochila. Quando desperta, encontra a porta do banheiro aberta e o Grande Agente Perry recurvado no batente da porta, sem saber se deve sair. Ele segura com as mãos, atrás das costas, a metade do bloco dela. Gail pode ver um canto do bloco, coberto pela caligrafia dele.

— Beba alguma coisa — sugere ela, mostrando a garrafa de rum.

Ele a ignora.

— Sinto muito — diz ele. Depois limpa a garganta e repete: — Sinto muito mesmo, Gail.

Atirando ao vento o orgulho e a razão, ela pula impulsivamente, corre para ele e o abraça. Por segurança, ele mantém os braços para trás. Ela nunca viu Perry apavorado antes, mas agora ele está. Não por ele próprio. Por ela.

*

Ela olha obliquamente para o relógio. Duas e meia. Levanta-se, pretendendo encher novamente a taça com Rioja, mas pensa melhor, senta-se na cadeira favorita de Perry e se vê debaixo do cobertor com Natasha.

— Então o que o seu Max faz? — pergunta ela.

— Ele me ama por completo — responde Natasha. — Inclusive fisicamente.

— Eu quis dizer o que ele faz da vida? — explica Gail, tendo cuidado para não rir.

É quase meia-noite. Para fugir do vento frio e distrair suas menininhas órfãs muito cansadas, Gail fez uma tenda de cobertores e almofadas perto do muro que cerca o jardim. Como se viesse do nada, apareceu Natasha, sem livro algum. Primeiro Gail nota suas sandálias estilo gladiador por uma brecha nos cobertores, esperando entrar em cena. Durante minutos a fio, elas permanecem ali. Será que ela está escutando? Criando coragem? Para quê? Será que está planejando um ataque-surpresa para divertir as crianças? Uma vez que Gail até o momento não trocou uma única palavra com Natasha, não faz ideia de suas possíveis motivações.

A brecha se abre, e uma sandália entra cautelosamente, seguida de um joelho e da cabeça de Natasha, com a cortina de seus longos cabelos negros. Depois uma segunda sandália e o resto dela. As menininhas, em sono profundo, nem se mexem. Por mais alguns minutos, Gail e Natasha ficam frente a frente, observando através da abertura rojões sendo detonados com incômoda eficiência por Niki e seus camaradas de armas. Natasha treme de frio. Gail puxa um cobertor sobre as duas.

— Tenho motivos para crer que me encontro grávida de pouco tempo — comenta Natasha em um adornado inglês à Jane Austen, dirigindo-se não a Gail mas às penas fluorescentes de pavão que enfeitam o céu noturno.

Se você tiver sorte de ouvir confissões de um jovem, é sensato manter os olhos fixos num objeto comum que se ache a uma grande distância, em vez de olhar esse jovem nos olhos. Gail Perkins, *ipsissima verba*. Nos dias anteriores a sua vida como advogada, ela ensinava numa escola para crianças com dificuldades de aprendizado, e essa foi uma das coisas que aprendeu. E, se uma bela garota de apenas 16 anos confidencia inesperadamente a você que acredita estar grávida, a lição se torna duplamente relevante.

*

— Atualmente, Max é instrutor de esqui — responde Natasha à pergunta casualmente lançada por Gail quanto à possível paternidade da criança que a jovem espera. — Mas isso é temporário. Ele vai ser arquiteto, vai construir casas para pessoas carentes sem dinheiro. Max é muito criativo e também muito sensível.

Não há nenhum tom de humor em sua voz. O amor verdadeiro é sério demais para isso.

— E os pais dele, o que fazem? — quer saber Gail.

— Eles têm um hotel. É para turistas. É grosseiro, mas Max é completamente desapaixonado em relação aos bens materiais.

— Um hotel nas montanhas?

— Em Kandersteg. Uma aldeia nas montanhas, muito turística.

Gail diz que nunca esteve em Kandersteg, mas que Perry já participou de uma competição de esqui lá.

— A mãe de Max não tem cultura, mas é bondosa e espiritual como o filho. O pai é inteiramente negativo. Um idiota.

Melhor se manter no banal.

— Então quer dizer que Max faz parte da escola oficial de esqui — pergunta Gail — ou ele é o que chamam de independente?

— Max é completamente independente. Ele só esquia com aqueles que respeita. Gosta mais do "fora de pista", que é estético. De geleiras também.

Foi numa cabana distante e muito acima de Kandersteg, diz Natasha, que eles se assombraram com a paixão que sentiam:

— Eu era virgem. Inexperiente também. E Max é muito atencioso. É de sua natureza ser atencioso com todas as pessoas. Mesmo em momentos ardentes, ele é completamente atencioso.

Determinada a continuar na busca do lugar-comum, Gail pergunta a Natasha como ela está nos estudos, em que disciplinas ela é melhor e que faculdades pensa em fazer. Desde que passou a viver com Dima e Tamara, responde a menina, ela tem frequentado a escola conventual católica romana do cantão de Friburgo, e vai para casa apenas nos fins de semana.

— Infelizmente, eu não acredito em Deus, mas isso é irrelevante. Muitas vezes na vida é necessário simular uma convicção religiosa. Prefiro arte. Max também é muito artístico. Talvez a gente vá estudar arte junto, em São Petersburgo ou em Cambridge. Vamos resolver.

— Ele é católico?

— Na prática, Max é condescendente com a religião da família. Isso porque ele é consciencioso. Mas, no fundo, ele acredita em todos os deuses.

E na *cama*?, Gail se pergunta, mas não diz isso: na cama ele também é condescendente com a religião da família?

— Então, quem mais sabe sobre você e Max? — pergunta ela, no mesmo tom à vontade e despreocupado que ela conseguiu manter até agora. — Além dos seus pais, obviamente. Ou eles não sabem?

— A situação é complicada. Max prestou um juramento muito forte de que não vai falar a ninguém sobre o nosso amor. Eu insisti nisso.

— Nem mesmo à mãe dele?

— A mãe de Max não é muito confiável. Ela é inibida por instintos burgueses, além de tagarela. Se for conveniente, ela vai contar ao marido e também a muitas outras pessoas burguesas.

— Seria assim tão ruim?

— Se o Dima souber sobre Max, é possível que ele o mate. O Dima não é estranho à fisicalidade. É da natureza dele.

— E a Tamara?

— Tamara não é minha mãe — detona ela, com um lampejo do vigor do pai.

— Então o que você vai fazer se descobrir que está realmente grávida? — pergunta Gail brandamente, enquanto uma bateria de fogos de artifício inflama a paisagem.

— Se houver confirmação, vamos fugir imediatamente para um lugar bem longe, talvez para a Finlândia. Max vai acertar tudo. No momento não é conveniente, porque ele também é guia de verão. Vamos esperar mais um mês. Talvez seja possível estudar em Helsinki. Talvez a gente se mate. Vamos ver.

Gail deixa a pior pergunta para o fim, talvez porque seus instintos burgueses a façam temer a resposta:

— E o seu Max tem quantos anos, Natasha?

— Trinta e um. Mas, no coração, ele é uma criança.

Assim como você, Natasha. De modo que esse é um conto de fadas que você está me contando sob as estrelas caribenhas, uma fantasia do príncipe encantado que você vai encontrar um dia? Ou você na verdade foi para a cama com um merdinha do esqui de 31 anos que não conta nada à mãe? Porque se foi isso, você veio à pessoa certa: a mim.

Com Gail aconteceu um pouco mais tarde, não muito. O rapaz, no caso, não era um vadio do esqui, mas um mestiço sem um tostão que ela conhecera na escola. Os pais dele eram divorciados e moravam na África do Sul. A mãe de Gail tinha abandonado a família três anos antes, sem deixar o endereço de onde ia. O pai, alcoólatra, longe de ser uma ameaça física, estava no hospital com o fígado em estado terminal. Com dinheiro emprestado dos amigos, Gail pagou por um aborto malfeito e nunca contou ao rapaz.

E, assim como fez com o assunto daquela noite, tampouco contou a Perry. Do jeito como as coisas estão, ela se pergunta se um dia contará.

*

Da bolsa que quase deixou no táxi de Ollie, Gail pega o celular para ver se há novas mensagens. Não há nenhuma; ela vê as antigas. As de Natasha foram escritas em maiúsculas, para aumentar o drama. Quatro só na mesma semana:

TRAÍ MEU PAI TENHO VERGONHA.

ONTEM SEPULTAMOS MISHA E OLGA NUMA BELA IGREJA TALVEZ EU SIGA O MESMO CAMINHO EM BREVE.

POR FAVOR É NORMAL VOMITAR DE MANHÃ CEDO?

— seguida da resposta de Gail, armazenada em "mensagens enviadas":

Nos primeiros três meses sim, mas se você estiver sentindo que está doente, vá ao médico IMEDIATAMENTE, bjs GAIL.

— com o que Natasha se ressentiu:

> POR FAVOR NÃO DIGA QUE ESTOU DOENTE. AMOR NÃO É DOENÇA.
> NATASHA

Se estiver grávida, ela precisa de mim.
Se *não* estiver grávida, ela precisa de mim.
Se é uma adolescente desmiolada com fantasias a respeito de se matar, ela precisa de mim.
Sou sua advogada e confidente.
Sou tudo o que ela tem.

*

A linha de Perry na areia está traçada.
Não é negociável e não depende do movimento da maré.
Nem mesmo o tênis funciona mais. O casal indiano em lua de mel se foi. As partidas são demasiadamente tensas quando não em dupla. Mark é um inimigo.
Mesmo que ao fazer amor eles esqueçam essa linha, ela continua ali, esperando para dividi-los mais tarde.
Sentados na varanda depois do jantar, eles contemplam o arco das luzes brancas de segurança suspenso sobre a extremidade da península. Se Gail torce para ver de longe as meninas, quem Perry espera ver?
Dima, seu Jay Gatsby? Dima, seu Kurtz pessoal? Ou algum outro herói imperfeito de seu adorado Joseph Conrad?
A sensação de estarem sendo ouvidos e observados os acompanha a cada hora do dia e da noite. Mesmo se Perry quebrasse sua autoimposta regra de silêncio, o medo lhe selaria a boca.
Com mais dois dias até a data de voltar para casa, Perry se levanta às 6 horas e dá uma corrida matinal. Depois de ficar um pouco na cama, Gail vai ao Captain's Deck, resignada a um café da manhã solitário, e acaba encontrando Perry conspirando com Ambrose para antecipar a partida deles. Ambrose lamenta o fato de as passagens não poderem ser trocadas:

— Ora, se você tivesse dito *ontem*, poderiam ter ido com o Sr. Dima e sua família. Só que eles eram todos de primeira classe, e vocês são mais modestos. Parece que vocês não têm escolha senão aguentar esta velha ilhota por mais um dia.

Eles tentaram. Foram até a cidade e viram tudo o que aparentava merecer uma olhada. Perry fez uma preleção para ela sobre os pecados da escravidão. Foram a uma praia do outro lado da ilha e mergulharam no mar, mas eram apenas mais dois britânicos que não sabiam o que fazer com tanto sol.

Foi só na hora do jantar no Captain's Deck que Gail finalmente perdeu a paciência. Ignorando a interdição que Perry impusera às conversas deles no chalé, ele lhe pergunta, inacreditavelmente, se por acaso ela conhece alguém no cenário do serviço de inteligência britânico.

— Mas eu *trabalho* para eles! — replica ela. — Eu achava que você, a essa altura, já tinha imaginado. — Seu sarcasmo não resulta em nada.

— Eu só pensei que talvez, no seu trabalho, alguém pudesse ter contato com eles — disse Perry, com um tom de vergonha na voz.

— Ah, e como seria isso? — detona Gail, sentindo o calor lhe subir ao rosto.

— Bom — com um desdém superinocente —, é que me ocorreu que, com todas as bobagens que comentam sobre capitulação e tortura, inquéritos públicos, ações judiciais e tudo isso, os espiões devem estar precisando de todo apoio jurídico que puderem obter.

Era demais. Com um sonoro "Vai se foder, Perry", ela desceu correndo para o chalé, onde se desmanchou em lágrimas.

Sim, ela estava desolada. E ele também. Mortificado. Ambos estavam. Tudo culpa minha. Não, minha. Vamos voltar para a Inglaterra e acabar com essa porra dessa história toda. Temporariamente reconciliados, eles se agarram um ao outro como se estivessem prestes a se afogar e fazem amor com o mesmo desespero.

*

Ela está de volta à grande janela, olhando a rua com um ar circunspecto. Nem um maldito táxi. Nem mesmo o errado.

— *Filhos da puta* — ela xinga com veemência, imitando o pai. E para si mesma, ou para os filhos da puta, diz mentalmente:

O que estão fazendo com ele?

O que querem dele?

Ao que é que ele responde se contradizendo enquanto vocês observam a moral dele se abater, confusa?

Como se sentiriam se Dima tivesse escolhido a mim como confessora, em vez de Perry? Se, em vez do "de homem para homem", tivesse sido um "de homem para mulher"?

Como Perry se sentiria, sentado aqui como uma merda de uma carta fora do baralho, me esperando voltar com ainda mais segredos que "ai, ai, eu não posso mesmo contar para você, é para o seu próprio bem"?

*

— É você, Gail?

Não sei. É?

Alguém lhe pôs o fone na mão e lhe disse para falar com ele. Mas não: ela está sozinha. É Perry no horário nobre, não em flashback, e ela ainda está de pé, uma das mãos na janela, olhando fixamente para a rua.

— Olha... Me desculpe por ser tarde e tudo o mais.

Tudo o mais?

— Hector quer conversar com a gente amanhã de manhã, às 9.

— Hector?

— Sim.

Mantenha-se racional. Num mundo louco, atenha-se ao que você conhece.

— Não posso. Sei que é domingo, mas estou trabalhando. *Samson v. Samson* nunca dorme.

— Então ligue para o tribunal e diga que está doente. É importante, Gail. Mais do que *Samson v. Samson*. De verdade.

— Segundo Hector?

— Segundo nós dois, na realidade.

6

— A propósito, o nome dele será Hector — disse o competente e pequeno Luke, levantando os olhos de sua pasta amarela.

— Isso é um aviso ou uma ordenação divina? — perguntou Perry para suas mãos estendidas, algum tempo depois, quando Luke já não esperava uma resposta.

No longo período que se seguiu à saída de Gail, Perry não mudara de posição, nem levantando a cabeça, nem se movendo de seu lugar, ao lado da cadeira agora vazia.

— Onde está Yvonne?

— Foi para casa — disse Luke, de volta a sua pasta.

— Por vontade própria ou cumprindo ordens?

Nenhuma resposta.

— Hector é o líder supremo?

— Digamos que estou na lista B e ele na lista A — respondeu Luke, enquanto fazia uma anotação.

— Então Hector é seu patrão?

— Pode-se dizer que sim.

Mais uma maneira de não responder à pergunta.

Na realidade, Perry tinha que admitir, dados todos os indícios disponíveis até o momento, Luke era alguém com quem ele podia se dar bem. Pouco ambicioso, talvez. Lista B, exatamente como definira a si mesmo. Um tanto presunçoso, um tanto *public school*, mas em geral um bom sujeito.

— Hector está nos ouvindo?

— Imagino que sim.

— Ele nos vê também?

— Às vezes é melhor apenas ouvir. Como rádio. — E, depois de uma pausa: — Garota incrível, a sua Gail. Estão juntos há muito tempo?

— Cinco anos.

— Puxa.

— Por que *puxa*?

— Bem, me sinto um pouco como Dima. Case logo com ela.

Isso era terreno proibido, e Perry cogitou chamar sua atenção, mas depois perdoou-lhe a intromissão.

— Há quanto tempo você faz esse trabalho? — perguntou, em vez de repreendê-lo.

— Vinte anos, mais ou menos.

— Aqui ou no exterior?

— Principalmente no exterior.

— É deformador?

— Como assim?

— O trabalho. Desfigura a sua mente? Você tem consciência da... bem... da *déformation professionelle*?

— Está me perguntando se sou um psicopata?

— Não tanto. Só queria saber, bem, o quanto isso o afeta, a longo prazo.

Luke continuava de cabeça baixa, mas seu lápis tinha parado de correr, e havia um desafio em sua imobilidade.

— A *longo prazo*? — repetiu ele, em perplexidade deliberada. — A longo prazo estaremos todos mortos, imagino.

— Eu me referia apenas a quanto perturba você representar um país que não pode pagar as próprias contas — explicou Perry, ciente, tarde demais, de que estava se perdendo. — O bom serviço de inteligência hoje em dia é quase a única coisa que nos garante um lugar junto aos figurões, pelo que li em algum lugar — disse ele, de forma um tanto confusa. — Deve ser uma grande pressão para a pessoa ter que prover esse serviço, só isso. Brigar com alguém maior que você — acrescentou, numa referência não intencional à baixa estatura de Luke, e imediatamente depois lamentou ter dito.

A tensa conversa dos dois foi interrompida pelo arrastar de lentos e brandos passos pelo teto, como se viessem de alguém usando pantufas, depois ouviram uma cautelosa descida pela escada até o porão. Como se recebesse uma ordem, Luke se levantou, foi até um aparador, apanhou uma bandeja de uísque escocês, água mineral e três copos e colocou-os na mesa.

Os passos chegaram ao fim da escada. A porta se abriu. Perry, instintivamente, se levantou de um salto. Seguiu-se uma mútua inspeção. Os dois homens eram da mesma altura, o que para ambos não era habitual. Sem a postura curvada, Hector poderia ser o mais alto. Com suas clássicas sobrancelhas largas e seus fluidos cabelos brancos jogados para trás em duas ondas descuidadas, ele se assemelhava, sob o olhar de Perry, a um dos diretores da universidade, do tipo velho e excêntrico. Pela estimativa de Perry, passava dos 50 anos, mas estava trajado para a eternidade com um paletó puído de cor marrom com cotovelos e punhos em couro. A disforme camisa podia bem pertencer ao próprio Perry. Assim como os maltratados sapatos da Hush Puppy. Os óculos simples e com aro de chifre pareciam ter saído da arca que o pai de Perry guardava no sótão.

Finalmente, e depois de muito tempo, Hector falou:

— *Maldito* Wilfred Owen — pronunciou ele, numa voz ao mesmo tempo vigorosa e reverente. — *Maldito* Edmund Blunden. *Maldito* Siegfried Sassoon. *Maldito* Robert Graves. Et al.

— O que têm eles? — perguntou o desorientado Perry, antes que tivesse dado a si mesmo tempo para pensar.

— Seu puta artigo sobre eles no *London Review of Books* do último outono! *O sacrifício de bravos homens não justifica a busca por uma injusta causa. P. Makepiece* scripsit. Sensacional, do cacete!

— Ah, muito obrigado — disse Perry, indefeso, e se sentiu um idiota por não ter feito a associação com suficiente rapidez.

O silêncio voltou, enquanto Hector continuava, cheio de admiração, o exame de sua presa.

— Bem, vou lhe dizer o que você é, Sr. Perry Makepiece, senhor — declarou ele, como se tivesse chegado à conclusão que ambos estavam esperando. — Você é um puta herói, é o que você é — disse, apoderando-se da mão de Perry num aperto duplo e flácido e dando uma sacudida mole —, e *isso* não é babar seu ovo. Sabemos o que pensa de nós. Alguns de nós concordam com você, e não estamos errados em pensar assim. O problema é que somos a única boa jogada. O governo é um trapalhão, metade do serviço público está em horário de almoço. O Ministério das Relações Exteriores é tão útil quanto polução noturna, o país está todo quebrado, os banqueiros estão apanhando o nosso dinheiro e nos mostrando o dedo. O que devemos fazer diante disso? Reclamar com a mamãe ou encarar a coisa de frente? — Sem esperar a resposta de Perry continuou: — Aposto que você até cagou sangue antes de vir ter conosco. Mas você veio. Só um pouquinho — ele havia largado a mão de seu "convidado" e agora se dirigia a Luke a respeito do uísque escocês — para Perry, o mínimo. Muita água, e o suficiente de bebida forte para relaxar. Se importa se eu ficar aqui com Luke, ou ainda estamos na base do *Qual foi a última vez que você viu seu pai?*"? Que Adam o quê, meu nome é Meredith. Hector Meredith. Nós ontem nos falamos ao telefone. Apartamento em Knightsbridge, mulher e dois pestinhas, já crescidos. Uma casinha de campo no frio de Norfolk, e nos dois lugares meu nome consta do catálogo telefônico. Luke, quem é *você* quando não está sendo algum outro sacana?

— Luke Weaver, na verdade. Moro pouco depois de Gail, em Parliament Hill. Meu último posto foi na América Central. Segundo casamento, um filho de 10 anos, que acaba de ir para a escola do University College, em Hampstead, de modo que estamos os dois muito orgulhosos.

— E nada de perguntas difíceis, até acabar isso — ordenou Hector.

Luke serviu três minúsculas doses de uísque. Perry se sentou de novo bruscamente e esperou. Hector da Lista A se sentou bem diante dele, e Luke, da Lista B, mais para o lado.

— Bem... *Puta merda* — disse Hector, satisfeito.

— Puta merda — concordou Perry, intrigado.

*

Mas a verdade era que a animada exclamação de Hector não podia ser mais oportuna e fortalecedora para Perry, nem seu embevecido ingresso poderia ser mais bem calculado. Entregue ao buraco negro deixado pela partida forçada de Gail — forçada por ele mesmo, não importam as razões —, seu coração dividido abandonara-se à sombra da raiva de si mesmo e do remorso.

Ele jamais deveria ter concordado em ir até ali, com ou sem ela.

Deveria ter entregado o documento e dito àquelas pessoas: "É isso. Vocês se virem. Eu *também* preciso me virar, portanto não espiono."

Será que *importava* o fato de que ele tinha passado a noite inteira gastando o surrado carpete de seu quarto na universidade em Oxford, andando para lá e para cá, pensando no passo que ele sabia — mas não queria saber — que estava prestes a dar?

Ou o fato de que seu falecido pai, sacerdote inferior, livre-pensador e combativo pacifista, houvesse marchado, escrito e vociferado contra todas as coisas perniciosas, das armas nucleares à Guerra do Iraque, chegando a parar numa cela mais de uma vez por causa de sua agitação?

Ou de que seu avô por parte de pai, um humilde pedreiro e socialista confesso, perdera uma perna e um olho lutando do lado republicano na Guerra Civil Espanhola?

Ou de que a irlandesa Siobhan, de 20 anos, o tesouro da família Makepiece, tivesse sido obrigada a entregar parte do conteúdo da cesta de lixo do pai para um detetive à paisana da polícia de Hertfordshire? Um fardo que pesara tanto sobre ela que um dia, em torrentes de lágrimas, ela confessara tudo à mãe de Perry, nunca mais tendo sido vista de novo perto da casa, apesar das súplicas da mãe dele?

Ou de que apenas um mês antes o próprio Perry tivesse publicado um anúncio de página inteira no *Oxford Times*, tendo como aliados um grupo de homens apressadamente reunidos e inventados por ele e que se autodenominavam "Acadêmicos contra a Tortura", anúncio este que exigia a ação contra o Governo Secreto da Grã-Bretanha, assim como contra o abuso sub-reptício de nossas mais duramente conquistadas liberdades civis?

Bem, para Perry essas coisas tinham grande importância.

E ainda eram importantes na manhã que se seguiu a sua longa noite de hesitação, quando, às 8 horas, com um caderno de espiral apertado debaixo do braço, ele decidira correr pelo quarteirão da velha faculdade de Oxford, que estava prestes a deixar para sempre, e galgar a carcomida escada de madeira que levava aos cômodos de Basil Flynn, Diretor de Estudos, Doutor da Lei, para 10 minutos depois solicitar uma rápida palavra com ele sobre assunto particular e confidencial.

*

Apenas três anos separavam os dois homens, mas Flynn, na opinião de Perry, já era a maior puta do conselho universitário.

— Posso encaixar você na minha agenda se vier agora — dissera ele, solicitamente. — Tenho uma reunião do conselho às 9, e costuma demorar.

Ele estava trajando um terno escuro e sapatos pretos com lustrosas fivelas laterais. Somente seus cabelos à altura dos ombros e zelosamente escovados o distinguiam do traje a rigor da ortodoxia. Perry não havia pensado em como começaria sua conversa com Flynn, e suas palavras de abertura, reconhecia agora, foram apressadamente escolhidas:

— No último período você solicitou um dos meus alunos — falou abruptamente e de modo explícito, através da soleira da porta.

— Eu *o quê*?

— Um rapaz. Dick Benson. Mãe egípcia e pai inglês. Fala árabe. Ele queria uma bolsa de pesquisa, mas você propôs que ele poderia, em vez disso, preferir conversar com pessoas de confiança que você conhecia em Londres. Ele não entendeu o que você quis dizer e foi me pedir conselho.

— E você o aconselhou a...?

— A ser cauteloso, se essas pessoas de confiança de Londres eram quem eu achava que fossem. Eu queria dizer a ele que não os cutucasse com vara curta, mas achei que não podia dizer isso. Cabia a ele decidir, não a mim. Estou certo?

— Em relação a...?

— Que você recruta para eles. É um caça-talentos.

— E quem seriam *eles*, exatamente?

— Os espiões. Dick Benson não sabia para que bando ele estava sendo considerado, então como eu iria saber? Não estou acusando você. Estou perguntando. É verdade? Que você tem contato com eles? Ou Benson estava fantasiando?

— Por que você veio aqui e o que quer?

A essa altura Perry quase foi embora. Desejava tê-lo feito. Chegou a dar-lhe as costas e se dirigir à porta, depois deteve-se e voltou.

— Preciso entrar em contato com essas pessoas de confiança de Londres — disse ele, o caderno vermelho debaixo do braço, na espera pela pergunta "Por quê?".

— Está pensando em se juntar a eles? Sei que hoje em dia eles aceitam todo tipo de gente, mas, meu Deus, *você*?

Novamente Perry quase foi embora. Novamente desejava tê-lo feito. Mas não, ele se conteve, inspirou e, dessa vez, conseguiu encontrar as palavras certas:

— Eu esbarrei, sem querer, em uma informação — deu, com as mãos longas e agitadas, um tapinha no caderno, que emitiu um ruído —; voluntária, indesejável e — ele hesitou muito tempo antes de usar a palavra — secreta.

— Quem disse?

— Eu.

— Por quê?

— Se for verdade, pode colocar vidas em risco. Talvez possa também salvar vidas. Não é da minha conta.

— Nem da minha, alegro-me em dizer. Eu, caça-talentos e sequestrador de criancinhas... Minhas pessoas de confiança têm um site excelente. Elas também distribuem anúncios imbecis a respeito de si próprias na imprensa patrimonial. Ambas as vias estão abertas para você.

— Meu assunto é urgente demais para isso.

— Tão urgente quanto secreto?

— Se posso dizer alguma coisa com certeza é quanto à urgência.

— A nação está por um fio? E esse aí é o *Livrinho vermelho* que você está segurando debaixo do braço, provavelmente.

— É um documento com minhas anotações.

Os dois se observaram com mútuo desagrado.

— Você não está propondo entregá-lo a mim, está?

— Estou sim. Por que não?

— Descarregando os seus segredos urgentes sobre Flynn? Que vai colar nisso aí um selo dos correios e enviar às tais pessoas de confiança de Londres?

— Algo do tipo. Por que eu deveria saber como procede essa sua gente?

— Enquanto você vai embora à procura da sua alma imortal?

— Farei o que eu faço. E eles poderão fazer o que fazem. O que há de errado nisso?

— Tudo. Nesse jogo, que na verdade não tem nada de jogo, o mensageiro tem pelo menos metade da importância da mensagem e, às vezes, traz em si mesmo a mensagem toda. Aonde você está indo agora? Quero dizer: neste minuto?

— Vou voltar para o meu quarto.

— Você tem celular?

— Claro que eu tenho a porra de um celular.

— Por favor, escreva o número aqui, para mim. — Estendeu-lhe um pedaço de papel. — Nunca decoro nada, não é seguro. Acredito que o sinal no seu quarto seja bom. As paredes não são muito grossas ou qualquer coisa do gênero?

— O sinal é ótimo, obrigado.

— Pegue o seu *Livrinho vermelho*. Volte para o seu quarto e receberá o telefonema de alguém, homem ou mulher, chamado *Adam*. Um Sr. ou Sra. Adam. Precisarei de um aperitivo.

— Do *quê*?

— De alguma coisa que os deixe animados. Não posso dizer apenas "Estou com um 'esquerda dos bons' nas mãos, e ele acha que esbarrou numa conspiração mundial". Tenho que dizer do que se trata.

Engolindo a afronta, Perry fez seu primeiro esforço consciente para produzir uma manchete de capa.

— Diga-lhes que é acerca de um tortuoso banqueiro russo que diz se chamar Dima. — Optou por esta, depois que outras opções misteriosamente lhe escaparam. — Ele deseja fazer um acordo com eles. Caso não saibam, Dima é abreviatura de Dimitri.

— Parece irresistível — disse Flynn sarcasticamente, apanhando um lápis e rabiscando algo no mesmo pedaço de papel.

Perry tinha voltado ao seu quarto fazia apenas uma hora quando o celular tocou e ele ouviu a mesma voz de homem desconfiada e levemente rouca que se dirigia a ele, agora, ali no porão.

— Perry Makepiece? Maravilha. Me chame de Adam. Acabei de receber sua mensagem. Se importa se lhe fizer algumas perguntinhas para deixar claro que estamos mordendo o mesmo osso? Não tem necessidade de citar o nome do nosso camarada. Só precisamos ter certeza de que ele é o mesmo camarada. Por acaso ele tem uma mulher?

— Sim.

— É uma figura gorda e loura? Faz o tipo mais ou menos de garçonete?

— Cabelos escuros e magra.

— E as circunstâncias precisas em que você deu de cara com nosso camarada? Quando e como.

— Em Antígua. Numa quadra de tênis.

— Quem ganhou?

— Eu.

— Maravilha. A terceira: quando você pode ir até Londres, à nossa custa, e quando podemos ter em nossas mãos esse seu astucioso dossiê?

— Indo direto, em cerca de duas horas, acredito. Há também um pequeno pacote. Colei-o dentro do dossiê.

— Ficou firme?

— Acho que sim.

— Bem, melhor ter certeza. Escreva ADAM na capa com grandes letras pretas: use uma caneta resistente a lavagens ou algo parecido. Depois, acene com a pasta de um lado para o outro da recepção, até alguém reparar em você.

Caneta resistente a lavagens? Esta voz pertence a um velho? Ou é uma astuta referência às dúbias práticas financeiras de Dima?

*

Animado pela presença de Hector a pouco mais de 1 metro dele, Perry falava com rapidez e intensidade, não para o ar acima das cabeças de seus interlocutores, que é onde os acadêmicos tradicionalmente encontram seu refúgio, mas direto para o semblante de Hector, para seus olhos de águia, e, menos diretamente, para o garboso Luke, sentado aplicadamente ao lado de Hector.

Sem Gail para contê-lo, Perry sentiu-se livre para interagir com os dois. Confessou-se a eles da mesma forma como Dima fizera: de homem para homem, e cara a cara. Criou uma sinergia de confissão. Procurava o diálogo com a precisão que procurava em toda espécie de escrito, bom ou ruim, sem fazer pausas para se corrigir.

Ao contrário de Gail, que adorava imitar o modo como as pessoas falavam, ele não conseguia fazê-lo, ou algum orgulho bobo o impedia. Todavia, na memória, ainda ouvia o granuloso sotaque russo de Dima; e, em seus olhos interiores, via aquele rosto suado tão perto do seu que, caso se aproximassem mais, as testas se chocariam. Enquanto o descrevia chegava a sentir o cheiro de vodca na rascante respiração do russo. Via-o encher o copo de novo, irritado, depois segurá-lo e esvaziá-lo em um gole só. Sentia-se deslizar para uma involuntária semelhança com ele: a rápida e necessária ligação que vem do perigo na beira do penhasco.

— Mas não é o que chamamos de *esponja*? — sugeriu Hector, dando um gole no uísque. — Simplesmente um homem que bebe socialmente, só que no auge da boa forma, não?

Exatamente, concordou Perry: não enevoado, nem emotivo ou alterado, apenas *à vontade*:

— Se fôssemos jogar tênis na manhã seguinte, aposto como ele teria jogado normalmente. Ele tem dentro de si uma potente máquina, e essa máquina funciona a álcool. Ele se orgulha disso.

Perry parecia se orgulhar também.

— Ou, para citarmos deturpadamente o mestre — Hector, depois ele descobriu, era um fanático por P. G. Wodehouse —, o tipo de cara que nasceu algumas doses abaixo do normal?

— *Precisamente, Bertie* — acrescentou Perry, em sua melhor fala wodehousiana, e eles encontraram tempo para um riso rápido, endossado por Luke da Lista B, que, com a chegada de Hector, assumira o papel do parceiro quieto.

*

— Você se incomoda se eu incluir aqui uma pergunta referente à imaculada Gail? — indagou Hector. — Não vai ser das difíceis. Grau médio.

Difíceis, grau médio: Perry se pôs em guarda.

— Quando vocês dois voltaram de Antígua... — começou Hector. — Gatwick, não foi?

Sim, Gatwick, Perry confirmou.

— Vocês se separaram. Certo? Gail seguiu para suas responsabilidades forenses e seu apartamento em Primrose Hill, e você foi para os seus cômodos em Oxford, para escrever a sua prosa imortal.

Também correto, reconheceu Perry.

— Então, que espécie de trato vocês tinham feito entre vocês dois... a essa altura, *entendimento* é uma palavra mais bonita... com relação ao que tinham pela frente?

— Pela frente em relação a quê?

— Bem, a *nós*, como veio a ser.

Sem entender o objetivo da pergunta, Perry hesitou.

— Não havia qualquer *entendimento* verdadeiro — respondeu ele cautelosamente. — Pelo menos não explícito. Gail fez a parte dela. E eu faria a minha.

— Em seus diferentes postos?

— Sim.

— Sem se comunicar?
— Nós nos comunicávamos. Só que não a respeito dos Dima.
— E o motivo para isso era...?
— Ela não ouviu o que eu ouvi na Three Chimneys.
— E estava, portanto, ainda na inocência?
— Sim.
— Onde, pelo que você sabe, ela permanece. Pelo tempo que você conseguir conservá-la ali.
— Sim.
— Você lamenta que a tenhamos chamado para este encontro hoje?
— Você disse que precisava de nós dois. Eu disse a ela que você precisava de nós dois. Ela concordou em me acompanhar — respondeu Perry, seu rosto se fechando de irritação.
— Mas eu presumo que ela *desejava* vir aqui. Senão, teria se recusado. É uma mulher de personalidade. Não é do tipo que obedece cegamente.
— Não, não é — concordou Perry, e ficou aliviado de ir ao encontro do sorriso beatífico de Hector.

*

Perry descreve o minúsculo espaço a que Dima o levou para conversar: um ninho de gávea, como ele chamou, de 2 metros por menos de 3, projetado no alto de uma escada de navio que saía de um canto da sala de jantar; uma pequena torre um tanto espalhafatosa, de madeira e vidro, construída em um semi-hexágono que se projetava sobre a baía, com o vento do mar entrechocando os sarrafos, fazendo as janelas rangerem.
— Devia ser o lugar mais barulhento da casa. Por isso é que o escolheu, imagino. Não posso acreditar que houvesse algum microfone capaz de captar o que dizíamos no meio de tanto barulho. — E, numa voz que adquire o tom obscurecido de um homem que descreve um sonho: — Era uma casa realmente *falante*. Três chaminés e três ventos. E aquele compartimento em que estávamos sentados, lado a lado.

O rosto de Dima a não mais que um palmo de distância do meu, ele repete, e se inclina sobre a mesa para perto de Hector, como para demonstrar o quão perto.

— Por um bom tempo ficamos apenas sentados ali, encarando um ao outro. Acho que ele estava duvidando de si mesmo. E duvidando de mim. Duvidando se podia levar aquilo adiante. Se escolhera o homem certo. E eu querendo que ele acreditasse que sim, isso faz sentido?

Para Hector, todo o sentido do mundo, pelo visto.

— Ele estava tentando superar um imenso obstáculo que havia em sua mente, o que acredito que seja o principal em uma confissão. Depois, finalmente, lançou uma pergunta, embora soasse mais como um pedido: "Você é espião, Mestre? Um espião inglês?" A princípio achei que fosse uma acusação. Depois compreendi que ele admitia, e até desejava, que eu dissesse sim. De modo que eu disse não, me desculpe, não sou espião, nunca fui, nunca serei. Sou apenas um professor, só isso. Mas não bastou para ele: "Muitos ingleses são espiões. Lordes. Cavalheiros. Intelectuais. Eu *sei*! Vocês têm fair play. Constituem um Estado de leis. Têm bons espiões." Tive que dizer de novo: "Não, Dima, eu não sou, repito, não sou espião. Sou seu parceiro de tênis, e um conferencista universitário num momento decisivo de mudança de vida." Eu deveria ter ficado indignado. Mas como saber o *que fazer*? Eu estava num mundo novo.

— E totalmente *encantado*, aposto! — interpõe Hector. — Daria qualquer coisa para estar na sua pele! Teria até aprendido tênis!

Pois é. *Encantado* é a palavra, Perry concorda. Dima era irresistível de se observar na semiobscuridade. E também de se escutar, acima do ruído do vento.

*

Difícil, fácil ou média, a pergunta de Hector foi apresentada tão leve e benevolamente que foi como uma voz tentando consolá-lo:

— E eu presumo que, apesar das suas bem fundadas reservas contra nós, você certamente desejou, por alguns instantes, *ser* um espião, não foi? — aventou ele.

Perry franziu as sobrancelhas, coçou desajeitadamente o cabelo encaracolado e não achou resposta imediata.

*

— Conhece Guantánamo, Mestre?

Sim, Perry conhece Guantánamo. Conta que já fez campanha contra Guantánamo de todos os modos possíveis. Mas o que Dima está tentando lhe dizer? Por que Guantánamo é assim subitamente *de tamanha importância, tão urgente, tão crucial para a Grã-Bretanha* — para citar a mensagem escrita de Tamara?

— Você conhece aviões secretos, Mestre? Aqueles malditos aviões que os caras da CIA alugam para levar terroristas de Cabul para Guantánamo?

Sim, Perry está familiarizado com esses aviões secretos. Já enviou bastante dinheiro para uma organização que tenciona processar as principais empresas aéreas por violação dos direitos humanos.

— De Cuba para Cabul, esses aviões não fazem frete, certo? Sabe por quê? Porque nenhum terrorista voa de Guantánamo para o Afeganistão. Mas eu tenho *amigos*.

A palavra *amigos* parece perturbá-lo. Ele a repete, depois para, murmura alguma coisa em russo para si mesmo e toma um trago de vodca antes de recomeçar:

— Meus *amigos*, eles falam com esses pilotos, fazem negócio, negócio muito particular, sem volta, certo?

Certo. Sem volta.

— Sabe o que eles carregam nesses aviões vazios, Mestre? Nenhum cliente, carga a bordo diretamente para o comprador, Guantánamo-Cabul, com pagamento adiantado?

Não, Perry não tem nenhum palpite quanto a que carga é enviada de Guantánamo a Cabul, com pagamento adiantado.

— Lagostas, Mestre! — E bate com a palma da mão na enorme coxa, caindo numa bizarra crise de riso. — Milhares de malditas lagostas da baía do México! E quem compra as porras das lagostas? Generais loucos! Dos generais, a CIA compra *prisioneiros*. Aos generais, a CIA vende *malditas lagostas*. Em dinheiro. Talvez também um pouco de heroína K para os guardas da prisão em Guantánamo. De primeira. 999. Não é merda não. Pode acreditar, Mestre!

Perry deveria ficar chocado? Ele tenta ficar. Por acaso isso é motivo suficiente para arrastá-lo até um raquítico mirante bombardeado pelo vento? Ele acha que não. Nem o próprio Dima, suspeita Perry. A história soa mais como uma espécie de tiro de regulagem para o que vem pela frente.

— Sabe o que meus *amigos* fazem com esse dinheiro, Mestre?

Não, Perry não sabe o que os *amigos* de Dima fazem com os lucros do contrabando de lagostas da baía do México para os generais afegãos.

— Eles trazem esse dinheiro para *Dima*. Por que fazem isso? Porque *confiam* em Dima. Muitas, muitas organizações russas acreditam em Dima! E não apenas russas! Grandes, pequenas, eu não dou a mínima, cobrimos *todas*! Diga aos seus espiões ingleses: vocês têm dinheiro sujo? Dima lava para vocês, sem nenhum problema! Querem economizar e conservar? Falem com o Dima! De várias pequenas estradas, Dima faz uma *grande* estrada. Diga *isso* aos seus malditos espiões, Mestre.

*

— Como você estava *interpretando* o malandro, a essa altura? — pergunta Hector. — Ele sua, se vangloria, bebe, caçoa. Conta que é um escroque e que faz lavagem de dinheiro e se gaba de seus camaradas de mau caráter; o que você efetivamente *vê* e *ouve*? O que se passa dentro dele?

Perry escuta a premissa, como se lhe fosse apresentada por um examinador de maior cacife, que é como começa a ver Hector.

— Raiva? — sugere ele. — Dirigida a uma pessoa ou a várias ainda a serem definidas?

— Continue — ordena Hector.

— Desespero. Também a ser definido.

— Que tal um ódio genuíno, sempre conveniente? — insiste Hector.

— Desconfio que ainda não.

— Vingança?

— Em algum lugar por ali, com certeza — acrescenta Perry.

— Cálculo? Ambivalência? Astúcia? Concentre-se! — diz como brincadeira, mas é acolhido a sério.

— Um pouco de tudo isso. Sem dúvida.

— E *vergonha? Autorrepugnância?* Nada disso?

Confuso, Perry avalia, franze as sobrancelhas, olha atentamente em volta.

— *Sim* — admite. — *Sim.* Vergonha. A vergonha do *apóstata. Envergonhado* por estar, de alguma forma, negociando comigo. *Envergonhado* por sua traição. Daí a necessidade de se vangloriar tanto.

— Sou um puta vidente — disse Hector, satisfeito. — Pergunte a qualquer um.

Nem precisava.

*

Perry descreve os longos minutos de silêncio, os conflituosos esgares da cara suada de Dima no escuro, como coloca mais vodca no copo, a engole, enxuga o rosto, abre um sorriso forçado, carrega o cenho ferozmente para Perry como se contestasse sua presença, estende-lhe a mão e agarra-o pelo joelho a fim de prender sua atenção enquanto chega ao ponto pretendido, desiste e esquece-o de novo. E como, finalmente, com uma voz da mais profunda desconfiança, resmunga uma pergunta que tem que ser honestamente feita antes que qualquer outro assunto possa ser levado adiante entre eles:

— Sabe a minha Natasha?

Perry sabia quem era a Natasha dele.

— Bonita?

Perry não tem nenhuma dificuldade de assegurar a Dima que Natasha é realmente muito bonita.

— Dez, doze livros por semana, ela não dá a mínima para o resto. Lê todos. Se você tivesse dois ou três alunos assim, ficaria numa puta felicidade.

Perry diz que de fato ficaria feliz.

— Monta a cavalo, dança balé. Esquia bem como um passarinho. Sabe de uma coisa? A mãe dela. Morreu. Eu adorava aqueIa mulher, sabe?

Perry dá mostras de pesar.

— Talvez, no passado, eu comesse mulheres demais. Alguns garotos, sabe, precisam de muitas mulheres. Boas mulheres: querem ser únicas. Você sai metendo em todo mundo e elas ficam meio doidas. É uma pena.

Perry concorda que é uma pena.

— *Deus do céu*, Mestre. — Ele se inclina para a frente, cravando no joelho de Perry o dedo indicador. — A mãe da Natasha, eu *adorava* aquela mulher, gosto tanto dela tanto que explodo, está entendendo? Amor como esse bota as suas entranhas em fogo. Sua pica, seus bagos, seu coração, cérebro, sua alma: existem todos só para esse amor. — Ele passa outra vez as costas da mão na boca, murmura "como a sua Gail, bonita", toma uma dose de vodca e continua: — O filho da puta do marido dela a matou — confidencia. — Sabe *por quê*?

Não, Perry não sabe por que o filho da puta do marido da mãe de Natasha matou a mãe de Natasha, mas espera descobrir isso, assim como espera descobrir se está mesmo num manicômio.

— Natasha, *minha* filha. Quando a mãe da Natasha contou isso a ele, porque não conseguia mentir, o filho da puta a matou. Um dia, quem sabe eu encontre esse filho da puta. Mato. Não com uma arma. Com estas aqui.

Ele mostra as mãos nada delicadas para Perry. Perry as admira respeitosamente.

— Minha Natasha vai para a escola Eton, certo? Conte isso aos seus espiões. Ou não tem acordo.

Por alguns instantes, num mundo que gira violentamente, Perry se sente sobre terra firme.

— Não sei se o Eton já admite meninas — diz ele cautelosamente.

— Eu pago bem. Dou uma piscina. Nenhum problema.

— Mesmo assim, não acho que eles mudarão as normas por causa dela.

— Então, para onde ela vai? — pergunta Dima arrojadamente, como se fosse Perry e não a escola que estivesse criando dificuldades.

— Há um lugar chamado Roedean. É considerado o equivalente a Eton para garotas.

— Número um da Inglaterra?

— Dizem que sim.

— Filhas de intelectuais? De lordes? Da *Nomenklatura*?

— Podemos dizer que é uma escola para a mais alta camada da sociedade britânica.

— Custa muito dinheiro?

— Muitíssimo.

Dima tranquiliza-se, mas apenas parcialmente.

— Está bem — rosna ele. — Quando você tratar com os seus espiões, condição número um: *escola Roedean*.

*

Hector está de boca aberta. Olha estupefato para Perry, depois para Luke a seu lado, depois para Perry novamente. Passa a mão por seus despenteados cabelos brancos em franca incredulidade.

— Uma vaca sagrada do cacete — murmura. — Que tal também um posto na Cavalaria Real para os filhos gêmeos? O que você falou?

— Prometi que faria o que estivesse ao meu alcance. — Sentindo-se atraído para o lado de Dima. — É a Inglaterra que ele pensa que ama. O que mais eu poderia dizer?

— Você se saiu *maravilhosamente* bem — entusiasma-se Hector.

E o pequeno Luke concorda, sendo *maravilhosa* uma palavra que compartilham.

*

— Lembra de *Mumbai*, Mestre? Em novembro passado? Os malucos dos garotos paquistaneses, matando toda aquela gente fodida? Recebendo as ordens de dentro das celas? Lembra daquela merda de café no qual atiraram? Os judeus que eles mataram? Os reféns? Os hotéis, as estações de trem? As crianças miseráveis e as mães, todas mortas? Como é que eles fazem isso, esses doidos filhos da puta?

Perry não tem ideia.

— Quando meus garotos cortam o dedo, sangra um pouco e me dá vontade de vomitar — protesta Dima furiosamente. — Eu vi morte demais na minha vida, sabe? Pra que diabo eles querem fazer isso, os doidos filhos da puta?

Perry, o descrente, gostaria de responder "Por Deus", mas não diz nada. Dima toma coragem, depois se arrisca em dizer:

— Está certo. Um dia você conta isso para os malditos espiões ingleses, Mestre — insiste ele, com outra guinada para a agressão. — Em outubro de 2008. Decora essa porra dessa data. Um *amigo* me chamou. Certo? Um *amigo*?

Certo. Mais um *amigo*.

— Um cara paquistanês. Uma organização que fazíamos negócio. Era 30 de outubro. No meio daquela noite de merda, ele telefonou. Eu estava em Berna, Suíça, cidade muito calma, muitos banqueiros. Tamara dormindo do meu lado. Ela acordou. Me entregou a porra do telefone: *Para você*. Era esse cara. Está me ouvindo?

Perry está ouvindo.

— "Dima", ele disse, "aqui é o seu *amigo* Khalil." Mentira. O nome dele é Mohamed. Khalil é um nome especial que ele tem para certas transações de dinheiro que estou envolvido, quem se importa? "Tenho uma dica quente para você, Dima. Dica boa, muito quente. Você só tem que lembrar que fui eu quem lhe deu essa dica. Você lembra que fui eu?" Está certo, eu disse. Perfeito. Às 4 da manhã, uma merda sobre a bolsa de valores de Mumbai. "Não esqueça nunca. Eu é que lhe contei." Está certo, vamos lembrar que foi você, Khalil. Temos boa memória. Ninguém vai dar cano em você. Qual é essa sua dica quente?

"'*Dima, você tem que tirar o dinheiro da bolsa de valores indiana, ou então vai ser atingido por uma baita crise.*' 'O quê?', falei. 'O quê, Khalil? Seu maluco de merda! Por que é que vamos ser atingidos por uma crise em Mumbai? Temos um negócio respeitado pra cacete em Mumbai. De investimentos regulares, de uma puta limpeza, que levou cinco anos para ficar em ordem.

Serviços, chá, madeira, hotéis com uma porra de transparência e tamanho suficientes para papa celebrar uma missa lá.' Meu amigo não estava prestando atenção. 'Dima, me ouve, você tem que dar o fora de Mumbai. Pode ser que daqui a um mês você consiga uma posição forte de novo, faça uns milhões. Mas primeiro tem que tirar o dinheiro daqueles hotéis.'"

Novamente o pulso passando pelo rosto de Dima, tirando o suor. Ele sussurra *Meu Deus* para si mesmo e olha fixamente em torno de seu minúsculo cômodo, em busca de ajuda.

— Você vai contar isso aos seus agentes, Mestre?

Perry vai fazer o que puder.

— Naquela noite, 30 de outubro de 2008, depois que esse paquistanês idiota me acordou, eu não dormi direito, certo?

Certo.

— Na manhã seguinte, 31 de outubro, telefonei para os meus malditos bancos suíços. "Tirem meu dinheiro de Mumbai." Serviços, madeira, chá: eu talvez recebesse trinta por cento. Dos hotéis, setenta. Algumas semanas depois, em Roma, Tamara me telefonou. "Liga a porra da TV." E o que eu vi? Aquelas doidas bestas paquistanesas atirando merda em Mumbai, e a bolsa de valores indiana parada. No dia seguinte, os hotéis indianos estavam abaixo de 16 por cento, por 40 rupias e despencando. Em março deste ano, eles atingiram 31. Khalil me telefonou. "É isso, meu amigo, agora coloque o dinheiro de volta. Lembre que fui eu que disse isso a você." Então, botei o dinheiro de volta. — O suor escorre de seu rosto calvo. — No fim do ano, os hotéis indianos estavam em 100 rupias. Fiz 20 milhões de lucro de uma vez. Os judeus morreram, os reféns morreram e eu era um puta gênio. Conte isso a seus espiões ingleses, Mestre. Deus do céu.

O rosto suado, uma máscara de autodesprezo. As tábuas de revestimento apodrecidas estalando ao vento do mar. Dima falou até um ponto que não tinha volta. Perry foi observado e testado e aprovado.

*

Lavando as mãos no banheiro do andar de cima, um cômodo finamente decorado, Perry se examina no espelho e se impressiona com a ansiedade de um rosto que está começando a desconhecer. Ele desce às pressas a escada coberta de um espesso carpete.

— Mais um golinho? — oferece Hector, batendo com a mão vagarosamente na direção da bandeja de bebida. — Luke, meu rapaz, que tal fazer um bule de café para nós?

7

Na rua acima do porão irrompe uma ambulância, e o uivo de sua sirene soa como um grito pela dor do mundo inteiro.

No torreão em semi-hexágono e varrido pelos ventos, com vista para a baía, Dima desenrola a manga esquerda da camisa de cetim. Sob o luar, que já substituiu a luz do sol, Perry distingue uma madona de seios nus cercada de voluptuosos anjos em poses cativantes. A tatuagem desce da extremidade do maciço ombro de Dima para o punho de ouro de seu Rolex incrustado de brilhantes.

— Quer saber quem fez essa tatuagem em mim, Mestre? — segreda ele numa voz rouca de emoção. — Durante seis longos meses, uma hora por dia?

Sim, Perry gostaria de saber quem tatuou uma madona de seios nus e seu coro feminino no enorme braço de Dima, ao longo de seis meses. Gostaria ainda de saber que relevância a Santa Virgem tem para Dima e sua busca por uma vaga em Roedean para Natasha, ou sua residência permanente na Inglaterra para toda a família, em troca de informações vitais, mas o preceptor inglês dentro dele entende que Dima, o contador de histórias, tem seu próprio arco de narrativa e que suas tramas se desdobram sem direção determinada.

— Minha Rufina foi quem fez isso. Ela era *zek*, como eu. Prostituta de acampamento, tuberculosa, uma hora por dia. Quando acabou, ela morreu. Ah, meu Deus, meu Deus.

Um silêncio respeitoso, durante o qual os dois homens contemplam a obra-prima de Rufina.

— Sabe o que é *Kolimá*, Mestre? — pergunta Dima, ainda com uma aspereza na voz. — Me ouvindo?

Sim, Perry sabe o que é *Kolimá*. Leu-o em Soljenitzyn. Leu Shalamov. Sabe que Kolimá é um rio ao norte do Círculo Ártico, que deu nome ao mais rígido dos campos de concentração do Arquipélago Gulag, antes ou depois de Stalin. Sabe o que é *zek* também, nome dos prisioneiros russos, milhões deles.

— Com 14 anos, eu era maldito *zek* em Kolimá. Como criminoso, não político. Político é merda. Criminoso é puro. Servi 15 anos ali.

— *Quinze* anos em Kolimá?

— Isso, Mestre. Quinze.

A ansiedade se extinguiu na voz de Dima, substituída pelo orgulho.

— Os outros prisioneiros tinham *respeito* pelo *prisioneiro criminoso* Dima. Por que eu estava em Kolimá? Eu era assassino. Assassino *bom*. Quem eu assassinei? Um piolhento *apparatchik* soviético, em Perm. Nosso pai suicidou, cansou, bebeu vodca demais. Minha mãe, para dar de comida e sabonete, tinha que trepar com esse *apparatchik* piolhento. Em Perm, morávamos num apartamento comunal. Oito cômodos bostas, trinta pessoas, uma cozinha horrorosa, uma bosta de casa, tudo fedor e fumaça. As crianças não gostavam desse *apparatchik* piolhento que comia a nossa mãe. Tínhamos que ficar de fora, na cozinha, parede muito estreita, quando o *apparatchik* vinha visitar, trazer comida e comer minha mãe. Todo mundo olhava nós: ouçam bem sua mãe, ela é uma puta. Tínhamos que tapar os ouvidos com as mãos. Quer saber de uma coisa, Mestre?

Perry quer.

— Esse cara, esse *apparatchik*, sabe onde ele conseguia comida?

Perry não sabe.

— Era um merda de um *militar de intendência*! Distribuía comida nos quartéis. Portava arma de fogo. Uma boa e bonita arma com estojo de couro. Um grande herói. Já tentou trepar carregando um cinturão de arma na bunda? Tem que ser grande acrobata. Esse *militar intendente*, esse *apparatchik* tirava os sapatos. Tirava a arma. Botava a arma nos sapatos. Tudo bem, pensei. Talvez você já tenha comido bastante a minha mãe. Talvez não coma mais. Talvez ninguém mais olhe pra gente como olham filhos de uma puta. Bati na porta. Abri. Fui cortês. Perdão, eu disse. É Dima. Perdão, *piolhento camarada apparatchik*. Por favor, posso pegar a sua arma emprestada? Olhe uma vez na minha cara, tenha a bondade. Você não me olha, como vou matá-lo? Muito obrigado, camarada. Minha mãe olhou para mim. Ela não disse nada. O *apparatchik* olhou para mim. Matei o merda. Uma bala.

O indicador de Dima se firma no dorso de seu nariz, mostrando onde entrou a bala. Perry se lembra do mesmo indicador se firmando sobre os narizes dos filhos dele, no meio da partida de tênis.

— Por que eu matei esse *apparatchik*? — pergunta Dima retoricamente.
— Foi por minha *mãe*, que protegia seus *filhos*. Foi por amor ao meu louco pai, que se suicidou. Foi em honra da *Rússia* que matei aquele filho da puta. Foi, talvez, para afastar aqueles olhares que vinham sobre nós no corredor. Por isso, em Kolimá eu era um prisioneiro bem-vindo. Era um *krutoi*, um bom colega: não causava problema, era puro. Não era *político*. Era criminoso. Era *herói*, era um *guerreiro*. Matei um *apparatchik* militar, talvez também um *tchekista*. Por que mais eles me deram 15 anos? Eu tenho *honra*. Não sou...

*

Ao chegar a esse ponto da história, Perry vacilou, e sua voz fez-se tímida:
— Não sou *pica-pau*. Não sou *cachorro*, Mestre — disse, com dúvida na voz.
— Ele quis dizer informante — explicou Hector. — Pica-pau, cachorro, galinha... Tanto faz. Tudo significa informante. Ele estava tentando persuadi-lo de que não é um informante, mas é, sim.

Com um aceno de respeito para o conhecimento superior de Hector, Perry recomeçou.

*

— Um dia, depois de três anos, esse bom rapaz Dima se tornou *homem*. Como ele se tornou *homem*? Meu amigo Nikita fez dele um homem. Quem é *Nikita*? Nikita é também *honrado*, também bom *guerreiro*, grande criminoso. Foi um *pai* para esse bom rapaz Dima. Foi como um *irmão* para ele. *Protegeu* Dima. *Amou* Dima. Foi *puro* amor. Um dia, dia muito bom para mim, dia de orgulho, Nikita me levou a um *vory*. Sabe o que é *vory*, Mestre? Sabe o que é *vor*?

Sim, Perry sabe até o que é *vory*. Sabe também o que é *vor*. Leu o seu Soljenitzyn e leu o seu Shalamov. Leu que, nos gulags, os *vory* são os árbitros dos prisioneiros e executores da justiça, uma irmandade de criminosos de honra que juram submeter-se a um estrito código de conduta e renunciar ao casamento, à propriedade e à subserviência para com o Estado. Os *vory* reverenciam o clero e cultivam sua mística; e *vor* é o singular de *vory*. E o orgulho dos *vory* é serem criminosos dentro dos limites da lei, uma aristocracia muito afastada da canalhada das ruas, que jamais conheceu uma lei na vida.

— Meu Nikita falou com a grande comissão dos *vory*. Muitos grandes criminosos estavam presentes nessa reunião, muitos bons guerreiros. Ele disse aos *vory*: "Meus queridos irmãos, aqui está *Dima*. Dima está *pronto*, meus irmãos. Recebam-no." Então eles *receberam* Dima, fizeram dele um *homem*. Fizeram dele um criminoso de honra. Mas Nikita ainda precisava *proteger* Dima. Isso porque Dima era... seu...

Enquanto Dima, o criminoso de honra, busca *le mot juste*, Perry, o perito de Oxford em viagem, sai em seu socorro:

— Discípulo?

— *Discípulo! Sim*, Mestre! Como os de Jesus! Nikita protegeria seu *discípulo* Dima. Isso é normal. Isso é lei dos *vory*. Ele o protegeria *sempre*. Isso é *promessa*. Nikita fez de mim um *vor*. Então ele me protegia. Mas ele morreu.

Dima bate de leve com o lenço na testa calva, depois passa o punho nos olhos, e em seguida aperta as narinas, como um nadador emergindo da água. Quando abaixa a mão, Perry vê que ele chora a morte de Nikita.

*

Hector anunciou um intervalo. Luke fez café. Perry aceita uma xícara e um biscoito de chocolate, enquanto espera. O conferencista que há dentro dele está em plena corredeira, reunindo seus fatos e observações, apresentando-os com toda a justeza e a precisão possíveis. Mas nada pode apagar-lhe completamente o lampejo de empolgação nos olhos, ou o ardor de suas magras maçãs do rosto.

E talvez o editor que há nele esteja consciente disso e perturbado: razão pela qual, ao recomeçar, ele prefere um *staccato*, um estilo quase improvisado de narrativa, mais de acordo com a objetividade pedagógica do que com o ímpeto da aventura:

— Nikita tinha contraído a febre tifoide. Estávamos em pleno inverno. Uns 60 graus negativos. Muitos prisioneiros estavam morrendo. Os guardas não davam a mínima. Os hospitais não estavam lá para curar: eram lugares aonde se ia para morrer. Nikita era duro na queda e resistiu muito tempo. Dima tomou conta dele. Deixou seu trabalho na prisão, foi parar na cela de punição. Cada vez que o deixavam sair, ia ver Nikita no hospital, até o arrastarem de volta. Batiam nele, faziam passar fome, privavam da luz, acorrentavam a uma parede a temperaturas abaixo de zero. Todas essas coisas que vocês terceirizam para países menos exigentes e fingem que ignoram — acrescenta ele, num arranco de beligerância quase bem-humorado, que se mostra totalmente vão. — E, enquanto ele confortava Nikita, aceitaram que Dima empossasse o seu próprio protegido na irmandade dos *vory*. Foi um momento solene, evidentemente: o agonizante Nikita designando sua posteridade, por meio de Dima. Uma passagem do cálice através de três gerações de criminosos. O protegido de Dima, ou *discípulo*, como ele agora gostava de chamá-lo, graças a mim, creio. Era um tal de Mikhail, apelidado *Misha*.

Perry reproduz o momento:

— "Misha é um homem honrado, como eu!", falei para eles. — Dima discursa à alta comissão dos *vory*. — "Ele é criminoso, não político. Misha ama a verdadeira Mãe Rússia, não a União Soviética. Misha respeita todas as mulheres. É forte, puro, não é pica-pau, nem cachorro, nem militar, nem guarda de campo ou KGB. Ele não é policial. Ele mata policiais. Despreza todo *apparatchik*. Misha é meu filho. É irmão de vocês. Recebam o filho de Dima como seu irmão *vory*!"

*

Perry continua no método conferencista. Os fatos a seguir para os seus cadernos, por favor, senhoras e senhores. A passagem que estou prestes a ler representa a versão reduzida da história pessoal de Dima, tal como me foi narrada no mirante da casa dita Three Chimneys, entre um gole e outro de vodca:

— Tão logo se livrou de Kolimá, ele voltou correndo para casa, em Perm, e chegou a tempo de enterrar a mãe. O início da década de 1980 foram anos agitados para os criminosos. A vida ilegal era breve e perigosa, mas lucrativa. Com suas impecáveis credenciais, Dima foi recebido de braços abertos pelos *vory* locais. Por descobrir que tinha um pendor natural para os números, rapidamente se envolveu na especulação financeira ilegal, na fraude securitária e no contrabando. Uma ficha de pequenos crimes em rápida expansão levou-o à Alemanha Oriental comunista. Roubo de carros, falsificação de passaportes e mercado de capitais eram suas especialidades. E, ao longo do percurso, ele se muniu do alemão falado. Apanhava mulheres onde as encontrava, mas sua parceira permanente era Tamara, uma negociante do mercado negro de mercadorias muito escassas, como vestuário feminino e alimentos essenciais; ela morava em Perm. Com a ajuda de Dima e de cúmplices com igual mentalidade, ela também dirigia uma linha paralela de atividades de extorsão, sequestro e chantagem. Isso a colocava em conflito com uma irmandade rival, que primeiro a fez prisioneira e a torturou, depois a incriminou e a entregou à polícia, que a torturou ainda mais. Dima explicou o *problema* de Tamara: "Ela jamais estrila, Mestre, está me ouvindo? É boa criminosa, melhor do que homem. Eles colocaram minha Tamara numa 'cela de compressão'. Sabe o que é uma 'cela de compressão'? Penduraram ela de cabeça para baixo, estupraram dez, vinte vezes, espancaram até cansar. Mas ela nunca chiou. Ela dizia 'Vocês que se fodam'. Tamara, ela é grande guerreira, não é nenhuma *cadela*."

Novamente Perry apresentou a palavra com retraimento, e novamente Hector lhe saiu em socorro:

— *Cadela*, no caso, é mesmo pior do que cachorro ou pica-pau. Uma cadela é quem trai o código do submundo. Dima já fala, aí, dos delitos mais sérios.

— Então talvez tenha sido por isso que ele hesitou ao dizer a palavra — opinou Perry, e Hector disse que talvez fosse, sim.

Perry como Dima, outra vez:

— Um dia, aqueles merdas de policiais ficaram tão cansados dela que tiraram toda a roupa dela e a abandonaram na neve. Ela nunca chiou, está me ouvindo? Ela ficou meio perturbada da cabeça, sabe? Conversa com Deus. Compra um monte de santos. Enterra dinheiro na porra do jardim, não consegue achar, quem dá a mínima? Essa mulher conquistou a lealdade, está ouvindo? Eu nunca vou deixar ela ir embora. A mãe da Natasha, eu amo aquela mulher. Mas Tamara, nunca deixo ir embora, está me ouvindo?

Perry o ouvia, sim.

Assim que Dima começou a fazer mais dinheiro, ele mandou Tamara para uma clínica suíça de repouso e reabilitação, depois se casou com ela. Dali a um ano nasceram seus filhos gêmeos. Logo em seguida ao casamento veio o noivado da irmã muito mais jovem e sensacionalmente bela de Tamara, Olga, uma garota de programa de alto nível muito apreciada pelos *vory*. E o noivo era ninguém menos que o amado discípulo de Dima, Misha, então também liberto de Kolimá.

— Com a união de Olga e Misha, a taça de Dima se completou — declarou Perry. — Dima e Misha eram, a partir daí, verdadeiros irmãos. Sob a lei dos *vory*, Misha era já filho de Dima, mas o casamento tornou absoluto o relacionamento da família. Os filhos de Dima seriam filhos de Misha, e vice-versa — disse Perry, e recostou-se decididamente, como se esperasse perguntas do fundo da sala.

Mas Hector, que estivera observando com um quê de divertimento o recolhimento de Perry em sua pele acadêmica, preferiu dar uma mostra de seu próprio estilo de comentários ácidos:

— O que é uma puta coisa esquisita a respeito desses caras *vory*, não acha? Numa hora abjuram o matrimônio, a política, o Estado e todas as suas obras, e no momento seguinte estão numa nave de igreja em traje completo, com os sinos da igreja badalando. Tome mais uma dose. Só um pouquinho. Água?

Mexe na garrafa e no jarro d'água.

— É o que todos eles eram, não é? — refletiu Perry distraidamente, tomando seu fraquíssimo uísque. — Todos aqueles misteriosos primos e tios em Antígua. Eram criminosos dentro da lei que tinham ido compadecer-se de Misha e Olga.

*

Novamente o estilo decidido do Perry conferencista. Perry como historiador avaliando cápsulas do tempo, e nada mais:

Perm já não era grande o suficiente para Dima ou sua Irmandade. Os negócios se expandiam. As organizações do crime formavam alianças. Costuravam-se pactos com máfias estrangeiras. E o melhor de tudo: Dima, a *bête intellectuelle* de Kolimá, um homem sem nenhuma educação que valesse alguma coisa, descobriu um talento natural para os lucros da lavagem de dinheiro. Quando a Irmandade de Dima resolveu fazer negócios nos Estados Unidos, foi Dima que eles enviaram a Nova York para montar uma cadeia de lavagem com sede na praia de Brighton. Dima fez de Misha seu mandatário. Quando a Irmandade decidiu abrir um ramo europeu dos seus negócios, foi Dima o homem designado para o posto. Como uma das condições para aceitar, Dima novamente solicitou a designação de Misha, como seu braço direito em Roma. Concedido. A partir daí, os Dima e os Misha eram efetivamente uma família, fazendo negócios juntos, se divertindo juntos, trocando casas e visitas, admirando reciprocamente suas crianças.

Perry toma mais um gole de uísque.

— Isso foi nos dias do *velho Príncipe* — diz Perry, quase com nostalgia. — Para Dima, a época de ouro. O velho Príncipe era um verdadeiro *vor*. Ele não podia fazer nada errado.

— E o *novo* Príncipe? — pergunta Hector, de maneira provocante. — O jovem camarada? Alguma informação sobre ele?

Perry não acha graça.

— Você sabe muito bem que sim — resmunga ele. E acrescenta: — O novo e jovem Príncipe é a maior cadela de todas. O traidor dos traidores. Foi o Príncipe que entregou os *vory* ao Estado, a pior coisa que qualquer *vor* pode fazer. Trair um homem como esse é um dever aos olhos de Dima, não um crime.

*

— Você gosta daquelas crianças, Mestre? — pergunta Dima, num tom de falso desprendimento, atirando a cabeça para trás e simulando analisar os painéis do teto, que estão descascando. — Katya? Irina? Gosta delas?

— Claro que sim. São maravilhosas.

— Gail também gosta delas?

— Você sabe que sim. Ficou muito triste por elas.

— O que elas falaram, as meninas? Contaram como o pai morreu?

— Numa batida de carro. Há dez dias. Nos arredores de Moscou. Uma tragédia. O pai e a mãe juntos.

— Exato. Uma tragédia. Acidente de carro. *Simplesmente* acidente de carro. Um acidente de carro muito *normal*. Na Rússia, acontecem muitos desses acidentes. Quatro homens, quatro Kalashnikovs, talvez sessenta balas, quem dá a mínima? Foi um puta acidente de carro, Mestre. Vinte, talvez trinta balas num só corpo. Meu Misha, meu discípulo, um garoto, 40 anos. Dima levou-o para os *vory*, fez dele um *homem*.

Uma repentina explosão de fúria:

— E por que eu não protegi meu Misha? Por que eu o deixei ir para Moscou? Deixei os filhos da puta daquela cadela do Príncipe matar Misha com vinte, trinta balas? Matar Olga, a bela irmã da minha mulher Tamara e mãe das menininhas de Misha. Por que não o protegi? Você é Mestre! Diga, por favor, por que não protegi Misha?

Foi fúria, não volume, que deu à sua voz aquela força espectral, era a natureza de camaleão do homem que o capacitava a pôr de lado sua fúria em benefício da desalentada reflexão eslava:

— Certo. Talvez Olga, irmã de Tamara, não muito religiosa — diz ele, admitindo um ponto que Perry não tinha percebido. — Eu disse a Misha: talvez a sua Olga ainda olha demais para outros caras, tem uma bunda bonita. Talvez você não fica mais galinhando por aí, Misha, fica em casa de vez em quando, como eu ando fazendo, cuida um pouco da sua mulher. — Sua voz se reduz a um sussurro de novo: — Trinta balas, Mestre. Essa besta do Príncipe tinha que pagar pelas trinta balas no meu Misha.

*

Perry tinha se tranquilizado. Era como se uma campainha distante houvesse soado para o término do período de conferência e ele tivesse se dado conta dela tardiamente. Por um instante pareceu se surpreender com a própria presença à mesa. Depois, com uma sacudidela do corpo comprido e anguloso, voltou ao momento presente.

— Basicamente, foi mais ou menos *isso* — disse, num tom de quem recolhe as coisas para se retirar. — Dima submergiu em si mesmo por algum tempo, despertou, pareceu confuso ante o fato de eu estar ali, ressentiu-se de minha presença, depois se convenceu de que estava tudo bem em relação a mim, em seguida me esqueceu de novo, pôs as mãos no rosto e murmurou alguma coisa para si mesmo, em russo. Depois se levantou, procurou algo nos bolsos da camisa de cetim e puxou o pequeno pacote que incluí no meu documento. Entregou-o a mim, me deu um abraço. Foi um momento emocionante.

— Para vocês dois.

— De formas diferentes, sim, foi. Acho que foi.

Ele pareceu subitamente com pressa de voltar para Gail.

— Alguma instrução junto com o pacote? — perguntou Hector, enquanto o pequeno Luke da Lista B, ao lado dele, sorria para si mesmo sobre as mãos comportadamente cruzadas.

— Certamente. "Leve isso para os seus *apparatchiks*, Mestre. Um presente do Número Um do Mundo na lavagem de dinheiro. Diga-lhes que eu quero fair play." Exatamente como escrevi no meu documento.

— Alguma ideia do que estava *dentro* do pacote?

— Apenas suposições. Estava embrulhado com algodão em rama, depois com fita adesiva. Como você viu. Pensei que fosse uma fita cassete de um minigravador qualquer. Era o que parecia.

Hector se manteve cético.

— E você não tentou abri-lo.

— Deus me livre. Estava endereçado a você. Só quis ter certeza de que estava preso bem firme por dentro da capa do dossiê.

Virando lentamente as páginas do documento de Perry, Hector deu um rápido aceno com a cabeça, em concordância.

— Ele o carregava no corpo — continuou Perry, sentindo evidentemente necessidade de afastar o silêncio crescente. — Me fez pensar em Kolimá. Nos truques que eles devem ter criado. Mensagens escondidas e coisas assim. Estava encharcado, o objeto. Tive que enxugar com uma toalha quando voltei para o chalé.

— E você não o abriu?

— Eu disse que não. Por que deveria? Não tenho o costume de ler cartas de outras pessoas. Ou de escutar.

— Nem mesmo antes de passar pela alfândega, em Gatwick?

— De jeito nenhum.

— Mas você o *apalpou*.

— É claro que sim. Já disse que fiz isso. Qual é o problema? Por sobre a película de plástico. E do algodão de rama. Quando ele me entregou.

— E, quando ele entregou a você, o que foi que você fez com aquilo?

— Coloquei num lugar seguro.

— Onde?

— O quê?

— O lugar seguro. Onde era?

— Na minha *nécessaire*. No momento em que voltei para o chalé, fui direto para o banheiro e coloquei ali.

— Junto com a sua escova de dentes, me parece.

— Parece que sim.

Mais um demorado silêncio. Tão demorado para eles quanto para Perry? Ele temia que não.

— Por quê? — perguntou finalmente Hector.
— Por que o quê?
— A *nécessaire* — retrucou Hector pacientemente.
— Achei que estaria seguro ali.
— Quando passou pela alfândega, em Gatwick?
— Sim.
— Achou que fosse onde todo mundo guarda suas fitas cassetes?
— Só achei que estaria... — E deu de ombros.
— Menos conspícuo, numa *nécessaire*?
— Tipo isso.
— Gail sabe?
— O quê? Claro que não. Não.
— Imagino que não saiba mesmo. A gravação é em russo ou inglês?
— Como eu posso saber? Eu não *ouvi*.
— Dima não lhe disse em que língua era?
— Ele não apresentou nenhuma descrição do que quer que fosse além daquilo que lhe passei. Tim-tim.

Ele tomou um último gole de seu fraquíssimo uísque, depois colocou o copo na mesa, dando a entender que tinha terminado. Mas Hector não estava com aquela pressa toda. Pelo contrário. Ele virou uma página do documento de Perry. Em seguida, avançou duas.

— Então, *por que*, novamente?
— Por que o quê?
— Por que fazer isso tudo, afinal? Por que ocultar um cabuloso pacote na passagem pela alfândega britânica, para um trapaceiro russo? Por que não o atirar no mar das Caraíbas e esquecê-lo por lá?
— Achei que isso estivesse bastante claro.
— Estava para mim. Não pensei que fosse para você. O que é assim tão óbvio em torno disso?

Perry procurou, mas parecia não ter nenhuma resposta para aquela pergunta.

— Bem, que tal *porque está lá*? — propôs Hector. — Não é por isso que os escaladores escalam?

— É o que dizem.

— Bobagem, na verdade. É porque os escaladores estão lá. Não culpemos a porra da montanha. Culpemos os escaladores. Concorda?

— Provavelmente.

— Eles é que veem o cume distante. A montanha não está nem aí...

— Provavelmente não. — Um sorriso forçado.

— Dima tratou, de algum modo, de seu próprio envolvimento pessoal nessas negociações, ele revelou como deveria ser? — perguntou Hector, depois do que pareceu a Perry uma demora interminável.

— Um pouco.

— Como assim *um pouco*?

— Ele queria que eu estivesse presente.

— Presente *por quê*?

— Para conferir o fair play, evidentemente.

— Fair play por parte de quem, pelo amor de Deus?

— Bem, por parte de vocês, imagino — disse Perry, com relutância. — Queria que eu os mantivesse fiéis à sua palavra. Ele tem aversão aos *apparatchiks*, como vocês devem ter notado. Quer admirar vocês por serem cavalheiros ingleses, mas não confia em vocês por serem *apparatchiks*.

— É como *você* sente? — Examinou Perry com os enormes olhos cinzentos. — Que somos *apparatchiks*?

— Provavelmente — admitiu Perry, uma vez mais.

Hector se voltou para Luke, ainda sentado rigidamente a seu lado.

— Luke, meu velho, imagino que você tenha um compromisso. Não devemos segurá-lo aqui.

— Claro — disse Luke, e, com um rápido sorriso de despedida para Perry, deixou obedientemente a sala.

*

O uísque escocês era da ilha de Skye. Hector serviu duas belas doses e convidou Perry a tomar água.

— Então — declarou Hector. — Hora da pergunta difícil. Está preparado? Como não estaria?

— Temos uma discrepância. Tamanho família.

— Não faço ideia do que está falando.

— Eu faço. Refere-se ao que você *não* escreveu para nós no seu maravilhoso documento, e ao que você até agora omitiu de sua *viva você*, que, não fosse por isso, seria impecável. Entendeu ou quer que eu desenhe?

Visivelmente pouco à vontade, Perry deu de ombros de novo.

— Explique.

— De bom grado. Nas duas apresentações, você deixou de relatar uma cláusula-chave dos termos e das condições de Dima, tal como nos foram transmitidas no pacote que você engenhosamente contrabandeou através do aeroporto de Gatwick na sua *nécessaire*, ou, como nós, velhos, preferimos chamar, bolsa de toalete. Dima *insiste*, não um pouco, como você dá a entender, mas como um ponto fundamental, e Tamara *insiste*, o que desconfio que seja ainda mais significativo, apesar das aparências, em que você, Perry, esteja presente em todas as negociações, e que estas sejam conduzidas na língua inglesa, por sua causa. Por acaso ele mencionou essa condição para você, no decorrer de seus meandros?

— Sim.

— Mas você achou por bem não aludir a isso.

— Sim.

— Isso, por acaso, foi porque Dima e Tamara também estipularam a participação não somente do *Mestre Makepiece,* mas igualmente de uma senhora a que eles gostam de se referir como *Madame Gail Perkins*?

— *Não* — disse Perry, com a voz e o maxilar enrijecidos.

— *Não*? Não o quê? Não, você não editou essa condição, excluindo-a de seus relatos escritos e orais?

A resposta de Perry foi tão veemente e precisa que ficou óbvio que ele estava preparando-a havia algum tempo. Mas primeiro ele fechou os olhos como se consultasse seus demônios interiores.

— Eu farei isso por Dima. Farei até por vocês. Mas sozinho; senão, não farei coisa alguma.

— Enquanto Dima, na mesma e tortuosa invectiva dirigida a nós — continuou Hector, num tom que não dava a mínima para a afirmação dramática recém-proferida por Perry —, *também* se refere a uma reunião programada em Paris, no *próximo* mês de junho. No dia 7, para ser preciso. Uma reunião não conosco, os desprezados *apparatchiks*, mas com *você e Gail*, o que nos pareceu um tanto peculiar. Você por acaso poderia explicar isso?

Perry não podia ou não queria fazê-lo. Estava amuado, na semiobscuridade, uma das compridas mãos em concha por sobre a boca, como se para amordaçá-la.

— Ele parece propor uma *entrevista* — prosseguiu Hector. — Ou, mais exatamente, se refere a uma entrevista que *ele* já sugeriu e com a qual *você* evidentemente concordou. Onde deve ser?, nos perguntamos. Sob a Torre Eiffel, ao soar da meia-noite, e ele vai levar um exemplar do *Figaro* do dia anterior?

— Não, não era nada disso.

— Então, onde?

Com um "que se dane" murmurado, Perry enfiou uma das mãos no bolso do paletó, pegou um envelope azul e o jogou sobre a mesa oval. Não estava lacrado. Após apanhá-lo, Hector desdobrou meticulosamente a aba com as magras pontas dos dedos, retirou dois papeizinhos azuis com algo impresso e os abriu. Depois uma folha de papel branco, também dobrada.

— E esses ingressos são para *onde*? — perguntou ele, depois de uma confusa análise que, de acordo com qualquer padrão normal, já lhe teria solucionado sua dúvida havia muito.

— Não leu? Final Masculina do Aberto da França. Roland Garros, Paris.

— E como você conseguiu isso?

— Eu estava fechando a nossa conta no hotel. Gail arrumava as malas. Ambrose me deu.

— Junto com esse delicado bilhete de Tamara?

— Exato. Junto com o delicado bilhete de Tamara. Muito bem.

— O bilhete estava no envelope junto com os ingressos, não? Ou separado?

— O bilhete estava num envelope separado, um envelope selado, que eu depois destruí — disse Perry, com a voz se empastando de raiva. — Os dois ingressos para o Estádio de Tênis de Roland Garros estavam num envelope *não selado*. É esse aí que você tem em mãos. Eu me desfiz do envelope que continha o bilhete de Tamara e coloquei o bilhete *dentro* desse aí, *junto com os ingressos*.

— Que maravilha. Posso ler?

Ele não esperou a resposta:

> Convidamos você a trazer Gail como companhia. Ficaremos felizes em reencontrarmos vocês.

— Pelo amor de Deus — murmurou Perry.

> Por gentileza, queira encontrar-se na Allée Marcel-Bernard do complexo de Roland Garros 15 (quinze) minutos antes do início da partida. Há muitas lojas nessa *allée*. Por favor, dedique especial atenção à exibição dos materiais da Adidas. Parecerá uma grande surpresa encontrar vocês. Parecerá uma coincidência, uma providência divina. Por favor, discuta esse assunto com seus oficiais britânicos. Eles compreenderão a situação.
>
> Por favor, aceite igualmente a hospitalidade de um camarote especial de representante da companhia Arena. Será conveniente se a pessoa responsável da autoridade secreta da Grã-Bretanha estiver em Paris nesse período, para discussão muito discreta. Por favor, providencie isso.
>
> Em Deus o amamos,
> Tamara.

— É isso?

— É isso.

— E você está aflito. Exasperado. Puto por ter que dar a mão.

— Na realidade, estou mais para furioso — admitiu Perry.

— Bem, antes de você explodir, deixe-me lhe dar algumas informações. Pode ser que você não ganhe mais nada além disso. — Ele se inclinou para a frente, os olhos cinzentos brilhando de emoção e como que fanáticos. — Dima tem duas assinaturas de transferência iminentes que são vitalmente importantes, através das quais ele passará formalmente todo o seu extremamente engenhoso sistema de lavagem de dinheiro para mãos mais jovens: a saber, o Príncipe e seu séquito. As somas de dinheiro envolvidas são astronômicas. A primeira assinatura será em Paris, na segunda-feira 8 de junho, no dia seguinte à partida de tênis. A segunda e última assinatura, podemos dizer final, terá lugar em Berna, dois dias depois, na quarta-feira, 10 de junho. Uma vez que Dima tenha passado adiante o conjunto de sua obra, ou seja, após Berna em 10 de junho, ele estará vulnerável ao mesmo tratamento desfavorável concedido a seu amigo Misha. Em outras palavras, brutal. Falo disso entre parênteses, para deixar você consciente da profundeza do planejamento de Dima, os desfiladeiros desesperados a que ele chega e, literalmente, os resultantes bilhões em jogo. Até ele ter assinado, está imune. Depois, ele vira carniça.

— Então por que ir a Moscou para o sepultamento? — objetou Perry, com uma voz fraca.

— Bem, você e eu não iríamos. Iríamos? Mas nós não somos *vory*, e a vingança reclama seu preço. Assim se sobrevive. Contanto que não tenha assinado as transferências, ele é à prova de bala. Podemos voltar a *você*?

— Se for necessário.

— Nós dois precisamos disso. Você mencionou, há pouco, que estava furioso. Bem, eu acho que você tem todo o direito de estar, e com *você mesmo*, porque em certo nível, o nível das relações sociais normais, você se comporta, em circunstâncias reconhecidamente difíceis, como um chauvinista do caralho. Não adianta nada se encrespar desse jeito. Veja a confusão que você fez até agora. Gail não está no jogo e anseia por estar. Não sei em que século você pensa que está vivendo, mas Gail se acha tão habilitada quanto você a tomar as próprias decisões. Você estava considerando *seriamente* deixá-la sem um ingresso gratuito para a Final Masculina do Aberto da França? Gail? Sua parceira de tênis e companheira de vida?

Perry pôs a mão em concha outra vez sobre a boca e emitiu um resmungo sufocado.

— Certamente. Agora, um outro aspecto: o do debate social *anormal*. *Meu* nível, o nível de *Luke*. O de *Dima*. O que você compreendeu perfeitamente é que você e Gail se perderam, de forma puramente acidental, dentro de um campo minado. E, como qualquer pessoa decente, de boa índole, sua primeira reação instintiva foi tirar logo Gail dali e mantê-la fora disso. Você também concluiu, se não me engano, que você, pessoalmente, ao dar ouvidos à oferta de Dima, ao transmiti-la a nós e ao ser designado árbitro, observador, ou seja lá como ele queira chamá-lo, seria, sob o regulamento *vory*, no ajuste de contas com as pessoas a que Dima se propõe a denunciar, um legítimo caso para a sanção extrema. De acordo?

De acordo.

— Até que ponto Gail é potencialmente um efeito colateral é uma questão aberta. Você sem dúvida pensou nisso também.

Perry pensara.

— Desse modo, vamos enumerar as grandes questões. Grande questão número um: você, Perry, tem moralmente o direito de *não* informar a Gail o perigo que ela corre? Resposta, na minha opinião: *não*. Grande questão número dois: você tem moralmente o direito de negar a ela a escolha de entrar no jogo, uma vez que ela estava tão inteirada de tudo, supondo-se ainda que tem um envolvimento moral com as crianças da família de Dima, sem falar em seus sentimentos por você? Resposta, na minha opinião: novamente *não*, mas podemos discutir esta última. E questão número *três*, que é um tanto de doer nos calos, mas realmente temos que perguntar: você, Perry, está, assim como ela, Gail, está, ou melhor, vocês estão, como casal, atraídos pela ideia de fazer algo *puta* perigoso pelo seu país, sem nenhuma recompensa, com exceção do que é vagamente chamado de honra, com a clara compreensão de que, se abrirem a boca a esse respeito, mesmo com as pessoas mais próximas e mais queridas, caçaremos vocês até os confins da terra?

Fez uma pausa para Perry poder falar, mas ele não disse nada, então Hector continuou:

— Você manifesta publicamente que acredita que a nossa verde e agradável terra tem a terrível necessidade de salvar-se de si mesma. Eu, por acaso, sou da mesma opinião. Estudei a doença, vivi no lodaçal. A minha conclusão, abalizada, é de que, como uma ex-grande nação, estamos sofrendo, de alto a baixo, de corrupção corporativa. E esse não é exatamente o julgamento de um velho doente. Muitas pessoas do meu Serviço tornaram-se especialistas em não ver as coisas com limites muito definidos. Não me confunda com eles. Sou da velha guarda, um radical de natureza violenta e com colhões. Ainda me acompanhando?

Um relutante sinal de cabeça.

— Dima oferece a você, assim como eu, uma oportunidade de *fazer* algo, em vez de ficar só falando a respeito. Você, em contrapartida, está ansioso para se ver livre disso, ao mesmo tempo que dá a entender que não fará tal coisa, postura que considero fundamentalmente desonesta. De modo que minha enérgica recomendação é: chamar Gail *já*, tirá-la de sua aflição e, quando você voltar para Primrose Hill, atualizá-la de cada pormenor de que você até agora a afastou. Depois trazê-la de volta aqui amanhã, às 9 horas. *Esta* manhã, pense nisso. Ollie apanhará vocês. Vocês, em seguida, assinarão um documento ainda mais draconiano e mais inculto do que aquele que ambos assinaram hoje, e nós lhes contaremos mais do restante da história, o máximo que pudermos sem colocá-los em risco se vocês *efetivamente* decidirem fazer a viagem a Paris, e o mínimo de que pudermos escapar se decidirem que não irão. Se Gail se opuser, é problema dela, mas eu lhe direi que, numa base de dez para um, ela ficará na luta até o último cartucho.

Perry finalmente levantou a cabeça.

— Como?

— Como o quê?

— Salvar a Inglaterra *como*? De quê? OK, dela própria. De que *pedaço* dela própria?

Agora era a vez de Hector refletir.

— Você terá apenas nossa palavra.
— A palavra do seu Serviço?
— Por enquanto, sim.
— Com base em quê? Vocês se julgam os cavalheiros que mentem pelo bem de sua pátria?
— Diplomatas. Não somos cavalheiros.
— Então vocês mentem para salvar suas peles.
— Esses aí são os políticos. Um jogo totalmente diferente.

8

Ao meio-dia de um domingo ensolarado, dez horas depois de Perry Makepiece ter retornado a Primrose Hill para se reconciliar com Gail, Luke Weaver abria mão de seu lugar à mesa com a família — sua mulher, Eloise, preparara especialmente um rechonchudo frango com molho, já que seu filho Ben convidara para o almoço um colega israelense — e, com as desculpas ainda ressoando nos ouvidos, deixava a casa de tijolos vermelhos e em estilo sobrado em Parliament Hill, que mantinha com dificuldade, para se dirigir ao que acreditava ser a reunião decisiva de sua atribulada carreira.

Seu destino, até onde Eloise e Ben podiam saber, era a hedionda sede do Serviço, às margens do rio em Lambeth, um prédio apelidado por Eloise, cujas origens eram francesas e aristocráticas, de *la Lubianka-sur-Tamise*. Na verdade, ele estava indo para Bloomsbury, como nos últimos três meses. Para chegar lá, apesar da tensão que fervilhava em seu interior, ou talvez justamente por causa dela, não usou nem metrô nem ônibus, foi a pé, um hábito adquirido durante missões em Moscou, onde três horas de caminhada pelas ruas, sob qualquer clima, era um preço a se pagar rotineiramente quando você está tentando limpar os rastros após apanhar algo sigilosamente deixado em um local combinado ou após se esgueirar, ofegante, por uma porta aberta, para uma entrega de dinheiro ou material, processo cuja duração máxima era de trinta segundos.

Para ir de Parliament Hill a Bloomsbury, uma caminhada para a qual Luke habitualmente se reservava pelo menos uma hora, ele costumava seguir um caminho diferente cada vez, não com o objetivo de livrar-se de hipotéticos perseguidores, embora tal pensamento raramente estivesse fora de sua mente, mas de desfrutar os caminhos alternativos de uma cidade que queria muito voltar a conhecer, após anos de trabalho no exterior. E hoje, com o sol brilhando e a necessidade de desanuviar a cabeça, optou por passar pelo Regent's Park, antes de seguir em direção leste; portanto, acrescentara deliberadamente cerca de meia hora à jornada. Seu estado de ânimo, permeado de expectativa e agitação, também era de temor. Mal conseguira dormir. Precisava calibrar o caleidoscópio. Sentia necessidade de ver gente comum, sem segredos, além de flores e do mundo lá fora.

— Um sincero *sim* da parte dele, e um sincero *sim, para o inferno vocês* por parte dela — dissera-lhe Hector, em código e demonstrando entusiasmo, pelo telefone. — Billy Boy vai nos ouvir às 14 horas e Deus está no céu.

*

Seis meses antes, quando Luke retornara à Inglaterra e estava usufruindo o auxílio-viagem, após três anos em Bogotá, a "Rainha dos Recursos Humanos", desrespeitosamente conhecida em todo o Serviço como a Rainha Humana, informara-lhe que ele seria tirado de campo. Ele já esperava algo assim. Não obstante, levou alguns segundos para decodificar a mensagem.

— O Serviço está sobrevivendo à recessão com sua resiliência proverbial, Luke — asseverou-lhe ela, em tom tão despreocupadamente otimista que ele poderia ser perdoado por pensar que estavam prestes a lhe oferecer uma Diretoria Regional, em vez de ser afastado. — Para falar a verdade, tenho prazer em dizer que o nosso estoque em Whitehall nunca esteve tão alto, e nosso trabalho de recrutamento jamais foi tão fácil. Oitenta por cento dos jovens recém-contratados obtiveram *First Class Honours Degrees* em boas universidades e *ninguém* fala mais sobre o Iraque. Alguns deles, *Double Firsts*. Você acredita?

Luke acreditava, mas absteve-se de dizer que por vinte anos saíra-se muito bem com um modesto *Second*.

O único problema *real* hoje em dia, ela lhe explicou no mesmo tom determinadamente otimista, eram aqueles homens de mesmo calibre e mesmo nível salarial de Luke, que haviam atingido seus *momentos decisivos* e estavam tornando-se cada vez mais difíceis de ser mantidos. Alguns deles simplesmente não podiam ser alocados, lamentou, mas o que ela deveria fazer, me diga, com um *jovem* Chefe que não gostava que sua equipe tivesse na bagagem a Guerra Fria? Era simplesmente triste *demais*.

Então, Luke, infelizmente, a *melhor* forma de gerenciar a situação, considerando sua *esplêndida* atuação em Bogotá, extremamente corajosa — e, a propósito, o modo como conduzia sua vida pessoal *não tinha relevância alguma para ela*, desde que não afetasse o trabalho, o que evidentemente acontecera (tudo isso tagarelado rapidamente num parêntese) —, seria uma vaga temporária na Administração, até que a titular do cargo voltasse da licença-maternidade.

Enquanto isso, seria uma boa ideia conversar com o pessoal de Recolocação do Serviço, para ver o que eles tinham para oferecer neste grande mundo, o qual, ao contrário das disparatadas notícias que ele pudesse ter lido no jornal, não era, de modo algum, tão tenebroso e sombrio. A questão do terror *e* a ameaça de revolta civil estavam fazendo maravilhas pelo setor de segurança privada. Alguns dos melhores ex-funcionários estavam ganhando duas vezes mais do que recebiam no Serviço e sentiam-se bastante satisfeitos. Com esse tipo de informação sobre o mercado — e sua vida pessoal bem estabelecida, que ao que tudo indicava era como estava, embora ela não visse relevância nisso —, não restavam dúvidas de que Luke seria extremamente desejável para seu empregador seguinte.

— E você não precisa de aconselhamento pós-traumático nem de nenhuma *daquelas* coisas? — perguntou-lhe ela, solicitamente, no momento em que ele saía.

Vindo de você, não, obrigado, pensou Luke. E minha vida particular não está bem estabelecida.

*

A melancólica entidade da Seção de Administração ficava no andar térreo, e a mesa de Luke estava posicionada o mais perto da rua que era possível sem chegar a ser lançada para fora. Após três anos na capital mundial dos sequestros, ele não se sentia à vontade com assuntos como crédito de milhas para pessoal subalterno baseado em seu país de origem, mas dava o melhor de si. Portanto, teve uma grande surpresa quando, após um mês de cumprimento de sua sentença, atendeu o telefone que raramente tocava e ouviu Hector Meredith convocá-lo para um almoço naquele exato instante em seu clube londrino, famoso pela deselegância.

— *Hoje*, Hector? Meu Deus.

— Venha cedo e não conte para uma pessoa sequer. Diga que está menstruado ou algo assim.

— O que é cedo para você?

— Onze.

— Onze? *Almoço?*

— Não está com fome?

A escolha do horário e local acabou não sendo tão estranha quanto poderia parecer. Às 11 horas de um dia de semana, o som predominante num decadente clube da Pall Mall é o ronco dos aspiradores de pó e a monótona tagarelice de trabalhadores migrantes mal remunerados preparando o almoço, e quase mais nada. O saguão estava vazio, exceto por um decrépito porteiro em seu posto e uma mulher negra que esfregava o piso de mármore. Hector, empoleirado em um velho trono entalhado, com as longas pernas cruzadas, lia o *Financial Times*.

*

Num Serviço de nômades comprometidos com o sigilo, informações precisas sobre um colega eram sempre difíceis de se obter, mas aquele que um dia fora diretor interino da Europa Ocidental, depois diretor interino da Rússia, em seguida diretor interino da África & Sudeste da África, e agora, misteriosamente, diretor de projetos especiais, era um enigma ambulante ou, como alguns de seus colegas diriam, um dissidente.

Quinze anos antes, Luke e Hector fizeram juntos um curso de imersão na língua russa, com duração de três meses, administrado por uma princesa idosa, em sua mansão coberta de hera na antiga Hampstead, a menos de dez minutos do local onde Luke agora morava. À tarde, costumavam dar um passeio relaxante pelo Heath. Naquele tempo, Hector era mais veloz, física e profissionalmente. Avançando com suas compridas pernas, era um parceiro difícil para o pequeno Luke acompanhar. Sua conversa, que geralmente passava por cima da cabeça de Luke, em ambos os sentidos, e era apimentada com impropérios, variava desde "os dois maiores charlatães da história" — Karl Marx e Sigmund Freud — até a gritante necessidade de um símbolo de patriotismo britânico coerente com a consciência contemporânea — a que se seguia, habitualmente, uma típica guinada de 180 graus de Hector, ao inquirir o que, afinal de contas, significava *consciência*.

Desde então, seus caminhos haviam se cruzado muito pouco. Enquanto a carreira de campo de Luke seguiu o curso previsto — Moscou, Praga, Amã, Moscou novamente, com períodos na sede, e finalmente Bogotá —, a rápida ascensão de Hector ao quarto andar parecia profetizada pelos céus, e seu distanciamento em relação a Luke, ao que este soubesse, foi completo.

Todavia, à medida que o tempo passava, o conflituoso dissidente que havia em Hector deu indícios de que iria se impor. Uma nova onda de líderes de opinião política, dentro do Serviço, reivindicava uma voz que falasse mais alto em *Westminster Village*.* Hector, numa abordagem reservada aos Dirigentes Superiores, a qual não se mostrou tão reservada quanto deveria ser, meteu o malho nos Sábios Tolos do quarto andar que estavam "dispostos a sacrificar a sagrada missão do Serviço para falar a verdade ao poder".

A poeira mal havia assentado quando, ao presidir uma tempestuosa investigação sobre um equívoco operacional, Hector defendeu os que o perpetraram contra os planejadores dos Serviços Compartilhados, cuja visão,

---

* O termo *Westminster Village* refere-se a membros do Parlamento, jornalistas, lobistas e funcionários que gravitam em torno do Parlamento do Reino Unido, localizado em Westminster, Londres. (*N. do T.*)

afirmava, tinha sido "anormalmente limitada na medida em que suas cabeças estavam enfiadas no bundão americano".

Então, em algum momento de 2003, como era de se esperar, ele desapareceu. Nenhuma festa de despedida, nenhum obituário no informativo mensal da organização, nenhuma modesta medalha, nenhum endereço para encaminhamento de correspondência. Inicialmente, sua assinatura codificada desapareceu das ordens operacionais. Depois, das listas de distribuição. Em seguida, do livro de endereços eletrônicos da rede interna e, finalmente, do livro de telefones codificados, o que equivalia a um atestado de óbito. E em vez do homem propriamente dito, a inevitável máquina de boatos.

Ele liderara uma importante revolta contra o Iraque e fora demitido depois de todos os seus esforços. Mentira, outros diziam. A causa foi o bombardeio do Afeganistão, e ele não foi demitido, aposentou-se.

Num enfrentamento corajoso e firme, ele chamara o secretário do Gabinete de "sacana desonesto", frente a frente. Mais mentira, disse um outro colega. Ele chamara o procurador-geral de "puxa-saco covarde".

Outros, com provas ainda maiores, apontavam para a tragédia pessoal que recaíra sobre Hector pouco antes de ter deixado o Serviço, quando seu rebelde filho único batera mais uma vez, em alta velocidade, com um carro roubado, sob efeito de drogas classe A, segundo a classificação inglesa. Miraculosamente, a única vítima fora o próprio Adrian, que sofrera ferimentos no peito e no rosto. Uma jovem mãe e seu bebê, porém, haviam escapado por pouco, e o HORROR PROVOCADO POR FILHO FUGITIVO DE FUNCIONÁRIO PÚBLICO repercutiu muito mal. Uma série de outros delitos foi levada em consideração. Arrasado pelo caso, dizia a máquina de boatos, Hector tinha se retirado do mundo da espionagem para dar apoio ao filho preso.

No entanto, embora talvez houvesse algum mérito nessa versão — pelo menos havia duros fatos a seu favor —, não poderia ser a história completa, pois, alguns meses após seu desaparecimento, o rosto de Hector aparecia nos tabloides, pelo menos não como o consternado pai de Adrian, mas como um valente guerreiro solitário que lutava para salvar uma tradicional empresa familiar das garras daqueles que apelidava de ABUTRES CAPITALISTAS, dessa forma assegurando para si uma manchete sensacionalista.

Durante semanas, os patrulheiros de Hector foram agraciados com reportagens intrigantes sobre essa antiga e decentemente próspera empresa portuária de importação de grãos, com 65 empregados de muitos anos de casa, todos acionistas, cujo "sistema de apoio à sobrevivência fora desligado da noite para o dia", de acordo com Hector, que também descobrira, da noite para o dia, um dom para as relações públicas: "Os saqueadores de empresas e os aproveitadores estão nos nossos portões, e 65 dos melhores homens e mulheres da Inglaterra se veem prestes a ser arremessados na lama", informou à imprensa. E um mês depois, claro, as manchetes gritavam: MEREDITH MANTÉM ABUTRES CAPITALISTAS AFASTADOS — EMPRESA FAMILIAR TRIUNFA E REASSUME CONTROLE.

Um ano depois, Hector estava sentado na antiga sala do quarto andar, vivendo um inferno, como gostava de dizer.

*

Como Hector havia negociado seu retorno, ou se o Serviço fora até ele de joelhos, e quais as funções de um assim chamado diretor de projetos especiais eram mistérios sobre os quais Luke podia apenas especular, enquanto seguia Hector a passos de tartaruga, subindo a suntuosa escada do clube, passando pelos decadentes retratos de heróis imperiais e entrando na bolorenta biblioteca de livros que ninguém lia. As especulações prosseguiram quando Hector fechou a grande porta de mogno, deu uma volta na chave, colocou-a no bolso, abriu a antiga pasta de documentos marrom e, empurrando-lhe um envelope do Serviço sem selo, foi vagarosamente para a janela de guilhotina até o teto que dava para o St. James Park.

— Pensei que poderia ser um pouco melhor para você do que ficar enrolando na Administração — observou ele despreocupadamente, a irregular silhueta de seu corpo contra as cortinas encardidas de renda.

A carta do Serviço dentro do envelope era um documento da mesma Rainha dos Recursos Humanos que, apenas dois meses antes, sentenciou Luke. Numa prosa monótona, ele estava sendo imediatamente transferido, sem maiores explicações, para a posição de coordenador de uma organização ainda em formação, a ser futuramente denominada Grupo de Discussão de Contra-Argumentações, subordinada ao diretor de projetos especiais. Seu escopo seria "considerar de modo proativo que custos operacionais podem ser recuperados dos departamentos de atendimento ao cliente que tenham se beneficiado significativamente do produto das atividades do Serviço". Na nomeação, foi estabelecida a duração de 18 meses para o contrato, a serem creditados em seu tempo de serviço para fins dos direitos de aposentadoria. Caso desejasse fazer alguma pergunta, enviasse um e-mail para o seguinte endereço.

— Faz algum sentido para você? — perguntou Hector de onde estava, junto à janela.

Confuso, Luke disse algo sobre a ajuda que representaria no pagamento da sua hipoteca.

— Você gosta da palavra *proativo*? "Proativo" mexe com você?

— Não muito — disse Luke, com um riso que demonstrava seu aturdimento.

— A Rainha Humana *adora* a palavra proativo — retorquiu Hector. — Ela fica excitada como uma gata. Entre para o Grupo e sua vida estará resolvida.

Deveria Luke considerar o ponto de vista do cara? Que diabo ele estava tramando, arrastando-o à força para aquele clube horroroso às 11 horas da manhã, entregando-lhe uma carta cujo remetente nem era ele e fazendo piadas pedantes sobre a linguagem da Rainha Humana?

— Ouvi dizer que você passou por maus bocados em Bogotá — disse Hector.

— Bem, tive altos e baixos — replicou Luke, de forma defensiva.

— Você quer dizer transando com a mulher de seu número dois? É esse o movimento de altos e baixos?

Fitando a carta que segurava, Luke notou que o papel começara a tremer, mas ele se controlou e não disse nada.

— Ou o tipo de altos e baixos que ocorre quando se sofre um sequestro de avião sob a mira da metralhadora de algum maldito chefão do tráfico que você pensava ser seu amigo? — continuou Hector. — Foi *esse* tipo de alto e baixo?

— Muito provavelmente ambos — replicou Luke rispidamente.

— Você se importaria de dizer qual aconteceu primeiro, o sequestro ou a amante?

— A amante, infelizmente.

— *Infelizmente* porque, enquanto você estava sendo detido por ordem do chefão do tráfico em seu reduto na mata, chegou aos ouvidos da coitadinha da sua mulher em Bogotá que você tinha transado com a vizinha?

— Sim. Isso mesmo. Foi o que aconteceu.

— E o resultado foi que, quando você escapou da hospitalidade do chefão do tráfico e conseguiu chegar em casa, após alguns dias de contato íntimo com a natureza, você não recebeu as boas-vindas de herói como esperava?

— Não, não recebi.

— Você contou tudo?

— Ao chefão do tráfico?

— A Eloise.

— Bem, *tudo* não — disse Luke, sem saber exatamente o porquê da insistência no assunto.

— Você admitiu o que ela já sabia, ou que certamente descobriria — anuiu Hector. — A meia-verdade apresentada como uma confissão total e franca. Entendi bem?

— Acho que sim.

— Não quero me intrometer, Luke, velho camarada. Não o estou julgando. Apenas deixando tudo bem claro. Fomos grandes parceiros em dias melhores. Para mim, você é um puta profissional, e é por isso que está aqui. O que acha? No geral. A carta que está segurando. Alguma coisa contra?

— O que posso dizer? Bem, acho que estou um pouco intrigado.

— Intrigado exatamente com *o quê*?

— Bem, para começar, por que essa urgência? Tudo bem, é para início imediato, mas o lugar ainda não existe.

— Não precisa. A narrativa é perfeitamente clara. O armário está vazio, então o Chefe estende ao Tesouro seu chapéu de mendigo e pede mais verba. O Tesouro se fecha, nega. "Não posso ajudá-los. Estamos todos quebrados. Peguem de volta todos os inúteis que estão mamando nas suas tetas." Acho uma ótima saída, considerando-se o momento.

— Certamente é uma boa ideia — disse Luke com ar sério, agora mais perdido do que nunca desde sua inglória volta à Inglaterra.

— Bem, se você acha que *não* dá, este é o momento de falar, pelo amor de Deus. Não há uma segunda chance neste caso, acredite em mim.

— Dá sim, tenho certeza, e fico muito grato, Hector. Obrigado por pensar em mim. Agradeço pela força.

— O plano da Rainha Humana é lhe dar uma mesa a algumas portas de distância do Financeiro. Deus a abençoe. Bem, eu não posso me envolver com esse assunto, mas não seja simpático com eles. Meu conselho é que se mantenha distante do Financeiro. Eles não querem você contando as moedas deles, e nós não queremos que contem *as nossas*. Queremos?

— Acho que não.

— De qualquer modo, você não ficará muito tempo no escritório. Vai ter que se movimentar, vasculhar Whitehall, será um puta incômodo para os corruptos. Compareça umas duas vezes por semana, relate o seu progresso para mim, forje um relatório de despesas. Essas serão suas atribuições. Está gostando da ideia?

— Na verdade, não.

— Por que não?

— Bem, para começar, por que *aqui*? Por que não me mandar um e-mail ou ligar para o meu ramal lá no térreo?

Luke lembrou que Hector nunca aceitara críticas facilmente, e nesse momento não gostou nem um pouco.

— Porra, tudo bem. Suponha que eu tivesse *realmente* enviado primeiro um *e-mail* para você. Ou telefonado, que diferença faria, cacete? Você teria comprado a ideia? A oferta da Rainha Humana, tal qual está aí?

Tarde demais, um cenário diferente e mais encorajador estava se formando na mente de Luke.

— Se você está perguntando se eu aceitaria a oferta da Rainha Humana tal como me é apresentada nesta carta, teoricamente minha resposta é sim. Se estiver perguntando, também teoricamente, se eu acharia que algo está cheirando mal se encontrasse uma carta sobre a minha mesa no escritório, ou na minha tela, minha resposta é não, não acharia isso.

— Palavra de escoteiro?

— Palavra de escoteiro.

Eles foram interrompidos por um intenso chacoalhar da maçaneta da porta, seguido por uma sequência de batidas impacientes. Com um "porra" que denotava enorme cansaço, Hector fez gestos para Luke se esconder entre as estantes, destrancou a porta e colocou a cabeça para fora.

— Desculpe, amigo, hoje não, sinto muito — Luke ouviu-o dizer. — Retirada extraoficial de estoque em andamento. A baboseira de sempre. Membros pegando livros sem assinar na ficha. Espero que você não seja um deles. Tente na sexta-feira. Pela primeira vez na vida, agradeço por ser um bibliotecário honorário do caralho — continuou, sem se dar ao trabalho de abaixar a voz enquanto fechava a porta e a trancava novamente. — Pode sair. E caso pense que sou um chefe de bando de complô setembrista, seria melhor ler esta carta também, depois devolvê-la a mim, quando então eu a engolirei.

O envelope era azul-claro e conspicuamente opaco. Na aba havia um leão azul e um unicórnio rampante em alto-relevo. Dentro do envelope, um papel de carta azul na mesma tonalidade e de menor tamanho, com o portentoso cabeçalho impresso: Do Gabinete do Secretariado.

Prezado Luke,
    Asseguro-lhe que esta sua conversa muito particular com o nosso colega em comum, durante o almoço, no clube que ele frequenta, ocorre com minha aprovação extraoficial.
    Atenciosamente,

Logo abaixo, uma assinatura muito pequena, que parecia ter sido obtida sob a mira de uma arma: William J. Matlock (Chefe do Secretariado), mais conhecido como Billy Boy Matlock — ou simplesmente Bully Boy,* se assim o preferir, como acontecia com aqueles que haviam se desentendido com ele

---

* Jogo de palavras com base na semelhança da grafia do nome do personagem com a expressão *bully boy*, que significa homem agressivo, violento. (*N. do T.*)

— o solucionador de problemas mais implacável e mais antigo do Serviço, o valioso e diabólico assistente do próprio Chefe.

— Uma grande palhaçada isso, na verdade, mas o que mais um pé no saco pode fazer? — comentava Hector enquanto recolocava a carta dentro do envelope e este, por sua vez, num bolso interno do enxovalhado casaco esporte. — Eles sabem que estou certo, mas não querem que eu esteja certo e não sabem o que fazer quando estou certo. Não me querem mijando dentro da barraca, nem me querem mijando fora dela.* Tranquem-me e amordacem-me, é a única resposta, mas eu não me rendo facilmente, nunca fiz isso. Aliás, nem você. Por que não foi comido por tigres ou pelo que quer que haja por lá?

— Há muitos insetos.

— Sanguessugas?

— Também.

— Não fique pra lá e pra cá. Sente-se.

Luke obedeceu, mas Hector permaneceu de pé, as mãos enfiadas bem fundo nos bolsos, os ombros curvados, o olhar furioso sobre a lareira apagada com suas antigas tenazes de latão, seus atiçadores e borlas de couro rachado. Nesse instante, Luke reparou que a atmosfera no interior da biblioteca se tornara opressiva, se não ameaçadora. Talvez Hector também sentisse o mesmo, pois sua impertinência abandonou-o: sua cara sulcada e de aspecto doentio tornou-se tão soturna quanto a de um agente funerário.

— Quero lhe fazer uma pergunta — declarou ele repentinamente, voltado mais para a lareira do que para Luke.

— Pois pergunte.

— Qual foi a coisa mais calamitosa, terrível pra caralho, que você já viu na vida? Em qualquer lugar. Além do cano da Uzi do chefão do tráfico apontado para a sua cara. Crianças famintas no Congo, com abdome dilatado, mãos decepadas, insanas de fome, cansadas demais para chorar? Pais cas-

---

* Paráfrase da frase de Lyndon Johnson, que foi presidente dos EUA: *"Better to have them inside the tent pissing out than outside pissing in"* (em português, "Melhor tê-los dentro da barraca urinando para fora do que tê-los do lado de fora urinando para dentro"). (*N. do T.*)

trados, o pênis enfiado na boca e os buracos dos olhos cheios de moscas? Mulheres com baionetas enfiadas na boceta?

Luke jamais servira no Congo, portanto teve que admitir que Hector estava descrevendo uma experiência própria.

— De fato tínhamos coisas equivalentes — disse.

— Como o quê? Cite algumas.

— Um dia de manobras do governo colombiano. Naturalmente, com apoio americano. Aldeias incendiadas. Moradores coletivamente violentados, torturados, retalhados. Todos mortos, exceto um sobrevivente, poupado para contar a história.

— Sim. Bem, então parece que nós dois já vimos um pouco do mundo — concedeu Hector. — Não ficamos só tocando punheta por aí.

— Não.

— E o dinheiro sujo por toda parte, os lucros da dor, nós também vimos. *Bilhões*, só na Colômbia. *Você* viu isso. Deus sabe o quanto *você* vale como homem. — Ele não esperou pela resposta. — *Bilhões* no Congo. *Bilhões* no Afeganistão. Um oitavo da porra da economia mundial: negócio sujo. Sabemos disso.

— Sim. Sabemos.

— Dinheiro de sangue. É o que é.

— Sim.

— Não importa onde. Pode ser em uma caixa debaixo da cama de um chefe militar na Somália ou em um banco de Londres acompanhado de vinho do Porto. Não muda de cor. É, ainda assim, dinheiro de sangue.

— Acho que sim.

— Sem mistério, sem justificativas razoáveis. Lucros da extorsão, tráfico de drogas, assassinato, intimidação, estupro coletivo, escravidão. Dinheiro de sangue. Diga se estou exagerando.

— Claro que não.

— Só há quatro modos de fazer isso parar. *Um*: você vai até os responsáveis. Captura-os, mata-os ou espanca-os. Se puder. *Dois*: você chega até o produto. Intercepta-o antes que chegue à rua ou ao mercado. Se puder. *Três*: confisca os lucros e põe os filhos da puta fora do negócio.

Seguiu-se uma tensa pausa, enquanto Hector parecia refletir sobre assuntos muito além do nível salarial de Luke. Estaria ele se lembrando dos traficantes de heroína que fizeram de seu filho um prisioneiro e viciado? Ou nos *abutres capitalistas* que tentaram acabar com a sua empresa familiar e jogar 65 dos melhores homens e mulheres da Inglaterra na lama?

— E há a quarta maneira — continuou Hector. — O jeito verdadeiramente ruim. O melhor, mais fácil, mais conveniente, mais comum e que provoca menos estardalhaço. Foder com os que passam fome, os que foram estuprados, torturados, que morreram por causa do vício. Dane-se o custo em vidas humanas. O dinheiro não tem cheiro, desde que haja suficiente e seja nosso. Acima de tudo, pense grande. Capture os peixes pequenos, mas deixe os tubarões na água. Um sujeito que lava milhões? É um puta criminoso. Chame as autoridades, ponha-o na cadeia. Mas alguns *bilhões*? Aí, sim, é pra valer. Bilhões são *estatística*. — Ao fechar os olhos e se perder em pensamentos, por instantes Hector parecia sua própria máscara mortuária: ou pelo menos assim parecia a Luke. — Você não precisa concordar com nada disso, Lukie — disse gentilmente, despertando de seu devaneio. — A porta está aberta. Dada a minha reputação, muitos sairiam por ela imediatamente.

Ocorreu a Luke que a escolha dessa metáfora era bastante irônica, já que Hector tinha a chave em seu bolso; mas ele não compartilhou o pensamento.

— Você pode voltar para o escritório depois do almoço e dizer à Rainha Humana que agradece imensamente, mas que prefere cumprir sua pena no térreo. Receber sua pensão, ficar longe dos chefões do tráfico e das esposas dos colegas, ficar deitado de costas cuspindo no teto pelo resto da vida. Sem nem um arranhão.

Luke conseguiu esboçar um sorriso e disse:

— Meu problema é que não sou muito bom em cuspir no teto.

Mas nada interromperia a propaganda provocativa de Hector:

— Estou lhe oferecendo uma rua de mão única para lugar nenhum — insistiu. — Se você aceitar esta proposta, estará completamente fodido. Se perdermos, seremos dois dedos-duros de merda que tentaram acabar com a festa. Se vencermos, seremos os leprosos da selva Whitehall-Westminster e de todas as estações nesse percurso. Para não citarmos o Serviço, que tentamos ao máximo amar, honrar e obedecer.

— É só essa a informação que vou receber?

— Para sua e minha segurança, sim. E nada de se engraçar com a vizinha.

Eles estavam saindo. Hector pegara a chave e estava prestes a abrir a porta.

— E quanto ao Billy Boy? — perguntou a Luke.

— O que tem ele?

— Vai fazer pressão sobre você. E nem poderia ser de outra forma. É aquela história da cenoura na ponta da vara. "O que o louco do Meredith disse a você? O que ele pretende, onde, quem ele está contratando?" Se isso acontecer, fale comigo antes e depois. Ninguém é autêntico neste negócio. Todos são culpados até que provem o contrário. Combinado?

— Até hoje tenho me saído muito bem em contrainterrogatórios — replicou Luke, sentindo que era hora de se valorizar.

— São todos iguais — disse Hector, ainda aguardando uma resposta.

— Por acaso ele é *russo*? — perguntou Luke esperançosamente.

Foi um momento de inspiração, conforme mais tarde ele classificou. Sendo um russófilo, sempre se ressentira por ser tirado do circuito devido ao suposto excesso de afeição pelo alvo.

— Talvez seja. Pode ser *qualquer* merda — replicou Hector, e ao mesmo tempo seus olhos se iluminaram novamente com o entusiasmo demonstrado pelo seu homem de confiança.

*

Alguma vez Luke *realmente* disse sim para o trabalho? Olhando retrospectivamente, teria alguma vez dito "Sim, Hector, vou embarcar nessa, com olhos vendados, mãos amarradas, exatamente como estava naquela noite na Colômbia, e me juntarei à sua cruzada misteriosa" ou quaisquer outras palavras desse tipo?

Não, não disse.

Para ser sincero consigo mesmo, enquanto se sentavam para o que Hector alegremente descrevia como o segundo pior almoço do mundo, estando o primeiro lugar dessa categoria ainda por ser anunciado, Luke até então alimentava dúvidas persistentes sobre estar sendo convidado a se juntar ao tipo de guerra particular em que, de quando em quando, o Serviço se envolvia, a contragosto e com resultados desastrosos.

As tentativas de Hector para quebrar o gelo de forma afável não conseguiram amenizar essa ansiedade. Sentado na parte externa da sepulcral sala de jantar do clube, na mesa mais próxima da agitação da cozinha, ele deu a Luke uma aula de mestre sobre as vantagens da conversação indireta em locais públicos.

Por cima do prato de enguia defumada, restringiu-se a indagar sobre a família de Luke, incidentalmente citando os nomes de sua esposa e seu filho, um indício a mais, para Luke, de que andara consultando sua ficha. Quando o prato conhecido como "empadão do pastor" e o repolho chegaram, num tilintante carrinho prateado, empurrado por um negro idoso com um casaco vermelho de caçador, Hector passou para o tópico mais íntimo, embora igualmente inofensivo, dos planos de casamento de Jenny — como acabou se revelando, Jenny era sua filha querida —, dos quais ela abrira mão havia pouco, pois o cara com quem tinha se envolvido se mostrara um merda de primeira categoria:

— Não era amor por parte de Jenny, mas uma fixação doentia, como no caso do Adrian, embora, graças a Deus, sem envolver drogas. O indivíduo é um sádico, e ela, delicada e amorosa como as mulheres de antigamente. Vendedor determinado, comprador fácil, pensamos. Não dissemos nada, não se pode fazer isso. É impossível. Compramos uma linda casinha para eles em Bloomsbury, toda decorada. O filho da mãe queria carpete de 7,5 centímetros de espessura, de parede a parede, então Jenny quis a mesma coisa. Pessoalmente, acho aquilo um horror, mas o que se pode fazer? Fica a poucos minutos de caminhada do British Museum. Mas Jenny deu um passa-fora no merdinha, graças a Deus, ponto para ela. Bom preço na recessão, o proprietário estava quebrado, não vou perder dinheiro. Tem um jardim agradável, não muito grande.

O garçom idoso reapareceu com um estranho jarro de *custard*. Hector acenou para que se afastasse e o empregado murmurou uma imprecação, dirigindo-se então para a mesa seguinte, a 6 metros de distância.

— Tem um porão decente também, o que não se vê muito hoje em dia. Cheira mal, mas nada repugnante. Serviu como adega para alguém. Sem divisórias. Do lado de fora passa um trânsito considerável. Por sorte ela não engravidou do sujeito. Conhecendo Jenny como a conheço, eles não estavam se protegendo.

— Que alívio, pelo que você me diz — disse Luke polidamente.

— Sim, um alívio, não é? — concordou Hector, inclinando-se para a frente, a fim de ter certeza de que estava sendo ouvido apesar do alarido da cozinha. A essa altura, Luke se perguntava se Hector tinha realmente uma filha. — Pensei que você poderia ocupar o local, sem pagar aluguel por um tempo. Naturalmente, Jenny não pretende passar nem perto de lá, mas a casa precisa permanecer ocupada. Eu lhe dou a chave num minuto. Por falar nisso, lembra-se de Ollie Devereux? De Genebra, filho de um agente de viagens bielorrusso com uma mulher que toca uma venda de *fish and chips* em Harrow? Cara de 16 anos, mas já com quase 45? Ele ajudou você a sair de uma enrascada, quando deu merda naquela missão de escuta naquele hotel de São Petersburgo, um tempo atrás.

Luke se lembrava bem de Ollie Devereux.

— Francês, russo, germano-suíço e italiano, se preciso, e a melhor eminência parda do negócio. Você vai fazer o pagamento dele, em dinheiro. Também vou dar um pouco a você. Começa amanhã de manhã, às 9 em ponto. Vou esperar que arrume a sua mesa na administração e leve toda a quinquilharia para o terceiro andar. Ah, sim, você vai morar com uma mulher simpática chamada Yvonne, e outros nomes são irrelevantes: cão de caça profissional, dissimuladora convincente, bolas de aço.

O carrinho prateado reapareceu. Hector recomendou o pudim de pão. Luke disse ser seu favorito. E, dessa vez, o creme de ovos dito *custard* seria uma boa pedida, obrigado. O carrinho se afastou em meio a uma nuvem de frenesi geriátrico.

— E por favor, leve em consideração que você foi um dos poucos escolhidos — disse Hector, dando batidinhas na boca com um guardanapo adamascado comido pelas traças. — Você foi o número sete da lista, incluindo Ollie, se é que havia uma lista. Não quero um oitavo. Fechado?

— Fechado — respondeu Luke desta vez.
Então talvez ele tenha, afinal de contas, dito "sim".

*

Naquela tarde, sob o olhar fixo e duro dos companheiros detidos na Administração, e titubeante sob o efeito do ordinário clarete do clube, Luke reuniu o que Hector chamara de suas quinquilharias e transferiu-se para o retiro do terceiro andar, onde uma sala escura mas razoável, identificada com uma plaquinha de PEDIDOS DE CONTRA-ARGUMENTAÇÃO, aguardava seu suposto ocupante. Ele carregava um velho cardigã, e alguma coisa levou-o a pendurá-lo nas costas da cadeira, onde permanecia até hoje, como o fantasma de seu outro *eu*, e o via ali sempre que dava uma passada pelo prédio às sextas-feiras, para cumprimentar alguém com quem topasse no corredor ou para relatar suas fictícias despesas semanais, que posteriormente transferia para a conta de manutenção doméstica de Bloomsbury.

E logo na manhã seguinte — nesse mesmo momento do dia, se não fosse por aquele novo trabalho, ele estaria começando a dormir de novo — ele se dedicou a sua primeira caminhada até Bloomsbury, exatamente como agora, exceto que, naquela primeira viagem, uma chuva fortíssima varria Londres inteira, obrigando-o a usar capa e chapéu.

*

Primeiro ele conferira as pessoas na rua, uma moleza com aquele dilúvio, mas alguns hábitos operacionais não se consegue mudar, por mais que se durma antes e que a caminhada seja difícil: uma passagem de norte para sul, outra de uma rua secundária que desemboca na rua principal, bem em frente à casa alvo, que era a de número 9.

A construção propriamente dita era tão bonita quanto Hector prometera, mesmo debaixo do aguaceiro: um sobrado do final do século XVIII, com fachada plana de tijolos tipicamente londrinos nos três andares e degraus recém-pintados de branco que conduziam a uma porta recém-pintada de azul-claro, e sobre a porta uma janela de arco decorado na parte superior, além de duas outras janelas, essas de guilhotina, uma de cada lado, e ainda as do porão, ladeando os degraus da entrada.

Mas não havia uma escada externa que desse direto para o porão, notou Luke enquanto subia os degraus, dava a volta na chave e entrava. Em seguida, ficou parado no capacho, primeiro ouvindo, depois tirando a capa encharcada e um par de mocassins de uma sacola sob a capa de chuva.

O saguão estava ricamente guarnecido com um espesso carpete vermelho berrante, legado do merdinha em que Jenny dera um pé na bunda; uma antiga cadeira de couro em um desagradável tom vivo de verde; e um espelho de época, ostentosamente folheado a ouro. Hector pretendera fazer o melhor por sua querida Jenny e, depois do sucesso na investida contra os Abutres Capitalistas, provavelmente podia bancar tudo. Havia mais dois andares, também com carpete espesso. Ele gritou:

— Alguém aí? — Mas não ouviu nada. Abriu a porta da sala de visitas. Lareira original. Reproduções de Roberts, sofá e poltronas com capas requintadas. Na cozinha, equipamentos de primeira classe, mesa de pinho envelhecido. Abriu a porta do porão e desceu os degraus de pedra. — Olá... Com licença. — Nenhuma resposta.

Subiu ao primeiro andar sem ouvir os próprios passos. No patamar havia duas portas — a da esquerda, reforçada com uma placa de aço e cadeados de ambos os lados na altura do ombro. Do lado direito, uma porta comum. Duas camas de solteiro desfeitas, um pequeno banheiro.

Havia uma segunda chave no molho que Hector lhe dera. Luke dirigiu-se para a porta à esquerda, abriu os cadeados e entrou no quarto, que, escuro como breu, cheirava a desodorante feminino, a marca de que Eloise gostava. Tateou para encontrar o interruptor de luz. Pesadas cortinas de veludo vermelho, penduradas de forma simples, firmemente puxadas e mantidas presas por alfinetes de segurança gigantes, fizeram-no lembrar das semanas de recuperação no Hospital Americano de Bogotá. Não havia nenhuma cama. No centro do quarto, uma mesa de cavaletes, sem ornamentos, uma cadeira giratória, um computador e uma luminária. Na parede em frente, fixadas no ângulo com o teto, quatro persianas pretas de tecido encerado iam até o chão.

Voltando ao patamar, ele se debruçou sobre o corrimão e novamente gritou:

— Alguém aí?

Novamente ficou sem resposta. De volta ao quarto, liberou as persianas pretas uma a uma, recolhendo-as em seus compartimentos no teto. Inicialmente pensou estar diante de um projeto de arquitetura, da largura da parede. Mas um projeto *de quê*? Em seguida, pensou ser uma montoeira de cálculos. Mas cálculos *do quê*?

Observou as linhas coloridas e leu o que em princípio pareciam ser nomes de cidades cuidadosamente manuscritos em letra cursiva. Mas como é que nomes tais como Pastor, Bispo, Padre e Vigário poderiam designar cidades? Linhas pontilhadas ao lado de linhas sólidas. Linhas variando da coloração preta a cinza e depois desaparecendo. Linhas nas cores malva e azul que convergiam para um ponto em algum lugar ao sul do centro; ou partiam dali?

E todas elas com tantos desvios, retornos, duplicações e mudanças de direção, para cima, para baixo e para os lados, depois para cima novamente, que se seu filho Ben, num dos seus inexplicáveis momentos de fúria, tivesse se escondido naquele mesmo quarto e pegado uma lata de lápis de cera coloridos para ziguezaguear um caminho pela parede, o resultado não seria muito diferente.

— Gostou? — perguntou Hector, aparecendo atrás dele.

— Tem certeza de que está na posição correta? — replicou Luke, decidido a não demonstrar surpresa.

— Ela chama isso de *Anarquia do Dinheiro*. Reconheço que está bom para Tate Modern.

— Ela?

— Yvonne. Nossa Donzela de Ferro. Trabalha principalmente à tarde. Este é o quarto dela. O seu fica no andar de cima.

Juntos, subiram a um sótão convertido, com vigas aparentes e janelas de mansarda. Uma mesa de cavaletes, do mesmo estilo da de Yvonne. Hector não é adepto de gavetas. Um computador de mesa, nenhum terminal.

— Não utilizamos linhas fixas, codificadas ou de qualquer outro tipo — disse Hector, com a controlada veemência que Luke estava aprendendo a esperar dele. — Nenhuma linha direta para o quartel-general, nenhuma comunicação por e-mail, codificada, decodificada ou corrompida. Os únicos documentos com que lidamos estão nos pequenos pen drives laranja do Ollie. — Ele estava segurando um: uma unidade de memória USB comum com o número 7 marcado em seu revestimento externo de plástico laranja. — Cada pen drive é rastreado por todos e por cada um de nós em cada destino, entendeu? Registro de entrada, registro de saída. Ollie controla a movimentação, mantém os registros. Passe uns dias com Yvonne e você vai pegar o jeito. Outras perguntas, à medida que surgirem. Algum problema?

— Acho que não.

— Por mim tampouco. Então descanse, pense na Inglaterra, não fale à toa e não foda com os planos.

E pense também na nossa Donzela de Ferro. Cão de caça profissional, bolas de aço e o caro desodorante de Eloise.

*

O que Luke mais fizera nos últimos três meses fora seguir conselhos, e ele rezara fervorosamente para que naquele dia tudo corresse bem. Por duas vezes Billy Boy Matlock convocara-o a sua presença para bajulá-lo ou ameaçá-lo, ou por ambos os motivos. Por duas vezes ele se curvara, se contivera e mentira conforme as instruções de Hector, e sobrevivera. Não fora fácil.

— Yvonne não existe, nem nos céus nem aqui na terra — decretara Hector desde o primeiro dia. — Não existe, não existirá nunca. Entendeu? Essa é a sua linha de partida e a de chegada também. E, se Billy Boy pendurar você no lustre pelos bagos, *ainda assim* ela não existe.

Não existe? Uma mulher jovem e discreta, trajando uma comprida e escura capa de chuva com um capuz pontudo, de pé na soleira da porta, logo na primeira noite do seu primeiro dia ali, sem maquiagem, segurando com os braços uma pasta de documentos de aspecto flácido como se houvesse acabado de resgatá-la da enchente: ela *não existe, nunca existirá?*

— Olá, sou a Yvonne.

— Luke. Vamos, entre, pelo amor de Deus!

Um aperto de mão gotejante, enquanto a introduzem no saguão. Ollie, a melhor eminência parda do negócio, encontrou um cabide para a capa de chuva e pendurou-a no banheiro para que pingasse no piso ladrilhado. O relacionamento do trabalho de três meses que não existia estava começando. Mais tarde, naquela mesma noite, Luke rapidamente aprendeu que a restrição a papéis imposta por Hector não se aplicava à volumosa bolsa de Yvonne. O motivo era que, não importava o que trouxesse em sua bolsa, retornava no mesmo dia. E, novamente, isso se devia ao fato de que Yvonne não era uma simples pesquisadora, e sim uma fonte clandestina.

Um dia, sua bolsa podia conter um volumoso dossiê do Bank of England. Num outro, poderia ser da Autoridade de Serviços Financeiros, do Tesouro, da Agência do Crime Organizado. E, numa inesquecível noite de sexta-feira, uma pilha de seis grossos volumes e uma série de fitas cassetes dos sagrados arquivos do próprio quartel-general das Comunicações do Governo, que quase estouraram a bolsa. Ollie, Luke e Yvonne passaram todo o fim de semana copiando, fotografando e replicando o material de todas as formas possíveis, de modo que Yvonne pudesse devolvê-lo aos donos ao romper da aurora da manhã de segunda-feira.

Se ela obtinha tais informações ilicitamente ou por roubo, se as furtava ou persuadia seus colegas e cúmplices a fornecê-las, Luke não tinha, até aquele momento, a menor ideia. Sabia apenas que tão logo ela chegava com a bolsa, Ollie levava-a para sua caverna atrás da cozinha a fim de digitalizar seu conteúdo, transferi-lo para um pen drive e devolvê-la a Yvonne, que, ao final do dia, devolvia o material a algum departamento de Whitehall para o qual, oficialmente, prestava serviço.

Sobre isso também havia um mistério, jamais revelado nas longas tardes em que Luke e Yvonne ficavam enclausurados comparando os nomes ilustres de Abutres Capitalistas com transferências de bilhões de dólares realizadas à velocidade da luz, através de três continentes, num só dia; ou conversando na cozinha, na hora da sopa de Ollie, sendo a de tomate sua especialidade, e a francesa, de cebola, também nada ruim. Mas a sopa cremosa de siri, que ele trazia parcialmente pronta numa daquelas garrafas térmicas de piquenique e que apurava no fogão a gás, era, na opinião geral, um milagre. No que dizia respeito a Billy Boy Matlock, todavia, Yvonne não existe e nunca existirá. Que o digam semanas de treinamento na arte de resistir a interrogatórios: um mês de agachamento algemado no reduto de um chefão do tráfico na selva enquanto, paralelamente, a esposa descobre que você é um adúltero.

*

— Então o que pretendemos encontrar aqui com relação a delatores, Luke? — indaga Matlock, que convidou Luke a aparecer para um bate-papo, sem necessidade de comunicá-lo a Hector. Ele estava tomando uma saborosa xícara de chá num canto confortável de seu grande escritório em *la Lubianka-sur-Tamise*. — Você é um cara que sabe uma ou duas coisas sobre informantes. Ainda outro dia eu estava pensando em você, quando foi levantada a questão de um novo treinador para a formação de agentes. Um interessante contrato de cinco anos para alguém exatamente com a sua idade — diz Matlock com sua fala simples e arrastada das Midlands.

— Para ser bastante honesto com você, Billy, sua percepção é tão boa quanto a minha — replica Luke, preocupado com o fato de que Yvonne não existe, não existirá, mesmo se Billy Boy dependurá-lo no lustre pelo saco, que foi a única coisa que os garotos do chefão do tráfico não pensaram em fazer com ele. — Para falar a verdade, Hector capta as informações no ar. É surpreendente — acrescenta, demonstrando a devida perplexidade.

Matlock parece não escutar a resposta, ou talvez não se interesse por ela, pois a cordialidade desaparece de sua voz como se nunca tivesse existido.

— Veja bem, é uma faca de dois gumes, é um compromisso de treinamento daqueles. Procuramos por um veterano cuja carreira servirá de modelo para nossos jovens e idealistas aprendizes. Tanto para os homens quanto para as mulheres, não preciso ressaltar isso. A diretoria precisaria se convencer de que não há nada contra o candidato bem-sucedido. E naturalmente, o secretariado visaria tal recomendação. No seu caso, talvez tivéssemos que pensar em reestruturar seu currículo com um pouco de criatividade.

— Seria muita generosidade sua, Billy.
— Certamente, Luke — concorda Matlock. — Com certeza. E, de certo modo, condicionado a seu atual comportamento também.

*

Quem *era* Yvonne? Pela primeira vez naqueles três meses — agora ele podia dizer, podia admitir — ela deixara Luke fora dos eixos. Ele adorava sua discrição e sua intimidade, à qual ele ansiava ter acesso. Seu corpo discretamente perfumado, se algum dia ela permitisse revelar, tenderia para o clássico, ele podia imaginá-lo com exatidão. Ainda assim, ficavam horas a fio lado a lado, em frente ao computador dela ou refletindo longamente sobre seu mural Tate Modern, cada um sentindo o calor do corpo do outro, roçando as mãos acidentalmente. Compartilhavam cada desvio e reviravolta da perseguição, cada pista falsa, beco sem saída e triunfo temporário: tudo a uma distância de poucos centímetros um do outro, no quarto do segundo andar de uma casa secreta em que, durante a maior parte do dia, viviam sozinhos.

Mesmo assim, nada acontecia: até certa noite, quando os dois estavam sentados exaustos à mesa da cozinha, tomando prazerosamente uma xícara da sopa de Ollie e, por sugestão de Luke, uma dose do uísque Islay de Hector. Ele surpreendeu-se perguntando a Yvonne, à queima-roupa, que tipo de vida ela levava além *daquela*, se tinha alguém com quem a dividia e que lhe desse apoio nas missões desgastantes — acrescentando, com o velho sorriso triste do qual instantaneamente se envergonhou, que, afinal de contas, apenas as *respostas* são perigosas, não as perguntas, certo? Se é que você me entende.

Levou muito tempo para que a perigosa resposta se materializasse:
— Sou *funcionária pública* — disse ela, no tom robótico de alguém que fala para a câmera num programa televisivo de perguntas e respostas. — Meu nome não é Yvonne. Não é da sua conta onde trabalho. Mas não creio que tenha sido essa a pergunta. Sou um achado de Hector, como suponho que você seja. Mas também não acho que esteja me perguntando isso. Está querendo

saber sobre a minha orientação sexual. E se, por extensão, quero ir para a cama com você.

— Yvonne, eu não estava perguntando nada disso! — protestou Luke, tentando disfarçar.

— Para o seu governo, sou casada com um homem que amo, temos uma filha de 3 anos e não fico trepando por aí nem mesmo com pessoas interessantes como você. Vamos então continuar com a nossa sopa, está bem? — propôs ela, e os dois, surpreendentemente, explodiram numa risada catártica e, com a tensão quebrada, voltaram em paz cada um para seu canto.

*

E Hector, quem era ele, após três meses de contato, embora em acessos esporádicos? Hector do olhar fixo e febril, das críticas escatológicas contra os escroques de Londres, que eram a raiz de todos os nossos males... Na rede de boatos do Serviço, insinuavam que para ter sucesso no salvamento da empresa familiar, Hector recorrera a métodos de magia negra aprimorados durante metade de sua vida, considerados "sujos" até mesmo para os péssimos padrões da cidade. O mesmo aconteceu na querela contra os malfeitores, movido por vingança — ou por culpa? Ollie, que normalmente não era dado a bisbilhotice, não tinha dúvida: a experiência de Hector na má conduta reinante na cidade, e a adoção dos mesmos meios por parte dele, disse Ollie, tornaram-no, da noite para o dia, um anjo vingador.

— É um pequeno voto que fez — confessou-lhes na cozinha, enquanto esperavam que Hector fizesse uma de suas aparições tardias. — Pretende salvar o mundo antes de deixá-lo, se for morto.

*

Mas Luke sempre viveu mais preocupado. Desde a infância se afligia indiscriminadamente, da mesma forma como se apaixonava.

Preocupava-se tanto com a possibilidade de seu relógio estar dez segundos adiantado ou atrasado quanto com o destino de um casamento que estava falido em todos os cômodos da casa, exceto na cozinha.

Preocupava-o se havia algo mais nos ataques de raiva do filho Ben do que as simples dores do crescimento, e se Ben estava sendo influenciado pela mãe para não amá-lo.

Angustiava-se com o fato de que se sentia em paz quando estava trabalhando e de que, em outras ocasiões, mesmo como aquela, caminhando, se sentia como um amontoado de peças quebradas.

Cogitava se deveria ter engolido o orgulho e aceitado a oferta de uma redução, como a que lhe fizera a Rainha Humana.

Preocupava-se com Gail e com seu desejo por ela, ou por alguma garota como ela; uma garota de rosto radiante, longe da nuvem de desalento que perseguia Eloise, mesmo quando o sol brilhava sobre ela.

Sentia-se apreensivo com Perry, tentando não sentir inveja dele. Indagava-se sobre qual metade de Perry se manifestaria numa emergência operacional: o intrépido montanhista ou o ingênuo moralista da universidade — e, de qualquer forma, havia diferença?

Preocupava-se com o iminente duelo entre Hector e Billy Boy Matlock, e quanto a qual dos dois perderia — ou fingiria perder — o controle primeiro.

*

Deixando o santuário de Regent's Park, ele enveredou pela multidão de consumidores de domingo, que estavam em busca de uma pechincha. Acalme-se, falou para si mesmo. Está tudo bem. Hector é quem está no comando, você não.

Contava os pontos de referência. Desde a época em Bogotá, as referências eram importantes para ele. Se me sequestrarem, estas serão as últimas coisas que terei visto antes de me vendarem os olhos.

O restaurante chinês.

O clube noturno Big Archway.

A livraria Gentle Readers.

Esse é o cheiro de café moído que senti enquanto lutava contra os agressores.

Aqueles são os pinheiros cobertos de neve que vi na vitrine da loja de objetos de arte, antes de eles me atacarem com sacos de areia.

Esse é o número 9, a casa onde eu renasci; três degraus para a porta da frente e ajo como um proprietário qualquer.

9

Entre Hector e Matlock não havia nenhuma formalidade, amigável ou de qualquer outro tipo, e talvez nunca tivesse havido: apenas um aceno de cabeça e um silencioso aperto de mãos entre dois veteranos beligerantes que se preparavam para uma nova disputa. O motorista de Matlock deixara-o na esquina, de forma que ele chegou a pé.

— Muito bonito esse tapete Wilton, Hector — disse ele enquanto olhava lentamente ao redor, parecendo confirmar suas piores suspeitas. — Um Wilton é insuperável, pelo menos quando se trata de aliar bom preço e qualidade. Bom dia, Luke. São só vocês dois, certo? — completou passando o casaco para Hector.

— A equipe está fora, assistindo às corridas — disse Hector, pendurando o casaco do outro.

Matlock era um touro de ombros largos, como o apelido Bully Boy sugeria, e uma cabeça grande. À primeira vista, era um sujeito bonachão, com um jeito de se curvar que lembrava a Luke um atacante de rúgbi senil. Seu sotaque das Midlands, conforme as fofocas que circulavam no térreo, tornara-se mais perceptível sob o New Labour de Tony Blair, mas estava desaparecendo ante a perspectiva de derrota eleitoral.

— Ficaremos no porão, se você não se importar, Billy — anunciou Hector.

— Não tenho alternativa a não ser ficar à vontade, obrigado, Hector — disse Matlock, de uma forma nem agradável nem rude, ao mesmo tempo que tomava a dianteira para descer os degraus de pedra. — Quanto estamos pagando por este lugar, aliás?

— Você não está pagando. Essa conta é minha.

— Você está na *nossa* folha de pagamento, Hector. Não é o Serviço que está na *sua*.

— Assim que você der sinal verde para a operação apresentarei a conta.

— E eu a questionarei — disse Matlock. — Você é chegado a bebida, não?

— Aqui era uma adega de vinhos.

Eles tomaram seus lugares. Matlock assumiu a cabeceira da mesa. Hector, obstinado tecnofóbico, se sentou à esquerda de Matlock, para ficar em frente ao gravador e ao computador. E Luke sentou-se à esquerda de Hector, de forma que os três tinham uma clara visão da tela de plasma que Ollie, ausente no momento, instalara durante a noite.

— Teve tempo de digerir tudo o que jogamos em cima de você, Billy? — perguntou Hector, solidarizando-se. — Peço desculpas pela interferência no seu golfe.

— Se o que você me enviou é *tudo*, então sim, Hector, tive tempo, obrigado — replicou Matlock. — Embora eu já tenha percebido que, no seu caso, *tudo* é um termo relativo. Para falar a verdade, não jogo golfe e não tenho nenhum interesse por resumos, sempre que posso evitá-los. Muito menos pelos seus. Eu teria dado conta de um pouco mais de material e um pouco menos de queda de braço.

— Então, por que não lhe fornecemos esse material agora e fica tudo bem? — sugeriu Hector gentilmente. — Imagino que ainda sejamos fluentes em russo, certo, Billy?

— A menos que o seu tenha enferrujado enquanto você fazia fortuna, sim, acho que ainda somos.

Formam um velho casal, pensou Luke, enquanto Hector pressionava a tecla *play* no gravador. Toda discussão é a reincidência de uma anterior.

*

Para Luke, o simples som da voz de Dima era como o início de um filme em cores. Toda vez que escutava a fita que Perry, o inocente, contrabandeara em sua *nécessaire*, surgia-lhe na mente a mesma imagem de Dima agachado em meio às árvores ao redor da Three Chimneys, segurando um gravador de bolso com a mão improvavelmente delicada, longe o suficiente da casa para escapar dos microfones reais ou imaginários de Tamara, mas bastante próximo para voltar rapidamente se ela lhe gritasse o nome para atender a outra ligação telefônica.

Ele podia ouvir o vento que soprava ao redor da reluzente calva de Dima. Podia ver as copas das árvores balançando por cima dele. Podia ouvir o farfalhar das folhas e o borbulhar da água, sabendo que era a mesma chuva tropical que o havia encharcado nas florestas da Colômbia. Dima teria feito a gravação de uma só vez ou em partes? Será que precisara de doses de vodca entre uma sessão e outra para superar as inibições *vory*? Agora seus rosnados em russo passam para o inglês, talvez para lembrá-lo quem são seus confessores. Num instante, está apelando para Perry. No outro, para um grupo de Perrys:

> Senhores ingleses! Vocês são fair play, têm uma terra com lei! Vocês são puros! Confio em vocês. Vocês confiarão em Dima também!

Depois retorna ao russo nativo, mas tão cuidadoso com os detalhes gramaticais, tão afetado e articulado que, na imaginação de Luke, estava tentando se livrar do estigma de Kolimá, em sua preparação para conviver com os cavalheiros de Ascot e suas damas:

> O homem que eles chamam de Dima, número um na lavagem de dinheiro para os Sete Irmãos, cérebro financeiro do retrógrado usurpador que se autodenomina Príncipe, apresenta seus cumprimentos ao famoso Serviço Secreto inglês e deseja fazer a seguinte oferta de valiosa informação, em troca de garantias dignas de confiança por parte do governo britânico. *Exemplo.*

Nesse momento, somente o vento fala, e, como Perry havia se referido repetidamente a um lenço, Luke imagina Dima enxugando suor e lágrimas com um grande lenço de seda, antes de tomar outro gole da bebida e prosseguir no completo e irrecuperável ato de traição.

> *Exemplo.* As operações da organização criminosa do Príncipe agora conhecida como Sete Irmãos incluem:
> Um: importações e *rebranding* do óleo embargado do Oriente Médio. Conheço essas transações. Muitos italianos corruptos e muitos advogados britânicos estão envolvidos.
> Dois: injeção de dinheiro ilegal em compras e rendimentos de óleo no valor de muitos bilhões de dólares. Nisso, meu amigo Mikhail, chamado Misha, era um especialista para as Sete Irmandades *vory*. Daí ele também residir em Roma.

Outro intervalo na locução, e talvez um brinde silencioso para o finado Misha, seguindo-se uma volta exuberante ao inglês entrecortado:

> *Exemplo três:* exploração florestal ilegal, África. Primeiro estamos convertendo madeira ilegal em madeira legal. Depois, dinheiro sujo em dinheiro limpo! É normal. É simples. Muitos, muitos criminosos russos na África tropical. Além disso, um novo negócio ilegal de diamantes muito atraente para as Irmandades.

Ainda em inglês:

> *Exemplo quatro*: medicamentos falsos, feitos na Índia. Muito ruins, não curam. Fazem você vomitar, podem até matar. O governo da Rússia tem relações muito interessantes com o da Índia. E as Irmandades indiana e russa também têm relações muito interessantes. Aquele que chamam de Dima sabe muitos nomes interessantes, de ingleses também, relacionados a essas conexões verticais e certos arranjos financeiros privados com base na Suíça.

Luke, o preocupado, se sente subitamente ansioso e leal aos interesses de Hector na apresentação:

— O volume está bom para você, Billy? — pergunta Hector, fazendo uma pausa na fita.

— O volume está muito bom, obrigado — responde Matlock, com ênfase na palavra *volume*, dando a entender que o conteúdo talvez não esteja tão bom assim.

— Então vamos em frente — disse Hector, de modo excessivamente tímido, na opinião de Luke.

Dima felizmente retorna a seu russo nativo:

Exemplo: na Turquia, em Creta, no Chipre, na Madeira, em muitos balneários, há hotéis ilegais, nenhum hóspede e 20 milhões de dólares sujos semanalmente. Esse dinheiro também é lavado por aquele que chamam Dima. Algumas assim denominadas imobiliárias britânicas criminosas são cúmplices.

Exemplo: envolvimento pessoal corrupto de funcionários públicos da União Europeia com empresas criminosas contratadas pelo setor de carnes. Essas empresas contratadas precisam assegurar a alta qualidade da carne italiana, muito cara na exportação para a República Russa. Meu amigo Misha também era pessoalmente responsável por esse arranjo.

Hector interrompe o gravador novamente. Matlock havia erguido a mão.

— Como posso ajudá-lo, Billy?

— Ele está lendo.

— O que há de errado nisso?

— Nada. Desde que saibamos o que ele está lendo.

— Ao que eu saiba, a mulher dele, Tamara, escreveu algumas linhas para ele.

— Ela o orientou no que ia dizer, não foi? — perguntou Matlock. — Não gosto disso. Quem disse a *ela* o que dizer?

— Quer que eu avance mais? Trata-se apenas de material sobre nossos colegas da União Europeia, envenenando pessoas. Se estiver fora do seu escopo, me avise.

— Por favor, continue, Hector. Daqui para a frente, guardarei meus comentários para mais tarde. Na verdade, não sei se precisamos de um serviço de inteligência sobre as vendas de carne para a Rússia, mas fique tranquilo que me empenharei em descobrir.

*

Para Luke, a história que Dima estava prestes a contar era verdadeiramente chocante. Nada do que suportara na vida havia enfraquecido os seus sentidos. Mas só Deus sabe o que Matlock faria com aquele material. A arma escolhida por Dima é, mais uma vez, o inglês de Tamara:

O sistema corrupto é assim. *Primeiro:* o Príncipe consegue, por meio de funcionários públicos corruptos de Moscou, que a carne seja denominada *carne para caridade*. Para ser destinada à *caridade*, ela tem que ser apenas para os necessitados da sociedade russa. Então, sobre a carne corruptamente classificada para caridade, nenhum imposto russo. *Segundo:* meu falecido amigo Misha compra muitas carcaças da *Bulgária*. Essa carne é muito perigosa para o consumo, muito ruim, muito barata. *Terceiro:* meu falecido amigo Misha faz um acordo com funcionários corruptos na União de Bruxelas, em que todas as carcaças búlgaras serão carimbadas *individualmente com o selo de certificação da União Europeia, que identifica a carne como sendo de altíssima qualidade, uma carne italiana do melhor Padrão Europeu.* Para esse serviço criminoso, eu, Dima, pago, pessoalmente, 100 euros por carcaça, depositados em contas bancárias na Suíça de cada funcionário público corrupto de Bruxelas, e mais 20 euros por carcaça, depositados na conta suíça de cada funcionário público corrupto de Moscou. Lucro líquido para o Príncipe, após dedução de todas as despesas básicas: 1.200 euros por carcaça. Talvez cinquenta russos, inclusive crianças, adoeceram e morreram por causa dessa carne búlgara muito ruim. É apenas uma estimativa. Essa informação é oficialmente *negada*. Os nomes desses funcionários públicos corruptos são do meu conhecimento e também os números de suas contas bancárias.

E um duro balanço, proferido enfaticamente:

A opinião pessoal da minha esposa Tamara L'vovna é que a distribuição imoral de carne búlgara ruim por parte de funcionários públicos europeus e russos criminalmente corruptos deve ser preocupação de todos os cristãos de bom coração, em todos os lugares ao redor do mundo. É a vontade de Deus.

A improvável intervenção de Deus na sessão criou um pequeno hiato.

— Alguém poderia me dizer o que é um hotel ilegal? — Matlock lançou a pergunta no ar. — Costumo passar as férias na Madeira. Aparentemente não havia nada de ilegal com o *meu* hotel.

Animado pela necessidade de proteger o subjugado Hector, Luke candidatou-se a ser aquele que esclareceria a Matlock o que significa um hotel ilegal:

— Você compra um terreno excelente, em geral perto do mar, Billy. Faz o pagamento em dinheiro vivo, constrói um balneário de luxo, cinco estrelas. Talvez até mais de um. Em dinheiro vivo. Levanta mais ou menos uns cinquenta bangalôs, se tiver espaço. Decora-os com o melhor mobiliário, abastece o local com os melhores talheres, louça e roupas de cama. A partir daí, os hotéis e os bangalôs estão sempre lotados. Mas veja bem, ninguém jamais se hospeda ali. Se um agente de viagens ligar: desculpe, estamos lotados. Todo mês, um furgão da segurança patrimonial vai até o banco e descarrega todo o dinheiro obtido com o aluguel dos apartamentos e dos bangalôs, com os restaurantes, os cassinos, os bares e as casas noturnas. Após dois anos, os balneários estão em perfeito estado para serem vendidos com um histórico comercial brilhante.

Nenhuma resposta além da expansão máxima do sorriso bonachão de Matlock.

— Na verdade, não são só balneários. Podem ser também um daqueles lugarejos de veraneio estranhamente vazios. Você já deve tê-los visto, pontilhando os vales turcos, avançando em direção ao mar. Pode ser, bem, um grande número de palacetes. Obviamente, pode muito bem ser qualquer coisa que se possa alugar. Aluguel de carros também, desde que você consiga falsificar a papelada.

— Como se sente hoje, Luke?

— Bem, obrigado, Billy.

— Estamos pensando em citar o seu nome para uma medalha, por coragem além do chamado do dever, sabia?

— Não, não sabia.

— Bem, estamos. Preste bem atenção, uma medalha secreta, nada pública. Nada que você pudesse ostentar no peito no Dia dos Veteranos, veja bem. Não seria seguro. Além disso, iria contra o habitual.

— Certamente — disse Luke, totalmente confuso, pensando que, agora, uma medalha poderia ser aquilo que tiraria Eloise da depressão, já que se tratava de mais uma das artimanhas de Matlock. Não obstante, estava prestes a responder adequadamente e expressar surpresa, gratidão, prazer, quando descobriu que Matlock perdera o interesse nele:

— O que ouvi até aqui, Hector, cortando o besteirol, como gosto de fazer, foram, em minha humilde opinião, práticas comerciais e políticas internacionais desonestas. Tudo bem, reconheço, o Serviço tem interesse regulamentar em práticas comerciais, políticas internacionais fraudulentas e lavagem de dinheiro. Lutamos por isso nos tempos difíceis, e agora sobrou para nós. Refiro-me àquele infeliz período de ociosidade entre a queda do Muro de Berlim e o dia em que Osama bin Laden nos fez o favor do 11 de Setembro. Batalhamos por um naco do mercado de lavagem de dinheiro, assim como por uma fatia maior da Irlanda do Norte e qualquer outra galinha roubada para justificar a nossa existência, mas isso foi *naquela época*, Hector. E estamos falando do *agora*, e hoje, que é o momento em que estamos vivendo, quer você goste ou não, o Serviço para o qual trabalhamos tem formas melhores de gastar tempo e recursos do que ficar fazendo tempestade num copo d'água por causa da vida financeira altamente complexa da cidade de Londres, obrigado.

Matlock parou de falar, esperando que Luke não soubesse o que fazer a não ser aplaudir, mas Hector, a julgar por sua expressão inflexível, estava longe disso. Então Matlock respirou fundo e continuou:

— Além disso, hoje em dia existe neste país uma agência irmã de grande porte, totalmente incorporada, altamente financiada, que dedica seus esforços a assuntos ligados ao crime organizado, que é o que você está pretendendo revelar aqui. E isso para não mencionar a Interpol e as várias agências americanas concorrentes, que se atropelam para fazer o mesmo trabalho, embora atentas para não prejudicar a prosperidade daquela grande nação. Hector, meu ponto de vista é que não sei por que me trouxeram aqui com tanta urgência. Sabemos que o que você conseguiu descobrir é *urgente*, apesar de não se saber direito para quem. Hector, pode até mesmo ser *verdade*, mas isso é assunto *nosso*? Será nosso mesmo?

Evidentemente, a pergunta era retórica, pois ele prosseguiu:

— Ou quem sabe, Hector, você talvez esteja ultrapassando perigosamente as fronteiras altamente sensíveis de uma organização irmã, com a qual, durante penosos meses, eu e meu Secretariado discutimos e conquistamos, com muita dificuldade, linhas de demarcação. Porque, se for esse o caso, meu conselho para você será: embale todo o material que acabou de me apresentar, junto com qualquer outro de mesma natureza que esteja em seu poder, e imediatamente o encaminhe para nossa organização irmã com uma carta humilíssima de desculpas por ultrapassar as sagradas áreas de competência. E, quando tiver feito isso, sugiro que se dê, e dê ao Luke aqui, e a quem mais estiver escondido dentro do armário, duas semanas de licença por motivo de saúde.

Teria a lendária ousadia de Hector finalmente se esgotado?, Luke se perguntou com ansiedade. Teria causado algum estrago o esforço de trazer Gail e Perry para o barco? Ou estaria ele tão movido pelo alto propósito de sua missão que perdera o controle da situação?

Esticando lentamente o dedo, Hector balançou a cabeça, suspirou e avançou a fita.

*

Dima sereno. Dima lendo, quer Billy Boy goste ou não. Dima poderoso e digno, lendo um roteiro de maneira formal, no seu melhor russo cerimonioso:

Exemplo. Detalhes de um pacto muito secreto em Sochi 2000, entre Sete Irmandades *vory* associadas, assinado pelos Sete Irmãos e denominado O Acordo. Sob esse pacto, pessoalmente agenciado pelo Príncipe usurpador, cadela, com a conivência do Kremlin a uma distância segura, todos os sete signatários acordam:

Um: em aproveitar e compartilhar as rotas de dinheiro incondicionalmente bem-sucedidas, indicadas por aquele que chamam Dima, daqui para a frente o lava-dinheiro número um das Sete Irmandades.

Dois: em que todas as contas bancárias públicas serão regidas pelo código de honra *vory* e qualquer desvio será punido com a morte do culpado, seguindo-se a exclusão permanente da Irmandade *vory* responsável.

Três: que serão criadas representações corporativas nas seis seguintes capitais financeiras: Toronto, Paris, Roma, Berna, Nicósia, *Londres.* Destinação final de todo o dinheiro lavado: *Londres.* Melhor representação: *Londres.* Melhor prognóstico para a entidade bancária a longo termo: *Londres.* Melhor perspectiva para economizar e conservar: *Londres.* Isso também foi decidido.

Quatro: a tarefa de obscurecer as origens do dinheiro ilícito e direcionar seu fluxo para refúgios seguros continuará sendo responsabilidade primária e única *daquele que chamam de Dima.*

Cinco: em todas as importantes movimentações do dinheiro, esse tal Dima terá direitos de primeira assinatura. Cada signatário do Acordo nomeará um representante limpo. Terá este direito apenas de segunda assinatura.

Seis: para efetuar alteração substantiva no sistema acima, exige-se a presença simultânea de todos os sete representantes limpos sob a lei *vory*.

Sete: a supremacia daquele que chamam Dima como o arquiteto mestre de todas as estruturas de lavagem de dinheiro estabelecidas sob O Acordo de Sochi 2000 fica reconhecida por meio deste documento.

— Amém, como diríamos — murmura Hector, e mais uma vez desliga o gravador e dá uma olhada em Matlock para ver a reação dele. Luke faz o mesmo, e é recebido, dentre todas as possibilidades, pelo sorriso indulgente de Matlock.

— Sabe, Hector, acho que eu mesmo seria capaz de inventar isso — diz ele, balançando a cabeça de um jeito que poderia até passar por admiração.

— Bonito é tudo o que posso dizer. Fluente, imaginativo, e o coloca diretamente no topo da pirâmide. Como pode alguém pôr em dúvida a veracidade de uma declaração global tão grandiosa? Para começar, eu lhe daria um Oscar. O que ele quer dizer com *representante limpo*?

— Com ficha limpa, Billy. Nenhuma condenação anterior, criminal ou ética. Contadores, advogados, policiais e oficiais do Serviço de Inteligência com um segundo emprego, qualquer irmão que possa viajar, assinar o próprio nome, que seja leal à Irmandade e que saiba que acordará com as bolas enfiadas na boca se roubar o caixa.

*

Parecendo a Luke mais um preocupado procurador de assuntos de família do que um homem de personalidade incontrolável, Hector consulta um pedaço de papel em que, parece, havia rabiscado um roteiro para a reunião, e novamente avança a fita.

"*Mapa*", grita Dima em russo.

— Merda! Avancei demais — resmunga Hector e volta a fita.

Também dependendo de garantias britânicas confiáveis, haverá *mapas* muito secretos, muito importantes.

Dima recomeçou, lendo rapidamente, como antes, o roteiro em russo:

Nesse *mapa* estarão registradas as rotas internacionais de todo o dinheiro sujo sob controle daquele que chamam Dima e que lhes fala.

A uma ordem de Matlock, Hector interrompe a fita novamente.

— Ele não está falando de um mapa, e sim de um *diagrama de conexões* — reclama Matlock, corrigindo o vocabulário inadequado de Dima. — Só lhe digo o seguinte, com relação a *diagramas de conexões*, se me permite explicar: já vi alguns *diagramas de conexões*. Pela minha experiência, sei que tendem a parecer rolos de arame farpado multicolorido que não conduzem a direção alguma conhecida pelo homem. Ou seja, são *inúteis*, na minha opinião — acrescenta, satisfeito. — Coloco-os na mesma categoria dos pronunciamentos relativos aos fictícios simpósios criminais do Mar Negro, no ano 2000.

Você deveria ver o diagrama de conexões da Yvonne; é completamente louco, Luke sente vontade de dizer, num ataque de terrível vivacidade.

Matlock, numa sucessão de vitórias, não deixou por pouco. Balança a cabeça e sorri demonstrando pena:

— Sabe de uma coisa, Hector? Se eu ganhasse 5 libras para cada item de material ilegal oriundo de fontes não comprovadas no qual o Serviço caiu ao longo dos anos, nem todos no meu período, tenho prazer em dizer, eu seria um homem rico. Diagramas de conexões, pactos de Bilderberg, conspirações mundiais, sem contar aquele antigo e verde galpão na Sibéria cheio de bombas de hidrogênio enferrujadas: para mim, é tudo uma coisa só. Não estaria rico segundo os padrões dos inventivos criadores, nem segundo os seus, mas, de acordo com os meus gostos, estaria de fato muito bem, obrigado.

Por que diabos Hector não coloca Bully Boy em seu devido lugar? Mas Hector não parece ter estômago para retaliação. Pior ainda: para desespero de Luke, ele não se preocupa em apresentar a última parte da histórica oferta de Dima. Desliga o gravador, como que dizendo "tentei, mas não funcionou" e, com um sorriso decepcionado e um pesaroso "bem, pode ser que você prefira olhar algumas imagens, Billy", Hector pega o controle remoto da tela de plasma e desliga a luz.

*

Na escuridão, uma câmera de vídeo amadora vaga tremulamente pelas muralhas de um forte medieval, depois desce até o muro, junto ao mar, de um antigo porto cheio de caros barcos à vela. Há o crepúsculo, e a câmera é de má qualidade, inadequada para a fraca luminosidade. Um iate de luxo, de 90 pés, azul e dourado, encontra-se ancorado além dos muros do porto. Está completamente coberto por luzes feéricas, e com as vigias iluminadas. De lá vem o som de música dançante. Talvez alguém comemorando aniversário ou casamento. Na popa, as bandeiras da Suíça, da Grã-Bretanha e da Rússia. No topo do mastro, um lobo dourado transpõe um campo purpúreo.

A câmera focaliza a proa de perto. O nome da embarcação, inscrito em ornamentados caracteres romanos e cirílicos, é *Princesa Tatiana*.

Hector comenta de forma objetiva, seca:

— É propriedade de uma empresa recém-criada que se chama First Arena Credit Bank of Toronto, registrada em Chipre e pertencente a uma fundação de Liechtenstein que, por sua vez, é de uma empresa registrada em Chipre — anuncia friamente. — Portanto, uma posse circular. O bem é concedido a uma empresa e em seguida recuperado. Até pouco tempo atrás, o barco denominava-se *Princesa Anastasia*, que vem a ser a amante anterior do Príncipe. A atual chama-se Tatiana, de modo que podemos tirar nossas conclusões. Atualmente, o Príncipe está confinado na Rússia por questões de saúde, e o *Princesa Tatiana* foi fretado por um consórcio internacional chamado, curiosamente, First Arena Credit International, uma entidade completamente diferente, registrada, veja só que surpresa, no Chipre.

— Então, o que há de errado com ele? — pergunta Matlock agressivamente.

— Com quem?

— Com o Príncipe. Eu tenho cara de idiota? Por que ele está confinado na Rússia?

— Está esperando que os americanos deem baixa em algumas ações totalmente injustas que moveram contra ele envolvendo lavagem de dinheiro alguns anos atrás. A boa notícia é que não terá que esperar por muito tempo. Graças à atuação de lobistas nos salões dos poderosos de Washington, muito em breve será decidido que ele não tem nada a responder. É sempre útil saber onde americanos de influência mantêm suas contas bancárias ilegais no exterior.

A câmera salta para a popa. Tripulação em estilo russo, com camisas riscadas e chapéu de marinheiro. Um helicóptero prestes a aterrissar. A câmera volta à popa, desce oscilante até o nível do mar, ao mesmo tempo que a imagem escurece. Uma lancha avança em velocidade lado a lado com o iate, passageiros a bordo. Tripulação atarefada no atendimento aos refinados passageiros que sobem cautelosamente a escada da embarcação.

Retorno à popa. O helicóptero aterrissou, mas suas hélices ainda giram lentamente. Uma bela mulher, de saia ondulante, desce, segurando o chapéu, os degraus cobertos pelo tapete vermelho. Seguem-se uma segunda mulher elegante e, depois, um grupo de homens refinadamente vestidos com paletó e calças de grosso tecido branco — seis ao todo. Confusa troca de abraços. Vagos e agudos gritos de saudação se misturam à música dançante.

Corte para uma segunda lancha que aborda o iate lateralmente, da qual desembarcam belas garotas. Jeans colantes, saias esvoaçantes, muitas pernas e ombros nus que galgam a escada. Um conjunto de trompetistas com uniformes de cossaco dá as boas-vindas às garotas bonitas à medida que elas sobem a bordo.

Panorâmica malfeita sobre os convidados reunidos no convés principal. Até aqui são 18. Luke e Yvonne contaram.

O filme congela e se torna uma série de close-ups que avançam de forma desajeitada, muito aperfeiçoada por Ollie. A legenda diz PEQUENO PORTO ADRIÁTICO PRÓXIMO A DUBROVNIK, em 21 de junho de 2008. Essa é a primeira das muitas legendas e subtítulos que Yvonne, Luke e Ollie sobrepuseram para acompanhar os comentários feitos por Hector.

O silêncio no porão é palpável. É como se todos, no ambiente, inclusive Hector, tivessem inspirado ao mesmo tempo. Talvez tenham feito isso mesmo. Até Matlock está inclinado para a frente na cadeira, olhando fixamente para a tela de plasma diante dele.

*

Dois empresários bem-conservados e de roupas caras conversam. Atrás deles, o pescoço e os ombros nus de uma mulher de meia-idade com saia branca bufante e laqueada. Está de costas e usa um colar de diamantes de quatro voltas, com brincos combinando, cujo preço só Deus sabe. Na parte esquerda da tela, um punho bordado e engomado junto à mão de luvas brancas de um garçom cossaco oferece uma bandeja de prata repleta de taças de champanhe.

Foco nos dois empresários. Um deles está de smoking. Tem cabelo preto, mandíbula pesada e aparência latina. O outro enverga um inglesíssimo casaco esporte azul-marinho trespassado de botões dourados, ou então, como os altos escalões britânicos preferem dizer — Luke deveria saber, é de onde ele próprio veio —, uma jaqueta de iatismo. Comparado ao primeiro, este segundo homem é jovem. É também bonito, do modo como os jovens do século XVIII eram bonitos nos retratos que doaram à antiga escola de Luke, quando a deixaram: testa larga, linha do cabelo recuada, olhar altivo meio byroniano de prerrogativa sensual, boca delicada e postura que lhes permite olhar você de cima, por mais alto que você seja.

Hector ainda não falou nada. A decisão era deixar as legendas exprimirem o que qualquer um saberia com um olhar rápido: que a jaqueta de iatismo trespassada de botões dourados pertence a um importante membro da oposição de Sua Majestade, um ministro "sombra" com um pé num cargo estratosférico nas próximas eleições.

É Hector, para alívio de Luke, quem acaba com o embaraçoso silêncio:

— Seu encaminhamento, de acordo com a nota distribuída pelo partido, será *colocar o comércio britânico na dianteira do mercado financeiro internacional*, seja lá o que isso signifique — observa ele causticamente, com o breve ressurgimento de sua velha energia. — Além, é claro, de dar um basta aos excessos cometidos pelos bancos. Mas eles todos vão fazer isso, não vão? Um dia.

Matlock reencontrou sua língua:

— Não se pode fazer *negócio* sem fazer amizades, Hector — protesta ele. — Não é assim que o mundo funciona, como você e toda gente deve saber, tendo sujado as mãos lá fora. Não se pode *condenar* um homem só por estar no barco de alguém!

Mas nem a inflexão de Hector nem a implausível indignação de Matlock podem atenuar a tensão. E não é, afinal, nenhuma consolação, conforme a legenda de Yvonne, que o smoking branco pertença a um impróprio marquês da França e *corporate raider*, de fortes ligações com a Rússia.

*

— Então. Onde você conseguiu esse lote? — perguntou Matlock subitamente, após um momento de reflexão silenciosa.
— Que lote?
— O filme. O vídeo amador. Essas coisas aí. Onde você conseguiu?
— Achei debaixo de uma pedra, Billy. Onde mais?
— Quem?
— Um amigo meu. Talvez dois.
— Que pedra?
— Scotland Yard.
— Do que você está falando? Da *Polícia Metropolitana?* Você andou manipulando provas policiais? É isso o que andou fazendo?
— Queria eu pensar que sim, Billy. Mas duvido muito. Quer ouvir a história?
— Se for verdadeira.
— Um jovem casal das cercanias de Londres economizou para a lua de mel e comprou um pacote de viagem para a costa do Adriático. Percorrendo os penhascos, deram com um iate de luxo ancorado na baía e, vendo que havia uma festa espetacular em andamento, filmaram. Examinando a gravação inteira na intimidade do lar deles no, digamos, Surbiton, ficaram espantados e impressionados ao identificar certas figuras públicas britânicas bem conhecidas nos campos das finanças e da política. Pensando em reembolsar as despesas de férias, eles mandaram seus achados para o noticiário da Sky Television. De repente se viram, às 4 da manhã, dividindo o quarto com um grupo de policiais armados e uniformizados dentro de armaduras de corpo inteiro, e sendo ameaçados de ação penal, com base no Ato do Terrorismo, se não entregassem todas as cópias do filme imediatamente à polícia, de

modo que muito sensatamente o casal fez o que lhes disseram. E é essa a verdade, Billy.

*

Luke começa a perceber que estava subestimando o desempenho de Hector. Hector pode parecer hesitante. Pode ter apenas um punhado de desordenadas e velhas cartas na manga. Mas não há nada de desordenado no desenrolar do raciocínio que ele construiu em sua cabeça. Conseguiu dois outros cavalheiros para apresentar a Matlock e, enquanto o sistema se amplia para incluí-los, torna-se evidente que eles fizeram parte da conversa o tempo todo. Um é alto, elegante, 50 e tantos anos, de porte vagamente diplomático. Ele é quase uma cabeça mais alto que o nosso ministro de Estado real. Sua boca se abre numa pilhéria. Seu nome, a legenda de Yvonne o mostra, é capitão Giles de Salis, da Marinha Real, reformado.

Dessa vez, Hector reservou para si mesmo a descrição das atividades:

— Politiqueiro de Westminster, agenciador de influências, seus clientes incluem alguns dos maiores merdas do mundo.

— Amigo seu, Hector? — pergunta Matlock.

— Amigo de qualquer um que deseje juntar dez grandes para um papo direto com um dos nossos incorruptíveis governantes, Billy — retruca Hector.

O quarto e último membro da peça, mesmo numa obscura ampliação, é a quintessência vital da alta sociedade. O fino enfeite preto marca as lapelas de seu smoking branco. Seu corte de cabelo de raposa prateada é dramaticamente puxado para trás. Ele por acaso é um grande guia? Ou um grande chefe dos garçons? Seu dedo indicador com anel, erguido em jocosa advertência, é como o de um bailarino. Sua graciosa mão livre repousa leve e inofensivamente sobre o alto do braço do futuro primeiro-ministro. No peito da camisa preguada ostenta uma cruz de Malta.

Uma o quê? Uma cruz de Malta? Então ele pode ser o rei de Malta? Ou é uma medalha de bravura? Ou de uma ordem estrangeira? Ou ele a comprou como um presente para si mesmo? Nas primeiras horas da manhã, Luke e Yvonne pensaram longa e arduamente a esse respeito. Estão de acordo: ele a furtou.

Signor Emilio dell Oro, cidadão suíço, residente em Lugano, diz a legenda, redigida dessa vez por Luke, sob instruções estritas de Hector, para manter a descrição imparcial. Socialite internacional, cavaleiro, comissário da autoridade do Kremlin.

Uma vez mais, Hector reservou para si as melhores falas:

— Nome verdadeiro, tanto quanto podemos saber, Stanislav Auros. Polonês-armênio, ascendentes turcos, autodidata, autoinventado, brilhante. Atualmente mordomo do Príncipe, facilitador, factótum, conselheiro social e vanguardeiro. — E, sem nenhuma pausa ou alteração da voz: — Billy, por que não assume a partir daqui? Você sabe mais a respeito dele do que eu.

Será que Matlock algum dia daria o braço a torcer? Parece que não, pois ele retorna sem a menor vacilação:

— Temo estar perdendo você de vista, Hector. Seja gentil e me faça o favor de refrescar a memória.

Hector fará esse favor. Ele se reavivou sensivelmente.

— Nossa recente infância, Billy. Antes de nos tornarmos adultos. Num dia de pleno verão, se bem me lembro. Eu era chefe de guarnição em Praga, você era chefe de operações em Londres. Você me autorizou a derramar 50 mil dólares americanos em pequenas notas no porta-malas do Mercedes branco de Stanislav, na calada da noite, sem fazer perguntas. Só que naquela época ele não era Stanislav: era *monsieur* Fabian Lazaar. Ele nem sequer virou a cabeça para lhe dizer obrigado. Não sei o que ganhou com aquele dinheiro, mas você certamente sabe. Ele estava progredindo, naqueles dias. Objetos roubados, principalmente do Iraque. Acompanhando ricas senhoras de Gênova com o dinheiro dos maridos. Vendendo fofocas diplomáticas para quem pagar melhor. Talvez fosse o que estávamos comprando. Era?

— Eu *não* sigo Stanislav *ou* Fabian, obrigado, Hector. Ou o Sr. Dell Oro, ou seja lá como ele se chame. *Não* era meu camarada. Na época em que você lhe fez esse pagamento, eu estava apenas colaborando.

— Com quem?

— Com meu antecessor. Você se incomodaria se não me interrogasse, Hector? Está invertendo as coisas, se não percebeu. *Aubrey Longrigg* era o meu antecessor, Hector, como você sabe, e, pensando bem, será assim enquanto eu ocupar a função. Não me diga que esqueceu *Aubrey Longrigg*, ou eu vou achar que o Dr. Alzheimer lhe fez uma visita inoportuna. Aubrey era o melhor, justo até sua partida um tanto prematura. Prematura sim, mesmo ele de quando em quando ultrapassando os limites, da mesma forma que você.

Para se defender, lembrava-se Luke, Matlock só sabia atacar.

— E acredite em mim, Hector — prosseguiu ele, reunindo reforços enquanto avançava —, se meu antecessor *Aubrey Longrigg* precisasse de 50 mil paus para seu camarada exatamente quando Aubrey deixava o serviço a fim de cuidar de coisas maiores, e se Aubrey pedisse que me encarregasse dessa tarefa por ele, no momento final de um acordo particular que ele tinha feito, eu não tinha como me virar e dizer: "Espere um minuto, Aubrey, enquanto eu consigo liberação especial e verifico direito a sua história." Tinha? Não com Aubrey! Não no modo como Aubrey e o Chefe estavam naqueles dias, em estreita colaboração e em segredo. Eu seria louco, não?

O antigo aço finalmente se reintroduzira na voz de Hector:

— Bem, por que você não dá uma olhada em Aubrey tal como está hoje? Subsecretário parlamentar, membro do Parlamento por um dos eleitorados mais desprovidos de seu partido, fiel defensor dos direitos da mulher, estimado consultor para o Ministério da Defesa acerca da aquisição de armas e — estalando os dedos e franzindo as sobrancelhas como se tivesse realmente esquecido — o que mais ele é mesmo, Luke? *Alguma outra coisa*, eu sei.

E, tendo ouvido sua deixa, Luke se ouve gorjeando a resposta:

— Presidente designado da nova subcomissão parlamentar para a ética bancária.

— E também não *completamente* sem contato com o nosso Serviço, presumo eu — lembrou Hector.

— Presumo que não — acrescenta Luke, embora fosse difícil dizer por que diabo Hector olhou para ele, naquele momento, como se para uma autoridade no assunto.

*

Talvez seja o nosso único direito: o de nós, espiões, mesmo os aposentados, não aceitarmos, com naturalidade, ser fotografados, refletiu Luke. Talvez alimentemos um medo secreto de que a Grande Parede entre nossos eus exterior e interior seja perfurada pelas lentes da câmera.

Por certo o membro do Parlamento Aubrey Longrigg dava essa impressão. Até fixado inadvertidamente sob luz fraca por uma câmera de vídeo de qualidade inferior sustentada na mão a 50 metros de distância, do outro lado da água, Longrigg parecia estar atrás de toda sombra que o convés feérico do *Princesa Tatiana* produzia.

Não, é preciso dizer, que o pobre sujeito era naturalmente fotogênico, admitiu Luke, uma vez mais agradecendo às estrelas a sorte por seus caminhos não terem se cruzado. Aubrey Longrigg estava ficando calvo, era narigudo e de aparência banal, enquanto se tornava um homem famoso por sua intolerância para com as cabeças menores que a sua. Sob o sol do Adriático, suas desinteressantes feições ganharam um cor-de-rosa flamante, e os óculos sem aro pouco fizeram para modificar a aparência de ser um mero atendente bancário de 50 anos, a menos que, como Luke, você tivesse ouvido histórias da buliçosa ambição que o compele, da inexorável inteligência que fizera das circunstâncias extremas uma estufa turbilhonante de ideias inovadoras e barões feudalizantes, e de sua improvável atração para um certo tipo de mulher — a espécie que, presumivelmente, leva um pontapé por ser intelectualmente desvalorizada —, cujo último exemplo se postava junto dele na pessoa da *Lady Janice (Jay) Longrigg*, anfitriã e levantadora de fundos da sociedade, seguida pela pequena lista feita por Yvonne de beneficências motivadas por gratidão para com Lady Longrigg.

Ela está com um elegante vestido de noite, ombros nus. Seus bem penteados cabelos negros estão presos com um grampo diamantino. Tem um sorriso gracioso e o titubeio real, de inclinação para a frente, que adquirem todas as mulheres inglesas de certa linhagem e condição social. E ela parece, ao impiedoso olhar de Luke, inefavelmente burra. A seu lado pairam suas duas filhas quase púberes, em vestidos de festa.

— É a nova mulher dele, certo? — exclamou repentinamente Matlock, o impassível partidário trabalhista, com improvável vigor, quando a tela ficou branca ao toque de Hector e a luz do teto apareceu. — Aquela com quem ele se casou quando resolveu se enfiar rápido na política sem fazer nenhum trabalho sujo. Um tanto trabalhista esse Aubrey Longrigg, tenho certeza! O antigo *ou* o novo!

*

Por que Matlock estava de novo tão jovial? E dessa vez de verdade? A última coisa que Luke esperara dele era o riso franco, o que em Matlock era, mesmo nos melhores momentos, um artigo raro. No entanto, seu grande torso de tweed se elevava com silenciosa alacridade. Seria porque Longrigg e Matlock, durante anos, tinham estado sabidamente a ponto de se esganar? Porque desfrutar o favor de um fora atrair a hostilidade do outro? Porque Longrigg passara a ser conhecido como o cérebro do Chefe, e Matlock, maldosamente, como sua musculatura? Porque, com a partida de Longrigg, as pessoas sagazes do Serviço tinham comparado a contenda entre eles a uma tourada de uma década inteira em que o touro fora posto em *la puntilla*?

— Sim, bem, Aubrey sempre foi ambicioso. — Falava como quem se recorda de um morto. — Também um verdadeiro mago das finanças, como me lembro dele. Não do seu nível, Hector, fico feliz em dizer, mas quase chegando lá. Recursos operacionais nunca foram um problema, isso é mais do que certo, pelo menos enquanto Aubrey esteve na gerência. Quer dizer, para começar, como ele veio a entrar nesse barco? — perguntou o mesmo Matlock que, apenas alguns minutos antes, declarara que um homem não podia ser condenado por estar no barco de alguém. — Harmonizando-se *mais* com uma ex-fonte secreta depois de se afastar do Serviço, sobre a qual o livro das normas tem algumas coisas muito duras a dizer, especialmente se a fonte citada for como um cliente escorregadio, seja lá como ele se chame agora.

— Emilio dell Oro — interpôs Hector, prestimosamente. — Alguém para ser lembrado, de verdade, Billy.

— Você achou que ele sabia mais, que Aubrey sabia, depois de nós o ensinarmos, o que combinava com Emilio dell Oro, então. Você achou que as habilidades um tanto serpenteantes de um homem como Aubrey seriam um pouco mais ponderadas na escolha dos seus amigos. Como foi acontecer de ele estar ali? Talvez tivesse uma boa razão. Não devemos julgá-lo sem saber.

— Um desses felizes golpes de sorte, Billy — explicou Hector. — Aubrey, com sua mais nova mulher e suas filhas, foi desfrutar férias de acampamento nas colinas acima da costa do Adriático. Um camarada de Aubrey nos negócios bancários em Londres, que se lembrava dele mas não do nome, lhe disse que o *Tatiana* estava ancorado ali perto e que estava acontecendo uma festa, de modo que ele deveria descer correndo e ir se divertir também.

— Acampamento? *Aubrey?* Conta outra.

— Dando duro em um acampamento. A vida populista do Audrey neotrabalhista, homem do povo.

— *Você* passa feriados debaixo de lona, Luke?

— Sim, mas Eloise detesta os campings britânicos. Ela é francesa — responde, parecendo um idiota para si mesmo.

— E quando você vai acampar, Luke, tomando o cuidado de evitar os campings *britânicos*, você costuma levar o seu smoking?

— Não.

— E Eloise leva os diamantes dela?

— Ela não tem nenhum, na realidade.

Matlock pensou a respeito.

— Imagino que você tenha dado de cara com Aubrey muitas vezes, não foi, Hector, enquanto você talhava sua parcela de lucro na city e nós outros continuávamos cumprindo nosso dever? Tinham uma velha desavença de vez em quando, não tinham, você e Aubrey? Típico das pessoas do centro?

Hector deu de ombros com desdém.

— Às vezes batíamos de frente. Não tínhamos muito tempo para a simples ambição, para ser honesto. Isso me aborrece.

A que Luke, para quem o ato de dissimular já não se mostrava tão fácil quanto antigamente, teve que se limitar a agarrar os braços da cadeira.

*

Batiam de frente às vezes? Santo Deus, eles haviam batido de frente até um impasse — e isso nunca tinha parado. De todos os *abutres capitalistas*, saqueadores de empresa, bucaneiros disfarçados e putos de salão que sempre andaram aos saltos — segundo Hector —, Aubrey era o mais dúplice, sinuoso, relapso, desonesto e bem-relacionado.

Fora Aubrey Longrigg, jogando sujo dos bastidores, quem dirigira o ataque à empresa familiar de grãos de Hector. Fora Longrigg que, por meio de uma rede de comunicações duvidosa mas montada com sagacidade, ludibriara o departamento de receita aduaneira de Sua Majestade, assaltando os armazéns de Hector na calada da noite, cortando e deixando abertas centenas de sacas, destroçando portas e aterrorizando o pessoal do turno da noite.

Tinha sido a traiçoeira rede de contatos de Longrigg em Whitehall que havia despachado o Ministério da Saúde, o Departamento de Impostos e Investimentos, o serviço de bombeiros e resgate, assim como o de imigração, para importunar e intimidar os empregados da família, pilhar suas mesas de trabalho, apoderar-se de seus livros de contabilidade e implicar com suas declarações de renda.

Mas Aubrey Longrigg não era um mero *inimigo* aos olhos de Hector: isso, de um modo geral, teria sido fácil demais. Ele era um arquétipo. Um sintoma clássico do câncer que estava devorando não apenas a cidade, mas também as nossas mais preciosas instituições públicas.

Hector estava em guerra, mas não com Longrigg pessoalmente. É provável que estivesse dizendo a verdade quando contara a Matlock que Longrigg o entediava, pois isso era um esteio essencial para sua tese de que os homens e as mulheres que ele perseguia eram chatos por definição: medíocres, banais, insensíveis, sem brilho, a ponto de se distinguirem de outros chatos apenas pelo apoio dissimulado que davam uns aos outros, e pela insaciável cobiça.

*

O comentário de Hector se tornara perfunctório. Como um mágico que não quer que você olhe muito demoradamente para uma das cartas, ele embaralha rapidamente, de ponta a ponta, o maço de tratantes que Yvonne reuniu.

Entrevê-se um homem muito pequeno, atarracado e arrogante, enchendo o prato no aparador:

— Conhecido nos círculos alemães como Karl der Kleine — diz Hector desdenhosamente. — Meio Wittelsbach, o que quase me ilude. Bávaro, católico até a raiz do cabelo, como dizem por lá; laços estreitos com o Vaticano. Mais estreitos ainda com o Kremlin. Indiretamente eleito membro do Parlamento federal e diretor não executivo de uma série de empresas de petróleo russas, grande companheiro de Emilio dell Oro. No último ano, esquiou com ele em St. Moritz, tendo levado como companhia seu amiguinho espanhol. Os sauditas o adoram. Próximo bom rapaz.

Corte, muito rapidamente, para um jovem barbudo e bonito, de pelerine magenta resplandecente, que tem uma pródiga conversa com duas matronas enfeitadas:

— O último bichinho de estimação de Karl der Kleine — anuncia Hector. — Recém-designado diretor não executivo do grupo de empresas Arena, da mesma parte que possui o iate do Príncipe. *Eis aí* um para ser vigiado. — Movimento rápido para o aparador. — *Doutor* Evelyn Popham, da Mount Street, Mayfair; Bunny, para os amigos. Estudou direito em Neuchâtel e Manchester. Autorizado a praticar a advocacia na Suíça, cortesão e alcoviteiro para os oligarcas do Surrey, associado único de seu próprio e florescente escritório jurídico. Internacionalista, boa-vida, um puta advogado. Podre como esterco. Qual o endereço do site dele? Só um minuto. Encontro num instante. Você vai ver, Luke. Aqui está. Achei.

Na tela de plasma, enquanto Hector tateia e resmunga, o Dr. Popham (Bunny, para os amigos) continua a sorrir efusivamente para o público. É um cavalheiro gorducho e bem-disposto, com maçãs do rosto roliças e costeletas, saído diretamente das páginas de Beatrix Potter. Usa, inacreditavelmente, tênis brancos e segura, além da raquete, uma parceira de tênis graciosa e feminina.

Na página inicial do site do Dr. Popham & No Partners, quando finalmente surge na tela, aparece a mesma cara prazenteira, sorrindo no alto de um escudo de armas quase real, que faz sobressair a balança da justiça. Embaixo expõe-se a Declaração de Princípios:

> A experiência profissional da minha equipe de técnicos inclui:
> – proteção bem-sucedida dos direitos das pessoas em cargo de direção na esfera bancária e empresarial internacional contra as investigações da Agência de Fraudes Graves.
> – representação bem-sucedida dos clientes-chave internacionais nos assuntos referentes à jurisdição no exterior e a seu direito ao silêncio nos tribunais de inquérito quer internacionais, quer do Reino Unido.
> – réplica bem-sucedida a inquéritos reguladores impertinentes, investigações de caráter tributário e ônus de pagamentos inadequados ou ilegais que incidam sobre formadores de opinião.

*

Resumindo, estamos nos clubes esportivos de Monte Carlo, Cannes, Madeira e Algarve. Estamos em Biarritz e em Bolonha. Estamos tentando acompanhar as legendas de Yvonne e seu álbum de divertidas fotografias surrupiadas de revistas da sociedade, mas é difícil, a não ser que, como Luke, você saiba o que esperar e por quê.

No entanto, por mais que as fisionomias e os lugares mudem rapidamente sob o controle volátil de Hector, por mais que muitas pessoas bonitas, com equipamentos de tênis de última geração, desapareçam depressa, cinco jogadores se fizeram valer repetidamente:

> – o jocoso Bunny Popham, advogado escolhido para reagir a inquéritos reguladores importunos e ônus de pagamentos ilegais para formadores de opinião.

- o ambicioso e intolerante Aubrey Longrigg, espião aposentado, membro do Parlamento e dado a acampar com a família, com a mulher caridosa e aristocrata.
- o futuro ministro de Estado de Sua Majestade e que logo será especialista em ética bancária.
- o autodidata, autoinventado, vivaz, encantador socialite e poliglota Emilio dell Oro, natural da Suíça e financista *globe-trotter*, viciado (ficamos sabendo por um esquadrinhado recorte de jornal que você precisa ler rapidamente) em "divertimentos que envolvam adrenalina, desde cavalgar nu em pelo nos Montes Urais e fazer heli-esqui no Canadá, ou jogar tênis em avenidas movimentadas, até brincar com a bolsa de valores de Moscou", que fica na tela mais tempo que o devido por causa de um contratempo técnico, e finalmente:
- o patrício, afável relações-públicas, maestro e capitão Giles de Salis, da Marinha Real, aposentado, mercador de influências, especialista bent-peers e presenteado com o título, dado por Hector, de "um dos patifes mais astutos de Westminster".

Luz. Mudando o cartão de memória. Normas da casa: um sujeito, um bastão. Hector gosta de desfrutar os sabores em separado. Hora de ir para Moscou.

10

Dessa vez Hector fez um voto de silêncio — o que significa dizer que, livre das exageradas preocupações técnicas, está tranquilo em sua cadeira, deixando o âncora russo com voz de barítono fazer o trabalho por ele. Assim como Luke, Hector é convertido ao idioma russo — e, com ressalvas, à alma russa. Assim como Luke, a cada vez que assiste ao filme que está passando ele próprio admite ficar pasmo ao presenciar a clássica, eterna, descarada, colossal mentira tipicamente russa.

E o noticiário de TV com base em Moscou pode se sair muito bem sozinho, sem a ajuda de Hector ou de qualquer outra pessoa. A voz de barítono é mais que capaz de transmitir sua repulsa pela horrível tragédia que está narrando: esse disparo absurdo a partir de um veículo em movimento, a morte cruel de um talentoso e leal casal russo de Perm, no auge da maturidade! As vítimas não poderiam saber, ao decidirem visitar a amada pátria, distante da Itália, onde eram residentes, que a viagem dos sonhos terminaria ali, no túmulo coberto de hera do antigo seminário que sempre apreciaram, com tuias e domos em forma de cebola, localizado numa encosta fora de Moscou, à margem de uma floresta que ondulava suavemente:

Nesta tarde incomumente escura de maio, toda Moscou está de luto por dois russos inocentes e suas duas filhas que, pela bondade de Deus, não se encontravam no carro quando os pais foram mortos a tiros por terroristas de nossa sociedade.

Veem-se as janelas estilhaçadas e as portas perfuradas por balas, a carroceria totalmente queimada do que um dia foi um nobre Mercedes arremessada contra as bétulas prateadas, o inocente sangue russo se misturando no asfalto, em close brutal, mostrando também o combustível e as faces desfiguradas das vítimas.

A atrocidade, assegura o apresentador, despertou a ira justificada de todos os cidadãos respeitáveis de Moscou. Quando esse tipo de ameaça terminará?, indagam. Quando os russos decentes estarão livres para viajar por suas próprias estradas sem serem abatidos por grupos de bandidos saqueadores da Chechênia, dispostos a espalhar terror e pânico?

> Mikhail Arkadievich, negociante internacional de petróleo e metais, em ascensão! Olga L'vovna, altruisticamente engajada na obtenção de gêneros alimentícios para caridade em nome dos necessitados da Rússia! Pais amorosos das pequenas Katya e Irina! Russos puros, saudosos da pátria, a qual jamais deixarão novamente!

Tendo ao fundo a crescente indignação do locutor, uma rastejante fila de limusines pretas acompanha uma série de laterais envidraçadas que sobe a encosta arborizada em direção aos portões do seminário. O cortejo para, as portas dos carros se abrem e de dentro deles saltam homens jovens, com luxuosos ternos escuros, formando filas para acompanhar os caixões. A cena muda para um carrancudo chefe de polícia totalmente uniformizado e para as medalhas dispostas rigidamente numa mesa marchetada, cercada de declarações e fotografias do presidente Medvedev e do primeiro-ministro Putin:

> Podemos obter consolo ao saber que pelo menos um checheno já confessou voluntariamente o crime,

ele nos diz, e a câmera se detém por tempo suficiente para que sintamos o mesmo ultraje.

Retornamos ao cemitério e aos acordes do fúnebre lamento gregoriano, quando um coro de jovens padres ortodoxos, de mitras e de barbas sedosas, avança com ícones de santos ao alto, descendo os degraus do seminário em direção a uma sepultura dupla, onde os principais pranteadores aguardam. A cena congela, e em seguida se detém sobre cada pessoa presente ao funeral, enquanto as legendas de Yvonne surgem sob cada uma delas:

TAMARA, mulher de Dima, irmã de Olga, tia de Katya e Irina: impassivelmente ereta, sob um chapéu preto de abas largas, de apicultor.

DIMA, marido de Tamara: rosto sincero, sofrido, tão doentio no seu sorriso alongado que poderia estar morto, apesar da presença da querida filha.

NATASHA, filha de Dima: cabelos longos que descem pelas costas como um rio negro; corpo esguio, envolto em camadas de vegetação negra amorfa.

IRINA e KATYA, filhas de Olga e Misha: inexpressivas, as duas de mãos dadas com Natasha.

O locutor relata os nomes das celebridades que compareceram para render homenagens. Entre eles estão os representantes do Iêmen, da Líbia, do Panamá, de Dubai e do Chipre. Ninguém da Grã-Bretanha.

A câmera focaliza uma colina coberta de relva a meio caminho de uma encosta escurecida por tuias. Seis, não, sete rapazes bem-vestidos, de terno, de seus 20 ou 30 e poucos anos, estão agrupados. Os rostos imberbes, alguns já se tornando gordos, estão voltados para a sepultura aberta a uns 20 metros no declive abaixo deles, onde Dima, numa postura ereta, se encontra sozinho, a parte superior do corpo inclinada para trás, à maneira militar, enquanto vê não o interior do túmulo, mas os sete homens de terno reunidos na colina.

A imagem está parada ou em movimento? Dima permanece absolutamente imóvel, então é difícil dizer. Da mesma forma permanecem os homens reunidos na colina acima dele. Tardiamente, a legenda de Yvonne aparece:

OS SETE IRMÃOS.

Um a um, a câmera os focaliza em close.

*

Há muito tempo que Luke desistiu de tentar julgar o mundo pela aparência. Avaliou aqueles rostos um número incontável de vezes, mas ainda não encontrou nada neles que não encontrasse também do outro lado de uma mesa de qualquer escritório de corretor imobiliário de Hampstead, ou de qualquer grupo de executivos que usam ternos e pastas pretas, num bar de qualquer hotel elegante de Moscou a Bogotá.

Até mesmo quando seus longos nomes russos aparecem, completos, com os patronímicos, apelidos no mundo do crime e pseudônimos, Luke não consegue ver na face deles nada mais interessante do que outra edição de protótipos da classe uniformizada de média gerência.

Mas continue olhando e começará a notar que seis deles, seja por concepção ou por acaso, formam um anel protetor ao redor do sétimo, no centro. Olhe ainda mais atentamente e observará que o homem que estão protegendo não tem um dia a mais de idade do que eles, e que seu rosto, sem vincos, está tão feliz quanto o de uma criança num dia ensolarado, não sendo este o tipo de expressão que se espera encontrar num funeral. Na visão de Luke, a fisionomia dele estampa tão boa saúde que você é quase obrigado a presumir a existência de uma mente saudável por trás dela. Se o dono desse semblante aparecesse na porta da casa de Luke numa noite de domingo sem ter sido convidado, com uma história de azar para contar, Luke se veria em dificuldades para dispensá-lo. E a legenda?

O PRÍNCIPE.

Abruptamente, o dito Príncipe se separa dos irmãos, trotando pela relva da encosta, sem encurtar a andadura ou reduzir o passo, e avança com os braços estendidos para Dima, que se vira para encará-lo, os ombros para trás, o peito estufado, o queixo desafiadoramente projetado para a frente. Contudo, as mãos fechadas, tão delicadas em contraste com o entorno, parecem incapazes de deixar as laterais do corpo. Talvez, é o que lhe passa pela cabeça cada vez que Luke observa a cena, talvez esteja pensando que aquela seria a oportunidade de fazer com o Príncipe o que desejava fazer com o marido da mãe de Natasha, "com *estas mãos*, Mestre!". Se assim se deu de fato, então pensamentos mais sensatos e táticos prevaleceram afinal.

Gradativamente, talvez um pouco tarde, suas mãos se levantam relutantes para o abraço, que se inicia de forma hesitante mas, em seguida, por força da vontade daqueles homens ou antipatia mútua, se torna um abraço apaixonado.

Câmera lenta durante o beijo: bochecha direita com bochecha esquerda, velho *vor* com jovem *vor*. O protetor de Misha beija o assassino de Misha.

Câmera lenta durante o segundo beijo, bochecha esquerda com bochecha direita.

E, após cada beijo, pequena pausa de comiseração e reflexão mútuas, e aquela palavra engasgada de simpatia entre pranteadores em luto que, quando de fato proferida, só é ouvida por eles mesmos.

Câmera lenta para o beijo na boca.

*

Pelo gravador que se encontra entre as mãos inertes de Hector, ouve-se a explicação de Dima para os agentes ingleses do motivo de estar preparado para abraçar o homem que, mais do que qualquer outra pessoa no mundo, ele preferiria matar a pancadas:

> Com certeza estamos tristes, digo a ele! Mas, como bons *vory*, compreendemos por que foi necessário assassinar meu Misha! "Este Misha se tornou ganancioso demais, Príncipe!", temos que dizer a ele. "Este Misha roubou o seu maldito dinheiro, Príncipe! Era ambicioso demais, crítico demais." Não podemos dizer: "Príncipe, você não é um *vor* verdadeiro, é um verme corrupto." Não dizemos: "Príncipe, você recebe ordens do Estado!" Não dizemos: "Príncipe, você paga tributo ao Estado." Não dizemos: "Você é contratado para matar pelo Estado, você trai o coração russo com o Estado." Não. Somos *humildes*. Lamentamos. Aceitamos. Somos respeitosos. Dizemos: "Príncipe, amamos você. Dima *aceita* sua sábia decisão de matar seu grande discípulo Misha."

Hector pressiona a tecla de pausa e se vira para Matlock.

— Na verdade, aqui ele fala sobre um processo que estamos observando há tempos, Billy — diz, quase se desculpando.

— Estamos?

— Observadores do Kremlin, criminologistas.

— E você.

— Sim. Nossa equipe. Nós também.

— E qual é esse processo que a sua equipe vem observando tão de perto, Hector?

— À medida que as Irmandades criminosas se aproximam umas das outras em função de bons negócios, também o Kremlin se aproxima dessas Irmandades. O Kremlin jogou pesado contra os oligarcas há dez anos: junte-se a nós ou taxamos até a merda que fizerem na privada, ou os botamos na cadeia, ou as duas coisas.

— Creio realmente que sou capaz de entender isso por conta própria, Hector — comenta Matlock, que gosta de fazer suas grosserias com um sorriso particularmente gentil.

— Bem, agora estão dizendo o mesmo para as Irmandades — continua Hector, sem se incomodar. — Organizem-se, façam melhorias, não matem, a menos que digamos para fazê-lo, e vamos enriquecer juntos. E aqui está novamente seu amigo irrepreensível.

A projeção de notícias se reinicia. Hector congela a cena, seleciona um canto da tela e amplia-o. Enquanto Dima e o Príncipe se abraçam, o homem agora autodenominado Emilio dell Oro, que traja um sobretudo preto de estilo diplomático e colarinho de astracã, encontra-se no meio do declive, olhando fixamente para baixo e demonstrando aprovar o encontro, enquanto, pelo gravador, Dima lê num russo em *staccato* o roteiro de Tamara:

> O principal organizador dos muitos pagamentos secretos do Príncipe é Emilio dell Oro, cidadão suíço corrupto, com múltiplas identidades, que ardilosamente conquistou a atenção do Príncipe. Dell Oro é seu conselheiro em muitos assuntos criminais delicados, para os quais o Príncipe, sendo pouco sagaz, não se acha qualificado. Dell Oro tem muitas conexões cor-

ruptas, inclusive na Grã-Bretanha. Quando precisam ser providenciados pagamentos especiais para esses contatos britânicos, estes são feitos por recomendação da víbora Dell Oro, após aprovação pessoal do Príncipe. Depois que a recomendação é aprovada, aquele a quem chamam Dima se encarrega de abrir contas bancárias na Suíça para esses britânicos. Tão logo as honradas garantias britânicas estejam estabelecidas, aquele a quem chamam Dima também fornecerá os nomes de britânicos corruptos que ocupam altos cargos do governo.

Hector desliga outra vez o gravador.

— Ele não vai continuar? — reclama Matlock sarcasticamente. — É um autêntico tentador. Vou dizer isso a ele! Não vai contar nada, mesmo se dermos a ele tudo o que quer e mais alguma coisa. Nem mesmo se tiver que inventar.

Mas se Matlock estava se convencendo, isso era uma outra questão. E se estivesse, a resposta de Hector deve ter soado como uma sentença de morte em seus ouvidos:

— Então pode ser que ele também tenha inventado isso, Billy. Faz hoje uma semana que a sede do Arena Multi Global Trading Conglomerate no Chipre protocolou um pedido formal na Financial Services Authority para estabelecer um novo banco mercantil na cidade de Londres, para operar sob o nome de First Arena City Trading e ser conhecido, a partir daí, pelo acrônimo FACT, daí FACT Bank Limited, ou PLC, ou Sociedade Anônima, ou qualquer porra dessas. Os solicitantes alegam ter apoio de três dos maiores bancos da cidade, ativos segurados de 500 milhões de dólares e não segurados de bilhões. Muitos bilhões. Eles se mostram reservados a respeito de quantos são esses bilhões, com medo de botar tudo a perder. O pedido é apoiado por algumas instituições financeiras de peso, nacionais e estrangeiras, e por um número considerável de nomes locais ilustres. Seu antecessor Aubrey Longrigg e nosso futuro ministro de Estado são dois desses nomes ilustres. Têm representação conjunta no contingente usual de sanguessugas da Câmara dos Lordes. Dentre os vários conselheiros legais da Arena que pressionarão a favor de seu caso junto à Financial Services Authority está o ilustre Dr. Bunny

Popham, da Mount Street, Mayfair. Capitão De Salis, que foi da Marinha Real, gentilmente ofereceu-se para liderar a ofensiva de relações-públicas da Arena.

*

A cabeçorra de Matlock pende para a frente. Finalmente ele fala, mas ainda sem levantá-la:

— Está tranquilo para você, não está, Hector, atacando dos bastidores? E para o seu amigo Luke aqui. Que tal o Serviço ficar com aquilo que é importante para ele próprio? Você já não é *Serviço*. Você é Hector. O que tem a me dizer sobre a terceirização das exigências do nosso serviço de inteligência para empresas amigáveis, jamais excluindo os bancos? Não estamos numa cruzada, Hector, não fomos contratados para desestabilizar o barco. Estamos aqui para ajudar a dirigi-lo. Somos um *Serviço*.

Encontrando pouca compreensão no olhar abatido de Hector, Matlock faz uma observação mais pessoal:

— Hector, eu mesmo sempre fui um homem voltado para o *status quo*, e também nunca me envergonhei disso. Sou grato quando este nosso grande país passa mais uma noite sem contratempo, assim sou eu. Isso não acontece com você, acontece? É como a velha piada soviética que costumávamos contar uns para os outros nos tempos da Guerra Fria: não haverá guerra, mas, na luta pela paz, não sobrará pedra sobre pedra. Você é um *absolutista*, Hector, cheguei a essa conclusão. É aquele seu filho que lhe causa tanto sofrimento. Ele mexeu com a sua cabeça. O Adrian.

Luke prendeu a respiração. Esse era um terreno sagrado. Nenhuma vez, em todas as horas de intimidade que ele e Hector passaram juntos, durante a sopa de Ollie e o uísque na cozinha depois do horário, reunidos, assistindo ao filme roubado por Yvonne ou ouvindo mais uma vez a diatribe de Dima, jamais Luke arriscara nem sequer uma alusão indireta ao filho desgarrado de Hector. Foi por acaso que ficou sabendo, por meio de Ollie, que somente em caso de calamitosa emergência Hector poderia ser incomodado nas tardes de quartas e sábados, porque aqueles eram os horários de visita a Adrian na prisão aberta de East Anglia.

Mas, aparentemente, Hector não ouvira as ofensivas palavras de Matlock, ou, se as ouviu, não as levou em consideração. E quanto a Matlock, estava tão agitado em sua indignação que muito provavelmente nem tinha consciência de que as havia sequer pronunciado.

— E outra coisa, Hector! — grita Matlock. — Pensando friamente, o que há de *errado* em transformar dinheiro sujo, no fim do dia, em dinheiro limpo? Tudo bem, há uma economia paralela aí. Muito grande. Sabemos disso. Não nascemos ontem. A economia de alguns países é mais suja do que limpa, também sabemos disso. Veja a Turquia. Veja a Colômbia, a paróquia do Luke. Tudo bem, veja também a Rússia. Então, onde você preferiria ver esse dinheiro? Sujo e lá fora? Ou limpo e em Londres, nas mãos de homens civilizados, voltados para propósitos legítimos e o bem-estar público?

— Talvez, então, você devesse ocupar-se da lavagem, Billy — diz Hector calmamente. — Pelo bem-estar público.

Agora foi a vez de Matlock não ouvir. Abruptamente, ele muda de rumo, um truque em que há muito se aperfeiçoou:

— E quem é esse *Mestre* que ele cita? — pergunta, olhando diretamente para Hector. — Sobre o qual *nada* sabemos? Ele é a sua *fonte*? Por que estão me dando apenas informações fragmentadas o tempo inteiro, em vez de dados concretos? Por que não submeteu nem um nem outro à nossa aprovação? Não me recordo de nenhum mestre que tenha passado pela *minha* mesa.

— Quer ficar com ele, Billy?

Matlock fita Hector longa e silenciosamente.

— Faça como quiser, Billy — Hector encoraja-o. — Ele é todo seu, seja lá quem ele ou ela for. Assuma o controle do caso, de Aubrey Longrigg e de todos os outros. Entregue-os ao pessoal do crime organizado, se preferir. Consulte o Met, os serviços de segurança e a Divisão Blindada, enquanto estiver com o assunto. O Chefe pode não agradecer, mas outros farão isso.

Matlock jamais é derrotado. No entanto, sua objeção truculenta tem o inconfundível timbre da concessão:

— Tudo bem. Vamos ter uma conversa clara no que se refere à mudança. O que você quer? Durante quanto tempo, e por quanto? Vamos deixar a sua mala cheia. Depois vamos esvaziá-la um pouco.

— Eu quero *isso*, Billy. Quero encontrar Dima cara a cara quando ele chegar a Paris, daqui a três semanas. Quero obter informações sobre o comércio dele exatamente como conseguiríamos de qualquer desertor dispendioso: nomes de sua lista, montante das contas, e uma boa olhada em seu "mapa". Desculpe, o diagrama de conexões. Quero a autorização escrita de vocês para fazer um acordo com ele e assegurar-lhe que, se ele puder fornecer o que diz que pode, nós o compramos imediatamente, a preço de mercado, e não vamos enfiar os pés pelas mãos e deixar que ele se arranje com os franceses, os alemães, os suíços ou, Deus nos ajude, com os americanos, que vão dar uma olhada rápida nesse material e confirmarão a atual opinião lúgubre que têm sobre este Serviço, este governo e este país. — Um indicador ossudo se levanta e permanece ali enquanto a luz abrasadora mais uma vez se intensifica sobre seus grandes olhos cinzentos. — E eu quero ir *sem reforços*. Está me entendendo? Isso significa *nenhum* aviso ao posto de Paris relativo à minha presença ali e *nenhum* apoio operacional, logístico ou financeiro de vocês ou do Serviço em qualquer nível, até que eu peça. Compreenderam? Digo e repito: quero que o caso se mantenha confidencial, com a lista de informação fechada e aferrolhada. Sem mais signatários, nenhum murmúrio no corredor com os melhores amigos. Tratarei do caso por minha conta, *conforme* a minha maneira, servindo-me de Luke e de quaisquer outros recursos que escolher. E é isso, agora vamos lá, pode espumar e me atacar.

Então quer dizer que Hector ouviu sim, pensou Luke, contente: Billy Boy feriu-o com Adrian, e você o fez pagar o preço.

Matlock sentia um misto de ofensa e franca descrença:

— Sem nem mesmo a palavra do Chefe? Sem *nenhum* tipo de aprovação do quarto andar? Hector Meredith novamente fazendo voo solo? Recebendo informação de fontes não identificadas por iniciativa própria e finalidades próprias? Você não está no mundo real, Hector. Nunca esteve. Não se concentre no que seu homem está *oferecendo*. Concentre-se no que ele está *pedindo*! Realocação de toda a tribo dele, identidades novas, passaportes, esconderijos, anistias, garantias, não sei o que ele *não* está pedindo! Você deveria ter toda a Comissão de Autorização por trás de você, *por escrito*, antes de me fazer concordar com isso. Não confio em você. Jamais confiei. Não há nada que seja suficiente para você. Nunca houve.

— *Toda* a Comissão de Autorização? — perguntou Hector.

— Conforme foi constituída, sob os estatutos do Tesouro. Toda a Comissão de Autorização, em sessão plenária, sem nenhuma subcomissão.

— Ou seja, um bando de advogados do governo, várias estrelas dos mandarins do Ministério das Relações Exteriores, do gabinete do primeiro-ministro, do Ministério da Economia, sem falar no nosso quarto andar. Você acha que pode contê-los, Billy? Neste contexto? O que me diz da turma da supervisão parlamentar? Eles dão vontade de rir. As duas casas do Parlamento, os diversos partidos, com Aubrey Longrigg à frente, e o coro dos mercenários parlamentares completamente comprados de De Salis, todos afinadinhos?

— O tamanho e os componentes da Comissão de Autorização são flexíveis *e* ajustáveis, Hector, como você sabe muito bem. Nem todos os integrantes têm que estar presentes todas as vezes.

— E isso é o que você propõe, antes de eu ter sequer falado com Dima? Você quer um escândalo antes de o escândalo estourar? É nisso que você insiste? Foder com a fonte antes de deixar que ela mostre a você o que tem para vender e danem-se as consequências? É isso, seriamente, o que você está propondo? Vai deixar a merda ser jogada no ventilador antes mesmo de apertarem o botão para ligá-lo só para tirar o seu da reta? E você ainda vem me falar do bem do Serviço!

Luke tinha que dar um ponto para Matlock: mesmo agora ele não pegava mais leve:

— Ah, então são os interesses do Serviço que devemos proteger, afinal de contas! Ora, ora. Estou contente em ouvi-lo, antes tarde do que nunca. O que *você* propõe?

— Adiar a sua comissão para depois do encontro em Paris.

— E até lá?

— Contra o melhor juízo de sua parte e tudo o que mais preza, tal como a sua própria cabeça, você me dá uma licença funcional temporária, confiando toda a questão às mãos de um oficial independente que possa ser afastado no momento em que a operação for por água abaixo: eu. Hector Meredith tem suas virtudes, mas sabemos que é uma bomba-relógio e que excedeu seu objetivo. Pode passar para a imprensa.

— E se a operação *não* for por água abaixo?

— Você reúne a menor versão que conseguir da Comissão de Autorização.

— E você prestará contas à Comissão.

— E você estará de licença por questões de saúde.

— Isso não é bonito, Hector.

— Nem era para ser, Billy.

*

Luke nunca soube que pedaço de papel era aquele que Matlock puxava das reentrâncias da jaqueta, o que dizia ali e o que não dizia, se ambos o assinavam ou apenas um, se havia uma cópia daquilo e, nesse caso, quem a guardava e onde, porque Hector o fez recordar, não pela primeira vez, que ele tinha um compromisso. Luke havia então deixado a sala para ir a esse compromisso no momento em que Matlock espalhava suas coisas sobre a mesa.

Mas ele se lembraria por toda a vida daquela caminhada de volta a Hampstead, sob o último raio de sol da tarde, e se perguntava se podia ao menos dar uma passada no apartamento em Primrose Hill para falar com Perry e Gail, que era no caminho, e insistir com eles para tocar suas vidas adiante enquanto era tempo.

E então seus pensamentos desviaram-se, como já ocorrera outras vezes, para o chefão do tráfico na Colômbia, um beberrão de seus 60 e tantos anos que, por motivos que nem ele nem Luke jamais compreenderiam, resolvera que, em vez de fornecer a Luke informações secretas, o que ele fizera nos últimos dois anos, o aprisionaria durante um mês numa fétida paliçada na selva, deixando-o à mercê da ínfima compaixão de seus tenentes, e depois lhe levaria uma trouxa de roupa limpa e uma garrafa de tequila, convidando-o a procurar o caminho de volta para Eloise.

11

Entre as muitas emoções que Gail esperara experimentar ao embarcar no Eurostar das 12h29 na estação de St. Pancras com destino a Paris, numa nublada tarde de sábado em junho, alívio era a última delas. No entanto, foi mesmo alívio o que ela sentiu, ainda que cercado de perto por toda espécie de advertências e reservas, e, se considerasse o rosto de Perry, ali à frente dela, ele sentia o mesmo. Se alívio significava pensamentos claros, se significava ter a harmonia entre eles restaurada e voltar a tratar de Natasha e das menininhas e retocar a maquiagem de Perry enquanto ele representava seu número de Terra e Liberdade, então Gail estava aliviada; o que não significava que ela tivesse jogado pela janela seu senso crítico, ou que chegasse perto do óbvio encantamento de Perry com seu papel de espião-chefe.

A conversão de Perry à causa se dera sem nenhuma grande surpresa para Gail, embora fosse preciso conhecê-lo bem para saber exatamente até onde ele tinha ido: da magnânima rejeição ao completo compromisso com aquilo a que Hector se referia como A Missão. Às vezes, é bem verdade, Perry exprimia uma reserva ética ou moral residual, e até dúvidas: será este *realmente* o único meio de resolver esse assunto? Não há um percurso mais simples para o mesmo objetivo? Mas ele era capaz de se fazer a mesma pergunta enquanto subia um ressalto de 300 metros.

As sementes originais de sua conversão, ela agora compreendia, não haviam sido plantadas por Hector, mas por Dima, que desde Antígua adquirira as dimensões de um nobre selvagem rousseauniano, no léxico de Perry:

— Imagine apenas, Gail, o que *nós* teríamos nos tornado se tivéssemos nascido dentro do contexto de vida *dele*. Você não pode negar: é praticamente uma honra ser escolhido por ele. Além do quê, pense naquelas *crianças*!

Ah, ela certamente pensava nas crianças. Pensava nelas dia e noite, principalmente em Natasha, que era a razão pela qual ela se privara de lembrar a Perry que, ao permanecer num promontório de Antígua acompanhado pelo temor a Deus, Dima não podia propriamente ter feito uma escolha muito penosa quando viera a selecionar um mensageiro, confessor, amigo do prisioneiro ou como quer que Perry tivesse sido designado, ou autodesignado. Ela sempre soubera que havia nele um romântico adormecido à espera de ser acordado quando pudesse oferecer dedicação desinteressada, e, se houvesse um sopro de perigo no ar, tanto melhor.

O único personagem que faltava fora um louco para tocar a trompa de caça: até surgir Hector, o encantador, espirituoso, pseudodescontraído eterno litigante, como ela o via; o arquetípico obsessivo por justiça que passara a vida tentando provar que era seu o pedaço de terra em que fora construída a Abadia de Westminster. E provavelmente, se as salas de audiência passassem uma centena de anos cuidando desse caso, seria comprovado que ele tinha razão, e os tribunais decidiriam em seu favor. Mas, enquanto isso, a abadia continuava igualzinha onde estava, e a vida seguia como sempre.

E Luke? Bem, Luke era Luke; no que se referia a Perry, duas mãos confiáveis, sem dúvida: um bom profissional, consciencioso, sagaz. Ainda assim, fora cômodo para Perry, ele tivera que admitir, ficar sabendo que Luke não era, como eles haviam inicialmente imaginado, o chefe da equipe, mas um agente de Hector. E, uma vez que, aos olhos de Perry, Hector não podia fazer nada de mau, Luke estava perfeitamente adequado para o seu papel.

Gail não tinha tanta certeza disso. Quanto mais aspectos ela conhecia de Luke durante as duas semanas de "familiarização" deles, mais inclinada estava a enxergá-lo — apesar de sua crispação nervosa, de sua amabilidade excessiva ou das rugas de preocupação que lhe corriam pelo rosto quando ele achava que ninguém estava olhando — como o mais estável; e Hector, com suas convicções corajosas, sua perspicácia obscena e sua esmagadora capacidade de persuasão, como a bomba-relógio.

Que Luke também estava apaixonado por ela tampouco a surpreendia ou a transtornava. Os homens se apaixonavam por ela o tempo todo. Ela achava cômodo saber a natureza dos sentimentos deles. O fato de Perry não ter notado isso também não era nenhuma surpresa. Sua falta de percepção também proporcionava segurança a ela.

O que mais a perturbava em relação a Hector era a paixão pelo compromisso: a impressão de que ele era um homem com uma missão — a mesma coisa que tanto encantava Perry.

— Ah, eu ainda estou em fase de testes — dissera Perry, numa das suas propagandeadas autoacusações das quais gostava tanto. — Hector é o *homem formado*. — Uma distinção a que constantemente aspirava, e que tinha muita relutância em aplicar.

Hector como uma versão "formada" de Perry? Hector como o *homem da ação bruta* que fazia o tipo do qual Perry apenas falava? Bem, quem estava agora na linha de frente? Perry. E quem falava mais alto? Hector.

*

E não era somente com Hector que Perry estava encantado. Com Ollie também. Perry, que se vangloriava de um olhar astuto quando se tratava de decidir quem era um homem bom com uma corda no pescoço, simplesmente não tinha conseguido acreditar, ou não mais do que Gail, que o Ollie desajeitado e fora de forma, com seus hábitos rudes, seu brinco em uma das orelhas e sua superinteligência, além do encoberto sotaque estrangeiro que ela não conseguira identificar e era educada demais para perguntar, se revelaria um exemplo de educador nato: meticuloso, sistemático, decidido a tornar toda lição algo agradável e que seus alunos fixassem o aprendizado.

Não importava que fossem os preciosos fins de semana deles que estavam sendo furtados, ou um fim de noite, depois de um dia exaustivo nas salas de audiência, ou no tribunal, ou, no caso de Perry, em Oxford, assistindo a exasperantes cerimônias de formatura, se despedindo dos alunos ou guardando suas coisas. Dentro de instantes, Ollie tinha-os sob seu feitiço, quer fossem ficar trancados no porão, quer se sentassem num café apinhado de gente na Tottenham Court Road, com Luke na calçada e o grande Ollie em seu táxi, com sua boina, enquanto eles punham à prova os brinquedos de seu sombrio museu de canetas, botões de paletó e alfinetes de gravata capazes de escutar, transmitir, gravar, ou tudo isso ao mesmo tempo; e, para as moças, bijuterias.

— Agora, quais desses ornamentos achamos que talvez sejam a *nossa* cara, Gail? — perguntara Ollie quando chegara a vez de ela ser preparada.

E ela respondera:

— Para ser sincera, Ollie, eu não usaria nenhum deles, nem morta.

Ao que eles tinham ido rapidamente até a Liberty, a fim de achar algo que fosse mais a cara *dela*.

Mas as chances de ela poder algum dia vir a usar os brinquedinhos de Ollie, como ele estava ansioso para lhe dizer, eram praticamente zero:

— Hector nem *sonharia* deixar você *perto* deles para o acontecimento principal, querida. É só para o "se". É para quando, subitamente, você ouvir algo maravilhoso que ninguém jamais esperava, não havendo nenhum risco de vida, de propriedade ou coisa parecida, e você precisar apenas ter knowhow para saber lidar com a situação.

Com uma percepção tardia, Gail duvidou disso. Ela desconfiava de que os brinquedinhos de Ollie eram, na realidade, ferramentas didáticas para instilar dependência psicológica nas pessoas que fossem ensinadas a se divertir com eles.

— Seu curso de familiarização avançará de acordo com a *sua* conveniência, não a nossa — Hector os informara, dirigindo-se a seus soldados recém-recrutados na primeira noite, com uma voz pomposa que ela nunca o ouvira usar antes, de modo que talvez ele também estivesse nervoso. — Perry, se você ficar preso em Oxford para alguma reunião de última hora ou qualquer coisa do tipo, fique por lá e telefone para nós. Gail, o que quer que você faça nas salas de audiência, não abuse da sorte. O objetivo é agir com naturalidade e parecer ocupada. Da mesma forma, qualquer alteração no seu estilo de vida chamará atenção e será contraproducente. De acordo?

Em seguida, ele reiterou, em consideração a Gail, a promessa que fizera a Perry:

— Nós lhes diremos o mínimo possível, mas o que dissermos será a verdade. Vocês são dois inocentes no exterior. É como Dima os quer e é como eu quero vocês, e assim também querem o Luke e o Ollie aqui. O que vocês não conhecem, não podem estragar. Todo novo rosto tem que *ser* um rosto novo para vocês. Toda primeira vez tem que *ser* uma primeira vez. O plano de Dima é lavar vocês da mesma maneira como ele lava dinheiro. Lavar vocês dentro de sua paisagem social, fazer de vocês moeda corrente respeitável. Efetivamente, ele estará sob prisão domiciliar onde quer que esteja, e assim terá estado desde Moscou. É problema dele: terá achado difícil e muito trabalhoso resolvê-lo. Como sempre, a iniciativa está com o pobre escroto metido na batalha. Cabe a Dima nos mostrar o que ele pode administrar, quando e como. — E, como típica reflexão posterior de Hector: — Sou desbocado. É o que me faz relaxar, o que me traz de volta à terra. Luke e Ollie aqui são pudicos, de modo que as coisas se equilibram.

E depois a homilia:

— Isso não é, repito, não é uma sessão de treinamento. Não temos alguns anos à nossa disposição: apenas umas poucas horas espalhadas ao longo de poucas semanas. Assim é a familiarização, é edificar confiança, é manter a fé independente das circunstâncias. Vocês em nós, nós em vocês. Mas vocês *não* são espiões. Portanto, pelo amor de Deus, não tentem ser. Não quero nem que *pensem* acerca da vigilância. Vocês *não* são pessoas com a consciência da vigilância. Vocês são um jovem casal curtindo uma farra em Paris. Por nada nesse mundo fiquem perdendo tempo em vitrines, dando umas espiadas para quem vem atrás ou se enfiando em ruas secundárias. Os celulares são um assunto um tanto diferente — continuou, sem qualquer pausa. — Algum de vocês dois já usou o celular na frente de Dima ou de seu pessoal?

Isso se dera uma vez, na varanda do chalé, quando Gail ligara para seu trabalho acerca de *Samson v. Samson*, e Perry falara com sua senhoria em Oxford.

— Qualquer pessoa do grupo de Dima por acaso ouviu algum dos celulares de vocês tocar?

Não. Com ênfase.

— Dima ou Tamara sabem os seus números, ou um deles?

— *Não* — disse Perry.

— Não — replicou Gail, ainda que um pouco menos segura.

Natasha tinha o número de Gail e Gail tinha o de Natasha. Mas, dentro dos limites do que se pretendia, sua resposta era verdadeira.

— Então eles podem ser criptografados, Ollie — disse Hector. — Azul para Gail, prateado para ele. E vocês dois, por favor, deixem os seus chips de celular com o Ollie e ele fará o necessário. Seus novos telefones serão codificados somente para as ligações entre nós cinco. Vocês encontrarão nós três na agenda como Tom, Dick e Harry. Tom sou eu, Luke é Dick, Ollie é Harry. Perry, você é Milton, como o poeta. Gail é Doolittle, como Eliza. Tudo já estará lá. O resto em relação aos telefones funciona como de costume.

Gail, a causídica:

— Você de agora em diante vai escutar o que dissermos ao telefone, se é que já não está escutando?

Uma risada.

— Estaremos na escuta apenas nas linhas codificadas preestabelecidas.

— Nenhuma outra?

— Nenhuma outra. Mesmo.

— Nem quando eu ligar para os meus outros cinco namorados?

— Nem nesses casos, ai ai.

— E quanto a mensagens de texto pessoais?

— Não mesmo. É uma perda de tempo, e não estamos interessados.

— Se nossas linhas preestabelecidas são codificadas, por que precisamos desses nomes engraçados?

— Porque as pessoas nos ônibus ficam de orelha em pé. Mais alguma pergunta? Ollie, cadê a porra do uísque?

— Está bem aqui comigo, capitão. Aliás, já trouxe até uma nova garrafa.

— Com aquela sua voz de sotaque irritantemente não identificável.

*

— E a sua família, Luke? — Gail lhe perguntara uma noite, diante da sopa e de uma garrafa de vinho tinto na cozinha, antes de voltarem para suas casas.

Ela se admirava por não lhe ter feito essa pergunta antes. Talvez — consideração sombria — não quisesse fazê-la, preferindo mantê-lo em suspenso. Evidentemente Luke também se admirou, porque sua mão se ergueu bruscamente para a testa, a fim de aliviar uma lívida e pequena cicatriz que parecia pulsar por conta própria. A extremidade da coronha da pistola de outro espião? Ou a frigideira de uma esposa irada?

— Um filho apenas, Gail, sinto dizer — respondeu ele, como se devesse pedir desculpas por não ter uma prole maior. — Um menino. Um garotinho maravilhoso. Ben, é como o chamamos. Me ensinou tudo o que sei a respeito da vida. Me vence no xadrez também, tenho orgulho de dizer. Pois é. — Um repuxão da pálpebra. — O problema é que nunca chegamos nem perto de terminar um jogo. É excessivo, *isso*.

Isso? Ele queria dizer bebida? O trabalho de espionagem? Ou se apaixonar?

Ela havia desconfiado de que ele tinha algo com Yvonne, em grande parte pelo modo como ela discretamente cuidava dele. Depois chegara à conclusão de que eles eram apenas um homem e uma mulher trabalhando um ao lado do outro: até uma noite em que ela reparou nos olhos dele indo ora para Yvonne, ora para ela, Gail, como se as duas fossem alguma espécie do mais elevado ser, e achou que nunca tinha visto, em sua vida inteira, um rosto tão triste.

*

É a última noite. Final do ano letivo. As aulas acabaram definitivamente. Nunca mais haverá outras duas semanas como estas. Na cozinha, Yvonne e Ollie estão preparando um robalo ao sal. Ollie canta um trecho de *La Traviata* muito bem, e Luke se mostra apreciador, sorrindo para todos e balançando a cabeça afirmativamente num encantamento exagerado. Hector trouxe uma esplêndida garrafa de Meursault, ou melhor, duas. Mas, antes de mais nada, ele precisa falar reservadamente com Perry e Gail na elegante sala de visitas que mais parece o gabinete de um diretor de escola. Sentamos ou ficamos de pé? Como Hector está de pé, então Perry, muito formal por natureza, faz o mesmo. Gail escolhe uma cadeira de espaldar reto atrás da qual a parede exibe uma reprodução do quadro *Damasco* de Roberts.

— Muito bem — diz Hector.

Muito bem, eles concordam.

— As últimas palavras, então. Sem testemunhas. A Missão é perigosa. Já lhes disse isso, mas agora estou repetindo. É perigosa *pra cacete*. Ainda podem cair fora, sem ressentimentos de nossa parte. Se permanecerem nesse barco, vamos dar toda a ajuda que pudermos, mas não temos nenhum apoio logístico significativo. Ou, como dizemos no meio, estamos sem reforços. Não precisam se despedir. Esqueçam o peixe de Ollie. Peguem seus casacos no saguão, saiam pela porta da frente. Nada disso aconteceu. Último aviso.

Mal sabia ele que era o último de muitos outros. Perry e Gail falaram sobre a mesma questão em todas as últimas 14 noites. Perry decidiu que ela deveria responder por ambos, então ela diz:

— Está tudo bem. Tomamos uma decisão. Vamos fazer isso — fala, num tom mais heroico do que pretendia.

Perry balança ampla e lentamente a cabeça e diz:

— Isso aí, com certeza. — O que também não soa natural, e, ciente disso, ele prontamente devolve a pergunta a Hector: — E quanto a *vocês*? Nunca têm dúvidas?

— Ah, de qualquer jeito estamos fodidos — replica ele, despreocupadamente. — Essa é a questão, não é? Se você vai se foder de qualquer jeito, que seja por uma boa causa.

Naturalmente, isso é um bálsamo para os ouvidos puritanos de Perry.

*

E, a julgar pela expressão no rosto de Perry ao chegarem à estação Gare du Nord, o mesmo bálsamo ainda surtia efeito, porque havia em seu semblante um reprimido "Sou britânico" completamente novo para Gail. Foi só quando chegaram ao Hôtel des Quinze Anges — uma escolha típica de Perry: malcuidado, apertado, apenas cinco andares, todos deteriorados, quartos minúsculos, camas separadas, do tamanho de tábuas de passar roupa, e perto da Rue du Bac — que todo o impacto do compromisso assumido os atingiu. Foi como se as sessões na casa de Bloomsbury, com sua atmosfera familiar amistosa — uma hora agradável com Ollie, outra com Luke, a visitinha de Yvonne e a parada de Hector para uma saideira —, houvessem instilado neles um senso de imunidade que se evaporara agora que estavam sozinhos.

Também descobriram que haviam perdido a capacidade de diálogo natural e que estavam conversando como um casal perfeito numa propaganda de TV:

— Estou *realmente* ansiosa para chegar logo amanhã. Você não? — diz Doolittle para Milton. — Até hoje nunca vi Federer em pessoa. Estou totalmente pilhada.

— Só espero que o tempo continue bom — responde Milton a Doolittle, olhando de relance pela janela.

— Eu também — concorda seriamente Doolittle.

— Então, que tal desfazermos as malas e procurarmos um lugar para comer? — sugere Milton.

— Boa ideia.

Mas, na verdade, estão pensando no seguinte: se chover durante o jogo, que diabos Dima fará?

O celular de Perry toca. Hector.

— Olá, Tom — diz Perry, atordoado.

— Tudo certo com o registro no hotel, Milton?

— Tudo bem. A viagem foi boa. Tudo correu perfeitamente — anuncia Perry, com entusiasmo suficiente para ambos.

— Vocês estão sozinhos hoje à noite, OK?

— Isso mesmo.

— Doolittle está bem?

— Ótima.

— Ligue se precisar de alguma coisa. O Serviço funciona 24 horas por dia.

*

No percurso pelo minúsculo corredor do hotel até a saída, Perry conversa sobre seu temor quanto ao clima com uma respeitável senhora que foi formidavelmente batizada de Madame Mère em homenagem à mãe de Napoleão. Ele a conhece de seus tempos de estudante, e Madame Mère, se é que devemos acreditar no que ela diz, ama Perry como a um filho. Com menos de 1,30m de altura e calçando pantufas, de acordo com Perry, ninguém jamais a viu sem o lenço de cabeça que cobre seus cachos. Gail se diverte com Perry matraqueando em francês, mas a fluência dele sempre foi um desafio para ela, talvez porque ele não seja muito aberto a dar informações sobre seus primeiros professores.

Numa tabacaria da Rue de l'Université, Milton e Doolittle comem um simples bife com batatas fritas e uma salada verde, mas concordam que não tem comida melhor no mundo. Não terminam o litro de vinho tinto da casa, então levam-no para o hotel.

— Façam o que fariam normalmente — Hector lhes dissera despreocupadamente. — Se tiverem amigos em Paris e quiserem sair com eles, por que não?

Porque não estaríamos fazendo o que normalmente fazemos. Porque não queremos passear no café St. Germain com nossos amigos residentes em Paris quando temos um elefante chamado Dima sentado nas nossas cabeças, e porque não queremos ter que mentir para eles sobre onde ganhamos os bilhetes para a final de amanhã.

*

De volta ao quarto, eles tomam o resto do vinho nas canecas de pia, aquelas de enxaguar a boca, depois fazem um amor profundo e apaixonado sem pronunciar uma só palavra, melhor impossível. Quando a manhã chega, Gail dorme até tarde sem qualquer tensão e, ao acordar, vê Perry observando a chuva que salpica a janela encardida, mais uma vez preocupado quanto ao que Dima fará caso a partida seja cancelada. E, se for adiada para segunda-feira — Gail pensa agora —, será que ela vai ter que ligar para o fórum e contar mais um conto da carochinha envolvendo uma faringite, que é o código dos advogados para "estou tendo uma fase ruim"?

De repente, tudo está normal. Depois do café e dos croissants trazidos à cabeceira da cama por Madame Mère, com um aprovador cochicho para Gail de *"Quel titan alors"*, e de um telefonema despretensioso de Luke perguntando se eles passaram bem a noite e se estão a fim de assistir a uma partida de tênis, eles ficam na cama discutindo o que fazer antes do início do jogo, que é às 15 horas, pois admitem haver muito tempo para chegar ao estádio, procurar seus lugares e se acomodar.

Decidem passar o tempo usando o minúsculo lavabo e se vestindo, depois marchando a passos de Perry até o Museu Rodin, onde entram numa fila de crianças de escola e percorrem os jardins, até que começa a chover, abrigam-se sob as árvores, buscam refúgio no café do museu e espreitam através do vão da porta enquanto tentam calcular o caminho que as nuvens estavam fazendo.

Deixando para trás suas xícaras de café, em mútua deliberação, mas sem compreenderem exatamente o porquê, eles concordam em explorar os jardins dos Champs-Elysées, para logo descobrir que estão fechados, por motivos de segurança. Michelle Obama e suas filhas estão na cidade, segundo Madame Mère, mas isso é segredo de Estado, de modo que apenas Madame Mère e toda Paris sabem.

Os jardins do teatro Marigny por acaso estão abertos e vazios, à exceção de dois árabes idosos vestindo ternos pretos e sapatos brancos. Doolittle escolhe um banco, Milton aprova a escolha. Doolittle olha fixamente para os castanheiros; Milton, para um mapa.

Perry conhece sua Paris, e é evidente que pesquisou com cuidado como chegariam ao estádio de Roland Garros — metrô para aqui, ônibus para ali, com uma grande margem de segurança para ter certeza de que chegariam no horário firmado por Tamara.

No entanto, faz sentido para ele ficar com a cara enfiada no mapa, pois o que mais há para se fazer quando, sendo um jovem casal farreando em Paris, vocês resolvem, como uma dupla de idiotas, se sentar num banco de praça sob a chuva?

— Tudo caminhando, Doolittle? Nenhum probleminha que possamos resolver para vocês? — disse Luke para Gail, parecendo o médico da família quando ela era menina: *Dor de garganta, Gail? Por que não tiramos essa roupa e não damos uma olhada?*

— Nenhum problema, nada em que possa ajudar, obrigada — responde ela. — Milton me disse que vamos nos encaminhar para lá daqui a meia hora.

— E não há nada de errado com a minha garganta.

Perry dobra o mapa. Conversar com Luke fez Gail sentir-se furiosa e óbvia demais. Sua boca ficou seca, de modo que ela apertou os lábios, tornando-os úmidos. O quão maluca vai ficar essa história? Os dois voltam para a calçada vazia e tomam o caminho da colina em direção ao Arco do Triunfo, Perry andando na frente com altivez, do modo como faz quando prefere estar sozinho e não pode.

— O que acha que está fazendo? — reclama ela ao ouvido dele.

Ele se esquivou para dentro de uma galeria comercial da qual se ouve algum rock aos berros. Examina atenciosamente uma vitrine não iluminada, como se todo o seu futuro ali se revelasse. Está brincando de espião? E desprezando incidentalmente a debochada recomendação de Hector para não procurarem pessoas imaginárias os seguindo?

Não. Ele ri. E, um instante depois, graças a Deus, Gail também ri, e, com os braços atirados um em torno dos ombros do outro, eles contemplam com estarrecimento um verdadeiro arsenal das "bagatelas" de espionagem: relógios de pulso fotográficos de marca comercial que custam 10 mil euros, pasta com apetrechos de microfone e codificadores de telefonia, óculos de visão noturna, armas de atordoamento em toda a sua gloriosa variedade, coldres de pistola com precintas subabdominais que não deslizam como extras, e balas de pimenta, de tinta ou de borracha a serem preparadas pelo próprio interessado: bem-vindos ao museu negro de Ollie para o executivo paranoico.

*

Não havia nenhum ônibus que os levasse até lá.

Eles não tinham pegado o metrô.

Foi improdutivo o beliscão na bunda que ela recebeu de um passageiro que estava prestes a saltar, um homem tão velho que podia ser seu avô.

Eles de alguma forma chegaram, no entanto, e foi assim que acabaram indo parar numa fila de civilizados cidadãos franceses no lado esquerdo do portão oeste do estádio de Roland Garros, exatamente 12 minutos antes da hora marcada por Tamara.

Foi também por isso que Gail estava sorrindo, a seu modo, com leveza, ao passar pelos porteiros uniformizados, que também se mostraram felizes apenas em lhe retribuir o sorriso; ela desceu, depois, para passear com a multidão por uma aleia de lojas montadas em barracas até a batida de uma banda de música invisível, o mugido de trompas alpinas e a ininteligível advertência dos locutores.

Mas foi Gail, a advogada de cabeça fria das salas de tribunal, quem citava os nomes dos patrocinadores nas fachadas de cada loja: Lacoste, Slazenger, Nike, Head, Reebok — e qual deles Tamara mencionava em sua carta? Não finja que esqueceu.

— *Perry* — puxando-lhe o braço firmemente —, você prometeu que compraria um tênis decente para mim. *Veja.*

— Ah, foi? É verdade — concordou Perry, aliás Milton, enquanto uma bolha que diz *LEMBRE-SE!* aparece sobre sua cabeça.

E, com mais convicção do que ela esperava, ele espicha o pescoço para adiante, a fim de examinar os lançamentos da... Adidas.

— E já é hora de você comprar um para *você* também, e jogar fora esse fétido par velho com uma crosta de sujeira em torno das solas — diz a mandona Doolittle a Milton.

— *Mestre! Não acredito! Meu amigo! Não lembra de mim?*

A voz os alcançou inesperadamente: a voz desencarnada de Antígua, que rugia acima do vento.

Sim, eu me lembro de você, mas não sou *eu* o Mestre.

Perry é.

Portanto, resolvo continuar olhando as novidades da Adidas, deixando Perry ir primeiro, antes de eu virar a cabeça de uma forma apropriadamente prazerosa e tremendamente espantada, como diria Ollie.

Perry vai primeiro. Ela o sente afastar-se e se virar. Ela conta o tempo que ele leva para acreditar no testemunho de seus olhos.

— Meu Deus, *Dima*! Dima de Antígua! Inacreditável!

Não tanto, Perry, contenha-se.

— Mas, pelo amor de Deus, o que *você* está fazendo aqui?! Gail, *veja!*

Mas eu não olho. Pelo menos não imediatamente. Estou olhando os tênis, não lembra? E, quando olho vitrines, fico sempre distraída, chego a alcançar um planeta diferente, mesmo diante de uma vitrine de tênis. De maneira absurda, como lhes parecera então, eles haviam exercitado este momento no lado de fora de uma loja de produtos esportivos em Camden Town especializada em calçados para atletas, e uma vez mais em Golders Green, primeiro com Ollie atuando no papel do novamente impositivo Dima, enquanto Luke representava o espectador inocente, e depois com esses papéis invertidos. Mas agora ela estava contente por terem encenado: sabia suas falas.

De modo que se deteve, ouviu-o, animou-se, voltou-se. *Depois,* mostrou-se feliz e tremendamente espantada.

— Dima! Ah, meu *Deus*. É *você*! Que maravilha! Isso é quase totalmente... isso é *incrível*! — A fala é seguida de um guincho extático de camundongo que ela faz, o único que usa para abrir os presentes de Natal, enquanto vê Perry desaparecer no enorme torso de um Dima cuja alegria e espanto não são nada menos espontâneos do que os dela:

— O que *você* faz aqui, Mestre, seu maldito jogador de tênis?!

— Mas Dima, o que *você* está fazendo aqui? — Perry e Gail agora juntos, um coro de tagarelice em diferentes registros, enquanto Dima ruge.

Ele mudou? Está mais pálido. O sol caribenho se esgotou. Meias-luas amarelas sob os olhos castanhos e sensuais. Linhas descendentes mais pronunciadas nos cantos da boca. Mas a mesma postura, a mesma inclinação para trás querendo dizer "aproxime-se, se tiver coragem". O mesmo Henrique VIII se firmando sobre os pequenos pés.

E o homem tem um talento inato para o palco, bastando-nos ouvir isso:

— Você acha que Federer vai enrabar esse tal de Soderling da maneira como você *me* enrabou? Acha que ele vai comer bosta nessa disputa porque gosta do fair play? Gail, Nossa Senhora, venha aqui! Eu tenho que abraçar essa garota, Mestre! Já casou com ela? Você é um maluco desgraçado!

Enquanto isso ele a puxa para seu enorme peito, projetando todo o seu corpo de encontro a ela, começando com uma bochecha pegajosa e empapada de lágrimas, seguido pelo peito, depois o bojo de sua forquilha, até mesmo os joelhos estão em contato. Em seguida a empurra para a frente, a fim de lhe pespegar os três beijos da Trindade em suas maçãs do rosto, do lado esquerdo, do lado direito, o esquerdo novamente, enquanto Perry se sai com "bem, devo dizer que essa *é* realmente a mais ridícula das improváveis coincidências", com um tanto mais de isenção acadêmica do que Gail acharia adequada: um pouco curta na espontaneidade, na opinião dela, o que ela compensa com um animado aranzel de perguntas feitas todas de uma só vez:

— Dima, *querido*, como estão Katya e Irina, pelo amor de Deus? Eu não consigo deixar de pensar nelas! — O que é verdade. — As gêmeas estão jogando críquete? Como está a *Natasha*? Como têm andado todos? Ambrose disse que vocês iriam para *Moscou*. Foi para lá que vocês foram? Para o sepultamento? Você parece bastante *bem*. Como está Tamara? Como vão todos aqueles estranhos e simpáticos amigos e parentes que estavam com vocês?

Será que ela *realmente* disse esse último trecho? Sim, ela disse. E, enquanto estava dizendo e recebendo intermitentes fragmentos de resposta em troca, ela foi tomando pela consciência, pelo menos num enfoque brando, dos homens e mulheres elegantemente trajados que haviam parado para ver o espetáculo: um outro clube, claramente, dos torcedores de Dima, mas de uma geração mais jovem e lustrosa, muito distante do musgoso punhado reunido em Antígua. Estará entre eles aquele sorrateiro Niki com cara de bebê? Caso esteja, adquiriu um terno bege Armani de verão, com punhos decorados. Estarão escondidos dentro deles o bracelete de argolas e o relógio de mergulhador para alto-mar?

Dima continua falando, e ela ouve o que não queria ouvir: Tamara e as crianças foram direto de Moscou para Zurique. Sim, Natasha também, ela não gosta dessa merda de tênis, queria ir para casa em Berna, para ler e montar a cavalo um pouco. Descansar. Ela também conclui que Natasha não estava muito bem, ou é sua imaginação? Todo mundo conduz três conversas ao mesmo tempo:

— Você já não ensina a maldita *garotada*, Mestre? — Suposta afronta.

— Você um dia vai ensinar os garotos *franceses* a serem cavalheiros ingleses? Escute, onde vocês estão hospedados? Em algum poleiro, no último andar, certo?

Seguiu-se presumivelmente uma versão em russo da mesma insinuação espirituosa. Mas essa deve ter perdido o sentido na tradução, pois poucos do grupo de bem-trajados circunstantes chegam a sorrir, com exceção de um pequeno e elegante dançarino, no centro de todos. À primeira vista, Gail o tomou por um guia turístico, pois vestia um paletó estilo marinheiro de cor creme muito vistoso, com uma âncora bordada a ouro sobre o bolso, e trazia um guarda-chuva vermelho que, juntamente com a cabeça de cabelos prateados puxados para trás, poderia tê-lo tornado instantaneamente perceptível por qualquer pessoa perdida na multidão. Ela atraiu-lhe o sorriso, depois atraiu seus olhos e, quando voltou o olhar para Dima, percebeu que ele ainda a fitava.

Dilma pediu para ver os ingressos deles. Perry anda com a mania de perder ingressos, então Gail os guardou consigo. Ela sabe os números de cor, e Perry também. Mas isso não a impede de fingir não saber agora, ou de parecer docemente insegura quando os estende a Dima, que deixa escapar um suspiro:

— Você tem *telescópios*, Mestre? Esses lugares são tão lá em cima, vão precisar de oxigênio!

Repete novamente a pilhéria em russo, mas outra vez o grupo atrás dele parece estar esperando mais do que escutando. Essa sua falta de ar é algo novo, coisa que não tinha em Antígua? Ou nova apenas hoje? Será problema de coração? Ou de vodca?

— Nós temos o puta camarote de frente, está ouvindo? Coisa da empresa. Os caras jovens com que eu trabalho desde Moscou. Garotos da Armani. Temos garotas bonitas. Olhe só para elas!

Duas das garotas atraíram o olhar de Gail: de jaquetas de couro, saias-lápis e botas até os tornozelos. Belas esposas? Ou putas? Em caso positivo, são de alto nível. E os garotos de Armani, uma espécie de mancha hostil de ternos azul-marinho e olhares estúpidos.

— Trinta lugares VIPs, comida até encher a pança — berra Dima. — Quer vir também, Gail? Juntar-se a nós? Assistir ao jogo como uma dama? Tomar champanhe? Temos convites sobrando. Ei, *venha*, Mestre. Por que não?

Porque Hector lhe disse para ser difícil, eis por que ele não vai. Porque quanto mais difícil ele for, mais seria necessário se esforçar para estar com ele, e maior será a nossa credibilidade junto aos convidados de Moscou. Empurrado para um canto, Perry está se saindo bem como Perry: franzindo o cenho, bancando o tímido e um tanto desajeitado. Para um iniciante na categoria das artes da dissimulação, ele encenou uma mudança bastante boa. Ainda assim, é hora de lhe dar uma mão:

— Os ingressos foram um *presente*, sabe, Dima — confidencia ela docemente, tocando-lhe o braço. — Um bom amigo nos deu, um querido e idoso cavalheiro. Uma gentileza. Não acho que ele iria gostar se deixássemos os nossos lugares vazios, não é? Se ele descobrir, vai ficar profundamente aborrecido. — É a resposta que eles prepararam com Luke e Ollie durante uma tardia saideira de uísque.

Dima olha fixamente para um e para o outro com decepção, enquanto reorganiza suas ideias.

Há certa intranquilidade nas fileiras atrás dele: não podemos passar por cima disso?

A iniciativa está com o pobre do escroto em campo...

Solução!

— Então me ouça, Mestre, está certo? Me ouça ao menos uma vez. — Com o dedo picando o peito de Perry. — Certo — repete ele, balançando a cabeça ameaçadoramente. — *Depois* do jogo. Está me ouvindo? Assim que a porra do jogo terminar, vocês vão nos visitar e serão recebidos por nós. — Ele se volta para Gail, desafiando-a a frustrar seu grande plano. — Está me ouvindo, Gail? Você vai trazer este Mestre para a nossa recepção. E vai tomar champanhe conosco. O jogo não acaba no final. Eles têm que fazer umas malditas representações ali, discursos, um monte de merda. Federer vai ganhar fácil. Quer apostar comigo 5 mil dólares, Mestre? Eu pago na proporção de três por um. Quatro por um.

Perry ri. Se ele tivesse um deus, ele seria Federer.

— Nada feito, Dima, me desculpe — diz ele. — Nem mesmo cem por um. — Mas ele ainda não está fora de perigo.

— Amanhã você vai jogar tênis comigo, Mestre, está ouvindo? Uma *revanche*. — Com o dedo ainda se fincando no peito de Perry. — Eu vou mandar alguém, depois do jogo, procurar você por aí; vamos marcar uma revanche, sem babaquice. E eu vou ganhar a merda da partida, e depois pago uma massagem. Você vai precisar, está ouvindo?

Perry não tem tempo para mais protestos. De canto de olho, Gail observa o guia turístico do cabelo prateado e guarda-chuva escarlate se destacar do grupo e avançar para as indefesas costas de Dima.

— Não vai nos apresentar seus amigos, Dima? Não pode querer uma bela dama como essa só para si, sabe — diz uma voz sedosa em perfeito e equilibrado inglês com leve sotaque italiano. — *Dell Oro* — anuncia ele então. — Emilio dell Oro. Um amigo de Dima de longa, longuíssima data. Muito prazer. — E toma uma a uma as mãos deles, primeiro a de Gail, com uma inclinação cavalheiresca da cabeça, depois a de Perry, sem nada, fazendo-a lembrar, desse modo, um sedutor dos salões de baile chamado Percy, que interrompeu seu encontro com seu melhor namoradinho quando ela tinha 17 anos e quase a estuprou na pista de dança.

— E eu sou Perry Makepiece, e ela é Gail Perkins — diz Perry. E, como uma despreocupada nota de rodapé que realmente a impressiona: — Eu não sou efetivamente mestre, não se assuste. É só o modo de Dima de me distrair do tênis.

— Então, bem-vindos ao estádio de Roland Garros, Gail Perkins e Perry Makepiece — responde Dell Oro, com um sorriso radiante que ela começa a suspeitar ser permanente. — Ficaremos muito contentes em ter o prazer de ver vocês depois desta histórica partida — acrescenta ele, com um soerguimento teatral das mãos e uma olhadela de reprovação para o céu cinzento.

Mas a última palavra é de Dima:

— Eu vou mandar alguém buscar vocês, está me ouvindo, Mestre? Não vá embora sem mim. Amanhã eu ganho aquela merda de você. Adoro esse cara, está me ouvindo? — grita ele para os arrogantes garotos de Armani, de sorrisos aguados, que se juntam atrás dele. Tendo envolvido Perry com um último abraço desafiador, Dima se junta a eles enquanto retomam sua marcha.

12

Instalada ao lado de Perry na 12ª fileira da arquibancada oeste do estádio de Roland Garros, Gail fixa incredulamente o olhar na banda da Garde Républicaine de Napoleão com seus elmos de bronze, penachos vermelhos, calções brancos e colantes e botas que chegam até as coxas, enquanto eles rufam seus tímpanos e sopram seus clarins antes de o regente galgar a tribuna de madeira para levantar as mãos de luvas brancas acima da cabeça, estender os dedos e sacudi-los como um estilista de moda. Perry fala com ela, mas é obrigado a repetir. Ela volta a cabeça para ele, depois a apoia em seu ombro para se acalmar, pois consegue ouvir a pulsação do corpo dele — tum, tum.

— Estas são as finais dos Simples Masculinos ou a Batalha de Borodino? — grita ele alegremente, apontando para os soldados de Napoleão.

Ela pede que ele repita, dá um sorriso e um aperto na mão dele para fazê-los, ambos, cair na real.

— Está tudo certo! — berra ela em seu ouvido. — Você se saiu admiravelmente bem! Uma estrela! Muito bom!

— Você também! Dima parecia ótimo.

— Ótimo. Mas as crianças já estão em Berna!

— O quê?

— Tamara e as menininhas já estão em Berna! Natasha também! Pensei que eles ficariam todos juntos!

— Eu também!

Mas sua decepção é de caráter menos intenso do que a dela.

A banda de Napoleão está muito ruidosa. Todos os regimentos bem que podiam marchar junto com ela e não voltar nunca mais.

— Ele está muito ansioso para jogar tênis com você outra vez, pobre homem! — berra Doolittle.

— Eu notei. — Grandes acenos com a cabeça e grandes sorrisos por parte de Milton.

— Você vai ter tempo amanhã?

— De jeito nenhum. Compromissos demais — responde Milton, balançando a cabeça em inflexível negativa.

— É o que eu temia. Complicado.

— Muito — concorda Milton.

Estarão sendo apenas crianças, ou o temor a Deus tomou conta deles? Levando as mãos dele até seus lábios, Gail as beija e em seguida as mantém de encontro ao rosto, pois, de modo totalmente inconsciente, ele a emocionou quase até as lágrimas:

De todos os dias da vida dele em que deveria estar livre para curtir, logo hoje ele não estava! Ver Federer na final do Aberto Francês era para Perry como ver Ninjinski em *L'Après-midi d'un Faune*! Quantas preleções de Perry ela não ouviu, de muito má vontade, enroscada com ele em frente à TV em Primrose Hill, a respeito de Federer, o atleta perfeito que Perry gostaria de ser? Federer como o *homem formado*, Federer que *corre como quem dança*, estreitando e alargando a passada a fim de domar a bola voadora para supri-lo da mínima, suspensa fração de segundo adicional de que precisa para achar o ritmo e o ângulo — a firmeza de seu tronco caso se mova para trás, para a frente, para os lados — e seus poderes sobrenaturais de antecipação, que não são sobrenaturais afinal de contas, Gail, mas o ápice de sua coordenação entre o cérebro, o corpo e os olhos.

— Eu quero que você realmente aproveite hoje! — grita ela no ouvido dele, como uma mensagem final. — Esqueça todo o resto! Amo você: eu disse que *amo* você, idiota!

*

Ela faz uma inocente vistoria dos espectadores perto deles. Quem são? Gente de Dima? Inimigos de Dima? De Hector? *Vamos sem reforços.*

À esquerda, uma loura de mandíbula de ferro com uma cruz nacional suíça no chapéu e outra na blusa larga.

À direita, um pessimista de meia-idade com chapéu à prova d'água e capa, protegendo-se da chuva enquanto todo mundo finge ignorar o mau tempo.

Na fileira atrás deles, uma francesa guia os filhos num enérgico entoar de "La Marseillaise", talvez sob a influência da equivocada crença de que Federer é francês.

Com a mesma despreocupação, Gail perscruta a multidão nos terraços abertos em frente a eles.

— Alguém especial? — grita Perry no ouvido dela.

— Não. Pensei que Barry pudesse estar aqui.

— *Barry?*

— Um dos nossos conselheiros reais!

Ela está falando besteira. Há um membro do Conselho da Rainha chamado Barry em seu escritório, mas ele detesta tênis e detesta a França. Ela está com fome. Eles não apenas deixaram para trás suas xícaras de café no Museu Rodin. Na verdade, esqueceram o almoço. Ao se dar conta disso, vem-lhe à mente a lembrança de um romance de Beryl Bainbridge em que a anfitriã de um difícil jantar esquece onde colocou o pudim. Ela berra para Perry, sentindo a necessidade de lhe contar a piada:

— Quanto tempo faz que você e eu literalmente *perdemos o almoço*?

Mas dessa vez Perry não entende a referência literária. Está olhando fixamente para uma série de janelas panorâmicas a meio caminho acima das arquibancadas, do outro lado da quadra. Brancas toalhas de mesa e flutuantes garçons se distinguem através do vidro enfumaçado e ele se pergunta qual das janelas pertence ao camarote de recepção de Dima. Ela sente de novo a pressão dos braços de Dima em torno dela e a forquilha fazendo pressão de encontro à sua coxa, com uma inadvertência infantil. Foram as exalações da vodca da última noite, ou desta manhã? Ela pergunta isso a Perry.

— Ele estava apenas se aquecendo — responde Perry.
— *O quê?*
— *Aquecendo!*

*

Os soldados de Napoleão deixaram o campo de batalha. Baixa uma inquietante calmaria. Uma câmera suspensa desliza por cabos através de um céu escuro e feio. *Natasha*. Ela está ou não está? Por que não respondeu à minha mensagem de texto? Será que Tamara sabe? Foi por isso que ela apressou o retorno a Berna? Não. Natasha toma suas próprias decisões. Natasha não é filha de Tamara. E Tamara, Deus é testemunha, não faz a menor ideia do que seja ser mãe. Mandar mensagem para Natasha?

>   Acabei de esbarrar c/ seu pai. Vendo Federer. Vc tá grávida? Bjs, Gail

Melhor não.
O estádio explode. Primeiro Robin Soderling, em seguida Roger Federer parece tão corretamente modesto e seguro de si como só Deus sabe sê-lo. Perry se estica para a frente, os lábios nervosamente colados um no outro. Ele está na presença de Deus.

Hora do aquecimento. Federer bate mal na bola em algumas cortadas; as devoluções da direita de Soderling são um tanto suscetíveis demais para uma troca amistosa. Federer executa alguns saques, sozinho. Soderling faz o mesmo, sozinho. Prática repetida. Seus blusões se desprendem como bainhas de espadas. No mortiço canto azul, Federer, com um risco luminoso de cor vermelha na gola e um correspondente traço vermelho na faixa da cabeça. No canto branco, Soderling, com riscos luminosos amarelos e fosforescentes nas mangas e no short.

O olhar atento de Perry se desvia de novo para as janelas enfumaçadas, de modo que o de Gail também. Aquilo por acaso é um casaco de cor creme com uma âncora dourada estampada no bolso, flutuando na bruma pardacenta atrás do vidro? Se havia um homem com quem ela nunca entraria num táxi, esse homem era o *signor* Emilio dell Oro; ela queria dizer isso a Perry.

Mas calma: a partida começou e, para alegria da multidão, mas repentinamente demais para Gail, Federer quebrou o saque de Soderling e ganhou o seu. Agora, é Soderling que saca outra vez. Uma bonita gandula loura com rabo de cavalo estende-lhe uma bola, faz uma reverência e corre de novo para fora. O bandeirinha uiva como se tivesse sido picado. A chuva volta. Soderling comete falta dupla. A marcha triunfal de Federer para a vitória começou. O rosto de Perry se ilumina de simples estupefação e Gail descobre que o está amando outra vez, como era no início: sua coragem sincera, sua determinação de fazer a coisa certa mesmo se estiver errado, sua necessidade de ser leal e sua recusa a ter pena de si mesmo. Ela é sua irmã, amiga, protetora.

Um sentimento semelhante deve ter surpreendido Perry, pois ele pega a mão dela e a aperta. Soderling vai para o Aberto Francês. Federer vai para a história, e Perry vai com ele. Federer venceu o primeiro set: 6 a 1, em menos de meia hora.

*

A educação da multidão francesa é realmente admirável, conclui Gail. Federer é seu herói, como é de Perry. Mas eles são escrupulosos em conferir louvores a Soderling, em tudo aquilo em que o louvor lhe é devido. E Soderling é grato por isso, demonstrando-o. Ele assume riscos, o que significa que também comete erros, e Federer erra somente uma vez. Para compensar, ele lança uma deixadinha letal, estando 3 metros atrás da linha de fundo.

Quando Perry assiste a uma partida de tênis de primeira, ingressa numa dimensão mais pura e elevada. Após algumas jogadas, ele pode dizer para onde a disputa está se encaminhando e quem a está dominando. Gail não é assim. É uma garota de cortadas rentes ao chão. No nível em que joga, funciona que é uma beleza.

Mas de uma hora para outra Perry já não está assistindo ao jogo. Tampouco observa as janelas enfumaçadas. Ele se levantou de um salto e se enfiou na frente dela, claramente para protegê-la, e berrou:

— *Que merda é essa?* — Sem nenhuma esperança de obter resposta.

Levantando-se com ele, o que não é fácil porque agora todo o mundo se levanta ao mesmo tempo, gritando "que merda é essa?" em francês, alemão, suíço, inglês ou qualquer língua que lhes vem à boca, a primeira coisa que lhe passa pela cabeça é que está prestes a ver dois faisões mortos em cada um dos pés de Roger Federer: um no esquerdo e outro no direito. Isso porque ela confunde o tumulto de toda aquela gente com a algazarra das aves aterrorizadas se esforçando no ar como aviões obsoletos, para logo serem mortas pelo irmão dela e seus amigos ricos. Sua segunda impressão igualmente estranha é de que Dima foi morto a tiros, provavelmente por Niki, e arremessado das janelas de vidros enfumaçados.

Mas o homem espichado que apareceu como um áspero pássaro vermelho na extremidade da quadra de tênis do lado de Federer não é Dima, e pode estar tudo, menos morto. Usa o chapéu vermelho estimado por madame Guillotine e longas meias cor de vinho. Tem ainda uma capa vermelho-sangue sobre os ombros e se posta batendo papo com Federer exatamente atrás da linha de onde ele saca.

Federer está um tanto perplexo acerca do que dizer — eles claramente não se conhecem —, mas mantém sua conduta refinada em quadra, embora pareça uma criança irritada, de um modo suíço, resmungão, capaz de nos lembrar que a mais decantada blindagem sempre tem suas rachaduras. Afinal de contas, ele está ali para fazer história, não para desperdiçar seu tempo com um homem espichado de roupa vermelha que surge inopinadamente na quadra e que lhe exige a atenção.

Mas seja lá o que for que se tenha passado entre eles, isso terminou, e o homem de roupa vermelha deu uma disparada para a rede, com as abas da camisa e os cotovelos agitando-se no ar. Um punhado de vagarosos cavalheiros de terno preto passam, protagonizando uma cômica perseguição, e a multidão já não emite uma palavra: é uma multidão esportiva, e isso é esporte, mesmo que nada elegante. O homem de roupa vermelha salta a rede, mas não sem obstáculos: ele esbarra na rede, ora. A roupa já não é uma roupa. Jamais o foi. É uma bandeira. Dois outros ternos pretos apareceram no outro lado da rede. A bandeira é da Espanha, mas isso apenas conforme a mulher que cantava "La Marseillaise", sendo sua opinião contrariada por um homem de voz roufenha que está várias fileiras acima dela e que insiste em identificar a bandeira como a de *le Club Football de Barcelona*.

Um homem de terno preto finalmente derrubou o sujeito com a bandeira, graças a um golpe de rúgbi. Dois outros se apoderaram dele e o arrastaram para a escuridão de um túnel. Gail olha fixamente para o rosto de Perry, que está mais pálido do que nunca.

— *Meu Deus*, foi por pouco — murmura ela.

Por pouco o quê? O que ela quer dizer? Perry concorda. É, por pouco.

*

Deus não sua. A camisa azul-clara de Federer está imaculada, exceto por uma única marca de derrapagem entre as escápulas. Seus movimentos parecem um pouquinho menos fluidos, mas se isso se deve à chuva ou ao saibro que se empasta, ou mesmo ao impacto nervoso do homem da bandeira, ninguém pode afirmar. O sol se escondeu, os guarda-chuvas se abrem em torno da quadra e, de alguma forma, o placar está 3 a 4; Soderling se refaz e Federer parece um pouco deprimido. Ele só quer fazer história e voltar para sua bem-amada Suíça. E, que maravilha, há um tie-break; vai ser dureza, porque os primeiros saques de Federer entram um após outro, da maneira que Perry faz às vezes, mas com o dobro da rapidez. É o terceiro set e Federer quebrou o saque de Soderling, volta ao ritmo perfeito e o homem da bandeira já era.

Federer chora, mesmo antes de ganhar?

Não importa. Agora ele venceu. Simples assim. Federer venceu e pode chorar um bocado, assim como Perry também deixa cair uma lágrima viril. Seu ídolo fez a história a que se propôs, e a multidão está em pé para quem faz a história, e Niki, o guarda-costas com cara de bebê, corta caminho em direção a eles ao longo da fileira de gente feliz. As palmas se tornaram um coordenado rufar de tambores.

— Fui eu que levei você de volta para o seu hotel em Antígua, lembra? — diz ele, sem sorrir.

— Olá, Niki — diz Perry.

— Gostou do jogo?
— Muitíssimo.
— Muito bom, hein? E Federer?
— Incrível.
— Quer ver Dima?

Perry olha em dúvida para Gail: *sua vez*.

— Estamos realmente com o tempo um pouco apertado, Niki. Além disso, tem *tanta* gente em Paris que queria nos ver...

— Sabe de uma coisa, Gail? — pergunta Niki melancolicamente. — Se vocês não forem tomar um drinque com Dima, acho que ele vai cortar meu saco.

Gail passa a bola para Perry.

— Depende de você — diz Perry, ainda a Gail.

— Bem, que tal só *um* drinque? — propõe Gail, chegando a uma relutante rendição.

Niki os faz seguir na frente e vai atrás, o que ela supõe ser o procedimento dos guarda-costas. Mas Perry e Gail não planejam escapar. Na principal afluência, trompas alpinas tocam uma endecha de cortar o coração para um enxame de guarda-chuvas. Com Niki conduzindo-os, mesmo estando atrás, eles sobem uma escada de pedra e percorrem um vívido corredor em que cada porta foi pintada de cor diferente, como os armários do ginásio da escola de Gail, só que, em vez dos nomes das garotas, elas trazem os nomes das empresas: porta azul para MEYER-AMBROSINI GMBH, cor-de-rosa para SEGURA-HELLENIKA & CIA., amarelo para EROS VACANCIA PLC. E carmesim para FIRST ARENA CYPRUS, na qual Niki abre com estalido a cobertura de uma caixa preta fixada sobre o batente e digita um número, esperando a porta ser aberta pela parte de dentro por mãos amigas.

*

Depois da orgia: foi essa a irreverente impressão de Gail quando entrou na extensa e baixa área de recepções com parede de vidro inclinado e com a quadra de saibro vermelho tão perto e viva que bastaria Dell Oro sair da frente para ela poder esticar a mão através do vidro e tocá-la.

Mais de dez mesas estavam arrumadas diante dela, com quatro ou cinco pessoas em cada uma. Numa total desconsideração para com as normas do estádio, os homens haviam acendido seus cigarros pós-copulativos e ponderavam sobre suas façanhas ou sobre a falta delas, e alguns a examinaram com o olhar, perguntando-se se ela teria sido uma parceira sexual melhor. E as belas garotas que estavam com eles, que já não estavam assim tão bonitas depois da quantidade de bebida que eles as tinham feito tomar, bem, elas tinham fingido a coisa toda, provavelmente. Nesse tipo de atividade, era isso o que se fazia.

A mesa mais próxima à dela era a mais larga, mas também a mais jovem, e havia sido instalada acima das outras para conferir aos garotos Armani de Dima um status mais alto que o das mais modestas que a rodeavam — um fato reconhecido por Dell Oro quando conduziu Gail e Perry adiante, para o prazer de seus corpulentos empresários de olhos duros e expressão estúpida, com suas garrafas, suas garotas e seus cigarros proibidos.

— Mestre. Gail. Cumprimentem, por favor, os nossos anfitriões, os cavalheiros e suas damas — propõe Dell Oro com charme palaciano, repetindo a proposta em russo.

De toda a mesa, uns poucos acenos mal-humorados e olás. As garotas dão sorrisos típicos de comissárias de bordo.

— *Meu amigo!*

Quem grita? Quem é? É o de nariz grosso, cabelo à escovinha e charuto, e grita para Perry.

— Você é o *Mestre*?

— É como Dima me chama.

— Gostou do jogo de hoje?

— Muitíssimo. Um jogo de primeira. Me senti um privilegiado.

— Você também joga bem, hein? Melhor do que o Federer! — grita o de nariz grosso, se exibindo no inglês.

— Bem, nem tanto.

— Tenha um ótimo dia, viu? Aproveite!

Dell Oro leva-os até o corredor. Do outro lado da parede de vidro inclinado, dignitários suecos com chapéus de palha com fitas azuis se dirigem para os degraus molhados de chuva do recinto presidencial, para enfrentar a cerimônia de encerramento. Perry se apoderou da mão de Gail. É preciso um pouco de descaramento para seguir Emilio dell Oro entre as mesas, passar espremido entre as cabeças e dizer "desculpe, opa, olá, ora, sim, um jogo *maravilhoso!*" para uma sucessão de rostos masculinos, ora árabes, ora indianos, ora brancos de novo.

Agora é uma mesa de machos britânicos da espécie tagarela que precisa se manifestar, todos de uma vez:

— Sou o Bunny, como vocês são simplesmente *adoráveis*.

— Olá, eu sou a Giles. *Realmente*, que *Mestre de sorte*!

Tudo meio excessivo para se absorver, mas a gente se esforça.

Agora são dois homens com chapéus suíços de papel que surgem para apertar as mãos, um deles gordo e satisfeito, o outro magro: Pedro e o Lobo, ela pensa absurdamente, mas a associação de ideias não lhe sai da cabeça.

— Já o localizou? — pergunta Gail a Perry.

E no mesmo instante localiza-o por si mesma: Dima, curvado na extremidade mais distante da sala, meditando completamente sozinho numa mesa para quatro, com uma garrafa de vodca Stolichnaya diante de si; e, assomando atrás dele, um filósofo cadavérico, com longos punhos e altos ossos malares, montando guarda ostensivamente na entrada para a cozinha. Emilio dell Oro sussurra no ouvido dela, como se já a conhecesse há muitos e muitos anos:

— Nosso amigo Dima está um pouco *deprimido*. Você, evidentemente, sabe da tragédia, do sepultamento duplo em Moscou, seus queridos amigos massacrados por psicopatas. Há um *preço*. Você vai ver.

E ela viu mesmo. E se perguntou o quanto do que viu era verdadeiro: um Dima que não sorria e não dava boas-vindas abertamente, um Dima desmoronado na melancolia ensopada de vodca, sem se dar o trabalho de se levantar quando eles se aproximaram, mas olhando para eles com ar furioso, do canto a que foi relegado com seus dois seguranças. Por ora, o louro Niki monta guarda ao lado do filósofo cadavérico, e há algo enregelante no modo como esses dois homens ignoram um ao outro enquanto dedicam sua atenção ao prisioneiro.

*

— Venha sentar aqui, Mestre! Não confie nesse maldito Emilio, Gail. Adoro vocês. Sentem-se. *Garçom!* Champanhe. Bife de Kobe. *Aqui.*

Lá fora, na quadra, a Guarda Republicana de Napoleão está de volta ao seu posto. Federer e Soderling aproximam-se de um púlpito, acompanhados de Andre Agassi em traje social.

— Vocês falaram com os meninos Armani? — perguntou Dima, esquivamente. — Querem conversar com alguns malditos banqueiros, advogados, contadores? Todos os caras que fodem com o mundo? Temos franceses, alemães, suíços. — Ele levantou a cabeça e gritou para a sala: — Ei, todos vocês, cumprimentem o Mestre! Esse cara me enrabou no tênis! Ela é a Gail. Se ele não casar com ela, ela vai casar com Roger Federer. Não é, Gail?

— Acho que prefiro ficar com o Perry.

Alguém ali está prestando atenção? Com certeza não os jovens de olhos duros na mesa grande e suas garotas, que de maneira efusiva se aproximaram mais umas das outras quando a voz de Dima se ergueu. Também nas mesas mais próximas, ao alcance deles, a indiferença prevalece.

— Ingleses também, nós temos! Caras de jogo limpo. Oi, Bunny! Aubrey! Bunny, chegue aqui! Bunny! — Nenhuma resposta. — Sabem o que *Bunny* quer dizer? Coelhinho. Foda-se ele.

Voltando-se animadamente para rir da piada, Gail esteve a ponto de identificar um cavalheiro gorducho e barbado de suíças, e, se seu apelido não é Bunny, deveria ser. Mas, em busca de um Aubrey, ela olha em vão, a menos que seja o homem alto, calvo e de olhar inteligente, com óculos sem aros e corpo inclinado, se dirigindo vivamente para o corredor em direção à porta, com a capa de chuva no braço, como um homem que repentinamente se lembra que tem um trem para pegar.

O luzidio Emilio dell Oro, com seus magníficos cabelos prateados, ocupou o assento vago ao lado de Dima. Os cabelos são seus mesmo ou aplique?, ela se pergunta. São tão bem-feitos hoje em dia...

*

Dima sugere jogarem tênis amanhã. Perry dá algumas desculpas, pleiteando com Dima como com um velho amigo, que é o que, de certa forma, ele se tornou nessas três semanas desde que se conheceram.

— Dima, eu *realmente* não posso — protesta Perry. — Tem um monte de gente na cidade que nos comprometemos a visitar. Estou sem nenhum material de tênis. E prometi a Gail com toda sinceridade, dessa vez, que iríamos ver as ninfeias de Monet. Sério.

Dima toma um gole de vodca, enxuga a boca.

— *Vamos jogar* — diz ele, enunciando um fato comprovado. — Club des Rois. Amanhã ao meio-dia. Já fiz reserva. Terá uma puta massagem depois.

— Uma massagem na *chuva*, Dima? — pergunta Gail jocosamente. — Não me diga que você descobriu um novo vício.

Dima a ignora.

— Tenho que enfrentar uma merda de banco, às 9 horas, para assinar uma porrada de papéis para os garotos de Armani. Ao meio-dia tenho minha revanche, está me ouvindo? Vocês comem frango? — Perry começa a protestar de novo. Dima o ignora. — Quadra 6. A melhor. Jogue uma hora, faça uma massagem, almoce depois. Eu pago.

Interpondo-se brandamente no final, Dell Oro opta por desviar o assunto:

— Então, onde vocês estão hospedados em Paris, se me permite perguntar, Mestre? No Ritz? Espero que não. Eles têm aqui uns hotéis muito aconchegantes, se você pesquisar bem. Se eu soubesse, podia ter indicado alguns a vocês.

Se eles perguntarem, não se atrapalhem com isso. Respondam sem rodeios. É uma pergunta inocente: merece uma resposta inocente. Perry evidentemente levou a sério o conselho, pois já está rindo:

— Um lugar tão piolhento que vocês nem acreditariam — exclama.

Mas Emilio acredita, e gosta tanto do termo que o anota numa caderneta de couro de crocodilo que aloja no interior azul vivo de seu timbrado paletó esporte cor creme. E, feito isso, ele se dirige a Dima com toda a força de seu encanto persuasivo:

— Se é uma partida de tênis amanhã o que você está sugerindo, Dima, acho que Gail tem toda a razão. Você esqueceu completamente a chuva. Nem mesmo o nosso amigo Mestre aqui pode fazer a sua vontade num aguaceiro. As previsões para amanhã são ainda piores que as de hoje.

— *Não fode!*

*

Dima deu com o punho na mesa com tanta força que os copos todos tremeram e uma garrafa de borgonha começou a entornar sobre o tapete até que Perry habilmente a interceptou e a pôs de pé. Em toda a extensão da parede de vidro foi como se todo mundo tivesse ficado surdo com a pancada.

As mansas desculpas de Perry recuperaram uma aparente calma:

— Dima, me dê um desconto. Não tenho nem uma *raquete* comigo, pelo amor de Deus.

— Dell Oro tem *vinte* malditas raquetes.

— Trinta — corrigiu Dell Oro glacialmente.

— *Tudo bem!*

Tudo bem o quê? Tudo bem que Dima esmurre a mesa de novo? Sua cara suada está inflexível, a mandíbula projetada para a frente, enquanto ele se levanta sem equilíbrio num salto, inclina a parte superior do corpo para trás, agarra o pulso de Perry e arrasta-o para o lado dele.

— Está bem! — berra ele. — O Mestre e eu, amanhã, vamos jogar uma revanche e eu vou ganhar essa merda. Ao meio-dia, no Club des Rois. Quem quiser assistir ao jogo vai ter que levar um guarda-chuva, e tem almoço depois, porra. O vencedor vai pagar. É o Dima. Estão ouvindo?

Alguns ouviram. Um ou dois até sorriram, e um bateu palmas. Da mesa principal, a princípio nada, depois uma única e escassa observação em russo, seguida de um riso não amistoso.

Gail e Perry olham um para o outro, sorriem, dão de ombros. No rosto de cada um havia uma força irresistível, e, em um momento tão embaraçoso, como dizer não? Antecipando-se à capitulação dos dois, Dell Oro tenta impedi-la:

— Dima, acho que você está sendo um pouco duro com os seus amigos. Talvez devesse marcar o jogo para outra ocasião, não?

Mas é tarde demais, pois Gail e Perry estão bastante indulgentes.

— Sinceramente, Emilio — diz Gail —, se o Dima está morrendo de vontade de jogar e Perry concorda com isso, por que não deixamos os rapazes se divertirem um pouco? *Eu* concordo, se você concordar. Querido?

Querido é novidade, mais para Milton e Doolittle que para eles mesmos.

— Então está bem. Mas sob uma condição. — Dell Oro novamente, lutando agora pela vantagem. — Esta noite, vocês vêm à minha festa. Tenho uma casa magnífica em Neuilly, vocês vão adorar. Dima adora, é nosso hóspede fiel. Contamos com nossos honrados colegas de Moscou. Minha mulher, exatamente nesse instante, está supervisionando os preparativos. Que tal eu mandar um carro ao hotel de vocês às 8? Por favor, vistam-se à vontade. Somos pessoas muito informais.

Mas o convite de Dell Oro já caiu em terreno árido. Perry ri — dizendo que, na verdade, é *completamente* impossível, Emilio. Gail protesta que seus amigos de Paris *jamais* a perdoariam, e que não, de modo algum pode levá-los: eles têm sua própria festa, sendo Gail e Perry os convidados de honra.

Eles optam, em vez disso, por aceitar que o carro de Emilio vá buscá-los no hotel às 11 horas para o tênis na chuva, e, se olhares pudessem matar, os de Dell Oro teriam matado Dima, embora, segundo Hector, ele só possa fazer isso depois de Berna.

*

— Vocês dois representam os seus papéis de maneira simplesmente *estonteante* — gritou Hector. — Não é mesmo, Luke? Gail, com sua *ótima* intuição. Você, Perry, com seu puta cérebro britânico, *maravilhoso*. Não que Gail seja burra. Agradeço enormemente por chegarem tão longe. Por serem tão destemidos em plena toca do leão. Estou parecendo um chefe de escoteiros?

— Eu diria que sim — respondeu Perry, estirado voluptuosamente numa espreguiçadeira debaixo da grande janela curva que dava para o Sena.

— Que bom — disse Hector, todo complacente, e deu uma deliciosa gargalhada.

Somente Gail, sentada num banquinho junto à cabeça de Perry, e passando a mão pensativamente pelos cabelos dele, parecia um pouco distante da comemoração.

Tinham acabado de cear, na Île St-Louis. O suntuoso apartamento no último andar da antiga fortaleza pertencia à tia artista de Luke. O trabalho dela, que nunca se dignara a vender, estava empilhado contra as paredes. Era uma mulher bonita e divertida, na faixa dos 70 anos. Tendo combatido os alemães quando jovem, na Resistência, ela se sentia à vontade com o papel que lhe fora designado na pequena trama de Luke:

— Somos velhos amigos — dissera ela a Perry algumas horas antes, tocando-lhe delicadamente a mão, depois deixando-a afastar-se. — Nos conhecemos no salão de festas de uma querida amiga, quando você era um estudante com insaciável desejo de pintar. O nome dela, se não me engano, era Michelle de la Tour, hoje já falecida, infelizmente. Eu deixei você se sentar à minha sombra. Você era jovem demais para se envolver comigo. Isso basta para você, ou quer mais?

— Está ótimo, obrigado! — respondera Perry, rindo.

— Para mim, *não* está ótimo. Ninguém é jovem demais para se envolver comigo. Luke vai lhe servir conserva de pato e Camembert. Desejo-lhe uma boa noite. E você, querida, é *requintada* — voltou-se para Gail — e boa *demais* para esse seu artista abortado. Estou brincando. Luke, não se esqueça de Sheeba.

Sheeba, seu gato siamês, agora sentado no colo de Gail.

À mesa de jantar, Perry, ainda eufórico, fora a alma da reunião, quer exaltando Federer, quer revivendo o planejado encontro com Dima, ou o *tour de force* de Dima na sala de recepção. Para Gail, era como escutá-lo distraindo-se após a escalada de uma rocha perigosa ou uma emparelhada corrida de atletismo entre obstáculos naturais. Luke e Hector eram a plateia perfeita: Hector, embevecido e incomumente silencioso, interrompendo apenas para espremer outros detalhes deles — o possível Aubrey, que altura dariam a ele? Bunny, estaria ele bêbado? —, e Luke indo e voltando da imensa cozinha ou completando os copos, com especial atenção para o de Gail, ou atendendo alguns telefonemas de Ollie, mas ainda um genuíno membro da equipe.

Foi apenas então, quando o jantar e o vinho já tinham começado a agir e o ânimo de Perry para as grandes aventuras tinha dado lugar a uma sóbria quietude, que Hector voltou à exigente enunciação do convite de Dima para o tênis no Club des Rois.

— Desse modo estamos admitindo que a mensagem está na *massagem* — disse ele. — Alguém deseja acrescentar alguma coisa?

— A massagem era, praticamente, parte do desafio — aquiesceu Perry.

— Luke?

— Ficou óbvio para mim. Quantas vezes?

— Três — disse Perry.

— Gail? — perguntou Hector.

Despertando de suas distrações, ela estava menos confiante do que os homens:

— Só fico pensando se não ficou óbvio também para Emilio e para os garotos Armani — comentou ela, evitando os olhos de Luke.

— Tem razão; imagino que, se Dell Oro achar que algo não está cheirando bem, ele vai suspender o tênis imediatamente, e aí estamos fodidos. Jogo cancelado. No entanto, segundo os últimos informes de Ollie, os indícios indicam outra coisa, não é, Luke?

— Ollie foi assistir a uma reunião dos motoristas nas proximidades do *château* de Dell Oro — explicou Luke, com seu polido sorriso. — A partida de tênis de amanhã está sendo divulgada por Emilio como uma festa pós-assinatura. Seus cavalheiros de Moscou viram a Torre Eiffel e não estão interessados no Louvre, de modo que estão pesando um pouco nas mãos de Emilio.

— E a mensagem sobre a massagem? — instigou Hector.

— É que Dima reservou duas sessões, para Perry e para ele próprio, ambas ao mesmo tempo, imediatamente após a disputa. Ollie também demonstrou que, apesar de o Club des Rois proporcionar tênis para alguns dos alvos mais desejáveis do mundo, orgulha-se de ser um porto seguro. Os guarda-costas não são estimulados a ficar vagando atrás de seus protegidos dentro de vestiários, saunas ou quartos de massagem. São instruídos a se sentar no foyer do clube ou em suas limusines à prova de bala.

— E os *masseurs* residentes do clube? — perguntou Gail. — O que eles fazem enquanto vocês, rapazes, têm suas reuniões?

Luke tinha a resposta, e um sorriso especial.

— As segundas-feiras são os dias de folga deles, Gail. Só aparecem quando há uma reserva. Nem mesmo Emilio é capaz de saber que eles não estarão lá amanhã.

*

No Hôtel des Quinze Anges, era 1 da madrugada e Perry finalmente estava adormecido. Percorrendo na ponta dos pés o corredor para ir ao toalete, Gail trancou a porta e, sob a enfermiça claridade da lâmpada menos potente do mundo, releu a mensagem de texto que recebera às 7 horas daquela noite, bem antes de eles saírem para jantar na Île.

> Meu pai disse que vcs estão em Paris. Segundo um médico suíço estou com nove semanas. Max está escalando e não me atende. Gail

Gail? Natasha assinou com o meu nome? Ela está tão enlouquecida que esqueceu o seu? Ou ela quer dizer "Gail, por favor, eu lhe suplico" — *esse* tipo de *Gail*?

Ainda com a mente semiadormecida, ela discou o número e, antes de saber o que havia feito, pressionou o verde e caiu numa caixa postal suíça. Assustada, ela desligou e, agora completamente desperta, digitou:

> Não faça nada antes de conversarmos. Precisamos nos encontrar. Bjs, Gail

Voltou para o quarto e deitou de novo na cama, sob o edredom de crina de cavalo. Perry dormia profundamente. Contar ou não contar? É muito para a cabeça dele? Amanhã é o seu grande dia? Ou prevalece o meu voto de segredo para Natasha?

13

Ao entrar no Mercedes com o motorista de Emilio dell Oro, que, para furor de Madame Mère, obstruiu a rua do hotel pelos últimos dez minutos — o imbecil do motorista simplesmente se recusou a abaixar o vidro da porta para ouvir os insultos da mulher! —, Perry Makepiece estava muito mais tenso do que queria admitir para Gail, que, para a ocasião, se embonecara com o máximo de capricho, com o terninho Vivienne Westwood que incluía, o *harem pants* comprado no dia em que ganhara sua primeira causa:

— Se aquelas putas de classe A estiverem lá, eu vou precisar de ajuda — informara ela a Perry, enquanto se equilibrava arriscadamente na cama para se ver no espelho do banheiro.

*

Na noite anterior, voltando para o Quinze Anges após o jantar, Perry apanhara os olhos arregalados de Madame Mère examinando-o de seu refúgio atrás da mesa de recepção.

— Por que você não sobe primeiro e depois eu vou? — propôs, e Gail, com um bocejo agradecido, aquiesceu.

— Dois árabes — sussurrou Madame Mère.

— *Árabes?*

— Polícia árabe. Eles falavam árabe entre si, e comigo em francês. Francês *árabe*.

— O que queriam saber?

— Tudo. Onde vocês estavam. O que faziam. Passaportes. Endereço em Oxford. O endereço da madame em Londres. Tudo sobre vocês.

— O que a senhora disse a eles?

— Nada. Que você é um hóspede antigo, que paga direitinho, que é educado, não fica bêbado, tem apenas uma mulher, tinha sido convidado por uma artista à Île e chegaria tarde, mas que tinha a chave, pois é de confiança.

— E nossos endereços na Inglaterra?

Madame Mère era uma mulher pequena, e por isso seu vigoroso dar de ombros gaulês parecia ainda mais vigoroso:

— Tudo que vocês escreveram na ficha eles pegaram. Se não queriam que eles tivessem o endereço, vocês deveriam ter citado um falso.

Arrancando uma promessa de que ela não diria nada daquilo a Gail — meu Deus, isso jamais passaria por sua cabeça, ela também era uma mulher! —, Perry cogitou ligar para Hector imediatamente, mas concluiu, por questões pragmáticas, que não havia nada que não pudesse ser feito na manhã seguinte, e foi para a cama. Ao acordar com o aroma de café fresco e croissants, ele se surpreendeu ao ver Gail com sua manta sentada na extremidade da cama, examinando o celular.

— Algo ruim?

— Coisa de trabalho. Confirmando.

— Confirmando o quê?

— Você tinha em mente me mandar de volta hoje, lembra?

— *Claro* que lembro!

— Bem, eu não vou. Mandei uma mensagem para o escritório e eles vão dar *Samson v. Samson* para Helga foder com o caso todo.

Helga, a *bête noire* dela? Helga, a devoradora de homens, Helga das meias arrastão, que tocava a seda das becas dos advogados da Coroa como a uma lira?

— Pelo amor de Deus, por que fez isso?

— Por você, em parte. Por alguma razão não me sinto preparada para deixá-lo pendurado pelo dedo mindinho numa montanha perigosa. E amanhã vou com você a Berna, que imagino que seja para onde vai em seguida, embora não tenha me dito.

— Isso é tudo?

— Por que não deveria ser? Se eu for para Londres, você ainda vai se preocupar comigo. Assim, vou estar onde você possa me ver.

— E não passou pela sua cabeça que eu podia me preocupar mais se você estiver comigo.

Isso era pouco amável da parte dele, e ele sabia, tanto quanto ela. Para atenuar o que dissera, estava tentado a contar-lhe a respeito da conversa com Madame Mère, mas temeu que isso reforçasse a determinação de Gail de ficar ao lado dele.

— Você parece ter esquecido as crianças, no meio de todas essas confusões dos adultos — disse ela, abrandando o tom como numa censura.

— Gail, isso é um absurdo! Estou fazendo tudo o que posso, assim como os nossos amigos, para... — Melhor não terminar a frase. Melhor falar alusivamente. Depois das duas semanas de *familiarização*, só Deus sabe quem poderia estar prestando atenção, e quando. — As crianças são a minha maior preocupação, sempre foram — disse ele, de modo inteiramente verdadeiro, e se sentiu ruborizado. — Elas são o motivo para estarmos aqui — insistiu.

— Nós dois. Não apenas você. *Sim*, eu me importo com o nosso amigo e em entender a coisa toda. E, *sim*, isso me fascina. Tudo isso. — Ele vacilou, atrapalhado consigo mesmo. — É estar pronto para conhecer o mundo real. E as crianças são parte dele. Uma parte imensa. Elas o são agora e o serão depois que você voltar para Londres.

Mas, se Perry esperava que ela fosse subjugada por essa afirmação grandiosa, estava fazendo falso juízo de sua plateia.

— Mas as crianças não estão aqui, estão? Nem em Londres — retrucou ela, implacavelmente. — Estão em Berna. E, segundo Natasha, estão de luto profundo por Misha e Olga. Os garotos estão lá no estádio de futebol o dia todo, Tamara comunga com Deus, todo mundo acha que tem algo no ar, mas ninguém sabe o que é.

— *Segundo Natasha?* Vocês têm se falado.
— Nós trocamos mensagens de texto.
— Você e Natasha?
— Sim.
— Você não me contou isso!
— E você não me contou sobre os preparativos para Berna. Contou? — Enquanto o beijava. — Para a minha proteção. Assim, de agora em diante, nós protegemos um ao outro. Se um pode, os dois podem. De acordo?

*

De acordo apenas enquanto ela se aprontava e ele saía até a Printemps na chuva para comprar equipamento de tênis. Com o restante da discussão dos dois, no que dizia respeito a Perry, ele enfaticamente *não* concordava.

Não eram somente os visitantes noturnos de Madame Mère que o estavam importunando. Era a consciência do iminente e imprevisível risco que tomara o lugar da euforia da última noite. Empapado pela chuva na entrada da Printemps, ele ligou para Hector e a linha estava ocupada. Dez minutos depois, com uma bolsa de tênis novinha em folha a seus pés, contendo camiseta, calção, meias, um par de tênis e — devia estar louco ao comprar aquilo — uma viseira de sol, ele tentou de novo e, dessa vez, atenderam.

— Alguma descrição deles? — perguntou Hector, com apatia demais na opinião de Perry.

— Árabes.

— Bem, talvez fossem árabes. Ou talvez fossem da polícia francesa. Eles mostraram os distintivos?

— Ela não disse.

— E você não perguntou?

— Não, não perguntei. Estava um pouco ultrajado.

— Você se importa se eu mandar Harry dar uma volta por aí para bater um papo com ela?

Harry? Ah, sim, Ollie.

— Acho que já houve comoção suficiente, mas, de qualquer forma, obrigado — disse Perry rigidamente.

Ele não sabia ao certo como prosseguir. Talvez Hector também não soubesse.

— Nenhuma hesitação, aliás? — perguntou Hector.

— Hesitação?

— Dúvidas. Reconsiderações. Ansiedades no dia marcado. Os nervos, pelo amor de Deus — explicou-se Hector, com impaciência.

— Da minha parte, nenhuma. Só torcendo para que a merda do meu cartão de crédito esteja quitado.

Não. Era uma mentira, e ele não podia compreender por que cargas d'água dissera isso, a menos que quisesse a simpatia que não estava encontrando.

— Doolittle está animada?

— Ela acha que sim. Eu não. Ela insiste em ir a Berna. Tenho absoluta certeza de que ela não deveria ir. Ela já desempenhou seu papel maravilhosamente bem, como você mesmo disse ontem. Quero que ela dê sua parte por encerrada, que volte para Londres hoje à noite, como estava programado, e que fique por lá até eu voltar.

— Bem, não é isso que ela vai fazer.

— Por que não?

— Porque ela me ligou há dez minutos e disse que você iria ligar também, e que ninguém ia fazê-la mudar de ideia. Eu entendi a decisão como definitiva, e proponho que você faça o mesmo. Se não consegue vencê-la, junte-se a ela. Ainda está aí?

— Não inteiramente. O que você respondeu?

— Fiquei encantado. Disse que ela era absolutamente essencial. Uma vez que é opção dela e que nada nesse mundo de Deus vai mudar aquela cabecinha, proponho que você faça o mesmo. Quer ouvir as novidades da linha de frente?

— Vá em frente.

— Tudo seguindo como planejado. A gangue dos sete saiu da grande cerimônia de assinatura com o nosso rapaz, todos com cara de poucos amigos, mas isso pode ser ressaca. Agora ele está a caminho de volta para Neuilly sob proteção armada. Almoço para vinte reservado no Club des Rois. Massagistas a postos. Desse modo, nenhuma mudança nos planos, com exceção de que, voltando para Londres *ce soir*, amanhã vocês dois vão para Zurique, bilhetes eletrônicos no aeroporto. Luke vai buscá-los. Não apenas você, como foi planejado. Vocês dois. Entende?

— Creio que sim.

— Você está me parecendo mal-humorado. Está meio tonto por causa dos excessos de ontem à noite?

— Não.

— Ótimo. Nosso rapaz precisa de você em forma. Nós também.

Perry tinha pensado em contar a Hector sobre a amizade virtual de Gail e Natasha, mas pensamentos mais sensatos, se é que se pode chamar assim, predominaram.

*

O Mercedes cheirava a fumaça velha de tabaco. Uma garrafa com resto de água mineral estava comprimida atrás do banco do carona. O motorista era um gigante de cabeça redonda. Não tinha pescoço, apenas cicatrizes vermelhas na barba por fazer, assim como cortes de um aparelho de barbear. Gail usava seu terninho de seda, que parecia prestes a escorregar a qualquer momento. Perry jamais a tinha visto tão bonita. Sua longa capa de chuva, branca — uma antiga extravagância do Bergdorf Goodman, de Nova York —, estava ao lado dela no banco. A chuva retinia como pedras de gelo sobre o teto do carro. Os limpadores de para-brisa gemiam e soluçavam como se fizessem força para prosseguir em seu trabalho.

O gigante de cabeça redonda conduziu o Mercedes para uma via de acesso, freou antes de um elegante bloco de apartamentos e deu uma buzinada. Um segundo carro parou atrás deles. Alguém os seguindo? *Nem pense nisso*. Um homem jovial e gorducho com uma capa de borracha acolchoada e chapéu impermeável de abas largas veio saltando do vestíbulo de entrada, atirou-se no banco do carona, virou-se completamente, colocou o antebraço sobre o espaldar do banco e o queixo dobrado sobre o antebraço.

— Bem, quem vai para o tênis, eu *vou* saber — declarou ele numa fala arrastada e esganiçada. — O próprio *Monsieur le Professeur*, o único. E você é a grande mulher por trás dele, querida, é claro que é. Está até mais linda que ontem, se me permite dizer. Eu me disponho a tomar conta de você durante toda a disputa.

— Gail Perkins, minha noiva — disse Perry rigidamente.

Sua noiva? Ela era sua noiva? Não tinham falado sobre isso. Talvez Milton e Doolittle tivessem.

— Bem, eu sou o *Dr. Popham*, Bunny para a maioria, aquele que encaminha os ricos à saída legal — continuou ele, enquanto seus olhinhos vermelhos deslizavam cobiçosamente de Gail para Perry, como se decidisse qual experimentar. — Vocês devem estar lembrados que aquele grosso do Dima teve a desfaçatez de me insultar diante de um elenco de milhares, mas eu o afastei com o meu lenço rendado.

Perry parecia pouco inclinado a responder, de modo que Gail entrou na conversa abruptamente:

— Então, qual é a sua *relação* com ele, Bunny? — perguntou ela jovialmente, enquanto o carro voltava ao tráfego.

— Ah, minha querida, nós mal temos *alguma* relação, graças ao bom Deus. Considere-me um velho camarada de Emilio, eu lhe sirvo de apoio. Ele vai se voluntariar para o sacrifício, pobre cordeiro. Da última vez foi um bando de árabes retardados, numa farra de um centro comercial. Dessa vez, foi uma turma de áridos banqueiros russos, *meninos de Armani*, vou lhe dizer! E suas queridas damas — levando a voz para a confidência —, e *mais queridas que essas* eu nunca vi. — Seus olhinhos cobiçosos pousaram perdidamente sobre Perry. — Tenho pena do seu pobre e querido Mestre aqui, mais que de todos os outros. — Com os olhos avermelhados pousados tragicamente sobre Perry. — *Que* ato de caridade! Você será recompensado no céu, vou providenciar isso. Mas como você poderia resistir ao pobre urso quando ele se mostra tão retalhado pelos medonhos exterminadores? — Dirigindo-se novamente a Gail: — Vai ficar muito tempo em Paris, Srta. Gail Perkins?

— Ah, quem dera. Temos que voltar ao trabalho. Infelizmente, faça frio ou faça sol. — Com um olhar atravessado para a chuva caindo no para-brisa.

— E você, Bunny?

— Ah, eu *voo*. Sou um esvoaçante, com um ninhozinho aqui, outro ali. Eu pouso, mas nunca por muito tempo.

Um sinal para o CENTRE HIPPIQUE DU TOURING, outro para o PAVILLON DES OISEAUX. A chuva amainou um pouco. O outro carro ainda atrás deles. Dois portões ornamentados apareceram à direita. Em frente a eles havia um espaço vago, onde o motorista estacionou o Mercedes. O sinistro carro, ao lado. Janelas com película protetora. Perry esperou algum movimento nas portas. Lentamente, uma delas se abriu. Uma idosa matrona saiu, seguida de seu pastor alemão.

— *Cent mètres* — resmungou o motorista, apontando o dedo imundo para os portões.

— A gente *sabe*, seu bobo — disse Bunny.

Ombro a ombro, eles caminharam os *cent mètres*, enquanto Gail se abrigava sob o guarda-chuva de Bunny Popham e Perry segurava junto ao peito sua nova bolsa de tênis, a chuva correndo-lhe pelo rosto. Chegaram a um edifício baixo e branco.

No degrau mais alto, sob um toldo, estava Emilio dell Oro, de capa de chuva até os joelhos e com o colarinho de pele. Num grupo separado, três dos desagradáveis jovens executivos do dia anterior. Duas garotas pitavam desconsoladamente os cigarros que não lhes era permitido fumar no interior do clube. Ao lado de Dell Oro, trajando casimira cinza e paletó esporte, estava um homem alto, ostensivamente britânico e de cabelos grisalhos, típico das classes privilegiadas, estendendo a mão com manchas de idade.

— *Giles*. — E explicou: — Nos conhecemos ontem por acaso num salão apinhado de gente. Não espero que se lembrem de mim. Estava só de passagem por Paris quando Emilio me apanhou. É a prova de que não se deve chamar assim nossos camaradas sem ter planos. Ainda assim, tivemos uma alegre festa na noite passada, reconheço. É pena que vocês dois não puderam ir. — A Perry, agora: — Você fala russo? Felizmente, eu sim, um pouco. Temo que os nossos convidados não tenham muito mais a oferecer no que se refere a línguas.

Eles entraram juntos, com Dell Oro à frente. Horário de almoço de uma segunda-feira chuvosa: não era um grande dia para os membros do clube. À esquerda de Perry, um Luke de óculos encolhido numa mesa de canto. Tinha um aparelho Bluetooth no ouvido e trabalhava diligentemente em um laptop prateado e lustroso: para todos os efeitos, um empresário cumprindo compromissos comerciais.

Se por acaso vocês virem alguém vagamente parecido com um de nós, será uma miragem, Hector havia advertido na noite anterior.

Pânico. Opressão no peito. *Onde, pelo amor de Deus, está Gail?* Com a náusea aumentando, Perry a procurou por todo lado, para logo a localizar no centro do salão, batendo papo com Giles, Bunny Popham e Dell Oro. Apenas fique calma e se mantenha em meu campo de visão, ele lhe diz mentalmente. *Tranquila,* fique tranquila. Dell Oro perguntou a Bunny Popham se era cedo demais para champanhe e Bunny disse que dependia da safra. Todo mundo explodiu em gargalhada, mas a de Gail foi mais alta. Prestes a ir ao auxílio dela, Perry ouviu o berro agora familiar de "*Mestre, por Deus*" e se voltou para ver três guarda-chuvas subindo os degraus.

Sob o guarda-chuva do meio, Dima, com uma bolsa de tênis Gucci.

À esquerda e à direita dele, Niki e o homem que Gail havia batizado como o filósofo cadavérico.

Haviam chegado ao último degrau.

Dima fechou o guarda-chuva com força, empurrou-o para Niki e transpôs sozinho as portas.

— Estão vendo essa maldita chuva? — perguntou ele belicosamente a toda a sala. — Estão vendo esse céu? Em dez minutos temos o sol aí de novo! — E a Perry: — Quer trocar de roupa, Mestre, ou vou ter que ganhar de você com esse maldito terno?

Riso morno da plateia. A pantomima surreal do dia anterior estava prestes a dar início ao seu segundo ato.

*

Perry e Dima descem uma escura escada de madeira, com as bolsas de tênis na mão. Dima, o sócio do clube, vai à frente. Cheiros dos armários para guardar as roupas. Essência de pinho, vapor rançoso, tecidos suados.

— Eu tenho raquetes, Mestre! — berra Dima na escada.

— Ótimo! — grita Perry, com a mesma intensidade.

— Uma meia dúzia! Do puto do Emilio! O cara joga mal pra cacete, mas tem boas raquetes.

— Você trouxe seis das trinta dele, então!

— Isso aí, Mestre! Isso aí!

Dima lhes diz que estão descendo. Ele não precisa saber que Luke já os avisou. Na base da escada, Perry olha para trás. Nem Niki, nem o filósofo cadavérico, nem Emilio. Ninguém. Eles entram num vestiário sombrio revestido de madeira, em estilo sueco. Nenhuma janela. Iluminação econômica. Através do vidro fosco, dois homens tomam banho. Uma porta de madeira com a indicação TOALETES. Duas outras em que se indica MASSAGEM. Informações de *occupé* nas duas portas. *Você bate na porta à sua direita, mas só quando ele estiver pronto. Agora repita isso.*

— Teve uma boa noite, Mestre? — pergunta Dima enquanto se troca.

— Ótima. E a sua?

— Uma merda.

Perry coloca a bolsa de tênis no banco, abre o zíper e começa a mudar de roupa. Completamente nu, Dima está de costas para ele. Seu torso é um emaranhado de imagens desde a nuca até as nádegas, inclusive. Na parte central das costas, uma jovem com roupa de banho da década de 1940 é atacada por animais rosnando. As coxas dela envolviam uma árvore da vida cujas raízes se incrustam no traseiro de Dima e cujos ramos se espalham pelas omoplatas.

— Preciso mijar — anuncia Dima.

— Fique à vontade — diz Perry.

Dima abre a porta da cabine e se tranca lá dentro, emergindo momentos depois. Traz na mão um objeto cilíndrico. É uma camisinha fechada com um nó e com um cartão de memória dentro. De nu frontal, Dima tem o corpo do Minotauro. Sua moita negra sobe até o umbigo. O resto é previsivelmente vasto. Numa pia, ele lava o preservativo debaixo da torneira, leva-o até sua bolsa de tênis Gucci e, com uma tesoura, corta a extremidade, puxa-a até soltar e estende as duas partes da camisinha a Perry, para que ele se livre daquilo. Perry as coloca dentro de um bolso lateral do blusão e visualiza instantaneamente Gail encontrando-as dali a um ano e perguntando "Para quando é o bebê?"

Com a relampejante velocidade de um prisioneiro, Dima põe um suporte atlético e um comprido calção azul de tênis, deixa o cartão de memória no bolso direito do calção, enfia uma camiseta de manga comprida, meias, tênis. O processo não lhe tomou mais que poucos segundos. Uma porta dos chuveiros se abre. Emerge dali um homem gordo e idoso, com uma toalha em torno da cintura.

— *Bonjour, tout le monde!*

Bonjour.

O velho gordo abre com um puxão a porta de seu armário, deixa a toalha lhe cair sobre os pés, pega um cabide. Abre-se a porta do segundo chuveiro e dali surge um segundo velho.

— *Quelle horreur, la pluie!* — queixa-se o segundo velho.

Perry concorda com ele. A chuva — um horror mesmo. E bate vigorosamente na porta de massagem, à direita.

— *C'est occupé* — informa o primeiro velho.

— *Pour moi, alors* — diz Perry.

— *Lundi, c'est tout fermé* — adverte o segundo velho.

Ollie abre a porta, lá de dentro. Eles passam roçando nele. Ollie fecha a porta e dá um tapinha tranquilizador no braço de Perry. Ele retirou o brinco e penteou o cabelo para trás. Veste um jaleco de médico. É como se ele tivesse tirado de si um Ollie e produzido outro. Hector veste também um jaleco branco, mas deixou-o descuidadamente desabotoado. Ele é o massagista-chefe.

Ollie coloca pedaços de madeira na armação da porta, duas na base, duas num dos lados. Como sempre ocorre com Ollie, Perry tem a sensação de que ele já fez tudo isso antes. Hector e Dima se encaram pela primeira vez, Dima inclinando-se para trás e Hector para a frente, um avançando, o outro recuando. Dima é um antigo sentenciado que espera sua próxima dose de punição, Hector é o diretor de seu cárcere. Hector lhe estende a mão. Dima a aperta, depois a mantém cativa com a mão esquerda, enquanto averigua o bolso com a direita. Hector passa o cartão de memória para Ollie, que o leva para uma mesa lateral, abre o zíper da bolsa de massagem, tira dali um laptop, abre-o e insere o cartão de memória, tudo num único movimento. Com seu jaleco branco, Ollie está maior do que de costume, apesar de duas vezes mais ágil.

Dima e Hector não trocaram uma única palavra. Passou o momento do prisioneiro com o diretor. Dima readquiriu sua inclinação para trás, Hector, sua posição curvada. Seu olhar firme é amplo e inflexível, mas também indagador. Não há nada de posse nisso, nada de conquista, nada de triunfo. Ele podia ser um cirurgião resolvendo como operar, ou refletindo se de algum modo deve mesmo fazê-lo.

— Dima?

— Sim.

— Meu nome é Tom. Sou seu *apparatchik* britânico.

— Número Um?

— O Número Um lhe envia seus cumprimentos. Estou no lugar dele. Esse é Harry — indicando Ollie. — Falamos inglês, e o Mestre aqui testemunha o fair play.

— Certo.

— Então vamos sentar.

Eles se sentam. Frente a frente. Com Perry, o homem do fair play, ao lado de Dima.

— Temos um colega no andar de cima — continua Hector. — Está sentado sozinho no bar, diante de um computador como o de Harry. Chama-se Dick, usa óculos e uma gravata vermelha de membro do Partido. Quando você deixar o clube, no final do dia, Dick subirá e caminhará lentamente ao longo do vestíbulo, à sua frente, carregando seu laptop prateado e trazendo a capa de chuva azul-marinho. Por favor, lembre-se dele no futuro. Dick fala com a minha autoridade e com a autoridade do Número Um. Compreendido?

— Compreendido, Tom.

— Ele também fala russo, se preciso. Como eu.

Hector olha rapidamente para o relógio, depois para Ollie.

— Dou sete minutos antes de chegar o momento de você e o Mestre subirem. Dick nos avisará, se você precisar subir antes disso. Tudo bem com relação a isso?

— *Tudo bem?* Está maluco?

O ritual começou. Nunca, em seus sonhos, Perry tinha imaginado que tal ritual existisse. Mas os dois homens parecem conhecer a necessidade desse ritual.

Hector, primeiro:

— Você está no momento, ou algum dia já esteve, em contato com qualquer outro serviço estrangeiro de informações?

A vez de Dima:

— Juro por Deus, não.

— Nem mesmo russo?

— Não.

— Sabe de alguém, no seu círculo de relações, que tenha estado em contato com qualquer outro serviço de inteligência?

— Não.

— Ninguém está vendendo informação semelhante em outro lugar? Para qualquer pessoa, polícia, empresa privada, indivíduo particular, para qualquer parte no mundo?

— Não sei de ninguém desse tipo. Quero os meus garotos na Inglaterra. Agora. Quero o meu acordo, porra.

— E eu quero que você cumpra o seu acordo. Dick e Harry querem que você cumpra o seu acordo. Assim como o Mestre aqui. Estamos todos do mesmo lado. Mas primeiro você tem que nos convencer, e eu tenho que convencer os meus colegas *apparatchiks* de Londres.

— O Príncipe vai me matar, puta merda.

— Ele disse isso?

— Claro. Na porra do enterro: "Não fique triste, Dima. Logo você vai estar com Misha." De brincadeira. Péssimo gosto.

— Como foi a assinatura, hoje de manhã?

— Ótimo. Metade da minha vida já foi.

— Então estamos aqui para dar um jeito na outra metade, não é?

*

Dessa vez, Luke sabe exatamente quem ele é e por que está ali. As autoridades do clube também partilham desse conhecimento. Ele é *monsieur* Michel Despard, um homem de posses que espera a chegada de sua tia, tão idosa quanto excêntrica, para lhe pagar um almoço; a famosa artista de quem ninguém nunca ouviu falar e que vive na Île St.-Louis. A secretária dela reservou uma mesa para eles, mas, sendo uma tia excêntrica como é, ela pode não aparecer. Michel Despard sabe como ela é; da mesma forma o clube, que, por meio de um maître simpático, orientou-o para um canto silencioso do bar, onde, tratando-se de uma segunda-feira chuvosa, ele tem toda a liberdade para esperar e se desincumbir de um pequeno negócio enquanto está por ali — e agradeço gentilmente ao senhor, agradeço-lhe muito: com 100 euros, a vida fica um pouco mais fácil.

A tia de Luke é efetivamente membro do Club des Rois? Claro que é! Ou o seu falecido protetor, o conde — qual a diferença? Ou pelo menos, desse modo Ollie o expôs ao clube usando sua *persona*, a secretária da tia de Luke. E Ollie, como Hector observou corretamente, é a melhor eminência parda naquela atividade, e a tia comprovará o que quer que seja necessário comprovar.

E Luke está contente. Está no seu melhor estado de ânimo, tranquilo e sem nenhuma perturbação. Pode ser um hóspede meramente tolerado, metido num insociável canto do salão do clube. Com seus óculos de aros de tartaruga, seu Bluetooth no ouvido e o laptop aberto, pode lembrar qualquer atarefado executivo na manhã de uma segunda-feira, pondo em dia o trabalho que deveria ter feito no fim de semana.

Mas internamente, com certeza, Luke está à vontade: tão realizado e livre quanto sempre. É a voz firme no meio do despercebido estrondo da batalha. É o posto de observação avançado, reportando-se ao QG. É o microadministrador, o que se aflige e encontra a solução, o assessor com um olho para o detalhe vital que seu assediado comandante deixou passar ou não quis ver. Para Hector, aqueles dois "policiais árabes" eram o produto das exageradas preocupações de Perry com a segurança de Gail. De qualquer modo, se eles existissem, eram uma "dupla de esbirros franceses sem nada melhor para fazer numa noite de domingo". Mas, para Luke, eles eram de um serviço operacional de informações não comprovado, algo que não pode ser confirmado, nem descartado, mas mantido à distância até se ter informação posterior.

Ele dá uma olhada no relógio, depois na tela. Seis minutos desde que Perry e Dima entraram nos vestiários. Quatro minutos e vinte segundos desde que Ollie informou-lhe que eles haviam entrado na sala de massagem.

Erguendo o olhar, ele avalia a cena que acaba de se desenrolar diante dele: primeiro os Mensageiros Puros, mais conhecidos como os garotos de Armani, engolindo canapés com cara de tédio e entornando champanhe, sem se dar muito ao trabalho de entabular conversa com as caríssimas acompanhantes. O trabalho de hoje deles já terminou. Eles assinaram. Estão a meio caminho de Berna, a próxima parada. Estão chateados, insones, de ressaca. Suas últimas mulheres foram uma decepção: ou assim imagina Luke. E como Gail chamaria aqueles dois banqueiros suíços sentados completamente sozinhos num dos cantos e tomando água com gás? Pedro e o Lobo.

Perfeito, Gail. Tudo que se refere a ela é perfeito. Veja só ela agora, explorando a sala como um homem da polícia montada. O corpo esguio, o doce quadril, as pernas intermináveis, o encanto estranhamente maternal. Gail com Bunny Popham, Gail com Giles de Salis, Gail com ambos. Emilio dell Oro, atraído como uma mariposa, adere ao grupo deles. A mesma coisa faz um russo desgarrado que não consegue tirar os olhos dela. É o atarracado. Ele desistiu do champanhe e passou à vodca. Emilio ergue as sobrancelhas ao fazer uma pergunta cômica que Luke não consegue ouvir. Gail revida com uma resposta jocosa. Luke a ama infinitamente, que é o modo como ama. Sempre.

Por sobre o ombro de Gail, Emilio dá uma olhada na porta que dá para os vestiários. A piada dele se referia a isso? Emilio teria dito: *O que estão fazendo aqueles rapazes lá embaixo? Quer que eu vá lá e acabe com a festa?* E Gail: *Não ouse, Emilio, tenho certeza de que eles estão aproveitando bastante* — é o que ela diria.

Luke, para seu aparato Bluetooth:

— O tempo acabou.

Ah, Ben, se você pudesse me ver agora! Ver o melhor de mim, não a parte ruim. Uma semana antes, Ben empurrou para ele um Harry Potter. E Luke tentou ler, realmente tentou. Tendo chegado em casa morto de cansaço às 23 horas, ou deitado acordado ao lado de sua irrecuperável mulher, ele tentou. E dormiu logo de cara. A fantasia não fazia nenhum sentido para ele — o que é compreensível, ele poderia argumentar, uma vez que sua vida inteira era uma fantasia, mesmo seu heroísmo. Afinal, o que há de tão valente em ser raptado e depois lhe permitirem escapar?

— Não é *bom*? — disse Ben, cansado de esperar a resposta do pai. — Você gostou, pai. Admita.

— Sim, gostei, e é incrível — respondeu Luke, elegantemente.

Outra mentira, e ambos sabiam disso. Um passo a mais para longe da pessoa que ele mais ama no mundo.

*

— *Parem de falar, todos vocês, agora mesmo, por favor. Obrigado!* — É Bunny Popham, a rainha do poleiro, se dirigindo à plebe. — Nossos bravos gladiadores finalmente concordaram em nos honrar com sua presença. Vamos todos, imediatamente, nos deslocar para a *Arena!* — Uma risadinha para *Arena*, mostrando que entenderam a piada. — Não há *leões* hoje além de Dima. Tampouco cristãos, a não ser que o Mestre seja um, o que não posso garantir. — Mais risos. — Gail, minha querida, mostre-nos gentilmente o caminho. Já vi muitas roupas magníficas na vida, mas nenhuma, se assim posso dizer, tão bem-preenchida.

Perry e Dima vão na frente. Gail, Bunny Popham e Emilio dell Oro seguem-nos. Depois deles, um par de "Mensageiros Puros" e suas garotas. Que de puros não têm nada. Depois vai o rapaz atarracado completamente sozinho, se não contarmos o copo de vodca. Luke os observa entrar em um arvoredo e os perde de vista. Um feixe de luz solar ilumina o caminho florido e se apaga.

*

Era o Roland Garros novamente: pelo menos, no sentido de que nem então nem posteriormente Gail teve qualquer consciência da grande "partida de tênis na chuva" que ela agora tão aplicadamente acompanhava. Às vezes se perguntava se os jogadores se sentiam assim também.

Ela sabia que Dima ia vencer o cara ou coroa, pois sempre vencia. Sabia que ele preferia ficar de costas para as nuvens a começar sacando.

Ela se lembrou de considerar que os jogadores apresentam uma excelente mostra de competitividade no começo, e depois, como os atores, cuja concentração esmorece, esquecem que tinham a obrigação de se concentrar num duelo de vida ou morte, em honra de Dima.

Ela se lembrou da preocupação que tivera de que Perry pudesse escorregar na fita molhada que delimitava a quadra. Será que ele iria fazer alguma coisa idiota, como torcer o tornozelo? Depois, a respeito de Dima, Gail pensou a mesma coisa.

E embora, como os esportivos espectadores franceses do dia anterior, ela aplaudisse diligentemente tanto as cortadas de Dima quanto as de Perry, era em Perry que ela mantinha os olhos grudados: em parte por proteção, em parte por ter alguma noção de que ela podia decifrar, pela linguagem do corpo dele, que espécie de sorte eles haviam tido lá no vestiário, junto a Hector.

Também se lembrava do frágil amortecimento da bola, que se tornava mais lenta quando trincava o saibro molhado, e de como, de vez em quando, se deixava transportar para a última fase da final do dia anterior, tendo que fazer um esforço para se situar de novo no tempo presente.

E de como as bolas ficavam cada vez mais pesadas quando o jogo se prolongava demais. E de como Perry, com sua distração, insistia em lançar a bola lenta cedo demais, ou batendo-a com força, ou — algumas das vezes para sua vergonha — deixando-a passar completamente.

E de como Bunny Popham, em algum momento, se inclinara sobre o ombro dela para lhe perguntar se ela preferiria ir embora naquele momento, antes que viesse mais aguaceiro, ou continuar com seu homem e ver o navio afundar.

E de como ela tomara esse convite como uma desculpa para desaparecer no banheiro e dar uma olhada no celular, tendo em mente a vaga possibilidade de Natasha ter alongado sua mais recente comunicação. Mas ela não fizera isso. O que significava que o problema permanecia no mesmo nível em que estava às 9 horas daquela manhã, nas agourentas palavras que ela sabia de cor, mesmo enquanto as relia:

>Esta casa é insuportável Tamara fica com Deus o tempo todo Katya e Irina são lamentáveis meus irmãos só jogam futebol sabemos que algo ruim nos espera nunca mais vou olhar na cara do meu pai de novo Natasha

Aperte verde para responder, ouça o vácuo, desligue.

*

Ela também estava consciente de que, após a segunda pancada de chuva — ou era a terceira? —, começaram a surgir estrias no saibro encharcado, que havia atingido um ponto em que simplesmente já não podia acolher mais água. E de que, por conseguinte, um cavalheiro funcionário do clube apareceu e censurou Emilio dell Oro, observando o estado da quadra e lhe dizendo, com movimentos laterais das mãos, que aquilo não era mais permitido.

Mas Emilio dell Oro deve ter manifestado poderes especiais de persuasão, pois pegou o funcionário pelo braço, levou-o para debaixo de uma faia e, ao final da conversa, o funcionário seguiu a passos largos para os salões do clube, como um aluno repreendido.

E, em meio a essas observações esparsas e lembranças, havia sempre uma advogada dentro dela, de novo em atividade, roendo de todos os lados a *membrana da plausibilidade*, que desde o início parecia estar a ponto de se partir, o que não significava necessariamente o fim do mundo livre tal como o conhecíamos, contanto que ela pudesse chegar a Natasha e às meninas.

E depois, enquanto ela fazia essas considerações ao acaso, ora vejam só, Dima e Perry apertavam as mãos por sobre a rede e determinavam o fim da partida: um aperto de mãos não de adversários reconciliados, na opinião dela, mas de cúmplices numa ilusão de tal modo gritante que os últimos e leais sobreviventes comprimidos nos quiosques deviam estar mais vaiando do que aplaudindo.

E, alguma hora no meio disso tudo — já que não havia limite para as incongruências do dia —, surgiu o russo atarracado que a seguira por toda parte e lhe disse que gostaria de trepar com ela. Com essas palavras:

— Eu gostaria muito de trepar com você.

E ficou esperando um sim ou um não: um jovem urbano e excessivamente sério, de mais ou menos 30 anos, de pele ruim e com um copo de vodca vazio na mão, olhos injetados. Ela achou que tinha entendido errado, da primeira vez. Houve uma confusão tanto dentro de sua cabeça quanto do lado de fora. Ela chegou a lhe pedir que repetisse o que acabara de dizer, seja o que Deus quiser. Mas, nessa hora, ele ficou com medo e se limitou a se arrastar atrás dela à distância de uns 5 metros, motivo pelo qual ela ficou contente de se colocar sob a asa de Bunny Popham, a menos pior das opções disponíveis.

E foi por isso que, em seguida, ela chegou a admitir para ele que também era advogada, momento esse que depois ela muito amaldiçoou, pois resultou em embaraçosas comparações. Mas, para Bunny Popham, era apenas uma desculpa para se dizer chocado:

— Ah, minha *querida*. — Levantando os olhos para o céu. — Estou *pasmo*! Bem, tudo o que posso dizer é que você pode ficar com os *meus* mandatos a qualquer momento.

Ele lhe perguntou em que escritório, então ela respondeu, o que era simplesmente natural. O que mais ela poderia fazer?

Também pensara muito em arrumar as malas. Isso também, ela lembrava. Coisas como se usaria a nova bolsa de tênis de Perry para botar as roupas sujas dos dois e, de igual modo, importantes assuntos com relação a sair de Paris e sobre o percurso até Natasha. Perry mantivera o quarto deles por aquela noite, de modo que ela podia, então, arrumar as últimas coisas antes de pegar o trem de volta para Londres, que, no mundo em que eles haviam entrado, era como as pessoas comuns viajavam para Berna quando estavam potencialmente sob vigilância e não deveriam ir para lá.

*

A sala de massagem fornecia roupões de banho. Perry e Dima vestiram-nos. Os três sentaram outra vez à mesa onde tinham ficado nos últimos 12 minutos, conforme o relógio de Perry. Ollie, com seu jaleco branco, estava no canto, curvado sobre o computador e com a bolsa de massagem junto aos pés; ocasionalmente, rabiscava um bilhete e o passava a Hector, que o acrescentava à pilha diante dele. A atmosfera claustrofóbica lembrava o porão de Bloomsbury, só que sem o cheiro de vinho, e havia algo tranquilizador no ruído das vidas reais por perto; o ronco dos canos, as vozes vindas do vestiário, o fluxo de água do banheiro, o trabalho de um aparelho de ar-condicionado com defeito.

— Quanto ganha Longrigg? — perguntou Hector, depois de passar os olhos num dos bilhetes de Ollie.

— Um e meio por cento — Dima respondeu apaticamente. — No dia em que a Arena tiver conseguido a licença para atividades bancárias, Longrigg vai receber sua primeira quantia. Depois de um ano, a segunda. Mais um ano e acaba.

— Pago como?

— Suíça.

— Sabe o número da conta?

— Até chegar a Berna, não. Às vezes me dão só o nome. Às vezes, só o número.

— E Giles de Salis?

— Comissão especial. Ouvi falar, não posso garantir. Emilio me disse: Salis ganha sua comissão especial. Mas talvez Emilio fique ele mesmo com essa parte. Depois de Berna, vou ter certeza.

— Uma comissão especial de quanto?

— Cinco milhões limpos. Pode não ser verdade. Emilio é uma raposa. Rouba tudo.

— Dólares americanos?

— Certamente.

— Pagáveis quando?

— Junto com Longrigg, mas em dinheiro, sem estar condicionado a nada, e em duas vezes, não três. Uma metade na fundação oficial do Arena Bank, e a outra metade depois de funcionar por um ano. Tom?

— O quê?

— Está me ouvindo, certo? — A voz subitamente forte de novo. — Depois de Berna, eu tenho tudo. Para assinar, eu tenho que estar de acordo, está ouvindo? Não assino nada em que eu não esteja de acordo, tenho direito. Você leva a minha família para a Inglaterra, certo? Vou a Berna, assino, você tira a minha família, eu lhe dou meu coração, minha vida! — Ele se virou para Perry. — Você viu os meus filhos, Mestre! Deus do céu, que merda eles acham que eu sou? Estão cegos ou o quê? Minha Natasha está ficando louca, não come nada. — Voltou-se para Hector. — Você leva meus garotos para a Inglaterra *agora*, Tom. Depois a gente acerta. Assim que a minha família estiver na Inglaterra, fico sabendo de tudo, não dou a mínima pra nada!

Mas, se Perry se comove com essa apelação, as aquilinas feições de Hector se fixam em rígida rejeição.

— Sem chance — replica ele. E, ignorando os protestos de Dima: — Sua mulher e sua família permanecem onde estão até haver a assinatura na quarta-feira. Se sumirem de sua casa *antes* de Berna, passam a correr *risco*, e *você* também, e o nosso acordo também. Você tem um guarda-costas na sua casa, ou o Príncipe o retirou?

— Igor. Um dia vamos tornar Igor um *vor*. Adoro esse cara. Tamara adora ele. As crianças também.

Nós vamos tornar Igor um *vor*?, Perry repete para si mesmo. Quando Dima estiver sentado em seu palácio dos arredores de Londres, no condado de Surrey, com Natasha estudando em Roedean e os meninos em Eton, *nós* vamos tornar Igor um *vor*?

— Dois homens vigiam você atualmente. Niki e um novo.

— Para o Príncipe. Eles vão me matar.

— A que horas você assina em Berna, na quarta-feira?

— Às 10. De manhã cedo. Na Bundesplatz.

— Niki e o amigo dele acompanham a assinatura?

— De jeito nenhum. Esperam do lado de fora. Esses caras são broncos.

— E, em Berna, eles também não acompanharão a assinatura?

— De jeito nenhum. Talvez fiquem na sala de espera. Minha nossa, Tom.

— E, após a assinatura, o banco dará um coquetel em comemoração. Nada menos que no hotel Bellevue Palace.

— Às 11h30. Grande coquetel. Todo mundo comemorando.

— Entendeu, Harry? — Hector chama Ollie em seu canto, e Ollie levanta o braço em confirmação. — Niki e o amigo vão acompanhar o coquetel?

Se a serenidade de Dima o abandona, a de Hector adquire uma controlada intensidade.

— Estes merdas de guardas? — protesta Dima, com descrença. — Eles querem aparecer no coquetel? Está doido? O Príncipe não vai me liquidar no maldito Bellevue. Vai esperar uma semana. Talvez duas. Talvez primeiro liquide Tamara, meus filhos. Como eu posso saber?

O furioso olhar fixo de Hector mantém-se inalterado.

— Então, para confirmar — insiste. — Você tem certeza de que os dois guardas, Niki e o amigo, *não* vão ao coquetel no Bellevue.

Com um movimento dos enormes ombros, Dima parece entrar em uma espécie de desespero físico.

— Certeza? Não tenho certeza de nada. Talvez eles apareçam no coquetel. Pelo amor de Deus, Tom...

— Vamos supor que eles apareçam por lá. Hipoteticamente. Eles não seguem você quando vai dar uma mijada?

Nenhuma resposta, mas Hector não estava esperando algo diferente disso. Deslocando-se para o canto da sala, ele se coloca atrás dos ombros de Ollie e examina a tela do computador.

— Então me diga como isso funciona para você. Se Niki e o amigo seguirem ou não você ao Bellevue Palace, a meio caminho do coquetel, digamos lá pelo meio-dia, assim que puder, vá dar uma mijada. Mostre o andar térreo —; dirigiu-se Ollie —; o Bellevue tem dois banheiros para os hóspedes do térreo. Um fica à direita, quando você entra no vestíbulo, no outro lado do balcão de recepção. Certo, Harry?

— Na mosca, Tom.

— Sabe que banheiro é esse a que me refiro?.

— Sei sim.

— É o que você *não vai* usar. Para chegar ao outro, você dobra à esquerda e desce uma escada. Fica no subsolo e não é muito utilizado, por ser inconveniente. A escada é perto do bar. Entre o bar e o elevador. Sabe qual é essa escada a que me refiro? Na metade dela tem uma porta que se abre empurrando, quando não está trancada.

— Bebo muitas vezes nesse bar. Conheço essa escada. Mas à noite eles a trancam. Talvez de dia também, às vezes.

Hector retoma sua cadeira.

— Na manhã de quarta-feira, a porta não será trancada. Você desce a escada. Dick, que está agora no andar acima do nosso, seguirá você. No porão, há uma saída lateral para a rua. Dick terá um carro. Aonde ele vai levar você vai depender das medidas que eu tomar em Londres esta noite.

Dima novamente recorre a Perry, dessa vez com lágrimas nos olhos:

— Quero a minha família na Inglaterra, Mestre. Diga a esse *apparatchik*: você conheceu meus filhos. Mande as crianças primeiro, eu vou em seguida. É melhor para mim. O Príncipe quer me matar quando a minha família estiver na Inglaterra, quem dá a mínima?

— *Nós* — retruca Hector veementemente. — Nós queremos você e toda sua família. Queremos você a salvo na Inglaterra, cantando como um rouxinol. Queremos você feliz. Estamos no meio do ano letivo escolar na Suíça. Fez algum plano para as crianças?

— Depois do enterro em Moscou, eu disse a elas que a escola que se foda, talvez entremos em férias. Voltar a Antígua, quem sabe Sochi, ficar na vadiagem, ser feliz. Depois de Moscou, disse a elas qualquer merda. Meu Deus.

Hector continua imóvel.

— Portanto eles estarão em casa, não na escola, esperando você voltar, achando que você pode estar preparando uma mudança, mas sem saber para onde.

— Férias misteriosas, eu disse a eles. Um segredo. Talvez acreditem em mim. Mais eu não sei.

— Na quarta-feira de manhã, Igor precisa comprar algumas coisas em Berna. Você pode dizer isso a Tamara, pelo telefone, sem que soe algo incomum? Ela deve dar a Igor uma longa lista de compras. Provisões para quando você voltar de suas férias misteriosas.

— Está certo. Talvez.

— Só talvez?

— Está certo. Falo com Tamara. Ela é meio doida. Está bem. Certo.

— Enquanto Igor vai ao centro comercial, Harry e o Mestre reunirão a sua família na casa, para as misteriosas férias de vocês.

— Londres.

— Ou um lugar seguro. Um ou outro, dependendo de quão rapidamente as medidas possam ser tomadas para vocês todos serem conduzidos à Inglaterra. Se, com base nas informações que você nos deu até agora, eu puder convencer os meus *apparatchiks* a confiar na sua palavra, particularmente quanto à informação que você está prestes a receber em Berna, nós levamos você e sua família para Londres na noite de quarta-feira, em um avião especial. É uma promessa. Testemunhada pelo Mestre aqui. Do contrário, colocaremos você e sua mulher num lugar seguro e nos encarregaremos de você até que o meu Número Um diga "venha para a Inglaterra". Essa é a verdade, da melhor maneira que eu posso compreendê-la. Perry, você pode confirmar isso.

— Posso.

— Na segunda assinatura em Berna, como você gravará a nova informação que receberá?

— Tranquilo. Primeiro, fico sozinho com o gerente do banco. Tenho direito. Talvez eu mande ele fazer umas cópias dessa merda. Preciso de cópias antes de assinar tudo. Ele é meu amigo. Se ele não fizer isso, que se foda: tenho boa memória.

— Assim que Dick tirar você do Bellevue Palace, vai lhe dar um gravador, e você registrará tudo o que tiver visto e ouvido.

— Nada de fronteiras.

— Você não vai passar por nenhuma fronteira até chegar à Inglaterra. Prometo. Perry, você me ouviu.

Perry o ouviu, mas, por um instante, apesar disso, continua perdido em cogitações, os longos dedos na testa, enquanto olha fixamente, como que às cegas, para a frente.

— Tom está dizendo a verdade, Dima — cede ele afinal. — Ele fez a promessa a mim também. Acredito nele.

14

Luke apanhou Gail e Perry no aeroporto Zurich-Kloten às 16 horas do dia seguinte, terça-feira, depois de terem passado uma noite difícil no apartamento de Primrose Hill, ambos acordados, cada um preocupado com uma coisa diferente: Gail, principalmente com Natasha (por que o silêncio repentino?), mas também com as meninas; Perry, com Dima e o incômodo pensamento de que, dali em diante, Hector estaria dirigindo as operações a partir de Londres e Luke teria o comando e o controle do campo, com o apoio de Ollie e à revelia dele, Perry.

Do aeroporto, Luke os conduziu a um antigo vilarejo *Gasthof* num vale poucos quilômetros a oeste do centro da cidade de Berna. O *Gasthof* era charmoso. O vale, outrora idílico, é hoje um triste aglomerado de edifícios residenciais pouco interessantes, anúncios luminosos em neon, torres de alta-tensão e uma sex shop. Luke esperou Perry e Gail se registrarem no hotel e depois se sentou com eles para tomar uma cerveja num canto tranquilo da *Gaststube*. Ollie juntou-se a eles logo em seguida, não mais de boina, mas com um chapéu fedora preto, de aba larga, que usava com desenvoltura inclinado sobre um dos olhos, mas, fora isso, era o irrepreensível Ollie de sempre.

*

Luke deu as últimas notícias calmamente. Sua conduta em relação a Gail era tensa e distante, exatamente o oposto de um flerte. A opção preferida de Hector, informou ao grupo, era improvável. Após fazer sondagens em Londres — Matlock não foi mencionado na frente de Perry e Gail —, Hector não via a possibilidade de conseguir permissão para transportar Dima e a família de avião para a Inglaterra imediatamente após a assinatura do dia seguinte e, portanto, colocara em andamento o plano alternativo, ou seja, um esconderijo dentro das fronteiras da Suíça, até que recebesse sinal verde. Hector e Luke pensaram muito sobre onde deveria ser esse local e concluíram que, considerando-se a complexidade da família, remoto não era sinônimo de secreto.

— E, Ollie, creio que também seja essa a sua opinião.

— Completa e totalmente, Luke — disse Ollie, em seu sotaque cockney imperfeito e com toques de estrangeiro.

A Suíça estava desfrutando de um verão antecipado, Luke prosseguiu. Então, segundo o princípio maoista, é melhor procurar abrigo entre a multidão em vez de chamar atenção num pequeno povoado, onde cada rosto desconhecido é objeto de especulação, ainda mais se o rosto é o de um russo calvo, arrogante, acompanhado de duas meninas pequenas, dois ruidosos adolescentes, uma linda filha adolescente e uma mulher desequilibrada.

Nem a distância ofereceria proteção, na visão dos jovens planejadores: muito pelo contrário, uma vez que o pequeno aeroporto de Berna-Belp era idealmente apropriado para discretas partidas de avião particular.

*

Depois de Luke, foi a vez de Ollie, e Ollie, assim como Luke, estava em sua área, mantendo seu estilo de fazer relatos curtos e cuidadosos. Tendo examinado um certo número de possibilidades, disse, optara por um chalé moderno, construído para ser alugado, na encosta do popular vilarejo turístico de Wengen, no vale Lauterbrunnen, a uma hora de carro e 15 minutos de trem de onde eles estavam sentados agora.

— E, francamente, se *alguém* der uma segunda olhada naquele chalé, vou encarar de volta — concluiu com ar desafiador, dando um puxão na aba do chapéu preto.

O eficiente Luke passou então um cartão simples para cada um deles, contendo o nome e o endereço do chalé, além do número do telefone fixo para ligações essenciais e inócuas, a serem feitas caso houvesse algum problema com os celulares, embora Ollie informasse que no lugarejo o sinal fosse perfeito.

— Então, por quanto tempo os Dima vão ficar detidos lá? — perguntou Perry, no seu papel de amigo dos prisioneiros.

Na verdade, ele não esperara uma resposta informativa, mas Luke mostrou-se surpreendentemente comunicativo, com certeza mais do que Hector teria sido em circunstâncias semelhantes. Havia uma série de formalidades de Whitehall que teriam que vencer, Luke explicou: imigração, Ministério da Justiça e Ministério do Interior, para mencionar apenas três. Os esforços atuais de Hector estavam voltados para contornar o máximo que conseguisse desses obstáculos, até que Dima e a família estivessem instalados com toda a segurança na Inglaterra:

— Minha estimativa mais otimista é de três a quatro dias. Menos, se tivermos sorte. Senão, mais. Depois disso, a logística começa a ficar um pouco obstruída.

— *Obstruída?* — exclamou Gail incrédula. — Como um *cano d'água*?

Luke ficou rubro, depois riu junto com eles e em seguida tentou explicar. Operações como aquela, não que houvesse duas exatamente iguais, tinham que ser reconsideradas constantemente, disse. Portanto, a partir do momento em que Dima saísse de circulação, ao meio-dia do dia seguinte, se Deus quisesse, haveria alguma espécie de clamor público por ele, embora ninguém pudesse prever qual.

— Só quero dizer, Gail, que a partir do meio-dia de amanhã estaremos correndo contra o tempo, e precisamos estar prontos para nos adaptar à necessidade com a maior rapidez. Temos como fazer isso. Esse é o nosso trabalho. Nos pagam para isso.

Encorajando os três a dormir cedo e chamá-lo a qualquer momento se sentissem a menor necessidade, Luke voltou então para Berna.

— E, se vocês falarem com a telefonista do hotel, sou John Brabazon — lembrou-lhes, com um sorriso contido.

*

Sozinho no quarto, no primeiro andar do resplandecente hotel Bellevue Palace de Berna, com o rio Aar correndo debaixo da janela e o negrume dos picos da Bernese Oberland à distância em contraste com o céu laranja, Luke tentou contatar Hector e ouviu sua voz criptografada dizendo para *deixar uma maldita mensagem, a menos que o teto estivesse caindo*, e, quanto a isso, a avaliação de Luke coincidiu com a de Hector, *então simplesmente prossiga e não reclame*. Luke riu em voz alta e também confirmou o que suspeitava: Hector estava preso a um duelo burocrático de vida ou morte que não respeitava as horas de trabalho convencionais.

Ele tinha um segundo número para o qual discar em situações de emergência, mas, se não fosse esse o caso, deixaria uma divertida mensagem dizendo, basicamente, que até então o telhado estava intacto. Milton e Doolittle estavam bem, ambos em seus postos, Harry está fazendo um magnífico trabalho, e mande um beijo para Yvonne. Tomou então um banho demorado e vestiu seu melhor terno para descer e iniciar o reconhecimento do hotel. Sua sensação de liberdade parecia estar mais acentuada do que no Club de Rois. Era o jovem Luke montando uma nuvem: sem instruções motivadas pelo pânico do último minuto, provenientes do quarto andar, sem sobrecarga ingerenciável de observadores, ouvintes, helicópteros sobrevoando e todas as outras armadilhas da moderna operação secreta: e nenhum traficante movido a cocaína para acorrentá-lo a uma paliçada na floresta. Apenas o jovem Luke e seu pequeno grupo de leais escoteiros — por um dos quais, como sempre, estava apaixonado. Enquanto isso, Hector estava em Londres, travando uma boa luta e pronto para apoiá-lo ao máximo:

— Em caso de dúvida, *decida-se*. Isso é uma ordem. Não pense, apenas *execute* — incentivara Hector durante um uísque de despedida muito rápido no aeroporto Charles de Gaulle, na noite anterior. — Não vou pagar o pato. Eu *sou* o próprio pato. Não tem prêmio de consolação nessa disputa. Boa sorte e que Deus nos ajude.

Alguma coisa mexeu com Luke naquele momento: um senso místico de ligação e de afinidade com Hector, que transcendia o companheirismo.

— E então, como vai Adrian? — perguntou, recordando-se da intrusão gratuita de Matlock e querendo retificá-la.

— Ah, está melhor, obrigado. *Muito* melhor — disse Hector. — Os psicólogos acreditam que acertaram de vez agora. Dentro de seis meses ele pode ser liberado, caso se comporte. E o Ben, como está?

— Ótimo, ótimo! Eloise também — replicou Luke, desejando não ter perguntado nada.

No balcão de recepção do hotel, uma funcionária muito elegante informou a Luke que *Herr Direktor* estava circulando, como habitualmente fazia, por entre os hóspedes no bar. Luke foi direto ao encontro dele. Era bom nesse tipo de coisa, quando precisava ser. Não era um artista secreto como Ollie, talvez fosse mais um artista declarado, evidente, um pequeno britânico atrevido.

— Bom dia. Meu nome é Brabazon. John Brabazon. E esta é a primeira vez que me hospedo aqui. Posso lhe dizer só uma coisinha?

Poderia, e *Herr Direktor*, suspeitando tratar-se de má notícia, preparou-se para ouvir.

— Provavelmente o senhor não usa a palavra eduardiano, portanto este é um dos hotéis art nouveau simplesmente mais *encantadores* e intactos que já encontrei nas minhas viagens!

— O senhor é um hoteleiro?

— Infelizmente, não. Apenas um jornalista controvertido. Jornal *Times*, Londres. Seção de viagens. Lamento estar aqui de modo totalmente inesperado, por motivos particulares...

O tour de exibição começa:

— Aqui é o salão de festas que chamamos de Salon Royal — diz *Direktor*, dando um tom monótono ao monólogo bem-ensaiado. — Esta é a nossa pequena sala de banquetes que chamamos Salon du Palais, e aqui é o Salon d'Honneur, onde realizamos recepções. Nosso chef tem muito orgulho dos seus aperitivos. Este é o restaurante La Terrasse, na verdade ponto de encontro *obrigatório* para todas as pessoas célebres de Berna e também nossos hóspedes internacionais. Muitas personalidades já jantaram aqui, inclusive estrelas de cinema, podemos fornecer-lhe uma lista considerável e também o cardápio.

— E as cozinhas? — pergunta Luke, pois não quer deixar passar nada. — Posso dar uma olhada, se os chefs não fizerem objeção?

E, quando *Herr Direktor* apresentou, um tanto exaustivamente, tudo que havia para ser apresentado, com Luke tendo demonstrado a devida admiração e feito copiosas anotações, bem como, para seu próprio prazer, tirado algumas fotos com o celular — se o *Herr Direktor* não se importasse, mas certamente seu jornal enviaria um fotógrafo de verdade se fosse possível, e seria —, Luke voltou para o bar. Tendo se servido de um club sandwich surpreendentemente requintado e um copo de Dôle, ele acrescentou alguns toques finais próprios à visita jornalística, inclusive detalhes banais tais como toaletes, rotas de fuga em caso de incêndio, saídas de emergência, estacionamentos e o ginásio com telhado projetado ainda em construção, antes de se recolher ao quarto e ligar para Perry, a fim de se assegurar de que estava tudo bem com eles. Gail dormia. Perry esperava fazer o mesmo a qualquer momento. Ao desligar, Luke refletiu que aquilo tinha sido o mais próximo da cama de Gail que ele provavelmente chegaria. Ligou para Ollie.

— Está tudo simplesmente maravilhoso, obrigado, Dick, e o transporte é satisfatório, caso isso o preocupe de alguma forma. Por falar nisso, o que você achou daqueles policiais árabes?

— Não sei, Harry.

— Nem eu, mas, como costumo dizer, nunca confie num policial. Então parece que está tudo bem.

— Até amanhã.

E finalmente Luke telefonou para Eloise.

— Está se divertindo, Luke?

— Sim, muito, obrigado. Berna é realmente uma bela cidade. Algum dia deveríamos vir aqui juntos, com o Ben.

É sempre assim que falamos: em prol do Ben, de modo que o menino se beneficie ao máximo de seus pais heterossexuais e felizes.

— Quer falar com ele? — pergunta ela.

— Ele está acordado? Não me diga que ainda está estudando espanhol.

— Aí é uma hora mais tarde, Luke.

— Ah, sim, claro. Bem, então por favor, se possível. Olá, Ben.

— Olá.

— Estou em Berna, pagando por meus pecados. Berna, Suíça. A capital. Aqui tem um museu fantástico. O Einstein, um dos melhores que eu já vi em toda a minha vida.

— Você foi a um *museu*?

— Só por meia hora, ontem à noite, quando cheguei. Estavam abertos à noite. Do outro lado do hotel, é só atravessar a ponte. Então fui lá.

— Por quê?

— Senti vontade. O porteiro do hotel recomendou, então eu fui.

— Assim à toa?

— Sim. À toa.

— O que mais ele recomendou?

— Como assim?

— Você comeu fondue de queijo?

— Não tem muita graça quando se está sozinho. Preciso de você e da mamãe. Preciso de vocês dois.

— Ah, tá.

— E, com um pouquinho de sorte, estarei de volta no final de semana. Vamos juntos ao cinema ou a qualquer outro lugar.

— Na verdade, tenho uma redação de espanhol para fazer, se não se importar.

— Tudo bem. Boa sorte. Sobre o que é?

— Não sei exatamente. Qualquer coisa em espanhol. Tchau!

— Tchau!

O que mais o porteiro recomendou? Ouvi bem? Como se fosse: *o porteiro mandou uma prostituta para você?* O que Eloise andou dizendo a ele? E por que, meu Deus, eu disse que estive no Museu Einstein só porque vi a brochura sobre o balcão da portaria?

*

Ele foi para a cama, ligou a TV na BBC World News e logo em seguida desligou-a. Meias verdades. Quarta parte de verdades. O que o mundo realmente sabe de si não ousa dizer. Desde o tempo de Bogotá ele havia descoberto que não tinha mais coragem de lidar com a solidão. Por um tempo excessivamente longo, contivera fragmentos de si mesmo que estavam começando a desmoronar. Foi até o frigobar, serviu-se de uísque com soda e deixou o copo ao lado da cama. Só um e chega. Perdera Gail e depois Yvonne. Estaria Yvonne virando a noite analisando as informações comerciais de Dima ou deitada nos braços de seu marido perfeito? Se é que ela tinha um, do que algumas vezes ele duvidava. Talvez o tivesse inventado para se defender de Luke. Os pensamentos se voltaram para Gail. Seria Perry também perfeito? Provavelmente sim. Todo mundo, exceto Eloise, tinha um marido perfeito. Lembrou-se de Hector, pai de Adrian. Hector visitando o filho na prisão todas as quartas e sábados, por mais seis meses, se o rapaz tivesse sorte. Hector, o secreto Savonarola, como alguém inteligente o havia apelidado, fanático pela reforma do seu amado Serviço, apesar de saber que perderia a batalha, mesmo se a vencesse.

Ele ouvira dizer que o Comitê de Delegação tinha agora um centro de comando. Provavelmente algum local superultrassecreto, suspenso por cabos ou enterrado a centenas de metros. Já estivera em salas assim em Miami e Washington, quando negociara serviço de inteligência com seus *chers collègues* da CIA, ou da agência americana antidroga do Serviço de Álcool, Tabaco & Armas de Fogo, e só Deus sabe que outras agências: sua moderada opinião era de que se tratava de lugares que garantiam a insanidade coletiva. Observara como a linguagem corporal se alterava quando os Iniciados renunciavam a si mesmos e ao senso comum, ao serem aceitos num mundo virtual.

Lembrou-se de Matlock, que tirara férias na Ilha da Madeira e não sabia o que era uma espelunca. Matlock acuado por Hector, tirando o nome de Adrian da cartola e atirando-o nele à queima-roupa. Matlock sentado junto à janela com vista panorâmica para o velho Tâmisa e expondo, de forma monótona, suas grosseiras sutilezas — primeiro a punição, depois o incentivo, em seguida os dois juntos.

Bem, Luke não tinha nem mordido a isca, nem a rejeitado. Não que tivesse muita astúcia, como era o primeiro a admitir: em um dos seus relatórios confidenciais anuais fora considerado *insuficientemente controlador*, e ele estava bastante satisfeito com isso em seu íntimo. Não se considerava um manipulador. Obstinação tinha mais a ver com ele. Resistência. Prosseguir no mesmo caminho apesar de todos os obstáculos que pudessem surgir: *não* — quer você esteja acorrentado a uma paliçada, quer esteja sentado na poltrona do confortável escritório de Matlock em *La Lubianka-sur-Thamise*, bebendo uísque e se esquivando das perguntas dele. Um homem poderia se perder nos próprios pensamentos só de ouvir essas perguntas.

— Um contrato de três a cinco anos numa escola de treinamento, Luke, boa moradia como bônus para sua mulher, o que lhe dará assistência após aqueles momentos difíceis que não preciso mencionar, ajuda para despesas de mudança, uma agradável brisa marítima, boas escolas na vizinhança... Você não terá que *vender* a casa de Londres se não quiser, ao menos enquanto os preços estiverem baixos... Meu conselho é alugá-la e ficar com o valor que conseguir mensalmente. Bata um papo com a contabilidade no andar térreo, diga que falei para você lhes fazer uma visitinha... Não que estejamos no nível de Hector quanto à obtenção de propriedades; poucos estão. — Pausa devido à ansiedade moderada. — Quero crer, Luke, que Hector não está arrancando você da sua área de competência, considerando-se que você é um pouco confuso em suas lealdades, se assim posso dizer... Disseram-me que Ollie Devereux foi enfeitiçado por ele, incidentalmente, o que não achei prudente da parte dele. Você diria que Ollie trabalhava em tempo integral? Ou seguia mais a linha de trabalho informal...?

Uma hora depois, ele repetiu tudo a Hector.

— Nesse momento, Billy Boy está a nosso favor ou contra nós? — perguntara Luke a Hector durante o mesmo trago de despedida no aeroporto Charles de Gaulle, quando passaram agradavelmente para tópicos menos pessoais.

— Billy Boy irá aonde quer que ele acredite que seu título de cavaleiro esteja. Se tiver que escolher entre os guardas de caça e os caçadores furtivos, escolherá Matlock. Contudo, um homem que odeia Aubrey Longrigg tanto quanto ele não pode ser de todo mau — acrescentara Hector, como uma reflexão tardia.

Em outras circunstâncias, Luke poderia ter questionado essa feliz assertiva, mas não agora, na véspera da decisiva batalha de Hector contra as forças do mal.

*

De alguma forma a manhã de quarta-feira finalmente chegara. De alguma forma Gail e Perry dormiram um pouco, levantaram animados e prontos para um café da manhã com Ollie, que saíra em busca, segundo ele, do carro da realeza, enquanto faziam uma lista e iam comprar coisinhas para as crianças no mercado local. Logicamente, isso os fez lembrar de uma expedição semelhante a St. John, na tarde em que Ambrose os colocara na trilha coberta de vegetação para Three Chimneys, mas os itens selecionados dessa vez eram mais prosaicos: água, com e sem gás, refrigerantes — e ah!, tudo bem, deixe-os tomar Coca-Cola (Perry) —, comidas de piquenique — geralmente as crianças preferem salgados a doces, mesmo que não saibam disso (Gail) —, pequenas mochilas para todos, embora não provenham do Comércio Justo; algumas bolas de borracha e um taco de beisebol, que foi o mais próximo do material de críquete que conseguiram obter, mas, se necessário, ensinaremos *rounders* a eles, ou, mais provavelmente, eles nos ensinarão, já que os meninos jogam beisebol.

O carro da realeza de Ollie era um antigo veículo verde para transporte de cavalos, de 6 metros, com laterais de madeira, teto de lona e espaço para transporte de dois animais na traseira, com uma divisória entre eles, e no piso almofadas e lençóis para os seres humanos. Gail sentou-se cuidadosamente nas almofadas. Perry, satisfeito com a perspectiva de uma viagem acidentada, logo se postou atrás dela. Ollie elevou a rampa e a aparafusou. O motivo do seu chapéu preto de abas largas se tornou claro: Ollie era o cigano feliz, pronto para a exposição de cavalos.

De acordo com o relógio de Perry, fizeram um percurso de 15 minutos e pararam, com um solavanco, em terreno macio. Nada de trapacear e nada de espreitar. Ollie os havia alertado. Ventava forte, e a lona do teto inflava como uma bujarrona. Pelos cálculos de Ollie, estavam a uns dez minutos do alvo.

*

Luke Solitário, seus professores assim o chamavam na escola, conforme um ousado herói de algum romance de aventuras há muito esquecido. Parecia-lhe um pouco injusto que, aos 8 anos, tivesse manifestado o mesmo senso de solidão que o assombrava aos 43.

Mas Luke Solitário permanecera, e agora era Luke Solitário, usando óculos de aro de tartaruga e uma gravata de um vermelho intenso, que tamborilava num laptop prateado, no momento em que se sentava sob a cobertura de vidro esplendidamente iluminada do grande saguão do hotel Bellevue Palace, com uma capa de chuva azul pendurada de maneira bem visível no braço da cadeira de couro colocada a meio caminho entre as portas de vidro da entrada e o Salon d'Honneur com colunas, local de um *apéro* no meio do dia, promovido pelo Conglomerado Arena de Comércio Multiglobal, como indicavam as elegantes placas de bronze que sinalizavam o caminho para os convidados. Era Luke Solitário, usando o reflexo dos elegantes espelhos das portas para ficar de olho nos que chegavam, e esperando para viabilizar solitariamente a fuga de um desertor russo enfurecido.

Nos últimos dez minutos ele observara, numa espécie de admiração passiva, Emilio dell Oro e os dois banqueiros suíços, imortalizados por Gail como Pedro e o Lobo, fazerem suas entradas deliberadamente discretas, seguidos por um grupo de ternos cinzentos, os garotos Armani, depois, pelo aspecto, por dois jovens árabes sauditas e, em seguida, por uma mulher chinesa e um homem moreno de ombros largos, que Luke arbitrariamente designou como grego.

Na sequência, num único grupo entediado, os Sete Puros, totalmente desprotegidos, com exceção de Bunny Popham, com um cravo na lapela, e o languidamente encantador Giles de Salis, com uma bengala de punho de prata que combinava com seu terno impressionantemente perfeito.

Aubrey Longrigg, onde você está, agora que precisam de você?, Luke queria perguntar a ele. De cabeça baixa? Camarada esperto. Uma cadeira segura no Parlamento e um ingresso grátis para o Aberto da França é uma coisa; assim como um suborno extraterritorial de muitos milhões e mais alguns diamantes para a mulher desmiolada, sem falar numa diretoria não executiva no mais novo e importante banco da cidade, com bilhões em dinheiro recém-lavado para se divertir; mas uma associação total, notável, a um banco suíço com os holofotes sobre você... isso é arriscado demais: ou pelo menos era o que Luke estava pensando, à medida que a figura magra, calva e irascível de Aubrey Longrigg, membro do Parlamento, subia arrogantemente os degraus — o homem propriamente dito, não mais uma foto, com Dima, o lavador de dinheiro número um do mundo, ao seu lado.

Quando Luke deslizou um pouco mais na cadeira de couro e levantou a tampa do laptop, ele sabia que, se houvera algo como um momento Eureka em sua vida, fora ali e naquele momento, e jamais haveria outro igual. Uma vez mais agradecia por aquilo aos deuses, nos quais não acreditava, pois em todos os anos do Serviço nem uma vez pousara os olhos em Aubrey Longrigg, nem Longrigg nele — pelo menos não que soubesse.

Apesar disso, foi só depois que os dois homens já tinham passado por ele, a caminho do Salon d'Honneur — Dima quase roçou nele —, que Luke ousou levantar a cabeça e fazer uma rápida interpretação dos flagrantes apresentados, estabelecendo os seguintes pontos de tática operacional:

Ponto Um: Dima e Longrigg não estavam falando um com o outro ao chegarem e provavelmente não haviam conversado antes. Simplesmente estavam por acaso perto um do outro ao subirem os degraus. Dois homens fortes, de meia-idade, com jeito de contadores, vinham em seguida, sendo mais provável, do ponto de vista de Luke, que Longrigg estivesse conversando com um deles ou com ambos, em vez de falando com Dima. E, embora os indícios fossem tênues (eles podiam ter se falado anteriormente), Luke se consolou com cautela, pois nunca é cômodo descobrir, no momento em que sua operação está chegando ao fim, que seu companheiro tem um relacionamento pessoal com um jogador importante. Com relação ao assunto Longrigg, não tinha outras cogitações além da exultante e indubitavelmente óbvia: *ele está aqui! Eu o vi! Sou testemunha!*

Ponto Dois: Dima decidiu sair de cena em grande estilo. Para a grande ocasião ele portava um terno azul, com abotoamento duplo, feito sob medida, e, nos delicados pés, um par de mocassins de bezerro preto com borlas — na mente fervilhante de Luke, nada ideal para uma fuga, mas não será uma fuga e sim uma retirada bem-arranjada. O aspecto de Dima, para quem leva em consideração que ele acaba de assinar a própria sentença de morte, repercutiu em Luke como inacreditavelmente despreocupado. Talvez estivesse se divertindo com o antegozo da vingança: do orgulho de um velho *vor* a ser em breve restaurado, e da expiação de um discípulo assassinado. Talvez, em meio a todas as suas ansiedades, estivesse contente por parar de mentir, se defender e fingir, já pensando na verdejante e agradável Inglaterra que esperava por ele e sua família. Luke conhecia bem esse sentimento.

O *apéro* está em andamento. Um balbucio de barítono vem do Salon d'Honneur, começa a crescer e se reduz novamente. No salão, um honroso convidado discursa, primeiro num russo confuso, depois num inglês sem clareza. Pedro? O Lobo? De Salis? Não. É o honrado Emilio dell Oro; Luke reconhece sua voz do clube de tênis. Aplausos. Silêncio de igreja, enquanto é feito um brinde em homenagem a alguém. A Dima? Não, ao respeitável Bunny Popham, que replica. Luke conhece essa voz também, e a risada a confirma. Ele olha para o relógio, pega o celular, pressiona o botão para Ollie:

— Vinte minutos se ele estiver no horário — diz, e mais uma vez se concentra no laptop prateado.

Ah, Hector. Ah, Billy Boy. Esperem só até ouvir com quem eu esbarrei hoje.

*

Antes de ir, se importa se eu fizer um discurso de improviso, Luke?, pergunta Hector, sorvendo um uísque no aeroporto Charles de Gaulle.

Luke não se importa nem um pouco. Os assuntos Adrian, Eloise e Ben ficaram para trás. Hector acaba de emitir seu parecer sobre Billy Boy Matlock. O voo de Luke está sendo chamado.

No planejamento operacional, há apenas *duas oportunidades para flexibilidade, entende, Lukie?*

Entendo, Hector.

A primeira, quando você traça o plano. Fizemos isso. A segunda, quando o plano degringola. Até que isso ocorra, concentre-se estritamente no que decidimos fazer, ou vai estar fodido. Agora me dê um aperto de mão.

*

Uma pergunta martelava a mente de Luke enquanto ele permanecia sentado fitando um monte de palavras incompreensíveis na tela do laptop prateado e, faltando zero minuto, esperava Dima sair sozinho do Salon d'Honneur: a lembrança do discurso de despedida de Hector surgira *antes* de ter visto o Niki com cara de bebê e o filósofo cadavérico tomando suas posições nas duas cadeiras de espaldar alto de cada lado das portas de vidros? Ou fora instigada pelo choque de vê-los ali?

E, aliás, quem o chamara de *filósofo cadavérico* pela primeira vez? Fora Perry ou Hector? Não, fora Gail. Confie em Gail. Gail tem todas as melhores ideias.

E por que foi que, *precisamente* no momento em que os viu, o murmúrio no Salon d'Honneur cresceu e as grandes portas se abriram? Na verdade, apenas uma delas, via agora, para expelir Dima sozinho.

A confusão de Luke não era apenas com relação ao tempo, mas também ao lugar. Enquanto Dima se aproximava por trás, Niki e o filósofo cadavérico levantavam-se na frente dele, deixando Luke acuado no meio, sem saber em que direção olhar.

Um furioso grito de obscenidades russas por sobre o ombro direito informou-o que Dima parara a seu lado:

— *O que vocês querem comigo, seus titicas? Quer saber o que estou fazendo, Niki? Vou mijar. Querem me ver mijando? Saiam daqui. Vão mijar naquele veado daquele Príncipe.*

Detrás do balcão, o porteiro levantou a cabeça discretamente. A recepcionista alemã, extraordinariamente elegante, não demonstrou a mesma discrição ao virar-se para dar uma olhada. Resolutamente surdo a tudo isso, Luke tamborilava ao acaso no laptop prateado. Niki e o filósofo cadavérico permaneciam de pé. Nenhum dos dois se mexia. Talvez suspeitassem de que Dima estivesse prestes a sair correndo em direção às portas de vidro e para a rua. Em vez disso, com um *"que se fodam"*, ele retomou o caminho através do saguão e ingressou no pequeno corredor que levava ao bar. Passou pelo elevador e deu uma parada no topo da escada que levava aos toaletes do subsolo. Nesse momento já não estava sozinho. Niki e o filósofo estavam de pé atrás dele e, uns poucos centímetros atrás dos guarda-costas, estava o retraído, discreto e pequeno Luke com o laptop debaixo do braço e a capa de chuva por cima, precisando ir ao banheiro.

Seu coração já não bate mais forte, os pés e os joelhos estão bem e flexíveis. Está ouvindo e pensando claramente. Lembra que conhece o terreno e os guarda-costas não, e que Dima também o conhece, o que dá incentivo extra aos guarda-costas, se é que em algum momento precisaram disso, para estarem atrás de Dima, em vez de na frente dele.

Luke está tão atônito pela atitude instintiva deles quanto Dima. É frustrante para ele, assim como para Dima, que estejam atormentando um homem que não tem mais utilidade para eles e que, por sua própria avaliação e provavelmente pela deles, estará morto em breve. Não exatamente aqui e agora. Não em plena luz do dia, com todo o hotel como testemunha, e com os Sete Puros, um eminente membro do Parlamento britânico e outros dignitários saboreando champanhe e canapés a 20 metros de distância. Além disso, como bem se demonstra, o Príncipe é meticuloso nos assassinatos. Gosta de acidentes ou de atos de terror fortuitos cometidos por bandidos chechenos saqueadores.

Mas essa discussão fica para outra hora. Se o plano *degringolou*, como disse Hector, então é hora de Luke exercitar a flexibilidade, o momento *não de pensar mas de agir*, para citar Hector novamente, a hora de lembrar tudo o que foi inculcado nele nos sucessivos cursos de combate desarmado ao longo dos anos, mas que ele nunca se viu obrigado a pôr em prática, exceto naquela ocasião em Bogotá, quando sua performance foi sofrível, para dizer o mínimo: alguns golpes ousados, depois escuridão.

Mas, naquela ocasião, os capangas do traficante é que tiveram a vantagem da surpresa, e agora era a vez de Luke. Não tinha à mão a estranha tesoura para papel ou o bolso cheio de dinheiro trocado, nem os cordões de bota com seus nós, ou qualquer outro equipamento doméstico mortal, sobre os quais os instrutores ficavam tão entusiasmados, mas tinha um laptop prateado de última geração e, graças também a Aubrey Longrigg, uma raiva intensa. Esta apoderara-se dele como uma amiga necessitada e, naquele momento, era uma companheira melhor do que a coragem.

*

Dima se estica para empurrar a porta no meio da escada de pedra.

Niki e o filósofo cadavérico estão logo atrás, e Luke, por sua vez, está atrás deles, mas não tão próximo deles quanto eles de Dima.

Luke é tímido. Ir ao banheiro é um assunto particular de um homem, e ele é uma pessoa reservada. Não obstante, está passando por um momento de sua vida cheio de claridade espiritual. Dessa vez, a iniciativa é dele, e de mais ninguém. Dessa vez, ele é o legítimo agressor.

Ocasionalmente, a porta em frente da qual estão se encontra fechada por motivos de segurança, como Dima falou em Paris, mas hoje não. Ela certamente se abrirá, pois Luke está com a chave no bolso.

Assim que ela é aberta, revela a escada fracamente iluminada abaixo. Dima lidera o caminho, mas a situação muda abruptamente quando um golpe verdadeiramente forte de Luke com o laptop atinge o filósofo cadavérico ruidosamente e o lança, sem reclamações, para a frente de Dima e escada abaixo, desequilibrando Niki e propiciando ao russo a chance de agarrar o odiado e louro guarda-costas traidor pelo pescoço, da maneira que, de acordo com Perry, ele fantasiara ao descrever como propunha assassinar o marido da finada mãe de Natasha.

Com uma das mãos ainda em torno do pescoço dele, Dima gira a cabeça de um atônito Niki para a esquerda e para a direita contra a parede mais próxima até que seu corpo inerte, exaurido, despenca e cai, mudo, aos seus pés, instigando-o a chutá-lo repetidamente e com grande violência, primeiro na virilha e depois de cada lado da cabeça, com a biqueira do pé direito de seu inadequado sapato italiano.

Isso tudo, para Luke, aconteceu muito lenta e naturalmente, embora um pouco fora da sequência, mas com um efeito catártico e misteriosamente triunfante. Pegar um laptop com ambas as mãos, levantá-lo acima da cabeça o máximo possível e baixá-lo como o machado de um carrasco no pescoço do guarda-costas cadavérico convenientemente posicionado alguns degraus abaixo dele o indenizava de qualquer desconsideração que Luke sentira ter sofrido nos últimos quarenta anos, desde a infância à sombra de um tirânico pai soldado até a sequência de escolas inglesas particulares e públicas que detestara, mais o grande número de mulheres com quem dormira e que desejaram não tê-lo feito, até a floresta colombiana que o aprisionara e o gueto diplomático de Bogotá, onde praticara o pecado mais idiota e compulsivo de sua vida.

Mas no final, sem dúvida, era o pensamento de recompensar Aubrey Longrigg pela traição à confiança do Serviço que, por mais irracional que fosse, propiciou o maior ímpeto, porque Luke, assim como Hector, adora o Serviço. O Serviço é sua mãe e seu pai, assim como um pouquinho de Deus também, mesmo sendo seus métodos, algumas vezes, imprevisíveis.

E, ao pensar sobre isso, ele concluiu que era provavelmente dessa forma que Dima se sentia com relação a seu querido *vory*.

*

Alguém deveria estar gemendo, mas ninguém está. Ao pé da escada, os dois homens estão caídos, um sobre o outro, em aparente desacato ao homofóbico código *vory*. Dima ainda chuta Niki, que se encontra por baixo, e o filósofo cadavérico abre e fecha a boca como um peixe encalhado na praia. Luke gira nos calcanhares e cautelosamente sobe os degraus, trancando novamente a porta; então devolve a chave ao bolso e se junta à tranquila cena que se desenrola mais abaixo.

Agarrando Dima pelo braço, que precisa dar apenas mais um chute antes de ir, Luke o conduz, passando pelo toalete, subindo alguns degraus e atravessando uma área de recepção não utilizada, até chegarem a uma porta blindada identificada como SAÍDA DE EMERGÊNCIA. Essa porta não requer chave, mas, por outro lado, há uma minúscula caixa verde instalada na parede, com a frente de vidro e um botão vermelho de alarme no interior, para emergências tais como incêndio, inundação ou algum ato de terrorismo.

Nas últimas 18 horas, Luke se dedicou ao estudo da caixa verde com o botão de alarme e também se preocupou em discutir com Ollie suas mais prováveis propriedades. Por sugestão de Ollie, afrouxou os parafusos de latão que prendem o painel de vidro à moldura de metal e cortou um fio de aparência sinistra, com revestimento vermelho, que se estende até o interior do hotel com o objetivo de conectar o botão de alarme ao sistema central. Na visão especulativa de Ollie, o resultado do corte do fio vermelho seria abrir a saída de emergência sem provocar um êxodo emergencial dos funcionários e hóspedes.

Luke remove o painel de vidro afrouxado com a mão esquerda e tenta empurrar o botão vermelho com a direita, mas descobre que ela se encontra temporariamente indisponível. Então ele usa novamente a mão esquerda, ao que, com eficiência suíça, as portas se abrem precisamente como Ollie especulou: lá está a rua e o dia ensolarado acenando para eles.

Luke apressa Dima, à frente dele, e, por cortesia ao hotel, ou desejo de parecerem dois sérios cidadãos berneses de terno que estão simplesmente saindo à rua, para e fecha a porta, ao mesmo tempo que constata, com alívio, que nenhum alarme que exija a desocupação geral do hotel ressoa ao fundo.

Do outro lado da rua, a 50 metros de distância, fica um estacionamento subterrâneo, chamado, bastante estranhamente, de Parking Casino. No primeiro andar, bem de frente para a saída, encontra-se o BMW que Luke alugou para a ocasião, e, na mão direita dormente de Luke, a chave eletrônica que destrava as portas do carro antes de serem alcançadas.

— Meu Deus, Dick, eu te amo, está me ouvindo? — sussurra Dima, a respiração curta e ofegante.

Com a mão direita dormente, Luke procura o celular no forro quente do paletó, puxa-o para fora e, com o dedo indicador esquerdo, pressiona o botão para ligar para Ollie.

— A hora de entrar é *agora* — ordena, numa voz de calma majestosa.

*

O veículo para transporte de cavalos estava dando marcha a ré num forte declive, e Ollie prevenira Perry e Gail de que escorregariam. Após a espera no acostamento, subiram uma tortuosa estrada pela montanha, ouviram os cincerros das vacas e sentiram o cheiro do feno. Pararam, fizeram a volta, deram marcha a ré e agora esperavam novamente, mas até Ollie acionar o mecanismo que levantava a porta traseira do veículo, o que ele fez lentamente e sem barulho, revelando-se pouco a pouco em seu chapéu fedora preto, de aba larga.

Atrás de Ollie havia um estábulo e, mais além, um picadeiro e dois jovens cavalos castanhos de boa aparência, que se aproximaram trotando para vê-los e depois, num salto, afastaram-se novamente. Perto do estábulo, avulta-se uma grande casa moderna de madeira vermelho-escura, com beiral saliente. Havia um pórtico frontal e outro lateral, ambos fechados. O frontal era voltado para a estrada, e o lateral, não. Perry escolheu, então, o lateral, e disse:

— Eu vou primeiro.

Haviam combinado que Ollie, sendo um estranho para a família, ficaria no veículo até que fosse chamado.

À medida que Perry e Gail avançavam, notaram duas câmeras de circuito interno focalizando-os, uma no estábulo e outra na casa. Era responsabilidade de Igor, imaginaram, mas ele fora mandado às compras.

Perry apertou a campainha e inicialmente nada escutaram. A quietude pareceu anormal a Gail, então ela própria tocou novamente. Talvez não estivesse funcionando. Pressionou por muito tempo e, depois, em intervalos curtos, para acordar todo mundo. E afinal de contas funcionou, porque pés jovens e impacientes se aproximaram, ferrolhos se abriram, a fechadura foi destrancada e um dos filhos louros de Dima apareceu: Viktor.

Em vez de saudá-los com um largo sorriso no rosto sardento, como esperavam, Viktor encarou-os nervoso e confuso.

— Encontraram ela? — indagou, em seu inglês americano de internato.

A pergunta foi dirigida a Perry, e não a Gail, porque as meninas tinham aparecido e Katya agarrara uma das pernas de Gail, apertando a cabeça contra ela, enquanto Irina esticava os braços, pedindo um abraço.

— Minha irmã. *Natasha!* — gritou Viktor impacientemente para Perry, olhando de modo suspeito para o veículo de transporte de cavalos, como se ela pudesse estar escondida nele. — *Pelo amor de Deus! Vocês viram a Natasha?*

— Onde está sua mãe? — perguntou Gail, libertando-se das meninas.

Eles seguiram Viktor por um corredor apainelado que cheirava a cânfora e entraram numa sala de estar em dois níveis, com vigas rebaixadas, portas de vidro que davam para um jardim e o picadeiro mais além. Encolhida na parte mais escura do ambiente, entre duas malas de couro, estava sentada Tamara, com um chapéu preto de véu. Ao se aproximar, Gail viu através do véu que ela tingira o cabelo com hena e passara blush no rosto. Tradicionalmente, os russos se sentam antes de uma viagem, Gail lera em algum lugar, e talvez fosse por isso que Tamara estivesse sentada agora e permanecesse sentada quando Gail se pôs diante dela, fitando-a no rosto hirto e corado pela maquiagem.

— O que aconteceu com a Natasha? — perguntou Gail.

— Não sabemos — replicou Tamara, alheia.

— Como não?

Nesse momento, os gêmeos intervieram e Tamara foi temporariamente esquecida:

— Ela foi à escola de equitação e não voltou — insistiu Viktor, enquanto o irmão, Alexei, entrava na sala matraqueando:

— Não, ela *não foi*. Ela *disse* que iria à escola de equitação. Só *disse*, seu bundão! Ela mente, você sabe que ela faz isso.

— *Quando* ela saiu para ir à escola de equitação? — perguntou Gail.

— De manhã, hoje cedo! Umas 8 horas! — gritou Viktor, antes que Alexei pudesse dizer alguma coisa. — Ela tinha um compromisso por lá. Uma espécie de aula demonstrativa de adestramento! Papai ligou uns dez minutos antes e disse que tínhamos que estar prontos ao meio-dia! Natasha disse que tinha esse compromisso na escola de equitação e que precisava ir lá, era *algo que ela não podia cancelar*!

— Então ela foi?

— Com certeza. Igor a levou no Volvo.

— Bobagem! — Alexei novamente. — Igor levou a Natasha a *Berna*! Eles não *foram* para a merda da escola de equitação, seu idiota! Natasha *mentiu* para a mamãe!

A advogada Gail retomou o comando à força:

— Igor levou Natasha a *Berna*? Onde ele a deixou?

— Na *estação de trem*! — gritou Alexei.

— *Qual* estação de trem, Alexei? — perguntou Perry severamente. — Vamos manter a calma. Em qual estação de trem Igor deixou Natasha?

— Na *estação principal* de Berna! A estação internacional, meu Deus do céu! De onde se parte para todo canto. Paris! Budapeste! Moscou!

— Papai *mandou ela ir para lá*, Mestre — insistiu Viktor, abaixando a voz deliberadamente, em oposição ao histérico Alexei.

— Dima fez isso, Viktor? — perguntou Gail.

— Dima mandou ela ir para a estação de trem. Foi isso o que o Igor disse. Quer que eu ligue para ele de novo, para você falar com ele?

— Ele *não pode*, seu bundão! O Mestre não fala russo! — Alexei estava agora quase aos prantos.

Perry voltou a falar com firmeza, como antes:

— Viktor... um minuto, Alexei. Viktor, repita tudo para mim, devagar. *Alexei*, serei todo seu assim que eu tiver ouvido o Viktor. Então me conte, Viktor.

— Foi o que o Igor disse que ela disse a ele, e foi por isso que ele a deixou na estação principal: "Meu pai disse que eu tenho que ir para a estação principal."

— E o Igor é um bundão, também! Não perguntou por quê! — gritou Alexei. — Ele é um imbecil! Tem tanto medo do papai que simplesmente deixou a Natasha na estação e tchau! Não perguntou por quê. Foi fazer compras. Se ela nunca mais voltar, não é culpa dele. O papai mandou ele fazer isso, então ele fez, então não é culpa dele!

— Como você sabe que ela não foi para a escola de equitação? — interveio Gail, ponderando sobre o testemunho deles até aquele ponto.

— Por favor, Viktor — disse Perry rapidamente, antes de Alexei se intrometer novamente.

— Primeiro, porque a escola ligou para cá perguntando onde estava a Natasha — explicou Viktor. — São 125 por hora, e ela não cancelou o horário hoje. Esperavam que ela fizesse essa merda de adestramento. Selaram o cavalo todo e estavam esperando. Então, ligamos para o celular do Igor. Cadê a Natasha? Na estação de trem, ele disse, ordem do pai.

— O que ela estava vestindo? — perguntou Gail, voltando-se, por bondade, para o entristecido Alexei.

— Uma calça jeans larga. E uma espécie de bata russa. Como um *kulak*, que deixa ela totalmente reta. Ela diz que não gosta que os garotos fiquem olhando para a bunda dela.

— Ela está com dinheiro? — Falando ainda com Alexei.

— O papai dá tudo para ela. Ele a mima *completamente*! A gente ganha mais ou menos 100 por mês, ela ganha quase *500*. Para livros, roupas, sapatos que a deixam maluca. No mês passado, o papai comprou um violino para ela. Violinos custam milhões.

— E vocês todos tentaram ligar para ela? — Gail dirigiu-se a Viktor agora.

— Várias vezes — disse ele, que agora se apresentava como o homem maduro, calmo. — Todo mundo. Celular do Alexei, meu celular, o da Katya, o da Irina. Ninguém atende.

Gail se dirigiu a Tamara, lembrando-se da presença dela:

— Você tentou ligar para ela?

Nenhuma resposta por parte de Tamara.

Gail voltou-se, então, para as quatro crianças:

— Acho que todos vocês devem ir para o outro quarto, enquanto eu converso com a Tamara. Se a Natasha ligar, preciso falar com ela antes de qualquer um. Combinado?

*

Como não havia outra cadeira naquele canto escuro, Perry puxou um banco de madeira com dois ursos entalhados, e os dois se sentaram nele, vendo os minúsculos olhos negros de Tamara fitarem alternadamente um e outro, sem se fixarem em nenhum dos dois.

— Tamara — começou Gail —, por que a Natasha está com medo de encontrar o pai?

— Ela vai ter um filho.

— Ela lhe contou isso?

— Não.

— Mas você notou.

— Sim.

— Há quanto tempo você percebeu isso?

— Não importa.

— Mas foi em Antígua?

— Sim.

— Você conversou com ela sobre isso?

— Não.

— Com o pai dela?

— Não.

— Por que você não discutiu o assunto com a Natasha?

— Eu a odeio.

— Ela odeia você?

— Sim. A mãe dela era uma piranha. Agora Natasha é outra piranha. Isso não é nenhuma surpresa.

— O que vai acontecer quando o pai dela descobrir?

— Talvez a ame ainda mais. Talvez a mate. Está nas mãos de Deus.

— Você sabe quem é o pai?

— Talvez os pais sejam muitos. Da escola de equitação. Da escola de esqui. Talvez seja o carteiro; ou o Igor.

— E você não faz ideia de onde ela está agora?

— Natasha não confia em mim.

*

Do lado de fora, no pátio do estábulo, voltou a chover. No picadeiro, os dois elegantes cavalos cor de amêndoa divertiam-se dando cabeçadas um no outro. Gail, Perry e Ollie ficaram à sombra do veículo de transportar cavalos. Ollie falara com Luke pelo celular. Luke tivera problemas para conversar porque Dima estava com ele no carro, mas a mensagem que Ollie agora retransmitia não deixava margem a dúvidas. Sua voz permanecia calma, embora seu imperfeito sotaque cockney tivesse se tornado confuso devido à tensão:

— Temos que ir embora daqui imediatamente. Houve sérios desdobramentos e não podemos mais reter o comboio em função de um único navio. Natasha tem os números dos celulares deles, e eles o dela. Luke não quer que arranjemos problemas com Igor, então não faremos isso de jeito nenhum. Ele disse que você tem que embarcar todos imediatamente, por favor, Perry, e vamos *agora*, entendeu?

Perry estava voltando para a casa quando Gail o puxou para o lado e disse:

— Sei onde ela está.

— Você parece saber muita coisa que eu não sei.

— Nem tanto. O suficiente. Vou buscá-la. Só quero que você me dê cobertura. Nada a ver nem com heroísmo, nem com fantasias de mulherzinha. Você e Ollie levam a família, eu vou seguir com Natasha quando a encontrar. É isso que vou dizer ao Ollie, e preciso saber se tenho seu apoio.

Perry colocou as mãos na cabeça como se tivesse esquecido algo e depois as deixou cair lateralmente, rendendo-se:

— Onde ela está?

— Onde fica Kandersteg?

— Vá até Spiez e pegue o trem de Simplon para subir a montanha. Você tem dinheiro?

— Bastante; Luke me deu.

Perry olhou impotente para a casa, depois para o grande Ollie com o seu fedora, esperando impacientemente ao lado do veículo de transportar cavalos. Depois, de volta para Gail.

— Pelo amor de Deus. — Suspirou, desnorteado.

— Eu sei — disse ela.

15

Em situações de emergência, Perry Makepiece era conhecido entre seus colegas alpinistas como um pensador lúcido e um decidido homem de ação. Ele se orgulhava de ver pouca diferença entre os dois. Sentia-se apreensivo por Gail, ciente da precariedade da operação, horrorizado com a gravidez de Natasha e por cogitar que Gail pudesse ter achado necessário omiti-la. Ao mesmo tempo, respeitava as razões dela e se culpava. A imagem de Tamara fora de si, com inveja de Natasha, como uma bruxa de um romance de Dickens, desagradava-o e se misturava aos sentimentos de preocupação com Dima. Aquela última vez que o vira, na sala de massagem, transportara-o para além da compreensão de si mesmo: um criminoso vitalício, impenitente, assassino confesso e lavador número um de dinheiro é de minha responsabilidade e é meu amigo. Por mais que respeitasse Luke, ele desejava que Hector não precisasse deixar o campo para seu substituto justo no momento em que a operação se encaminhava para seu sucesso ou fracasso.

Ainda assim, a reação que teve a essa perfeita tempestade foi a mesma que teria se a corda tivesse se partido abaixo dele numa montanha rochosa das mais difíceis: manter-se firme, avaliar o risco, cuidar dos companheiros mais fracos, encontrar uma saída — o que estava fazendo naquele momento, agachado no veículo de transportar cavalos com os filhos naturais e adotivos de Dima espalhados ao redor dele num compartimento, além da sombra rebelde de Tamara em listras por entre as ripas da divisória. *Você tem duas meninas russas pequenas, dois meninos russos adolescentes e uma mulher russa mentalmente instável sob sua responsabilidade, e sua tarefa é levá-los ao topo da montanha sem que ninguém perceba. O que você faz?* Resposta: vou em frente.

Viktor, num acesso de cavalheirismo, queria acompanhar Gail aonde ela fosse. Iria a qualquer lugar, sem se importar. Alexei o ridicularizava, insistindo que Natasha só queria a atenção do pai, e Viktor, a de Gail. As meninas não queriam ir a lugar algum sem ela. Ficariam na casa e a protegeriam até que Gail voltasse com Natasha. Enquanto isso, Igor tomaria conta das duas. À súplica de cada um, Perry, o líder do grupo formado, repetira a mesma resposta paciente, mas enfática:

— O desejo de Dima é que vocês venham conosco imediatamente. Não, é uma excursão misteriosa. Ele disse isso a vocês. Saberão aonde estamos indo quando chegarmos lá, mas é um lugar interessante e vocês nunca estiveram lá antes. Sim, ele vai nos encontrar lá hoje à noite. Viktor, leve essas duas malas. Alexei, aquelas duas. Não precisa trancar a casa, Katya, obrigado. Igor estará de volta num minuto, e o gato fica. Gatos gostam mais dos lugares do que das pessoas. Viktor, onde estão as coisas da sua mãe? Na mala. Ótimo. De quem é aquele ursinho de pelúcia? Bem, ele precisa vir conosco também, não é? Igor não precisa de um urso, e você, sim. Todo mundo para o banheiro agora, querendo ou não.

Dentro do veículo de transportar cavalos, as meninas ficaram inicialmente mudas, depois repentinamente barulhentas e bastante alegres, em grande parte por causa de Ollie e de seu fedora preto de aba larga, que ele tirou solenemente quando as saudou de dentro do carro da realeza. Todos tinham que gritar para serem ouvidos acima da barulheira. Veículos para transportes de cavalos chacoalham muito e não têm isolamento acústico.

— Aonde estamos indo? — berraram as meninas.

— Para aquela merda de Eton — Viktor.

— É segredo — Perry.

— Segredo de quem? — As meninas.

— Do Dima, sua boboca — Viktor.
— Quanto tempo a Gail vai demorar?
— Não sei, depende da Natasha — Perry.
— Elas vão chegar lá antes da gente?
— Acho que não — Perry.
— Por que não podemos olhar para fora, pela parte de trás?
— Porque isso é *totalmente* proibido pela lei suíça! — gritou Perry, mas mesmo assim as meninas tiveram que se inclinar na direção dele para escutar. — Os suíços têm leis para tudo! Olhar para fora do interior de um veículo para transporte de cavalos em movimento é um delito especialmente grave! As pessoas que fazem isso vão para a prisão por muito tempo! É melhor descobrirem o que Gail colocou dentro das suas mochilas!

Os meninos eram menos dóceis:

— Temos que brincar com essas coisas de criança? — gritou Viktor incredulamente no meio da agitação provocada pelo vento, chamando a atenção para um frisbee que surgia de uma mochila.

— A ideia é essa!

— Pensei que fôssemos jogar críquete. — Viktor novamente.

— Só assim vamos poder estudar em Eton! — Alexei.

— Vamos tentar! — Perry.

— Então não vamos escalar montanhas!

— Por que não?

— Não tem como jogar críquete nas montanhas! Não tem lugar reto! Os agricultores ficam putos. Então é melhor ir para algum lugar *reto*, não é?

— Dima *disse* a vocês que era um lugar plano?

— O Dima é que nem você! Misterioso! Ele deve estar numa merda danada! Os tiras devem estar atrás dele! — gritou Viktor, visivelmente animado com a ideia.

Mas Alexei ficou enfurecido:

— Não fale assim! Não é legal. É uma *vergonha* falar uma coisa dessas do seu pai, *seu idiota*. Em Eton eles vão *matar* você por isso!

Viktor puxou para fora da mochila o frisbee e, resolvendo vê-lo de outra forma, fez que experimentava seu equilíbrio no meio da corrente de ar.

— Então tudo bem, não vou falar do problema! — berrou. — Renuncio totalmente a isso! Nosso pai não está numa merda danada e os tiras gostam dele. Então agora o problema não existe, certo? O problema nunca foi mencionado. É um *ex-problema*!

Perry começou a se perguntar se os meninos já haviam sido escondidos antes, talvez lá nos fatais tempos de Perm, quando Dima ainda subia na vida.

— Eu posso perguntar uma coisa aos dois cavalheiros? — disse ele, chamando-os adiante até se agacharem à sua frente. — Nós vamos passar um tempinho juntos, não vamos?

— É!

— Assim, talvez vocês pudessem deixar de lado os *merdas* e *idiotas* na frente da sua mãe e das meninas, não? E da Gail também.

Eles consultaram um ao outro, deram de ombros. OK. Que seja. Imagine se nos importamos com isso. Mas Viktor não estava convencido. Ele pôs as mãos em concha e segredou alto no ouvido de Perry para que as meninas não ouvissem:

— O grande enterro, sabe? Aquele em que estivemos, em Moscou? A tragédia? Milhares de pessoas chorando, não é?

— O que tem isso?

— Começou com uma batida de carro, não foi? *Misha e Olga foram mortos num acidente de carro.* Mentira. *Nunca* teve um acidente. Foi *tiro com arma de fogo*. Então, quem atirou neles? Um bando de loucos chechenos que não roubaram nada e gastaram uma fortuna em balas de Kalashnikov? Por quê? Porque odeiam os russos. Mentira! *Não* foram os putos dos chechenos!

Alexei estava socando-o, tentando colocar a mão sobre a boca de Viktor, mas Viktor o empurrava para longe.

— Pergunte a qualquer pessoa de Moscou que saiba das coisas. Pergunte ao meu amigo Piotr. Misha foi *trucidado*. Ele tinha problemas demais com *a máfia*. Foi por isso que exterminaram ele. Olga também. Agora eles vão exterminar o papai antes que os tiras façam isso. Não é, mãe? — Ele berrava para Tamara através das venezianas. — O que eles chamam de uma *pequena advertência* para mostrar a todos quem é o chefão! A mamãe sabe de todo esse negócio. Ela sabe *tudo*. Passou dois anos na prisão de Perm por chantagem e extorsão. Foi interrogada cinco vezes durante 72 horas, sem interrupção. Espancada, mas não se cagou. Piotr viu a ficha dela. Métodos ásperos empregados. Oficialmente. Não é isso, mãe? Por isso é que ela não *diz* mais nada a ninguém, ninguém além de Deus. Tiraram isso dela. Ei, *mãe*! A gente ama você!

Tamara se afasta mais adiante, no meio das sombras. O celular de Perry toca. É Luke, animado e muito cauteloso:

— Tudo bem? — pergunta ele.

— Até agora, sim. Como anda o nosso amigo? — pergunta Perry, referindo-se a Dima.

— Está contente e *sentado bem aqui ao meu lado, no carro. Envia os mais sinceros votos.*

— Igualmente — responde Perry prudentemente.

— De agora em diante, sempre que houver oportunidade, comporemos grupos menores. São mais fáceis de deslocar e mais difíceis de identificar. Você pode arrumar os garotos um pouco?

— Como?

— Apenas fazê-los parecer diferentes um do outro. Desse modo deixam de ser gêmeos tão idênticos.

— Claro.

— E, na viagem, pegue um trem totalmente lotado. Talvez espalhando as pessoas por toda parte. Um menino em cada vagão, você e as meninas em outro. Faça Harry comprar as passagens em Interlaken, de modo que vocês não fiquem todos fazendo fila no mesmo balcão, entendeu?

— Entendi.

— Alguma comunicação de Doolittle?

— É cedo demais. Ela acabou de sair.

Foi a primeira vez que eles falaram diretamente do afastamento de Gail.

— Bem, ela está fazendo a coisa certa. Não a deixe pensar de outro modo. Diga-lhe isso.

— Vou dizer.

— Ela é uma dádiva do céu e precisamos dela para sermos bem-sucedidos. — Luke fala por enigmas. — Não há outra escolha. Dima está *sentado bem aqui ao meu lado, no carro.*

Ao passar subindo com as meninas, Perry bate de leve no ombro de Ollie e grita em seu ouvido as instruções adequadas.

*

Katya e Irina encontraram seus folheados de queijo e suas batatas fritas e estão lado a lado, mastigando e cantarolando. De vez em quando elas se viram completamente a fim de olhar para o chapéu de Ollie e se escangalham de rir. Ao mesmo tempo, Katya se esforça para tocá-lo, mas fica com medo. Os gêmeos ficaram satisfeitos só com um jogo de xadrez de bolso e bananas.

— Próxima parada, Interlaken, meninos e meninas! — grita Ollie, por sobre o ombro. — Vou estacionar na estação de trem e entrar no primeiro vagão com a madame e a bagagem. Vocês vão ter um belo passeio e salsichas, talvez, seguindo-me até a rampa no seu ritmo próprio e despreocupado. Contentes conforme o previsto, Mestre?

— Todos muito contentes conforme o previsto — confirma Perry, tendo consultado as meninas.

— *A gente* não está *nem um pouco* contente! — grita Alexey em protesto, e se agita de novo sobre os estofados, estirando os braços. — Estamos totalmente *infelizes!*

— Por algum motivo especial? — pergunta Perry.

— Um motivo *todo* especial! Nós vamos para *Kandersteg*, eu sei! Nós *não* vamos de novo para Kandersteg, *nunca*! Não quero *escalar montanha*, não sou uma maldita *mosca*, tenho tontura e *não* gosto do Max!

— Errou em tudo — diz Perry.

— Você quer dizer que *não* estamos indo para Kandersteg?

— Exatamente.

Mas Gail sim, pensa ele de novo, dando uma olhada no relógio.

*

Perto das 15 horas, graças a uma oportuna baldeação de trem em Spiez, Gail encontrou a casa. Não foi difícil. Ela se informou na agência dos correios: alguém conhece um professor de esqui chamado Max, não da Escola de Esqui Suíça oficial, mas um instrutor particular cujos pais administram um hotel? A corpulenta senhora do guichê não sabia, de modo que ela consultou o homem magro do balcão de triagem, que julgava conhecer a pessoa, mas, por medida de segurança, consultou o rapaz que enchia de pacotes o grande vagonete amarelo. A resposta veio completa: é o hotel Rössli, junto à rua principal, no lado direito; a irmã dele trabalha lá.

A rua principal estava vertiginosa; o sol havia saído incomumente cedo, e as montanhas, em cada um dos lados, estavam cobertas por neblina. Uma família de cachorros cor de mel se aquecia na calçada ou se refugiava sob o toldo das lojas. Turistas com chapéus olhavam atentamente para as vitrines das lojas de suvenires e, no terraço do hotel Rössli, um grupo disperso deles estava sentado à mesa, comendo bolo com creme e tomando café gelado em copos altos, de canudinho.

Uma moça sobrecarregada, de cabelos ruivos e traje típico suíço, era a única garçonete, e, quando Gail tentou falar-lhe, ela a mandou sentar e esperar sua vez. Gail, em vez de simplesmente ir embora dali, o que teria sido sua reação normal, sentou-se submissa e, quando a moça veio lhe atender, primeiro pediu um café — que não queria —, depois perguntou se por acaso ela não seria irmã de Max, o grande guia de montanha, ao que a jovem deu um sorriso radiante e passou a ter todo o tempo do mundo.

— Bem, ainda não um *guia*, na verdade, ou não *oficialmente*, e *grande*, eu não sei! Primeiro ele tem que fazer umas provas, o que é bastante difícil — disse ela, orgulhosa de seu inglês e contente por praticá-lo. — Infelizmente, Max começou um pouco tarde. Antes, ele queria ser arquiteto, mas não gostava de deixar o vale. Na realidade, é um sonhador, mas estamos de dedos cruzados. Agora ele finalmente sossegou e no próximo ano vai se habilitar. Assim *esperamos*! Hoje ele talvez esteja nas montanhas. Você quer que eu chame a Barbara?

— Barbara?

— Ela é realmente *muito* legal. Dizemos que ela o converteu inteiramente. Já era tempo, devo dizer!

Blüemli. A irmã de Max escreveu-o para Gail numa página dupla arrancada de seu bloco de notas:

— Em alemão suíço, significa uma *pequena flor*, mas também pode significar flor grande, pois o povo suíço gosta de chamar qualquer coisa de que goste de pequena. O último chalé no lado esquerdo, depois da escola. O pai de Barbara o construiu para eles. Na verdade, eu acho que o Max vem tendo *muita* sorte.

Blüemli era o idílio para um jovem casal, construído em excelente pinho, com flores vermelhas nas armações das janelas, cortinas de pano vermelho listrado e um tubo de chaminé também vermelho, para combinar, além de uma inscrição em letras góticas sob o telhado, que agradecia a Deus suas bênçãos. O jardim da frente era um canteiro de grama recém-aparada com um balanço, uma piscina de plástico inflável novinha em folha, uma churrasqueira igualmente nova e lenha cortada e empilhada de maneira impecável junto à porta da frente, ao lado dos sete anões.

Se fosse uma casa virtual em vez de real, Gail não teria ficado surpresa, mas nada a estava surpreendendo. A situação não apenas piorara; atingira o pior nível possível: não pior, porém, do que as muitas possibilidades que Gail considerara durante a viagem de trem até ali ou do que imaginava quando apertou a campainha e ouviu uma mulher chamar alegremente *"En Momänt bitte, d'Barbara chunt grad!"*, o que, embora ela não falasse alemão, nem alemão suíço, parecia lhe dizer que Barbara num instante estaria ali. E fiel às palavras, Barbara apareceu: uma mulher alta, enfeitada, correta, bonita, inteiramente agradável, só um pouco mais velha do que Gail.

— *Grüssech* — disse ela, e, percebendo o sorriso constrangido de Gail, mudou um tanto esbaforidamente para o inglês: — Olá! Posso ajudá-la?

Através da porta aberta, Gail ouviu o queixoso choramingo de um bebê. Ela tomou fôlego e sorriu.

— Espero que sim. Meu nome é Gail. Você é Barbara?

— Sim, sim, sou eu!

— Estou procurando uma moça alta e de cabelos pretos chamada Natasha, uma jovem russa.

— Ela é *russa*? Bem, eu não sabia. Talvez isso explique alguma coisa. Você por acaso é médica?

— Infelizmente, não. Por quê?

— Sim, bem, ela está aqui. Eu não sei por quê. Você pode entrar, por favor. Tenho que cuidar de Anni. O primeiro dentinho dela está nascendo.

Avançando rapidamente atrás de Barbara pela casa, Gail sentiu o doce cheiro de talco de bebê. Uma fila de chinelos de feltro com orelhas de coelho, pendendo de uns ganchos de metal, fizeram-na tirar seus encardidos sapatos de rua. Enquanto Barbara esperava, Gail calçou um par.

— E há quanto tempo ela está aqui? — perguntou.

— Já faz uma hora. Talvez mais.

Gail seguiu-a até uma arejada sala de estar com portas francesas que se abriam para um segundo e pequeno jardim. No centro da sala ficava um cercadinho e dentro dele estava sentada uma menina muito pequena com cachos dourados, um boneco na boca e uma coleção de brinquedos novinhos em folha ao redor dela. E, de encontro à parede, num banco, estava sentada Natasha, de cabeça baixa e o rosto, escondido atrás dos cabelos, sobre as mãos dobradas.

— Natasha?

Gail se ajoelhou perto dela e pôs a mão em concha atrás de sua cabeça. Natasha estremeceu, depois deixou a mão ficar onde estava. Gail pronunciou seu nome de novo. Sem resultado.

— Foi uma sorte você chegar, tenho que dizer — disse Barbara, em palavrosa melodia suíça, apanhando Anni e colocando-a junto ao ombro para arrotar. — Eu ia chamar o Dr. Stettler. Ou talvez a polícia, não sei. Foi um problema. Realmente.

Gail acariciava os cabelos de Natasha.

— Ela tocou a campainha, eu estava dando de mamar a Anni, não com mamadeira, mas do melhor modo. Agora temos um *olho mágico* na porta, porque, *hoje em dia*, nunca se *sabe*. Olhei, estava com Anni no peito, pensei bem, com certeza é uma moça normal na minha porta, na verdade toda ela linda, reconheço, ela quis entrar, eu não sabia por que, talvez para marcar um horário com Max, ele tem muitos clientes, na maior parte jovens, ele é tão interessante, é natural. De modo que ela entrou, olhou, viu Anni e me fez uma pergunta em inglês. Eu não sabia que ela era russa, a gente não considera essa hipótese, embora hoje em dia devesse; achei que fosse judia ou italiana. "Você é a irmã de Max?" E eu disse que não, que não sou a irmã dele, sou Barbara, sua mulher, e quem era ela, por gentileza, e como eu poderia ajudá-la. Sou uma mãe ocupada, você pode ver. Você quer combinar alguma coisa com o Max, vai para as montanhas? Como é o seu nome? E ela disse ser Natasha, mas na verdade eu já comecei a estranhar.

— Estranhar o quê?

Gail puxou outro banco e se sentou ao lado de Natasha. Ao passar o braço ao redor dos ombros da jovem, encostou delicadamente a cabeça na dela até suas têmporas se comprimirem fortemente uma contra a outra.

— Bem, as *drogas*, na verdade. Os jovens hoje... quero dizer que simplesmente não se sabe — falou Barbara indignada, como uma pessoa com o dobro de sua idade. — E, francamente, com estrangeiros, principalmente ingleses, as drogas estão *em toda parte*. Pergunte ao Dr. Stettler. — A bebê deu um grito e a mãe a acalmou. — Com Max também, e seus jovens, meu Deus, mesmo nas cabanas da montanha eles estão usando drogas! Quero dizer que álcool eu entendo. Não cigarros, naturalmente. Eu lhe ofereci café, chá, água. Talvez ela não me entenda, não sei. Talvez esteja tendo uma *bad trip*, como dizem os hippies. Mas, com a bebê, francamente, a gente não gosta de dizer isso, mas eu estava até um pouco *temerosa*.

— Mas você não chamou Max?

— Nas montanhas? Onde ele fica com os *clientes*? Isso seria terrível para ele. Ele acharia que ela está doente, viria de imediato.

— Acharia que *Anni* está doente?

— É claro! — Ela fez uma pausa e reconsiderou a pergunta, o que não era, desconfiou Gail, algo que fizesse com frequência. — Você acha que Max viria por causa de *Natasha*? Isso é completamente ridículo!

Tomando o braço de Natasha, Gail a levantou delicadamente e, quando ela ficou inteiramente em pé, a abraçou, depois a conduziu até a porta, ajudou-a a calçar de volta seus sapatos, trocou os seus próprios também e percorreu com a jovem, de um lado para o outro, o gramado perfeito. Tão logo elas passaram pelo portão, ela ligou para Perry.

Havia ligado para ele uma vez do trem e outra vez quando chegara à aldeia. Prometera-lhe ligar praticamente a cada minuto, porque Luke não podia falar com ela por causa de Dima, sentado ao lado dele em algum lugar, e lhe agradava usar Perry como intermediário. E ela sabia que as coisas estavam muito tensas, percebia isso na voz de Perry. Quanto mais tranquilo ele se mostrava, mais tensa ela sabia que a situação estava, e daí ela imaginava algum problema de qualquer tipo.

— Ela está muito bem. Ótima, sabe? Estou com ela aqui comigo, ela está viva e bem, estamos a caminho. Estamos indo agora para a estação. Precisamos de um pouco de tempo, só isso.

— Quanto tempo?

Agora era Gail que estava tendo que tomar cuidado com suas palavras, pois Natasha estava colada ao seu braço.

— O suficiente para nos recompor e ir ao banheiro. Uma última coisa.

— O quê?

— Ninguém precisa perguntar onde ela estava, certo? Tivemos uma pequena crise, já passou. A vida continua. E não apenas quando chegarmos. É daí por diante: nenhuma pergunta ao grupo envolvido. As meninas estarão ótimas. Quanto aos garotos, não tenho certeza.

— Eles estarão ótimos também. Farei o possível. Dick vai ficar maravilhado. Contarei a ele imediatamente. Apresse-se.

— Tentaremos.

*

No trem apinhado, de volta para o vale, não houve nenhuma oportunidade de falar, o que não importava, pois Natasha não mostrava nenhuma vontade de fazê-lo; estava em choque e, às vezes, parecia ignorar a existência de Gail. Mas, no trem de Spiez, sob a delicada persuasão de Gail, ela começou a despertar. Encontravam-se sentadas lado a lado num vagão de primeira classe olhando para a frente, exatamente como tinham estado na tenda da Three Chimneys. A noite caía depressa e elas eram as únicas passageiras.

— Eu sou tão... — começou Natasha, agarrando a mão de Gail, mas depois não conseguiu concluir a frase.

— Vamos esperar — disse Gail firmemente, para a cabeça de Natasha, inclinada para baixo. — Temos tempo. Colocamos os nossos sentimentos em suspenso, vamos aproveitar a vida, esperar. É tudo o que precisamos fazer, nós duas. Está me ouvindo?

Aceno positivo com a cabeça.

— Então sente direito, se ajeite. Não fale nada, apenas escute. Daqui a alguns dias você vai estar na Inglaterra. Não sei se os seus irmãos sabem disso, mas eles foram informados de que será uma viagem misteriosa, e que vai começar a qualquer momento. Primeiro faremos uma pequena parada em Wengen. E, quando chegarmos à Inglaterra, vamos arranjar para você uma boa médica, minha médica, e você vai ver como se sente, e depois decidirá. Certo?

Ela acena afirmativamente com a cabeça.

— Até lá, nem pensar sobre o assunto. Vamos simplesmente apagá-lo da cabeça. Você se livra dessa bata que está vestindo — tocando afetuosamente na manga dela — e se arruma, linda e deslumbrante. Não está aparecendo nada, juro. Quer fazer isso?

Ela quer.

— Todas as decisões devem esperar até chegarmos à Inglaterra. Não existem decisões *ruins*, apenas as sensatas. E você vai tomar essas decisões tranquilamente. Quando chegar à Inglaterra, não antes. Para o bem do seu pai, e para o seu bem também. OK?

— OK.

— Outra vez.

— OK.

Teria Gail falado desse mesmo modo se Perry não tivesse lhe dito que era a forma pela qual Luke desejava que ela falasse? E que esse era simplesmente o pior momento para Dima receber notícias devastadoras?

Felizmente, sim, ela o teria feito. Teria elaborado o mesmo discurso, palavra por palavra, pois era o que queria dizer. Ela estava ali. Sabia o que estava falando. E dizia isso consigo mesma, enquanto o trem entrava na estação de Interlaken Ost, para a baldeação pelo vale para Lauterbrunnen e Wengen. Foi quando notou que um policial suíço com vistoso uniforme de verão estava descendo a plataforma vazia em direção a elas, e que um homem de cara obtusa, terno cinza e sapatos marrons lustrosos caminhava junto dele, e que o policial trazia o tipo de sorriso deplorável que, em qualquer país civilizado, lhe indica que você não tem muitos motivos para sorrir em troca.

— Você fala inglês?

— Como adivinhou? — Sorrindo também.

— Talvez, na verdade, por sua aparência — disse ele, o que ela achou demasiada petulância para um policial suíço comum. — Mas a jovem senhora *não* é inglesa. — Olhou para os cabelos negros de Natasha e o aspecto levemente asiático.

— Bem, na verdade ela poderia ser, você sabe. Todos somos qualquer coisa hoje em dia — respondeu Gail, no mesmo tom divertido.

— Vocês têm passaportes britânicos?

— Eu tenho.

O homem de cara obtusa também estava sorrindo, o que a gelava. E seu inglês também era um pouco bom demais:

— Serviço de Imigração Suíço — declarou. — Estamos fazendo *controle por amostragem aleatória*. Receio que, nesses dias de fronteiras abertas, encontremos pessoas que devem ter visto e outras que não têm. Não muitas, mas algumas.

O de uniforme estava atrás:

— Suas passagens e passaportes, por favor. Incomodam-se? Caso se incomodem, levamos vocês para o posto policial e fazemos lá a verificação.

— Claro que não nos incomodamos. Não é, Natasha? Queríamos só que todos os policiais fossem assim tão educados, não é? — disse Gail, brilhantemente.

Mexendo na bolsa, tirou dali o passaporte e as passagens, entregando-os ao policial uniformizado, que os examinou com aquela vagarosidade que os policiais do mundo inteiro são ensinados a apresentar, com o fim de elevar o nível de tensão dos cidadãos honestos. O de terno cinza olhou por sobre o ombro do uniformizado, em seguida pegou o passaporte de Gail para si, fez a mesma coisa que o outro já tinha feito e finalmente o estendeu de volta a ela, dirigindo um sorriso para Natasha, que já tinha o passaporte pronto na mão.

E o que o de terno cinza fez então foi, no relato de Gail mais tarde para Ollie, Perry e Luke, ou incompetente, ou muito sagaz. Procedeu como se o passaporte de uma menor russa fosse de menos interesse para ele do que o de uma adulta britânica. Folheou até a página do visto, folheou até a foto de Natasha, comparou-a com seu rosto, sorriu com evidente admiração, parou um momento sobre o nome em caracteres romanos e cirílicos, e o devolveu a ela com um despreocupado "Obrigado, madame".

— Vão ficar em Wengen muito tempo? — perguntou o policial uniformizado, devolvendo as passagens a Gail.

— Só uma semana mais ou menos.

— Dependendo do clima, talvez?

— Ah, nós ingleses estamos tão acostumados a chuva que nem ligamos mais!

E elas encontrariam o trem que tomariam em seguida esperando por elas na plataforma 2, partindo dentro de três minutos, a última baldeação até a noite, de modo que era melhor não perdê-lo, se não teriam que permanecer em Lauterbrunnen, disse o educado policial.

Foi só quando elas estavam na metade do caminho para as montanhas, no último trem, que Natasha falou novamente. Até ali, ela preferiu aparentar raiva, olhar fixamente pela janela escura, nublando-a com seu hálito como uma criança e esfregando-a raivosamente para limpá-la. No entanto, se ela estava com raiva de Max, do policial, de seu amigo de terno cinza, ou mesmo de si própria, Gail só podia conjeturar. Mas, subitamente, a jovem levantou a cabeça e encarou Gail:

— Dima é um criminoso?

— Acho que ele é apenas um homem de negócios muito bem-sucedido, não é? — respondeu a hábil advogada.

— É por isso que vamos para a Inglaterra? É disso que se trata toda a *viagem misteriosa*? De repente ele disse que íamos todos para excelentes escolas inglesas. — E, sem receber nenhuma resposta: — Desde os tempos de Moscou a nossa família toda tem sido... tem sido completamente *criminosa*. Pergunte aos meus irmãos. É a mais nova obsessão. Só falam em crimes. Pergunte ao grande amigo deles, Piotr, que diz trabalhar para a KGB. Que já não existe mais. Existe?

— Não sei.

— Agora é FSB. Mas Piotr ainda diz KGB. Então ele deve estar mentindo. Piotr sabe tudo sobre nós. Viu todos os nossos arquivos. Minha mãe era criminosa e o marido dela era criminoso, Tamara já foi criminosa, o pai dela foi morto a tiros. Para os meus irmãos, qualquer um que venha de Perm é um completo criminoso. Talvez seja por isso que o policial quis o meu passaporte. "Você, por gentileza, é de Perm, Natasha?", "Sim, senhor policial. Sou de Perm. E também estou *grávida*", "Então você é *muito* criminosa. Não pode ir para um colégio interno inglês, tem que ser presa imediatamente!"

No momento, ela tinha a cabeça sobre o ombro de Gail, e o que disse depois disso foi em russo.

*

O anoitecer descia sobre os trigais, e estava escuro no BMW alugado, uma vez que, por consenso, eles não se permitiam nenhuma luz, dentro ou fora. Luke se munira de uma garrafa de vodca para a viagem e Dima bebera a metade, mas Luke tomara só uma dose. Tinha oferecido a Dima um gravador de bolso para registrar suas lembranças de Berna enquanto ainda estavam frescas, mas Dima o havia rejeitado:

— Sei de tudo. Sem problema. Tenho duplicatas. Tenho memória. Em Londres vou me lembrar de tudo. Diga isso ao Tom.

Desde sua partida de Berna, Luke só havia usado estradas secundárias, orientando-se num trajeto, encontrando um lugar para se recolher enquanto seus perseguidores, se é que existiam, prosseguiam adiante dele. Havia alguma coisa definitivamente errada na sua mão direita, ele ainda parecia não ter nenhuma sensibilidade nela, mas, desde que usasse a força do braço e não pensasse na mão, a direção não constituía problema. Devia ter se machucado ao baixar o cacete no filósofo cadavérico.

Os dois estavam falando russo em voz baixa, como uma dupla de fugitivos. Por que falar baixo?, Luke se perguntava. Mas assim faziam. À beira de uma floresta de pinheiros, ele estacionou de novo e, dessa vez, entregou a Dima uma túnica azul de trabalhador e um gorro negro de lã espessa para esqui, a fim de cobrir-lhe a cabeça calva. Para si mesmo, comprara calça jeans, um casaco anoraque e uma touca de pompom. Dobrou o terno de Dima para ele e o colocou numa valise no porta-malas do BMW. Eram então aproximadamente 20 horas e esfriava. Aproximando-se da aldeia de Wilderswil, na entrada do vale de Lauterbrunnen, ele ainda parou o carro outra vez, enquanto ouviam as notícias suíças e ele tentava interpretar a expressão de Dima na semiobscuridade, porque, para sua frustração, não sabia nada de alemão.

— Eles prenderam os filhos da puta — resmungou Dima em russo à meia-voz. — Dois calhordas russos bêbados tiveram uma briga no hotel Bellevue Palace. Ninguém sabe por quê. Rolaram degraus abaixo e se feriram. Um foi parar no hospital, o outro está bem. O cara do hospital está mal. É o Niki. Talvez o sacana bata as botas. Contaram um monte de mentiras ridículas, a polícia suíça não acreditou. A embaixada russa quer mandar os dois de volta. A polícia suíça, "Não tão depressa, queremos saber umas coisinhas sobre esses safados". O embaixador russo ficou puto.

— Com os homens?

— Com os suíços. — Ele deu um riso forçado, tomou outro trago da garrafa de vodca e brandiu-a para Luke, que sacudiu a cabeça. — Quer saber como funciona? O embaixador russo liga para o Kremlin. "Quem são esses merdas?" O Kremlin liga para o bosta do Príncipe. "Que merda esses filhos da puta fizeram, dando porrada um no outro num hotel de luxo em Berna, Suíça?"

— E o Príncipe diz o quê? — perguntou Luke, mas sem a leviandade de Dima.

— O bosta do Príncipe chama Emilio. "Emilio, meu amigo, meu sábio conselheiro. Que merda é essa de dois dos meus caras de confiança ficarem se batendo num hotel de luxo de Berna?"

— E Emilio diz o quê? — insistiu Luke.

O ânimo de Dima se azedou:

— Emilio diz "Aquele veado do Dima, lavador de dinheiro número um, desapareceu da porra do planeta".

Luke não era nenhum gênio, mas fez seus cálculos. Primeiro, os dois supostos policiais árabes em Paris. Quem os enviara? Por quê? Depois os dois guarda-costas no Bellevue Palace: por que tinham ido ao hotel depois da assinatura? Quem os enviara? Por quê? Quem sabia quando?

Ele ligou para Ollie.

— Tudo tranquilo, Harry? — Ou seja: quem chegou ao esconderijo e quem não chegou? E: vou ter que dar um jeito na desaparecida da Natasha também?

— Dick, nossas duas desgarradas marcaram presença há poucos minutos, me alegro em dizer — informou Ollie de forma tranquilizadora. — Chegaram tranquilamente aqui, tudo certo. Umas 22 horas do outro lado da colina está bom para você? Vai estar escuro a essa hora, melhor.

— Às 22 está ótimo.

— No estacionamento da estação Grund. Um pequeno Suzuki vermelho. Serei o primeiro à direita quando você entrar, e o mais longe dos trens que conseguirmos.

— De acordo. — E já que Ollie não desligou: — Qual o problema, Harry?

— Bem, tem havido muita presença da polícia na estação de trens de Interlaken Ost, pelo que dizem.

— A gente vai ter que encarar.

*

O *outro lado da colina* significava a aldeia de Grindelwald, que fica no sopé oposto do maciço Eiger. Era impossível alcançar Wengen a partir do lado de Lauterbrunnen por quaisquer meios que não fossem a estrada de ferro da montanha. Ollie avisara: a trilha podia ser boa para camurças e para motociclistas temerários esporádicos, mas não para um veículo de quatro rodas e três homens a bordo.

Mas Luke estava decidido — assim como Ollie — que Dima, independentemente do traje que usasse, não deveria ser exposto à revista dos funcionários da estação ou dos fiscais, nem aos demais passageiros, quando se aproximasse do lugar de seu esconderijo. Muito menos àquela hora avançada da noite, quando os passageiros de trem eram poucos e mais notados.

Alcançando a aldeia de Zweilütschinen, Luke tomou a bifurcação à esquerda, através de uma estrada sinuosa até a orla de Grindelwald. O estacionamento da estação Grund estava amontoado de carros deixados pelos turistas alemães. Ao entrar ali, Luke viu, com alívio, a figura de Ollie, de anoraque acolchoado e chapéu pontudo com abas para as orelhas, sentado na roda de um jipe Suzuki vermelho que tinha as luzes laterais acesas.

— E aqui está sua manta para quando esfriar — declarou Ollie em russo, enquanto acomodava Dima ao seu lado, e Luke, havendo entregado a bagagem a Ollie e estacionado o BMW sob uma faia, se instalava na parte de trás. — A trilha da floresta é proibida, mas não para funcionários no desempenho de suas funções, como encanadores, trabalhadores da ferrovia e afins. Desse modo, se vocês não se importarem, deixem que eu falo se formos inspecionados. Não que eu seja uma pessoa do lugar, mas o jipe é. E seu proprietário me ensinou o que dizer.

O que eram o *proprietário* e *o que dizer* somente Ollie podia saber. Um bom *eminência parda* não se mostra acessível acerca de suas fontes.

*

Uma estreita estrada de concreto levava para o alto, no meio da escuridão da montanha. Um par de faróis dianteiros desceu em direção a eles, parou e recuou para debaixo das árvores: um caminhão de empreiteiro, descarregado.

— Quem vem descendo é quem dá a vez — proclamou Ollie, de maneira aprovadora, à meia-voz. — É a lei na região.

Um policial uniformizado postou-se no meio da estrada. Ollie reduziu a velocidade para ele poder ver a etiqueta triangular amarela no para-brisa do Suzuki. O policial deu um passo para trás. Ollie levantou a mão preguiçosamente. Eles passaram por um assentamento de chalés baixos e luzes fortes. A fumaça da madeira se associava ao cheiro do pinho. Um anúncio fluorescente dizia BRANDEGG. A estrada se transformou em uma trilha de floresta. Os riachos corriam em direção a eles. Ollie acendeu os faróis dianteiros e mudou as alavancas de marcha. O motor adquiriu um zumbido mais alto e queixoso. A trilha fora esburacada por caminhões pesados e o Suzuki balançava violentamente. Empoleirado no banco de trás com a bagagem, Luke segurava-a pelas laterais quando ela pulava e balançava. De frente para ele estava a empacotada figura de Dima com seu boné de lã, a manta se agitando como a capa de um cocheiro em torno de seus ombros, ao vento. Ao lado dele, e só um pouco menor, Ollie se inclinava para a frente, enquanto pilotava o Suzuki através do campo aberto, obrigando um par de camurças a fugir rapidamente para o abrigo das árvores.

O ar ficou mais fino e mais frio. A respiração de Luke acelerou. Uma gelada película de orvalho estava se formando em suas faces e na testa. Sentiu os olhos faiscarem e o coração animar-se com o aroma do pinheiro e a sensação da subida. A floresta novamente se fechava ao redor deles. A partir de sua compacidade, os olhos vermelhos dos animais cintilavam — se eram grandes ou pequenos, Luke não tinha tempo para descobrir.

Haviam ultrapassado o limite das árvores e avançavam livremente. O nevoeiro leve cobria um céu estrelado, e em seu meio se elevava um vazio sem estrelas que os comprimia para o lado da montanha e para o abismo do mundo. Passavam debaixo do ressalto do lado norte do Eiger.

— Já esteve nos Montes Urais, Dick? — berrou Dima para Luke em inglês, virando-se no assento.

Luke acenou positiva e vigorosamente com a cabeça e sorriu.

— Como Perm! Em Perm temos montanhas como essa! Já esteve no Cáucaso?

— Só na parte georgiana! — berrou Luke de volta.

— Adoro isso, está me ouvindo, Dick? *Adoro!* Você também, não é?

Um pouco depois — embora ainda estivesse preocupado com aquele policial — Luke pôde aproveitar a paisagem, e continuou aproveitando enquanto eles subiam rumo à depressão da Kleine Scheidegg e deslizavam através do arco de luzes alaranjadas espargidas pelo grande hotel que se destacava na vista.

Eles começaram a descida. À esquerda, banhadas pelo luar, erguiam-se as resistentes sombras azuladas e negras de uma geleira. Ao longe, de um lado ao outro do vale, eles entreviram as luzes de Mürren e, de vez em quando, através da densidade da floresta, quando esta os fazia voltar, as caprichosas luzes de Wengen.

16

Para Luke, os dias e noites no pequeno resort de Wengen foram misteriosamente predeterminados, ora insuportáveis, ora repletos da tranquilidade lírica de uma prolongada reunião de família e amigos de férias.

O chalé feio e próprio para aluguel que Ollie selecionara ficava no tranquilo final da aldeia, num triângulo de terra entre duas trilhas de pedestres. Nos meses de inverno, era alugado a um clube de esqui alemão da planície, mas no verão ficava disponível a quem pudesse pagar, de teósofos sul-africanos a rastafarianos noruegueses ou crianças do Ruhr. Uma família heterogênea, de idades e origens incompatíveis, era exatamente o que a aldeia esperava. Nem uma cabeça se voltava entre os grupos de veranistas que caminhavam por ali; ou assim dizia Ollie, que ficou por muitos minutos montando guarda atrás das cortinas das janelas.

De lá de dentro, o mundo era quase inimaginavelmente belo. No andar superior, ao olhar para baixo, tinha-se uma visão do fabuloso vale Lauterbrunnen; ao olhar para cima, o maciço de Jungfrau se erguia, cintilando, adiante. Na parte de trás ficavam pastagens incólumes e contrafortes cobertos de floresta. No entanto, visto de fora o chalé era um deserto arquitetônico: cavernoso, pouco característico, anônimo e sem afinidade com nada à sua volta, com as paredes de estuque branco e traços de uma graça rústica que ressaltava apenas suas aspirações de subúrbio.

Luke também vigiara. Quando Ollie saiu para colher provisões e fragmentos de fofoca local, foi ele quem se preocupou e ficou de olho nos transeuntes suspeitos. Mas, de acordo com sua vigilância, nenhum olhar indagador se demorava sobre as duas menininhas do jardim que se exercitavam com suas novas cordas de pular indo em direção a Gail, ou apanhando plantas no aterro de capinzal atrás da casa, para serem conservadas todo o tempo em potes de geleia cheios do sagu seco adquirido por Ollie no supermercado.

Nem mesmo a pequenina, pintada e empoada velha senhora de óculos escuros e de luto sentada imóvel como uma boneca junto ao balcão, com as mãos no colo, despertava comentários. As estâncias suíças recebiam esse tipo de gente desde que o turismo começara. E qualquer passante devia ter a oportunidade de uma noite vislumbrar entre as cortinas um homem grande com um boné de esqui de lã curvado sobre um tabuleiro de xadrez diante de dois adversários adolescentes — tendo Perry como árbitro e Gail e as crianças num outro canto assistindo a DVDs comprados na Photo Fritz. Bem, se aquela casa nunca antes tivera uma família de fanáticos por xadrez, tivera tudo o mais. Como podiam saber que, plantado ali contra o intelecto combinado de seus dois filhos precoces, o número um do mundo em lavagem de dinheiro ainda podia passar a perna neles?

E, se os mesmos garotos adolescentes foram vistos, no dia seguinte, com sua roupa cuidadosamente diferente, galgando a duras penas pela rota da rocha escarpada que ia do jardim dos fundos até o cume de Männlichen, com Perry à frente estimulando-os, Alexei protestando que ia quebrar a merda do pescoço a qualquer momento e Viktor repetindo que acabara de subjugar um cervo adulto, apesar de se tratar apenas de uma camurça — bem, o que haveria de tão notável a esse respeito? Perry chegou a amarrá-los com uma corda. Encontrou um freio de suspensão fácil de usar, alugou botas e comprou cordas — as cordas, ele explicou severamente, eram tanto individuais quanto sagradas para um montanhista — e lhes ensinou como balançar sobre um abismo, ainda que a profundidade desse abismo fosse de apenas 7 metros.

Quanto às duas jovens — uma na faixa dos 16 anos e a outra talvez dez anos mais velha, ambas lindas —, esticavam-se em espreguiçadeiras com seus livros, sob um bordo frondoso que de algum modo escapara da motoniveladora do construtor. Bem, caso você fosse um suíço do sexo masculino, talvez olhasse para as duas e depois fizesse de conta que não havia olhado, ou, caso fosse um italiano, poderia olhar e aplaudir. Mas não correria para o telefone a fim de contar à polícia, aos sussurros, que vira duas mulheres suspeitas lendo à sombra de um bordo.

Ora, foi o que Luke disse a si mesmo, e o que Ollie disse a si mesmo, e com isso concordavam Perry e Gail, como integrantes cooptados da vigilância nas redondezas — como eles podiam ver de outro modo? —, o que não significava que qualquer um deles, mesmo as meninas pequenas, em algum momento esquecesse que estavam escondidos e que aquela vida tinha seus dias contados. Quando Katya, no café da manhã, perguntou enquanto comia a panqueca de Ollie, o toucinho defumado e o xarope de bordo, "Nós vamos hoje para a Inglaterra?", ou Irina, de maneira mais queixosa, "Por que não vamos logo para a Inglaterra?", elas estavam falando por todos ali presentes à mesa, começando pelo próprio Luke, que era o herói do grupo em virtude de ter a mão direita engessada depois de cair nos degraus do hotel em Berna.

— Você vai processar o hotel, Dick? — perguntou Viktor, agressivamente.

— Vou consultar minha advogada sobre o assunto — respondeu Luke, com um sorriso para Gail.

Com relação a *quando*, precisamente, eles iam para Londres:

— Bem, talvez hoje não, Katya, mas talvez amanhã, ou depois — garantiu Luke. — É apenas uma questão de tempo até que os vistos de todos estejam prontos. E todos nós sabemos como são os *apparatchiks*, mesmo os ingleses, não é?

*

Mas quando, ah, quando?

Luke se fazia a mesma pergunta todo dia ao se levantar e nas horas de cochilo de dia ou à noite, enquanto os esbaforidos comunicados de Hector se acumulavam: ora diversas frases codificadas no meio das reuniões, ora uma completa jeremiada no comecinho da manhã de mais um dia interminável. Desnorteado pela enxurrada de relatos contraditórios, Luke, a princípio, recorreu ao pecado imperdoável de manter um registro escrito dessas mensagens, conforme iam chegando. Com as lívidas pontas dos dedos da mão direita tateando sob o gesso, ele garatujava com esforço, numa estenografia própria e esquisita, nas folhas A4 compradas por Ollie na papelaria da aldeia.

À maneira clássica do treinamento para espiões, ele furtou o vidro de um porta-retratos para usar como apoio enquanto escrevia, esfregando-o depois de cada página e escondendo o resultado atrás de um reservatório de água, em vista da remota possibilidade de que Viktor, Alexei, Tamara ou o próprio Dima enfiassem na cabeça que deveriam fuxicar o quarto dele.

Mas, como a velocidade e complexidade das mensagens de Hector, na linha de frente, começaram a se tornar excessivas, ele convenceu Ollie a arranjar-lhe um gravador de bolso, como o de Dima, e conectá-lo a seu celular — outro pecado mortal aos olhos do Setor de Treinamento, mas uma dádiva divina, pois lhe permitia ficar na cama, mesmo que totalmente desperto, à espera dos comunicados idiossincráticos de Hector:

"É uma situação delicada, Luke, mas vamos vencer."

"Estou contornando o Billy Boy e chegando direto ao Chefe. Falei que vai ser preciso horas, não dias."

"O Chefe disse que se comunica com o Subchefe."

"O Subchefe diz que, se Billy Boy não assinar embaixo, ele também não assina. Não vai dar apoio sozinho. Precisa ter o quarto andar inteiro como respaldo, ou não há nenhum acordo. Eu disse que se foda."

"Você não vai acreditar, mas o Billy Boy está se aliando ao nosso lado. Esperneando como o diabo, mas nem ele pode fugir à verdade quando ela ataca com força."

Tudo isso nas primeiras 24 horas depois de Luke ter feito o filósofo cadavérico girar escada abaixo, uma façanha pela qual, inicialmente, Hector o cumprimentou como de puro gênio, mas que, depois de uma segunda reflexão, afirmou que não iria incomodar o Subchefe por algum tempo contando-lhe isso.

— Nosso rapaz realmente *matou* o Niki, Luke? — perguntou Hector, no tom mais despreocupado possível.

— Ele espera que sim.

— Sim. Bem, acho que não ouvi mencionarem nada sobre isso, você ouviu?

— Nem uma sílaba.

— Eram dois outros sujeitos, e qualquer semelhança é mera coincidência. Combinado?

— Combinado.

*

Lá pelo meio da tarde do segundo dia, Hector se mostrava frustrado, mas ainda não deprimido. O Chefe de Gabinete determinara que um conselho do Comitê de Capacitação deveria reunir-se depois, segundo ele. Eles estavam repetindo que Billy Boy Matlock deveria ser inteiramente informado — insistiam no *inteiramente* — de todos os pormenores operacionais que Hector, até então, havia mantido sob a maior discrição possível. Poderiam contentar-se com um grupo de trabalho de quatro homens, compreendendo um representante de cada um dos ministérios do Interior, das Relações Exteriores, da Fazenda e da Imigração. Excluíam-se os membros que seriam convidados a ratificar as recomendações *post facto*, que o Chefe de Gabinete predizia vir a ser uma formalidade. Com toda a resistência, Hector aceitara as condições. Depois, de modo completamente repentino — na noite do mesmo dia —, o tempo mudou e a voz de Hector subiu um tom. O ilícito gravador de Luke tocou de novo, lembrando-o daquele momento:

H: Os patifes, de algum jeito, estão um passo à nossa frente. Só Billy Boy acaba de receber notícias de suas fontes em Londres.

L: À nossa frente *como*? Como podem estar? Ainda não demos um passo.

H: Conforme as fontes de Billy Boy, a Diretoria das Atividades Financeiras se prepara para obstruir a solicitação da Arena no sentido de abrir um banco maior, e nós somos os homens que estragaram a festa.

L: *Nós?*

H: O Serviço. Todo ele. As grandes instituições da cidade estão reclamando. Trinta políticos neutros do Parlamento que tratam da folha de pagamento oligárquica esboçaram uma carta violenta dirigida ao secretário da Fazenda acusando a Diretoria das Atividades Financeiras de preconceito contra os russos e exigindo que todos os obstáculos descabidos à administração sejam imediatamente removidos. Os suspeitos habituais da Câmara dos Lordes estão em pé de guerra.

L: Mas isso é uma total esculhambação!

H: Tente dizer isso à Diretoria das Atividades Financeiras. Tudo o que *eles* sabem é que os bancos centrais estão se recusando a fazer empréstimos uns aos outros apesar de lhes terem sido concedidos bilhões em dinheiro público precisamente para isso. Agora, veja só, chega ainda por cima a Arena para o resgate do alto da crista de sua onda, se oferecendo para colocar centenas de malditos bilhões dentro das mãozinhas ávidas deles. Quem se importa com a fonte do dinheiro? [*Isso é uma pergunta? Se for, Luke não tem nenhuma resposta para ela.*]

H [*acesso repentino*]: Não há nenhum *obstáculo descabido*, porra! Ninguém nem começou a *levantar* obstáculos descabidos! Na última noite, a aplicação da Arena estava apodrecendo na bandeja instável da Diretoria das Atividades Financeiras. Eles não tinham encontrado, não tinham comparado, mal tinham iniciado suas inspeções de regulamentação.

Mas nada disso impediu os oligarcas do Surrey de bater seus tambores de guerra, ou os comentaristas financeiros de serem informados de que a aplicação da Arena está sendo rejeitada, que a cidade de Londres terminará numa quarta posição, atrás de Wall Street, de Frankfurt e Hong Kong. E de quem é a culpa de que isso venha a acontecer? Do Serviço, liderado — rumo ao precipício — por um maldito Hector Meredith!

Outro silêncio se seguiu — tão longo que Luke se limitou a perguntar a Hector se ele ainda estava lá, pelo que recebeu um rabugento "Onde caralhos eu poderia estar, porra?".

— Bem, pelo menos Billy Boy está no jogo com você — afirmou Luke, como forma de oferecer um consolo que não sentia ser verdadeiro.

— Uma bela reviravolta, graças a Deus — respondeu Hector reverentemente. — Não sei onde eu estaria sem ele.

Luke tampouco.

*

Billy Boy Matlock de repente é um *aliado* de Hector? Um convertido à causa? Seu recém-descoberto camarada? Uma bela reviravolta? *Billy?*

Ou é Billy Boy comprando para si mesmo um pouco de segurança? Não que Billy Boy seja *mau*, pelo menos não no sentido de perverso, ou mau como Aubrey Longrigg. Luke nunca pensara isso dele; a desgarrada mente superior, o agente duplo ou triplo, avançando furtivamente entre poderes conflituosos. Isso não era Billy, não mesmo. Ele era óbvio demais para isso.

Então, quando precisamente essa conversão poderia ter ocorrido, e por quê? Luke se assombrava. Ou podia ser que Billy Boy já tivesse as costas protegidas e estivesse agora pronto para oferecer a Hector sua ampla linha de frente, ficando dessa maneira a par dos segredos mais intimamente guardados na arca do tesouro de Hector. Será?

O que, por exemplo, havia passado pela cabeça de Billy naquela tarde de domingo em que saíra da casa de Bloomsbury, sofrendo a dor de sua humilhante descortesia? O amor de Hector? Ou sérias preocupações com a própria posição no futuro andamento das coisas?

Que grande figurão da cidade podia Billy Boy, nos dias da dolorosa ruminação que se seguira àquele encontro, ter convidado para o almoço — ainda que pudesse ser tão notoriamente parcimonioso — e para o qual jurara sigilo, sabendo que, no manual do grande figurão, segredo é o que ele conta a uma pessoa de cada vez? E sabendo também que, tendo conquistado um amigo, os acontecimentos sofreriam uma mudança complicada?

E das muitas agitações que se podiam desdobrar daquele único e pequeno calhau atirado nas águas lôbregas da cidade, quem saberia qual delas poderia chegar aos ouvidos superaguçados daquele ilustre cidadão e parlamentar em ascensão que era Aubrey Longrigg?

Ou de Bunny Popham?

Ou de Giles de Salis, animador do circo das comunicações?

E de todos os outros Longriggs, Pophams e De Salis de antenas ligadas, que esperavam pular em cima da engrenagem da Arena, no minuto em que ela começasse a girar?

A não ser que, conforme Hector, a engrenagem *não tivesse* começado a funcionar. Então, por que pular?

Luke desejava muitíssimo ter alguém com quem partilhar o que vinha pensando, mas, como sempre, não havia ninguém. Perry e Gail estavam fora do círculo. E Ollie... bem, Ollie era a maior *eminência parda* daquelas operações, mas não era nenhum Einstein quando se tratava da guerra de foices e intriga nos altos escalões.

*

Enquanto Gail e Perry estavam desempenhando um excelente papel como pais substitutos, chefes de grupo de escoteiros, jogadores de Banco Imobiliário e guias de viagem para as crianças, Ollie e Luke estavam atentos aos sinais de alerta, os quais eram descartados ou acrescentados à lista sempre crescente de preocupações de Luke.

Ao longo de uma das manhãs, Ollie tinha observado o mesmo casal passar pela casa duas vezes do lado norte, depois duas vezes do lado sudoeste. Uma vez a mulher usava uma mantilha amarela e um casaco verde-musgo, outra vez, um chapéu de sol frouxo e calças largas. Mas as mesmas botas e meias, trazendo o mesmo bastão de alpinismo. O homem trajava shorts da primeira vez, e da segunda calça cargo larga, com estampa, mas o mesmo boné azul pontudo, assim como a mesma forma de caminhar com as mãos nas laterais do corpo, quase sem mexer os braços enquanto se movimentava.

E Ollie já ensinara observação no treinamento de espionagem, de modo que era difícil contradizê-lo.

Ele também mantinha um olhar precavido sobre a estação ferroviária de Wengen, dado o encontro de Gail e Natasha com a autoridade suíça em Interlaken Ost. Segundo uma funcionária da estação com quem Ollie tomara uma tranquila cerveja no bar Eiger, a presença da polícia em Wengen, limitada a resolver as esparsas trocas de soco, ou a levar adiante uma desanimada investigação procurando traficantes de drogas, havia aumentado bastante naqueles últimos dias. Os cadastros de quem saía do hotel haviam sido verificados e a foto de um homem calvo de rosto largo e barbado fora sub-repticiamente mostrada aos fiscais de trem e nas estações de teleféricos.

— Será que Dima algum dia tinha deixado a barba crescer; no tempo em que começou a lavar dinheiro em Brighton Beach, talvez? — perguntou Ollie a Luke durante uma caminhada silenciosa pelo jardim.

Tanto a barba como um bigode, disse Luke, soturno. Faziam parte da nova identidade que Dima assumiu a fim de ir aos EUA. Só os raspou havia cinco anos.

E — chamem isso de coincidência, mas Ollie não —, enquanto ele estava na banca de jornais da estação, apanhando o *International Herald Tribune* e os jornais locais, reconhecera o mesmo casal suspeito que vira vigiando a casa. Os dois estavam sentados na sala de espera, olhando fixamente para a parede. Duas horas se passaram, assim como diversos trens em ambas as direções, e eles continuavam ali. Ollie não tinha nenhuma explicação para o comportamento deles, salvo um equívoco: a equipe de vigilância substituta perdera o trem, de modo que os dois estavam esperando seus superiores decidirem o que fazer com eles, ou — levando em conta a posição que escolheram, com vista para a plataforma 1 — estavam vendo quem saía dos trens que chegavam de Lauterbrunnen.

— Além do mais, a refinada senhora da casa de queijos me perguntou por quantas pessoas eu estava comendo, o que não me agradou, embora ela *pudesse* estar se referindo à minha pança um tanto grande demais — concluiu ele, como se para aliviar o clima, mas rir não estava fácil para nenhum dos dois.

Luke também estava atormentado com o fato de que a família incluía quatro crianças em idade escolar. As escolas suíças estavam funcionando normalmente, então por que as *nossas* crianças não estavam na escola? A enfermeira fizera a mesma pergunta quando ele fora ao centro cirúrgico da aldeia, para examinar a mão. Sua insatisfatória resposta dizendo que as escolas internacionais estavam tendo um recesso escolar soara implausível até para ele mesmo.

*

Até então, Luke havia insistido em confinar Dima dentro de casa, e Dima se submetera com relutância. Após o tumulto na escada do Bellevue Palace, Luke, a princípio, não fazia nada de errado aos olhos de Dima. Mas, à medida que os dias se arrastavam, e enquanto Luke tinha que encontrar uma desculpa após outra para os *apparatchiks* de Londres, a disposição do ânimo de Dima mudou para a de resistência e, em seguida, para a revolta. Cansado de Luke, expôs o caso a Perry, com sua aspereza peculiar:

— Se eu quiser levar Tamara para passear, eu vou levá-la — resmungou.
— Vejo uma bela montanha, quero mostrar a ela. Isso aqui não é Kolimá, porra. Você, por favor, diga isso a Dick, está me ouvindo, Mestre?

Para a rasa escalada da sólida vereda até os ressaltos que davam vista para o vale, Tamara resolveu que precisava de uma cadeira de rodas. Ollie foi encarregado de achar uma. Com o cabelo pintado de hena, batom espalhafatoso e óculos escuros, ela parecia uma bruxa, e Dima, com seu macacão e boné de lã para esqui, não estava nem um pouco mais elegante. Mas, numa comunidade habituada a toda espécie de aberração humana, eles compunham algum tipo de casal maduro e ideal, enquanto Dima empurrava Tamara lentamente até a colina atrás da casa, a fim de lhe mostrar as Cascatas de Staubbach e o vale de Lauterbrunnen em toda a sua glória.

E, se Natasha os acompanhava, o que às vezes fazia, já não era como a odiada filha ilegítima gerada por Dima e imposta a Tamara depois de esta ser expelida semilouca da prisão, mas como a filha adorável e obediente dos dois, já não sendo relevante se natural ou adotada. Mas, na maior parte das vezes, Natasha lia seus livros ou procurava o pai quando ele estava sozinho, afagando-o, acariciando-lhe a careca e beijando-a como se ele fosse seu filho.

Perry e Gail também eram partes essenciais dessa família recém-constituída: com Gail inventando novas atividades para as meninas incessantemente, colocando-as em contato com as vacas nos prados, indo com elas acompanhar o processo de aplainação do *Hobelkäse* na casa dos queijos, ou procurando cervos e esquilos nos bosques; enquanto Perry atuava como cabeça do admirado time dos rapazes e para-raios da energia excedente deles. Somente quando Gail sugeriu um quarteto de tênis com os rapazes de manhã cedo é que Perry, atipicamente, se opôs. Depois daquela partida maldita em Paris, confessou ele, precisava de tempo para se recuperar.

*

Esconder Dima e sua trupe era apenas uma das ansiedades de Luke. Esperando, à noite, em seu quarto no andar de cima, os aleatórios comunicados de Hector, ele teve tempo para comprovar que a presença daquele grupo na aldeia estava atraindo uma atenção indesejável e, em suas muitas horas sem sono, imaginar teorias de conspiração que, quando a manhã chegava, ganhavam uma incômoda marca de realidade.

Ele se preocupava com sua identidade de Brabazon, e com o fato de que o zeloso *Herr Direktor* do Bellevue, àquela altura, tivesse feito a associação da vistoria realizada por Brabazon das comodidades do hotel com os dois castigados russos junto à escada; e com a possibilidade de, a partir daí, com colaboração policial, as investigações terem progredido em relação ao BMW estacionado sob uma faia e na estação de Grindelwald Grund.

A hipótese mais dramática, inspirada, em parte, na despreocupada reconstrução de Dima no carro, se apresentava do seguinte modo:

Um dos guarda-costas — provavelmente o filósofo cadavérico — consegue arrastar-se pela escada acima e bater na porta trancada.

Ora, talvez a interpretação por parte de Ollie do mecanismo eletrônico da porta de emergência seja especulativa demais, afinal de contas.

De um modo ou de outro, o alarme é acionado e notícias sobre o tumulto alcançam os ouvidos dos hóspedes mais bem-informados do *apéro* da Arena no Salon d'Honneur: os guarda-costas de Dima foram atacados. Dima desapareceu.

Agora, tudo está em movimento de uma vez. Emilio dell Oro alerta os Sete Puros, que pegam seus celulares e alertam seus irmãos *vory*, que por sua vez alertam o Príncipe, em seu castelo.

Emilio alerta seus amigos banqueiros suíços, que por sua vez alertam os amigos *deles* em altos cargos da administração suíça, não excluindo a polícia e os serviços de segurança, cujo primeiro dever na vida é preservar a integridade dos reverenciados banqueiros suíços e prender qualquer um que a ameace.

Emilio dell Oro, mais adiante, alerta Aubrey Longrigg, Bunny Popham e De Salis, que alertam quem quer que desejem alertar, conforme adiante.

O embaixador da Rússia em Berna recebe urgentes instruções de Moscou, alimentadas pelo Príncipe, para exigir a libertação dos guarda-costas antes de eles poderem abrir o bico e, mais especificamente, para apanhar Dima e fazê-lo voltar a seu país de origem.

As autoridades suíças, que até então estavam felizes em proporcionar um santuário para o rico financista Dima, instigam sua caçada humana em âmbito nacional, como criminoso foragido.

Mas há mesmo uma inclinação para essa lúgubre narrativa e, por mais que tente, Luke não tem como desenredá-la. *Por que circunstância, suspeita ou rijo serviço de inteligência os dois guarda-costas se apresentaram no Bellevue Palace depois da segunda assinatura? Quem os enviou? Com instruções para fazer o quê? E por quê?*

Ou dito de outro modo: *o Príncipe e seus irmãos já tinham motivos para saber, no momento da segunda assinatura, que Dima se propunha a quebrar seu inquebrantável juramento* vory *e se tornar a maior* cadela *de todos os tempos?*

Mas, quando Luke se aventurava a transmitir essas preocupações a Dima — se bem que numa forma diluída —, ele as punha de lado descuidadamente. E o próprio Hector não se mostrou mais receptivo:

— Vá em frente, estamos fodidos desde o primeiro dia — quase gritou ele.

*

Mudar de casa? Empreender uma retirada noturna para Zurique, Basileia, Genebra? Deixar para trás um ninho de marimbondos — comerciantes, proprietários de terra, locatários e a fofoca de aldeia?

— Eu podia conseguir para você algumas *armas*, se estiver interessado — lembrou Ollie, em mais um esforço vão de animar Luke. — Conforme o que *eu* tenho ouvido, não tem nenhuma família na aldeia que não esteja cheia delas, independentemente do que digam os novos regulamentos. É para quando os russos vierem. Essas pessoas não sabem quem elas têm aqui, hã?

— Bem, a gente espera que não — respondeu Luke, com um sorriso valente.

*

Para Perry e Gail, havia algo idílico em seu dia a dia, algo — como diria Dima, sofregamente — puro. Era como se eles tivessem desembarcado num posto avançado da humanidade, com a missão de exercer o dever de zelar pelos seus pupilos.

Quando Perry não escalava com os rapazes — pois Luke o instigara a explorar caminhos não habituais e Alexei tinha descoberto, afinal, que não sofria de vertigem, só não gostava de Max —, perambulava com Dima ao anoitecer, ou se sentava a seu lado no limiar da floresta, vendo-o olhar ferozmente para o vale com a mesma intensidade com que, empanzinado na cesta de gávea da Three Chimmneys, havia quebrado seu monólogo e olhado a escuridão, esfregado o dorso da mão de um lado a outro da boca, tomado um gole de vodca e continuado a olhar ferozmente. Às vezes ele pedia para ficar sozinho em meio às árvores, com seu gravador de bolso, enquanto Ollie ou Luke ficavam de guarda e faziam a cobertura, à distância. Mas ele mantinha as fitas consigo, como parte de sua política de segurança.

Os dias, como quer que fossem, haviam-no envelhecido, notou Perry. Talvez estivesse sentindo a grandeza de sua traição. Talvez, enquanto encarava a eternidade, ou sussurrava secretamente para o gravador, estivesse procurando alguma espécie de reconciliação interior. Sua efusiva ternura com Tamara parecia indicar isso. Talvez um revivido instinto *vory* relativo à religião houvesse pavimentado seu caminho para ela:

— Quando minha Tamara morrer, Deus já vai estar surdo; ela reza para ele com um afinco do cacete — observou ele orgulhosamente, deixando Perry com a impressão de que ele se mostrava menos convicto da própria redenção.

Perry se admirava também com a indulgência de Dima para com ele, que parecia crescer em proporção inversa ao desprezo pelas promessas vazias de Luke, que, mal eram feitas, já pesarosamente se desfaziam.

— Não se preocupe, Mestre. Um dia seremos todos felizes, sabe? Deus vai dar um jeito na merda toda — proclamou ele, percorrendo toda a trilha com a mão colocada proprietariamente no ombro de Perry: — Viktor e Alexei acham que você é algum tipo de herói. Talvez algum dia eles façam de você um *vor*.

Perry não se decepcionou com a risada que se seguiu a essa insinuação. Por vários dias ele tinha se visto como o herdeiro da linhagem de profundas amizades masculinas de Dima: com o morto Nikita, que fizera dele um homem; com o assassinado Misha, seu discípulo, a quem, para sua vergonha, não conseguiu defender; e com todos os lutadores e homens de ferro que haviam reinado sobre seu encarceramento em Kolimá e fora dali.

*

A improvável designação de Perry como confessor de Hector nas altas horas da madrugada apareceu de repente. Ele soube, e Gail soube — Luke não precisava dizer-lhes: os subterfúgios diários eram suficientes —, que as coisas em Londres não iam tão brandamente quanto Hector antecipara. Eles sabiam, pela linguagem corporal de Luke, que, embora tentasse ocultá-la, a tensão emocional também tomava conta dele.

Desse modo, quando o celular de Perry tocou a codificada melodia em seu ouvido à 1 hora da manhã, fazendo-o sentar-se imediatamente, e Gail, sem esperar saber de quem era a ligação, se apressou para o corredor para dar uma olhada nas meninas adormecidas, seu primeiro palpite, ao ouvir a voz de Hector, foi que ele desejava pedir que reforçasse o ânimo de Luke ou, mais ansiosamente, desempenhasse um papel mais ativo em estimular os Dima com relação à ida para a Inglaterra.

— Importa-se se eu bater um papo com você por alguns minutos, Milton?

Era essa realmente a voz de Hector — ou um gravador, e as pilhas estavam fracas?

— Vamos lá.
— O cara é um filósofo polonês que eu leio de vez em quando.
— Qual o nome dele?
— Kolakowski. Achei que você podia ter ouvido falar.
Perry tinha, sim, mas não sentiu necessidade de dizer.
— O que tem ele? — O cara estava bêbado? Excesso de seu uísque escocês da ilha de Skye?
— Kolakowski tinha concepções muito rígidas sobre o bem e o mal, com as quais tendo a concordar atualmente. O mal é mal, ponto final. Não tem origens nas circunstâncias sociais. Ao menos não em torno de o cara ser um desprovido ou um viciado em drogas, ou o que quer que seja. O mal como uma força humana *absolutamente* e *inteiramente* à parte. — Longo silêncio. — Está se perguntando o que tem a ver com isso?
— Está tudo bem com você, Tom?
— Eu mergulho nele, como você vê. Nos momentos desanimadores, Kolakowski. Fiquei surpreso de você não ter topado com ele. Um cara bastante bom, nas circunstâncias.
— O que é desanimador em torno *deste* momento?
— A lei da Cornucópia Infinita, como ele a chama. Não que os polos tragam artigo definido. Nem *indefinido* tampouco, o que lhe diz alguma coisa, mas aí está. A chave de sua lei é que há um número infinito de explicações para qualquer acontecimento. É ilimitado. Ou, vertido em linguagem que ambos compreendemos, você nunca saberá qual o patife que acertou você ou por quê. Palavras bastante confortadoras, achei, nessas circunstâncias, não é?
Gail havia voltado e estava de pé à porta, escutando.
— Se eu soubesse quais são as circunstâncias, provavelmente poderia fazer um julgamento melhor — disse Perry, agora se dirigindo também a Gail. — Há alguma coisa que eu possa fazer para ajudá-lo, Tom? Você parece arrasado.
— Você já ajudou, Milton, meu velho. Obrigado pelo seu parecer. Vejo você amanhã cedo.
Vejo você?
— Ele estava com alguém? — perguntou Gail, voltando para a cama.

— Não que tenha mencionado.

Segundo Ollie, a mulher de Hector, Emily, tinha deixado de viver com ele em Londres, depois do desastre de Adrian. Ela preferira a gelada casinha de Norfolk, que ficava mais perto da prisão.

*

Luke se mantém obstinadamente ao lado da cama, com o celular codificado no ouvido, e a conexão que Ollie fizera, comunicando o aparelho com o gravador, instalada ao lado do lavatório. São 16h30. Hector não telefonou o dia todo e Luke não obteve resposta para suas mensagens. Ollie está no mercado procurando truta fresca e *Wienerschnitzel* para Katya, que não gosta de peixe. E batatas fritas feitas em casa para todo mundo. A comida tem sido um assunto magnífico. As refeições são feitas com cerimônia, já que cada uma pode ser a última que fazem juntos. Algumas são antecedidas por uma ação de graças em russo, murmurada por Tamara e acompanhada de muitos sinais da cruz. Outras vezes, quando eles esperam que ela faça a oração, ela declina, aparentemente para indicar que o grupo está longe da atenção divina. Naquela tarde, para preencher as horas vagas antes do jantar, Gail resolveu levar as meninas a Trümmelbach, para ver as apavorantes quedas-d'água da montanha. Perry parece menos feliz com o plano. Como combinado, ela levará o celular, mas, nas profundezas da montanha, será que o sinal vai pegar?

Gail não se importa com isso. Elas vão de qualquer modo, e os cincerros repicam na campina. Natasha lê sob a árvore.

17

— Aí está — diz Hector, com uma voz firme como pedra. — Toda a funesta história. Está me ouvindo?

Luke escuta. Meia hora vira quarenta minutos. A história funesta está correta.

Depois, como não há motivo para pressa, ele escuta de novo, por mais quarenta minutos, reclinado na cama. É uma história curta. Uma peça complexa em si mesma, devendo revelar no devido tempo se é comédia ou tragédia. Às 8 daquela manhã, Hector Meredith e Billy Matlock foram denunciados diante de um tribunal fajuto, no conjunto de salas do vice-chefe, no quarto andar. A acusação contra eles foi, então, lida em voz alta. Hector parafraseou-a, temperada com seus próprios expletivos:

— O vice disse que o secretário do Gabinete o convocara e lhe fizera uma proposta, a saber: um tal de Billy Matlock e um tal de Hector Meredith estavam conspirando conjuntamente para deslustrar a bela reputação de Aubrey Longrigg, membro do Parlamento, alto personagem da cidade e lambe-cu dos oligarcas do Surrey, em troca das sabidas injustiças que o dito Longrigg infligira aos acusados: isto é, Billy por dar as costas a toda a merda que Aubrey o fizera comer enquanto eles estiveram a ponto de se engalfinhar no quarto andar; e eu porque Aubrey tentou arruinar a bosta da empresa da minha família e em seguida a comprou por uma bagatela. Havia uma consciência, na cabeça do secretário do Gabinete, de que nosso *envolvimento pessoal estava obscurecendo nosso julgamento operacional.* Ainda está escutando?

Luke estava, sim. E, para escutar melhor, ele agora se senta à beira da cama com a cabeça nas mãos e o gravador no edredom junto dele.

— Então, eu estou, como primeiro instigador da conspiração para enquadrar Aubrey, convidado a explicar minha posição.

— Tom?

— Dick?

— O que, afinal de contas, a ruína de Aubrey, embora tenha sido essa a intenção, tem a ver com levar o nosso rapaz e sua família para Londres?

— Boa pergunta. Vou responder com o mesmo estado de ânimo.

Luke jamais o ouvira tão irritado.

— Diz-se em toda parte, segundo o vice, que o nosso Serviço se propõe a apresentar em cena pública um informante especial que desacreditará efetivamente as aspirações bancárias do Conglomerado Arena. Preciso estender-me sobre o que o vice-chefe teve o prazer de denominar a *conexão* daqui? Um reluzente banco russo de Cavaleiros Brancos, bilhões de dólares em dinheiro vivo e muito mais de onde eles vêm, com uma promessa de não somente liberar esses outros tantos bilhões num mercado financeiro que não vem tendo fundos, como investir em alguns dos enormes dinossauros da indústria britânica? E justamente quando a boa vontade dos ditos Cavaleiros Brancos está prestes a alcançar sua realização, nos surgem os punheteiros do Serviço de Inteligência querendo entornar o caldo, esguichando uma enxurrada de água fria moralista sobre os lucros do crime.

— Você disse que foi convidado a explicar a sua posição — Luke ouve a si próprio lembrando a Hector.

— O que eu fiz. Bastante bem, devo dizer. Com todos os dados de que dispunha. E o que não lhe passei, Billy o fez. E, aos poucos, você ficaria assombrado, o vice começou a ficar de orelhas em pé. Um papel nada fácil para um cara desempenhar, quando o patrão está feito avestruz, de cabeça enfiada na areia, mas no fim do dia ele se saiu bem como uma dama. Foi autorizada a folga de todos, com exceção de nós dois, e nos ouviram mais uma vez.

— Você e Billy?

— Billy, agora, está *dentro* da nossa barraca, e mijando para fora. Uma completa reviravolta, antes tarde do que nunca.

Luke duvida disso, mas, por benevolência, decide não exprimir sua dúvida.

— Então como é que ficamos agora? — pergunta ele.

— Bem como começamos. É oficial, mas extraoficial, com Billy a bordo e o avião fretado na minha conta. Tem um lápis?

— Claro que não!

— Então preste atenção. Eis como vamos a partir daqui, sem olhar para trás.

*

Ele presta atenção duas vezes, depois compreende que espera a coragem de ligar para Eloise, e o faz. Parece que poderei estar em casa em breve, talvez mesmo amanhã à tarde, diz ele. Eloise diz que Luke deve fazer qualquer coisa que achar certa. Luke pergunta por Ben. Eloise diz que Ben está ótimo, obrigada. Luke descobre que está com o nariz sangrando e volta para a cama até a hora da ceia, tendo um papo tranquilo com Perry, que está na sala de visitas praticando nós de escalada com Alexei e Viktor.

— Tem um minuto?

Luke conduz Perry até a cozinha, onde Ollie briga com uma frigideira funda, que se recusa a alcançar o calor necessário para fritar as batatas.

— Importa-se de nos dar um minuto, Harry?

— Sem problema, Dick.

— Grandes notícias finalmente, graças a Deus — começou Luke, quando Ollie havia saído. — Hector tem um pequeno avião a postos em Belp, amanhã a partir das 11 da noite GMT, para ir a Northolt. Há permissão para decolagem, aterrissagem e livre trânsito nos dois extremos. Deus sabe como ele cavou isso, mas conseguiu. Levaremos Dima de jipe pela montanha para Grund, uma vez que estará escuro, depois o transportaremos direto para Belp. Assim que ele chegar em Northolt vão levá-lo para um esconderijo, e, se ele cumprir o que diz que vai cumprir, eles o desembarcarão oficialmente, e o resto da família poderá seguir.

— *Se* ele cumprir? — repetiu Perry, inclinando a comprida cabeça para um dos lados, de um modo que Luke achou particularmente desagradável.

— Bem, ele quer, não é? Nós sabemos disso. É o único trato em causa — continuou Luke, quando Perry não disse nada. — Nossos mestres de Whitehall não arriscarão os próprios pescoços até saberem que Dima fez valer a viagem. — E, quando Perry ainda deixou de responder: — É o máximo que Hector pode fazer pela mudança deles fora dos trâmites legais. Receio, pois, que seja isso.

— *Trâmites legais* — repetiu Perry no fim.

— É com o que estamos lidando, infelizmente.

— Eu achava que era com gente.

— E é — replicou Luke, se esquentando. — Razão pela qual Hector deseja que *você* seja a pessoa a informar Dima. Ele acha que é melhor vir de você do que de mim. Concordo totalmente. Sugiro que não faça isso agora. Amanhã no início do entardecer ainda será cedo demais. Não precisamos que ele fique meditando a noite toda. Proponho perto das 18 horas, para lhe dar tempo de fazer seus preparativos.

O homem não tem nenhuma *resiliência* nele?, Luke se perguntou. Até quando vou ter que aguentar esse olhar torto?

— E se ele *não* cumprir? — perguntou Perry.

— Ninguém pensou nisso ainda. É passo a passo. É o modo como essas coisas são executadas, infelizmente. Nada se passa numa linha reta. — E se deixando resvalar, mas imediatamente lamentando-o: — Não somos acadêmicos. Somos homens de ação.

— Preciso falar com Hector.

— Foi o que ele disse que você diria. Está esperando a sua ligação.

*

Sozinho, Perry pegou o caminho para o bosque, onde tinha caminhado com Dima. Chegando a um banco, limpou com a palma da mão o orvalho noturno, sentou-se e esperou suas cogitações se esclarecerem. Na casa iluminada abaixo dele, podia ver Gail, as quatro crianças e Natasha, todas formando um círculo na sala, com o Banco Imobiliário no centro. Ele ouviu um estrilo de raiva de Katya, seguido de um berro de protesto de Alexei. Puxando o celular do bolso, olhou fixamente para o crepúsculo antes de apertar o botão para falar com Hector e ouviu imediatamente a sua voz.

— Você quer a versão maquiada ou a dura verdade?

Esse era o velho Hector, o que ele curtia, o que o repreendera na segura casa de Bloomsbury.

— A dura verdade.

— Lá vai. Se nós persuadirmos o nosso rapaz, eles o ouvirão e farão um julgamento. É o melhor que posso arrancar deles. Ontem mesmo eles não chegariam tão longe.

— Eles?

— As *autoridades*. Eles. Quem você pensava que fossem? Se ele não estiver à altura, eles o jogarão de novo na água.

— Que água?

— Russa, provavelmente. Qual a diferença? A questão é que *estará* à altura. *Eu* sei que estará, *você* sabe que estará. Uma vez que eles tenham decidido protegê-lo, o que não tomará mais do que um dia ou dois, acolherão a catástrofe inteira: a mulher, os garotos e o cachorro, se tiver um.

— Não tem.

— O ponto chave é que, em princípio, eles aceitaram o pacote todo.

— Que princípio?

— Você se importaria com isso? Estive escutando as supereducadas bestas de Whitehall fazendo as mais sutis distinções toda manhã e não preciso de outra. Nós temos um negócio a fazer. Contanto que nosso rapaz seja bem-sucedido no que se espera que seja, o descanso deles se segue com a devida presteza. Essa é a promessa, e tenho que acreditar neles.

Perry fechou os olhos e respirou o ar da montanha.

— O que você quer que eu faça?

— Não mais do que fez desde o primeiro dia. Ajustar os seus nobres princípios ao bem maior. Uma boa vaselina. Se você falar com ele nós aceitamos as suas condições sem reserva, mas haverá uma pequena demora antes de ele se reunir com seus entes queridos, como se reunirá. Ainda está aí?

— Em parte.

— Diga a ele a verdade, mas diga-a seletivamente. Dê a ele alguma possibilidade de pensar que você está jogando sujo com ele: ele se agarrará a isso. Podemos ser cavalheiros ingleses do fair play, mas também somos pérfidos merdas de Albion. Você ouviu isso ou estou falando para as paredes?

— Ouvi.

— Então me diga se estou errado. Diga-me se o estou interpretando mal. Diga-me se você tem uma ideia melhor. É você ou ninguém. É esta a sua hora mais delicada. Se ele não acreditar em você, não acreditará em mais ninguém.

*

Eles estavam na cama. Passava de meia-noite. Gail, meio adormecida, mal havia falado.

— De alguma forma tiraram isso dele — disse Perry.

— Hector?

— É a impressão que eu tenho.

— Talvez nunca tenha estado nas mãos dele — aventou Gail. E após algum tempo: — Você já se decidiu?

— Não.

— Pois eu acho que você já se decidiu. Acho que a ausência de decisão já é em si uma decisão. Acho que já se decidiu e por isso não consegue dormir.

*

Foi na noite seguinte, às 17h45. O fondue de queijo de Ollie fora saboreado e a mesa fora retirada. Dima e Perry permaneciam sozinhos na sala de jantar, em pé e face a face sob um candelabro multicolorido de metal. Luke estava dando um diplomático passeio na aldeia. As meninas, com o estímulo de Gail, assistiam a *Mary Poppins* de novo. Tamara se retirara para a sala de estar.

— É tudo o que os *apparatchiks* podem oferecer — disse Perry. — Você vai na frente para Londres esta noite, sua família segue alguns dias depois. Os *apparatchiks* insistem nisso. Têm que obedecer a normas. Normas para tudo. Até para isso.

Ele estava usando frases curtas, à espera das menores alterações faciais de Dima, um sinal de abrandamento, um vislumbre de compreensão ou mesmo de resistência, mas o rosto diante dele estava inescrutável.

— Querem que eu vá sozinho?

— Não. Dick vai até Londres com você. Assim que concluírem as formalidades, e os *apparatchiks* estiverem satisfeitos com o cumprimento das suas normas, nós todos iremos também para a Inglaterra. E Gail vai cuidar de Natasha — acrescentou, esperando aquietar o que imaginara ser a maior preocupação de Dima.

— Está *doente*, a minha Natasha?

— Graças a Deus, não. Não está *doente*! É jovem. É bela. Temperamental. Pura. Precisará de muito cuidado num país estranho, só isso.

— Certo — acrescentou Dima, balançando afirmativamente a cabeça calva para confirmar isso. — Certo. Ela é bela como a mãe.

Depois, balançou a cabeça abruptamente, enquanto olhava espantado para algum precipício escuro da ansiedade ou da memória, em que Perry não era admitido. Será que ele *sabe*? Por acaso Tamara, num ataque de malevolência, de intimidade ou de esquecimento, *contou* a ele? Por acaso Dima, ao contrário de todas as expectativas de Natasha, assumiu dentro de si mesmo a dor e o segredo dela, em vez de correr à procura de Max? O que ficou certo, para Perry, foi que a explosão de fúria e rejeição que ele antecipara dava lugar ao despontar do sentimento de resignação de um prisioneiro diante da autoridade burocrática; e essa compreensão inquietou Perry mais profundamente do que qualquer explosão violenta poderia ter feito.

— Alguns dias depois, hein? — repetiu Dima, fazendo-o soar como uma pena de prisão perpétua.

— Alguns dias. É o que dizem.

— Tom diz isso? *Alguns dias*?

— Sim.

— Ele é um bom camarada, hein?

— Eu acredito que seja.

— Dick também. Ele quase matou aquele sacana.

Eles digeriram juntos essa consideração.

— Gail, ela cuida da minha Tamara?

— Gail cuidará de sua Tamara com muito esmero. E os garotos vão ajudar. E eu também estarei aqui. Todos nós vamos cuidar da sua família até eles se mudarem. Depois, cuidaremos de todos vocês na Inglaterra.

— Minha Natasha vai para a Roedean School?

— Talvez não para a Roedean. Eles não podem prometer isso. Talvez haja algum lugar ainda melhor. Encontraremos boas escolas para todos. Vai dar tudo certo.

Estavam pintando juntos um horizonte falso. Perry sabia disso e Dima parecia sabê-lo também, e o acolhia bem, pois suas costas haviam se arqueado e o peito ficara cheio, e o rosto se aliviara no sorriso de golfinho que Perry recordava de seu primeiro encontro na quadra de tênis de Antígua.

— É melhor você se casar bem depressa com essa garota, Mestre, está me ouvindo?

— Você será convidado.

— Vale uma porção de camelos — murmurou ele, rindo do próprio gracejo. Não um sorriso de derrota, aos olhos de Perry, mas um sorriso pelo tempo passado, como se cada um dos dois tivesse conhecido toda a vida do outro, o que Perry começava a achar que realmente tinha acontecido.

— Você joga uma vez comigo lá em Wimbledon?

— Claro. Ou no Queen's. Ainda sou membro.

— Sem babaquice, hein?

— Sem babaquice.

— Vamos apostar? Fica mais interessante.

— Não tenho como pagar. Eu poderia perder.

— Está frouxo, hein?

— Acho que sim.

Depois o abraço que o apavorava, o prolongado aprisionamento no torso imenso, úmido e trêmulo, sem parar. Mas, quando eles se separaram, Perry viu que a vida tinha escoado do rosto de Dima, bem como a luz de seus olhos castanhos. Depois, como se a uma ordem, ele girou nos calcanhares e se dirigiu para a sala de estar, onde Tamara e a família reunida o esperavam.

*

Jamais houvera a menor possibilidade de Perry ir para a Inglaterra no mesmo avião que Dima, naquela noite ou em qualquer outra. Luke soubera disso desde o princípio e dificilmente teria precisado aventar o problema com Hector, para receber a categórica resposta "não". Se a resposta, por alguma razão imprevisível, fosse "sim", Luke a teria impugnado: o fato de inexperientes, entusiásticos amadores voarem como acompanhantes de desertores de alto valor simplesmente não se adequava a sua programação profissional das coisas.

De modo que era menos por simpatia e mais por um forte senso operacional que Luke reconhecia que Perry deveria acompanhá-los no trajeto de Berna a Belp. Quando se arranca uma importante fonte do seio de sua família e não lhe consagra nenhuma garantia consistente e cuidado no Serviço no qual você trabalha, raciocinava ele relutantemente, bem, sim, nesse caso é prudente proporcionar-lhe o alívio da companhia de seu mentor preferido.

Mas, se Luke estivesse prevendo cenas de despedida de cortar o coração, foi poupado disso. A escuridão chegou. Dima convocou Natasha e os dois filhos para falar com eles, enquanto Perry e Luke esperavam fora do alcance do ouvido e Gail, intencionalmente, continuava a assistir a *Mary Poppins* com as meninas. Para sua recepção pelos espiões cavalheiros de Londres, Dima vestiu seu terno azul listrado. Natasha havia passado a melhor camisa do pai, Viktor lustrara seus sapatos italianos, e Dima estava preocupado: e se, por acaso, eles se sujassem no percurso até o lugar onde Ollie estacionara o jipe? Mas ele fazia essa conjetura sem Ollie, que, além das mantas, luvas e grossos chapéus de lã para a viagem sobre a montanha, contava com um par de galochas de borracha do número de Dima, à espera dele no vestíbulo. E Dima deve ter dito a sua família para não segui-lo, pois surgiu sozinho, parecendo tão jovial e impenitente quanto estava quando se apresentou através das portas de vaivém do Bellevue Palace, com Aubrey Longrigg a seu lado.

À vista dele, o coração de Luke bateu mais forte do que já tinha batido desde Bogotá. Eis aqui a nossa testemunha real — e o próprio Luke será a outra. Luke será a primeira testemunha. Por trás de uma tela, ou o simples Luke Weaver em frente dela. Ele será um pária, como quer Hector. Ajudará a amarrar Aubrey Longrigg e todos os seus homens prazenteiros no mastro, e para o inferno com um contrato de cinco anos na escola de treinamento de espionagem, e uma casa boa junto dela, com a brisa do mar e boas escolas para Ben ali por perto, e uma aposentadoria aumentada no fim da carreira, e a casa de Londres alugada, não vendida. Ele pararia de confundir vida sexual promíscua com liberdade. Tentaria e tentaria ainda mais se acertar com Eloise, até ela acreditar novamente nele. Iria até o fim de todas as suas partidas de xadrez com Ben, acharia um emprego que o mantivesse em casa por um tempo considerável, com fins de semana disponíveis, e, pelo amor de Deus, ele tinha só 43 anos, e Eloise não tinha nem 40 ainda.

Assim, foi com uma sensação de início e fim que Luke ficou ao lado de Dima, e os três foram atrás de Ollie, para a caminhada até a granja e o jipe.

*

Do trajeto de carro, Perry, o montanhista devotado, teve apenas, a princípio, uma distraída conscientização: a furtiva ascensão sob o luar através da mata para o Kleine Scheidegg, com Ollie ao volante e Luke ao lado dele no banco da frente, e o grande corpo de Dima balançando umidamente contra os ombros de Perry, a cada vez que Ollie transpunha as curvas muito fechadas com base nas luzes laterais e Dima não se incomodava de se retesar, a menos que realmente tivesse de fazê-lo, preferindo viajar aos trancos. E, claro, a sombra negra e espectral da face norte do Eiger puxando sempre para mais perto era uma visão icônica para Perry: passando pela pequena estação secundária de Alpiglen, ele encarou diretamente, e com espanto, a Aranha Branca, estimando uma rota através dela e se prometendo que, como um último lance de independência antes de se casar com Gail, tentaria ir lá.

Perto de galgar o Scheidegg, Ollie apagou os faróis do jipe e eles se deslocaram como ladrões para passar pelas duas massas gêmeas do grande hotel.

O fulgor de Grindelwald surgiu abaixo deles. Começaram a descer, entraram na floresta e viram as luzes de Brandegg piscando para eles através das árvores.

— De agora em diante, é um trajeto difícil — anunciou Luke por sobre o ombro, caso Dima estivesse sentindo os efeitos da acidentada viagem.

Mas Dima ou não ouviu, ou não se importou. Tinha jogado a cabeça para trás e enfiara uma das mãos no peito, enquanto o outro braço se estendia pelo banco traseiro, atrás dos ombros de Perry.

Dois homens, no meio da estrada, acenam com uma lanterna.

*

O homem sem a lanterna levanta a mão enluvada como numa ordem. Está trajado para a cidade, com um comprido sobretudo, cachecol e nenhum chapéu, embora seja calvo. O homem que traz a lanterna usa uniforme de polícia e uma capa curta. Ollie grita jovialmente para eles, enquanto para.

— Opa, rapazes, o que estão fazendo *por aqui?* — pergunta num cantado *argot* suíço-francês que Perry nunca ouvira antes. — Alguém caiu do Eiger? Não vimos nada.

Dima é um turco rico, Luke disse na explicação. Está hospedado no hotel Park e sua mulher estava seriamente enferma em Istambul. Deixou o carro em Grindelwald e nós somos uma dupla de colegas hóspedes ingleses bancando os bons samaritanos. A história não vai sobreviver a uma verificação, mas bem que pode funcionar pelo menos uma vez.

— Por que o turco não pegou o trem de Wengen para Lauterbrunnen e não contornou Grindelwald de táxi? — Perry havia perguntado.

— Ele não vai querer saber isso — retrucou Luke. — Pode concluir que, pegando um jipe pela montanha, o cara se poupa uma hora. Há um voo à meia-noite para Ancara, em Kloten.

— Sério?

O policial faz brilhar a lanterna num triângulo roxo colado no para-brisa do jipe. Imprime-se nele a letra G. O homem de traje urbano hesita atrás dele, obliterado pela forte luminosidade. Mas Perry tem uma arguta percepção de que ele está dando uma olhada bem detalhada no jovial motorista e em seus três passageiros.

— De quem é esse jipe? — pergunta o policial, retomando sua inspeção do triângulo roxo.

— De Arni Steuri. Encanador. Amigo meu. Não me diga que você não conhece Arni Steuri de Grindelwald. Ele fica na rua principal, perto do eletricista.

— Você saiu de Scheidegg essa noite? — pergunta o policial.

— De Wengen.

— Você *subiu* dirigindo de *Wengen para Scheidegg*?

— O que acha que fizemos? Voamos?

— Se você *subiu* de Wengen para Scheidegg, você deveria ter um segundo selo, emitido em Lauterbrunnen. O selo no seu para-brisa é para Sheidegg-Grindelwald *exclusivamente*.

— Então, de que lado *você* está? — diz Ollie, ainda com persistente bom humor.

— Na verdade, eu venho de Mürren — responde o policial estoicamente.

∗

Um silêncio se seguiu. Ollie começa a cantarolar uma melodia, outra coisa que Perry não o tinha ouvido fazer antes. Ele cantarola e, com a ajuda do feixe de luz da lanterna do policial, remexe os papéis espremidos no bolso da porta do motorista. O suor desce pelas costas de Perry, embora esteja sentado inteiramente imóvel, ao lado de Dima. Nenhum pico difícil ou grande escalada jamais o tinha feito suar enquanto estava sentado. Ollie ainda cantarola enquanto procura algo, mas seu cantarolar perdeu a eficácia atrevida. Estou hospedado no hotel Park, diz Perry. Luke também. Estamos bancando os bons samaritanos para um turco transtornado que não sabe falar inglês e cuja mulher está à morte. Pode funcionar uma vez na vida.

O homem à paisana dá um passo para a frente e se inclina sobre a lateral do jipe. O cantarolar de Ollie vai ficando cada vez menos convincente. Por fim, apruma-se de novo como que vencido, com uma folha amarrotada de papel na mão.

— Bem, talvez isso sirva para você — propõe ele, e passa um segundo selo para o policial, um triângulo amarelo em vez de roxo, e sem nenhuma letra G sobreposta.

— Da próxima vez, os dois selos terão que estar no para-brisa — diz o policial.

A lanterna vai embora. Eles seguem caminho.

*

O BMW estacionado pareceu, aos olhos inexperientes de Perry, repousar pacificamente onde Luke o havia deixado — sem bloqueadores nas rodas, sem nenhuma nota grosseira enfiada sob os limpadores de para-brisa, apenas um carro fechado no estacionamento —, e, por mais que Luke procurasse, enquanto andava com Ollie cautelosamente ao redor, ao mesmo tempo que Perry e Dima, conforme as instruções, permaneciam no banco de trás do jipe, ele nada encontrou. Ollie já abria a porta do motorista e Luke lhes acenava para se apressarem. Dentro do BMW ficou de novo a mesma formação: Ollie ao volante, Luke na frente ao lado dele, Perry e Dima atrás. Ao longo de toda parada e da revista, compreendeu Perry, Dima não tinha se movido e não fez nenhum sinal. Estava prisioneiro, pensou. Nós o transferíamos de um cárcere para outro, e os detalhes não eram de sua responsabilidade.

Ele lançou um olhar para os espelhos laterais em busca de luzes suspeitas que o seguissem, mas não viu nada. Às vezes um carro parecia estar seguindo-os, mas tão logo Ollie parava, ele seguia adiante. Lançou um olhar também sobre Dima, a seu lado. Cochilando. Usava ainda o boné preto de lã para esconder a calvície. Luke insistira nele, com ou sem terno de listras. De vez em quando, como Dima se recostava nele, a untuosa lã tocava de leve o nariz de Perry.

Haviam alcançado a via expressa. Sob as lâmpadas de sódio, o rosto de Dima tornou-se uma tremeluzente máscara da morte. Perry olhou para o relógio, sem saber por que, mas precisando do conforto do tempo. Um letreiro azul indicava o aeroporto de Belp. Três linhas — ou duas — dobravam à direita *agora* na estrada.

*

O aeroporto era mais escuro do que qualquer aeroporto tinha o direito de ser. Essa foi a primeira coisa que surpreendeu Perry. Tudo bem, passava de meia-noite, mas era de se esperar um pouco mais de luz, mesmo em um pequeno aeroporto como o de Belp, que nunca tivera confirmado seu completo status internacional.

E não havia nenhuma formalidade: a não ser que você tomasse como tal o entendimento confidencial que Luke teve com um homem cansado e de cara cinzenta de macacão azul, que parecia ser a única presença oficial por ali. Agora Luke mostra ao homem um documento qualquer — pequeno demais para um passaporte, portanto, seria um cartão, uma carteira de motorista, ou quem sabe um pequeno envelope recheado?

Fosse o que fosse, o homem de cara cinzenta e macacão azul precisou olhar para aquilo em uma luz melhor, pois se voltou e se curvou para o foco de luz atrás dele e, ao se voltar novamente para Luke, o que quer que tivera em mãos já não estava mais nelas, de modo que ou o segurara, ou o devolvera rapidamente a Luke, e Perry não o tinha visto fazê-lo.

E, depois do homem cinzento — que desaparecera sem uma palavra em qualquer língua —, eis que veio um labirinto de divisórias cinzentas, mas ninguém vigiando quem o atravessasse. E, depois, uma imóvel esteira de bagagens, e um par de obtusas portas elétricas que se abrem antes de eles chegarem a elas — já estávamos no *espaço aéreo*? Impossível! —, depois uma sala de espera vazia, com quatro portas de vidro que levam diretamente à pista. Ainda não havia uma alma para avaliar as bagagens ou eles próprios, para fazê-los tirar os sapatos e os paletós, para franzir a testa para eles através de uma vitrine de vidro à prova de bala; ou dedos inesperados que os ataquem à procura dos passaportes, ou quem lhes faça propositadamente perguntas enervantes acerca de quanto tempo ficaram no país e por quê.

Desse modo, se tudo isso privilegiava a falta de atenção que eles receberam, era o resultado da iniciativa individual da parte de Hector — o que Luke indicara a Perry, e o próprio Hector efetivamente confirmara: depois de tudo, o que Perry tinha a dizer era: tire o chapéu para Hector.

As portas de vidro para a pista aberta do aeroporto pareciam fechadas e aferrolhadas aos olhos de Perry, mas Luke, o homem hábil em corda bamba, não bobeou: fez uma linha reta para a porta à direita, deu-lhe um pequeno puxão e — olhe! — ela rolou obedientemente para seu encaixe, permitindo que uma viva corrente de ar refrigerado corresse para a sala e passasse sobre o rosto de Perry, que ficou devidamente aliviado por isso, pois se sentia inexplicavelmente quente e suado.

Com a porta escancarada e a noite se insinuando, Luke pôs uma das mãos — com brandura, não de forma autoritária — sobre o braço de Dima e, afastando-o da companhia de Perry, levou-o sem objeção através da porta em direção à pista, onde, como se prevenido, Luke fez um giro acentuado para a esquerda, levando Dima com ele e deixando Perry à espreita, desajeitadamente, atrás deles, como alguém que não tem muita certeza se foi mesmo convidado. Alguma coisa a respeito de Dima havia mudado. Perry compreendeu o que era. Dima retirara o boné de lã e o depositara numa lixeira.

E, quando Perry se voltou à procura deles, viu o que Luke e Dima já deviam ter visto: um avião bimotor, sem nenhuma luz e com as hélices girando suavemente, estacionado a uns 50 metros dali, com dois pilotos espectrais dificilmente visíveis na cabine do aparelho.

Não houve nenhum adeus.

Se isso foi algo que desse prazer ou tristeza, Perry não soube, nem na hora, nem depois. Tinha havido tantos abraços, tantos cumprimentos, verdadeiros ou imaginados, tinha havido tamanha festa de adeuses e declarações de amor que, no conjunto, seus encontros e despedidas estavam completos, e talvez já não houvesse nenhum espaço para outros.

Ou talvez — sempre talvez — Dima estivesse simplesmente pleno demais para falar, ou olhar para trás, ou olhar para ele, afinal. Talvez lhe rolassem lágrimas pelo rosto enquanto caminhava para o pequeno avião, com um pé surpreendentemente pequeno à frente do outro, tão hábil como se estivesse avançando pela prancha.

E, Luke, um ou dois passos atrás e agora separado de Dima, como se o deixasse desfrutar a falta de câmeras e luzes da ribalta, também não dirigiu sequer uma palavra a Perry: seus olhos estavam depositados no homem na frente dele, não em Perry de pé, sozinho, ficando para trás. Era Dima com sua dignidade em exposição: a calva, a inclinação para trás, a reprimida mas imponente coxeadura.

E, evidentemente, havia tática no modo como Luke se colocara em relação a Dima. Não seria Luke se não fosse tático. Era o pastor sagaz e rápido dos cimos da Cúmbria, que Perry escalara quando era jovem, instigando sua ovelha premiada a subir os degraus que levavam ao calabouço da cabana com todas as fibras da concentração mental e física que possuía, e disposta a qualquer momento, para ele, a se assustar ou disparar, ou simplesmente parar de súbito e refugar.

Mas Dima não se assustou, não disparou nem parou de súbito. Transpôs ereto os degraus e a escuridão e, logo que ela o conteve, o pequeno Luke foi saltando os degraus para se juntar a ele. Ou havia alguém ali dentro para fechar a porta para eles, ou o próprio Luke o fez: um abrupto gemer de gonzos, um duplo golpe de metal quando a porta foi trancada por dentro, e o buraco negro na fuselagem do avião desapareceu.

Da decolagem, Perry também não guardou qualquer lembrança especial: somente que estava pensando em ligar para Gail e lhe contar que a Águia partira ou alguma frase desse tipo, depois achar um ônibus ou táxi, ou quem sabe apenas caminhar para a cidade. Estava um tanto confuso acerca de onde se encontrava em relação ao centro de Belp, se é que ele existia. Em seguida tomou consciência de Ollie em pé ao lado e se lembrou de que tinha carona de volta a Gail e à família sem chefe em Wengen.

O avião decolou, Perry não acenou. Observou a aeronave erguer-se e se inclinar para o alto bruscamente, pois o aeroporto de Belp tem muitas colinas e pequenas montanhas das quais desviar, e os pilotos precisam ser espertos. Esses pilotos eram. Um frete comercial, para todos os efeitos.

E não houve nenhuma explosão. Ou nenhuma que chegasse aos ouvidos de Perry. Mais tarde, ele desejou que tivesse havido. Tão somente o golpe surdo de punho com luva contra um saco de areia e um prolongado clarão que fez as colinas negras se precipitarem sobre ele, depois absolutamente nada a se olhar ou se ouvir, até os tu-tu-tu-tu-tus da polícia, das ambulâncias e corpo de bombeiros, enquanto suas luzes faiscantes começaram a responder à luz que se apagara.

*

Deficiência dos instrumentos é o veredicto semioficial no momento. Outro é o de deficiência dos motores. O desmazelo por parte da equipe da inominada manutenção é amplamente comentado. O pobre e pequeno aeroporto de Belp foi por muito tempo o bode expiatório dos especialistas, e seus críticos não o poupam. O controle de terra pode também ser culpado. Duas comissões de especialistas não chegaram a um acordo. É provável que as seguradoras retenham o pagamento até ser conhecida a causa. Os corpos carbonizados continuam a obscurecer as coisas. Diante disso, os dois pilotos não eram nenhum problema: legítimos pilotos de frete, mas com grande experiência de voo, colegas abstêmios, ambos casados, nenhum sinal de substâncias ilegais ou de álcool, nada de adverso em seus dados, e suas mulheres eram amistosas uma com a outra, em Harrow, onde as famílias viviam. Duas tragédias, portanto, mas, no que se refere aos meios de comunicação, só mereceram um dia. Por que cargas d'água um ex-funcionário da embaixada britânica em Bogotá precisava estar no mesmo avião que um "dúbio potentado russo estabelecido na Suíça", até a imprensa vermelha mais importante não sabia como explicar. Era sexo? Eram drogas? Eram armas? Por escassez de qualquer sombra de comprovação, não era nada disso. O terror, a versátil explicação de hoje em dia, também foi considerado, mas recusado imediatamente.

Nenhum grupo assumiu a responsabilidade.

Agradecimentos

Meus sinceros agradecimentos a Federico Varese, professor de criminologia da Universidade de Oxford e autor de obras essenciais sobre a máfia russa, por seu aconselhamento criativo e sempre paciente; a Bérengère Rieu, que me levou aos bastidores do estádio de Roland Garros; a Eric Deblicker, que me ofereceu uma excursão por um exclusivo clube de tênis no Bois de Boulogne, em nada diferente do meu Club des Rois; a Buzz Berger, por corrigir minhas cortadas de tênis; a Anne Freyer, minha sábia e leal editora francesa; a Chris Bryans, por me orientar a respeito da bolsa de valores de Mumbai; a Charles Lucas e John Rolley, banqueiros honrados, que me aconselharam de maneira divertida sobre as práticas dos seus colegas de profissão menos escrupulosos; a Ruth Halter-Schmid, que me poupou muitos itinerários errados nas minhas viagens através da Suíça; a Urs von Almen, por me guiar através dos desgarrados atalhos da Bernese Oberland; a Urs Bührer, diretor do hotel Bellevue Palace, em Berna, por me permitir encenar um episódio perturbador em seu impecável estabelecimento; e a Vicki Phillips, minha inestimável secretária, por adicionar a leitura de provas a suas incontáveis habilidades.

E a meu amigo Al Alvarez, o mais arguto e generoso dos leitores, minha homenagem.

John Le Carré, 2010

Este livro foi composto na tipologia Minion Pro,
em corpo 11/15,5 e impresso em papel offwhite 80g/m²
no Sistema Cameron da Divisão Gráfica
da Distribuidora Record.